KB119055

라이팅 픽션

WRITING FICTION

: A Guide to Narrative Craft. 10th Edition

By Janet Burroway with Elizabeth Stuckey-French and Ned Stuckey-French

라이팅 픽션

당신이 사랑한 작가들은 모두
이 책으로 소설 쓰기를 배웠다

재닛 버로웨이 지음
문지혁 옮김

WRITING
FICTION

위즈덤하우스

멘토이자 친구인 데이비드 데이체스에게

차례

서문

『라이팅 픽션』은 우연히 태어났다. 1972년에 나는 초서(Chaucer)와 낭만주의 시, 비극 등을 가르치던 영국 서식스 대학을 떠나 미국 플로리다 주립대학으로 왔다. 그리고 작가이자 새로 부임한 교수로서, 이제 막 시작하는 문예 창작 프로그램의 소설 전공 첫 강의인 '서사의 기법(Narrative Techniques)'을 배정받았다.

나는 이것을 어떻게 가르쳐야 할지 전혀 몰랐다. 바너드 대학에서 학부 시절을 보낼 때부터 워크숍 형태의 강의에는 익숙했지만, 이 수업은 개념에 대한 강의와 토론을 포함한 입문용 수업이었다. 나는 이 분야에서 매우 뛰어났던 마이클 샤라(1928~1988, 미국의 소설가—옮긴이)의 주제들을 물려받았으나, 그가 남긴 지침은 고작 몇 쪽 분량의 암호 같은 메모들뿐이었다. 사실상 길잡이 역할을 해줄 만한 책이(지금은 상상하기 어려운 일이지만) 없었다. 윌리엄 스트렁크와 E. B. 화이트의『글쓰기의 기초(The Elements of Style)』가 주로 쓰이기는 했으나, 화이트가 말한 것처럼 이 책은 초보 작가들을 다그치는 느낌이 강했다. 나는 내가 사랑하는 E. M. 포스터의『소설의 이해(Aspects of the Novel)』를 다시 읽었지만 이 책은 내가 가르칠 플로리다의 열여덟 살 신입생들에게는 대부분 너무 추상적이고 어려웠다. 나는 플롯에 관한 힌트를 찾기 위해 에릭 벤틀리의『연극의 생명(The Life of the Drama)』을 샅샅이 뒤졌다. 그리고 더 이상 저자가 기억나지 않는 또 다른 작법서도 읽었는데, 기억나는 것은 여성들은 감탄사를 많이 쓰지만 남성들은 그렇게 하면 안 된다는 거였다.

그 후 몇 년 동안 나는 수업을 일관되게 만들어가는 과정에서 여러 시행착오를 겪었다. 그러다가 우리가 문학 수업에서 이야기하는 인물, 플롯, 시점, 배경 같은 개념들이 작가가 되려는 이들에게 반드시 필요한 요소라는 결론에 이르렀다. 작가가 어떻게 인물을 만들어내고, 플롯을 구성하며, 시점을 결정하고, 단순한 묘사가 아닌 전체적으로 유기적인 작품 속 공기를 만들어내는지 그 **방법**에 관해 생각해본다면? 분명 이해하기 쉽고 유익한 수업이 되리라고 생각했다. 그리고 정말 점차적으로 효과가 나타났다. 1970년대 말이 되었을 때, 내 학생들은 소설적 기법을 묻는 법과 서로의 스타일과 구조를 비평하는 법, 그리고 여러 기술들을 자신의 것으로 만드는 법을 배우게 되었다.

그즈음 내 소설은 미국의 '리틀, 브라운'이라는 출판사에서 출간되고 있었고, 내 편집자는 마침 판매 상담을 위해 탤러해시(미국 플로리다주의 주도—옮긴이)로 향하던 교과서 부서 편집자와 친구 사이였다. 내 편집자는 크리스 크리스텐슨에게 나와 점심을 함께 하도록 권했고, 그는 제안을 받아들였다. 새우와 허시 퍼피스(옥수수 반죽을 동그랗게 만들어 기름에 튀긴 남부 요리—옮긴이)를 먹으며 나는 그에게 내 딜레마와 해결책에 관해 설명했다. 그리고 요즘 미국에서 문예 창작 프로그램이 급성장하고 있고 잘 정착되고 있으니 앞으로 소설 창작에 관한 교과서가 수요가 있을 것 같냐고 물었다. 그는 "글쎄요, 잘 모르겠네요. 선생님 생각은 어때요?"라고 했고, 나는 "나도 잘 모르겠어요.

편집자님은요?" 하고 답했다. 식사를 마칠 때쯤 그는 "한번 해봅시다"라고 말했다. 그때는 그 구두계약이 내가 가진 전부였다. 이듬해 나는 아이오와 작가 워크숍에 참가해 객원교수로 가르치면서, 처음에는 '서사의 기법'이라 불렸던 대학 교과서의 초고를 썼다.

『라이팅 픽션』 제1판은 1982년에 출간되었고 제2판은 1987년에 나왔다. 그사이에 리틀, 브라운 출판사는 교과서 부문을 스콧 포스먼 출판사에 매각했고, 스콧 포스먼은 이를 다시 하퍼 콜린스에 팔았다. 애디슨 웨슬리 롱먼이 하퍼 콜린스를 인수했을 무렵, 이 책은 제4판이 나와 있었고, 문예 창작 분야의 주요 교재가 되어 있었다. 제6판이 나왔을 때 애디슨 웨슬리 롱먼은 롱먼이 되었고, 제7판이 나왔을 때는 피어슨 출판사가 되었다. 제6판에서는 수전 와인버그가 책의 수정을 도왔고, 제7판에서는 동료인 엘리자베스 스터키프렌치가 원고 수정과 함께 이 책에 들어갈 다른 작품들을 고르는 힘든 작업을 맡아주었다. 제8판과 제9판에서는 그녀의 남편 네드 스터키프렌치도 함께했고, 제9판은 2014년에 출간되었다.

엘리자베스 부부와 나는 개정판이 나오고 출판사가 바뀔 때마다 점점 높아진 책의 가격에 대해 계속해서 걱정했다. 인터넷으로 찾을 수 있는 소설들이 많아지고 있음에도 불구하고, 수록 허가를 위한 비용은 문제를 가중시켰다. 우리가 아는 어떤 교수들은 자신들이 선호하는 작품들을 골라 수업용 교재를 따로 만들었고, 일부는 다른 앤솔러지를 선택해서 학생들이 지출해야 하는 비용만 늘렸으며, 일부는 양심상 학생들에게 이 가격을 지불하고 우리 책을 사라고 강요하지는 못하겠다고 말했다. 또한 우리는 이 책의 가격이 수업을 듣지는 않지만 스스로 소설 쓰기를 공부하려는 초보 작가들의 접근성을 떨어뜨리는 요인이 될까 봐 우려했다. 우리의 희망 사항은 언제나 이 책을 더 저렴하게 만들 수 있는 방법을 찾는 것이었다.

그래서 이번 열 번째 개정판에서는 앤솔러지 대신 각 챕터 끝에 열 편의 단편소설 목록을 실었고, 이는 각각 해당 챕터의 예시로 쓰일 수 있을 것이다. 이 중 일부는 공공 사이트와 온라인에서 자유롭게 읽을 수 있고, 일부는 발표된 문예지의 아카이브에서 찾을 수 있으며, 일부는 도서관에서 검색(학생들은 이를 배울 필요가 있다)을 통해 찾을 수 있다. 물론 교수들이 직접 선택한 소설들과 마찬가지로, 목록에 포함된 거의 모든 소설들은 사실상 이 책에서 논의된 모든 종류의 기법을 보여줄 것이다. 어떤 교수들은 이 중 일부를 사용하지 않거나 아예 아무것도 사용하지 않고, 바로 학생들의 작품으로 넘어가 워크숍을 하는 쪽을 선호할 수도 있다. 그렇다면 우리가 제시한 목록은 학생들이 나중에 참고할 수 있는 자료가 되어줄 것이다.

이전 개정판들과 마찬가지로, 열 번째 개정판은 새롭게 시작하는 작가들을 첫 번째 영감에서부터 최종 퇴고에 이르기까지 인도하는 것을 목표로 한다. 문학 연구에서 사용하는 익숙한 소설의 요소와 개념들을 가져와서, 이를 보다 현실적이고 실제적인 작가의 관점으로 바꾸어 적용한다. 나는 아무리 경험이 부족한 학생들이라 하더라도, 때로는 글쓰기가 두렵고 소설의 기법을 이해하고 발전시키는 데 의문을 품고 있다 할지라도, 그들을 동료 예술가라고 부르고 싶고 또 그렇게 해왔다. 나는 이 책이 많은 사람들에 의해 다양한 수준의 초급 및 고급 글쓰기 수업에서 교재로 사용되고 있다는 사실을 알고 있으며, 따라서 이 책을 실용적이고 포괄적이며 융통성 있게 만들고, 배움의 과정에 있는 작가와 글쓰기 과정에 초점을 맞추려고 노력해 왔다.

새로운 개정판은 앤솔러지를 제외한 제9판의 모든 본문을 수록하고 있으며, 참고할 소설의 목록뿐 아니라 개정된 많은 예문들, 새로운 연습 과제들, 성공한 작가들의 조언이 담긴 인용문, 그리고 몇 가지 새로운 내용들―글쓰기의 방해 요소, 문화적 도용, 장르 문학과 영어 덜트 소설, 여백―을 추가했다.

경험 많은 강사들이 잘 알고 있듯이, 소설을 쓰기 위한 텍스트의 개념은 그 자체로 문제적이다. 일정한 양의 정보를 정리하고 전달해야 하는 수학이나 역사 같은 과목과 달리, 소설 창작은 시행착오의 과정인 경우가 더 많다. 배우는 일은 끝이 없고, 따라서 역설적으로 작가는 모든 것을 한 번에 알아야만 한다. 지난 몇 년간 나와 내 조력자들은 완벽한 순서를 찾기 위해 여러 챕터를 이리저리 바꾸어보았으나 모두 허사였다. 이번 개정판에서도 나는 그 노력을 이어갔는데, 경우에 따라서는 예전으로 돌아간 것도 있다. 이와 함께 나는 교사와 작가들이 어떤 순서든 자신들이 원하는 대로 자유롭게 이 책을 활용할 수 있도록 각 챕터를 독립적으로 쓰고자 노력했다.

글쓰기 연구를 종류에 따라 소설, 비소설, 시, 연극 등으로 구분하려는 제도적 필요성은 학생들의 재능이 완전히 형성되기도 전에 너무 일찍 세분화하도록 강요(또는 적어도 설득)할 위험성을 안고 있다. 나는 언제나 학생들에게 모든 장르의 글쓰기를, 일찍, 또 자주 해보도록 권하고 있다. 마찬가지로, 교사와 개인 독자들은 이 책을 읽으면서 장르 파괴, 하이브리드 글쓰기, 시에 가까운 짧은 단편소설 등을 권하는 목소리를 종종 들을 수 있을 것이다.

최근 대학에서 문예 창작 수업이 폭발적으로 증가하는 현상에 대해서는 상당한 저항이 있어왔다. 문예지와 일반 잡지, 그리고 일부 책에서도 부정적인 견해들이 나타났다. 예컨대 마크 맥걸의 『프로그램의 시대(The Program Era)』나 로런 글래스가 편집한 그 속편 격인 『프로그램의 시대 이후(After the Program Era)』, 채드 하바크가 편집한 『MFA vs NYC』 등이 그렇다. 문예 창작이 대학 학점을 받을 자격이 없다고 생각하는 학자들, 학계를 경멸하는 작가들, 명성만을 유일하고 진정한 성공으로 간주하는 유명 작가들, '학위'의 개념을 소명에 반(反)하는 것으로 여겨 무시하는 자칭 문외한들이 그런 주장을 한다. 이런 비난을 하는 사람들은 이토록 폐쇄적인 공동체는 무의미하다고 가정하면서, 오직 소설가들만이 소설을 읽고, 시인들만이 시를 읽으며, '소수'를 위한 글이나 문예지만을 위해 쓰는 작가들만이 그런 잡지들을 읽는다고 주장한다. 내 예전 학생들의 부모들처럼, 그들은 글쓰기가 생활을 해결해주거나 큰돈을 벌게 해주지 못한다면 그저 막다른 골목일 뿐이라고 주장할지 모른다.

이 모든 것이 잘못되었다. 내 생각에, 우리는 컴퓨터와 인터넷이 글쓰기를 하나의 지속적인 활동으로 재도입한 역사적 시점에 살고 있다. 다시 한번 엘리트는 민중이 되고, 그로 인해 좋은 결과와 나쁜 결과가 모두 생겨난다. 18세기에 교육은 널리 보급되지 않았지만, 서구 사회에서 교육받은 이들은 모두 글을 썼다. 음악, 그림, 조각 등 보다 전문화된 예술은 도제제도나 학교가 필요하다는 것이 보편적인 생각이었음에도 불구하고, 사람들은 독서를 통해 '자연스럽게' 글쓰기를 배웠다. 글 쓰는 일에서 완전히 배제되어 있던 여성들 중에서도 재산을 가진 일부는 일기와 편지를 자주 또 길게 썼다. 다행스럽게도, 오늘날 일상에 관한 우리의 감각 중 많은 부분은 살아남은 그들의 원고에서 비롯된다.

지난 두 세기 동안, 우리 사회는 문학 에이전트, 마케팅, 문학과 크게 관련 없는 기업의 출판 산업 인수를 통해 점점 늘어나는 저술의 전문화를 경험해왔다. 영화, 텔레비전, 인터넷은 모두 저술의 적절한 목표로서 명성과 성공—혹은 유명인과 돈—을 홍보하는 역할을 했다. 그와 동시에, 같은 속도로 문학을 중시하는 사회에 대한 존중은 줄어들었다. (노먼 메일러는 그가 세상을 바꿀 수 있다고 생각했다. 우리 시대의 어떤 작가가 그런 주장을 할 수 있을까?) 50대 여성들은 기업화가 산업을 망가뜨리기 시작할 무렵 글 쓰는 직업에 뛰어들었다. 영화와 시트콤이 스토리텔링의 주된 형식이 되었다. 『새터데이 이브닝 포스트』와 『레이디스 홈 저널』의 인기 작가들이 시들해졌고, 저작권 수입은 말라버렸으며, 일부 대학들이 스토리텔링 기술을 가르치려고 노력하면 이상한 아이들을 길러내는 것으로 매도당했다.

이러한 상황에서, (대부분 잘 읽지도 못하는) 내 학생들이 소설을 쓰는 데 열정을 가지고 있다는 사실은 젊은 선생인 나를 놀라게 했다. 무엇이 그들에게 동기를 부여했을까? 그건 피상적이고 이기적인 환상에 불과할까? 아니면 시트콤과 일일 드라마를 수동적으로 흡수하면서 생긴 결핍을 그들이 어떤 식으로든 인식하게 된 걸까? 이건 학문에 대한 게으른 대안일까, 아니면 우리는 어쩌면 문화를 존속시키는 새로운 암흑시대의 수도사인 걸까?

답은 2017년 12월 『애틀랜틱』에 실린 흥미롭고도 대조적인 두 편의 글 속에 있다. 브라이언 캐플런의 「대학은 무슨 쓸모가 있는가?」와 에드 용의 「이야기꾼들의 가치와 매력」이다.

경제학 교수인 캐플런은 대학 졸업자들이 대학 교육을 받지 않은 사람들보다 더 많은 돈을 버는 이유는 대부분 그들이 배운 것 때문이 아니라 기존의 특성들을 '잘 알려주는' 것에 있다고 주장한다. 예를 들어 철학으로 박사 학위를 받은 학생은 자신이 '똑똑하고 부지런하며 심각한 지루함을 기꺼이 견딜 수 있다'는 것을 보여주며, 이 모든 특성은 뛰어난 채용 조건으로 작용한다는 것이다. 그가 배운 철학은 열정일 수도 있고, 그 자체로 바람직한 연구일 수도 있지만, 캐플런의 가치 체계에서는 찾아볼 수 없다. "영어 수업들은 왜 비즈니스와 기술적 글쓰기가 아닌 문학과 시에 초점을 맞추는가?" 그는 진지하게 묻는다. 그러면서 학생들이 일주일에 열두 시간을 '친구들과 어울리는 데' 써버린다고 불평한다. 집을 떠나 처음으로 독립해서 살아가는 젊은이들에게 '어울리는 것'은 곧 '사회화'의 과정을 의미한다는 걸 그는 생각하지 못한다.

반면에 용은 필리핀과 볼리비아의 원시적인 수렵채집사회를 연구하는 사회과학자들의 경험을 재조명한다. 볼리비아의 치마네(Tsimane) 부족사회에서, 그들은 이야기가 규범과 윤리를 강화할 뿐 아니라 음식, 날씨, 동물의 행동에 관한 중요한 정보들을 전달했다는 사실을 밝혀냈다. 필리핀의 아그타(Agta) 부족에서는 놀랍게도 이야기꾼들이 최고의 사냥꾼과 전사보다 더 높은 지위를 누리며, 가장 매력적인 동료이자 친구로 평가될 가능성이 크다는 사실을 발견했다. 그들이 들려준 이야기를 분석한 결과, 종교나 정부 없이 오직 징벌적 방식으로 공동체를 이끌어가는 유목민들에게 이야기는 협력과 성 평등, 사회적 유대의 강화를 촉진하는 기능을 하는 것으로 나타났다.

대학에는 두 가지 뚜렷한 목적이 있다. 하나는 학생들이 '진짜' 세계에서의 삶을 잘 준비하도록 돕는 것이며, 다른 하나는 현실 세계가 당장은 알아주지 않는 지식과 지혜를 서늘하고 건조한 곳에 간직하는 것이다. 나는 전 지구적 자본주의 세계 속에서 좋은 글을 쓰려는 욕구는 칭찬받아야 하며, 문예 창작은 철학과 역사처럼(그리고 유사하게 돈이 되지 않는 다른 학문들처럼) 대학 과목으로 남아야 한다고 주장하고 싶다. 교육적인 노력 없이는 배우지도 가르치지도 않기 때문이다.

사람들은 많은 것을 읽지만, 정교하게 쓰고 편집한 텍스트를 일상생활의 일부로 읽지는 않는다. 컴퓨터와 인터넷은 모든 세대의 작가들을 등장시켰고 앞으로도 그럴 것이다. 물론 그중 문학 독자들에게 소중한 작가들은 몇 없겠지만. 이메일, 메시지, 게시물, 트윗, 블로그 글 등을 쓰는 것은 모두 좋은 일이다. 문법적으로 정확한 게시물을 쓰고, 두운(頭韻)을 살린 트윗을 하고, 은유적인 블로그 글을 작성하는 일은 우리 문화의 일부를 구할 것이다. 문법, 두운, 은유의 도구들을 아는 것은 아마 조금 더 많은 것을 살릴 것이다.

『사피엔스』에서 유발 노아 하라리는 인류를 구분 짓는 가장 큰 특징이 언어 그 자체가 아니라 '눈앞에 존재하지 않는 것을 상상하는 능력'이라고 말한다. 지금 당장 눈앞에 없는 것을 상상하는 능력은 우리에게 영혼과 국가, 상업과 법을 가능하게 하며, 당연하게도 이것은 이야기의 본질이다. 더 좋은 이야기를 쓰는 것은 협력과 성 평등, 사회적 유대의 강화를 촉진할 수 있다. 만약 작가 지망생이 천부적인 재능을 갖고 있다면, 그건 아주 좋은 일이다. 책이 출간되면 그는 심지어 돈까지 받을 것이다. 그렇지만 아마도 그의 어머니는 그에게 정규직이 되라고 조언할 것이고, 그는 홍보나 마케팅, 혹은 법률 분야에서 자신의 문학적 재능으로 할 수 있는 일을 찾아낼지 모른다. (대학에서 나와 가장 친했던 친구는 언론인이 되기를 바랐지만, 결국 뉴욕 대법원의 첫 여성 대법원장이 되었다.) 하지만 어떤 경우든, 자신의 진정한 삶과 우리 문화를 위해서는 그가 소설의 기술을 계속해서 연구하는 것이 더 좋은 일이다. 인간이란 그런 존재니까.

나는 이 책이 앞으로 펼쳐질 그 연구에 도움이 되기를 바란다.

재닛 버로웨이

1장

글쓰기의 과정

당신은 글을 쓰고 싶다. 그런데 뭐가 그리 어려운 걸까?

간혹 글쓰기의 모든 과정을 쉽게 느끼는 운 좋은 사람들이 있다. 공기보다 신선한 종이 냄새가 더 좋게 느껴지고, 자신의 명민함에 절로 웃음이 나오며, 먹는 것도 잊은 채 세상이란 기껏해야 자판을 두드리고 있는 행복한 시간을 침범하는 존재 정도로만 생각하는 사람들. 하지만 우리는 그런 사람들이 아니란 게 문제다. 우리는 단어를 사랑하지만, 어디까지나 직접 마주해야 할 때를 제외하고서다. 시간이 없다고 불평할 때 우리는 묘한 죄책감에 사로잡히면서도, 막상 시간이 나면 연필을 깎거나 이메일을 확인하거나 울타리를 다듬는다.

물론 기쁨도 있다. 우리는 하나의 문장을 공들여 페이지에 써넣는 것에 대한 만족과 심상을 발견하는 황홀, 인물이 살아나는 것을 목격하는 흥분을 위해 글을 쓴다. 심지어 가장 성공한 작가들조차도 진심으로 이러한 즐거움—돈이나 유명세, 매력이 아니라—이 글쓰기의 진정한 보상이라고 말할 것이다. 소설가 앨리스 먼로는 다음과 같이 인정한다.

> 우리를 괴롭히고 못살게 구는 어려움들 때문에 그것은 즐거움처럼 보이지 않을 수도 있다. 하지만 그건 즐거움이다. 말하려는 이야기를 말할 수 있는 대로 말하는 즐거움. 그 이야기가 정말로 무엇인지를 알아내는 즐거움. 그것을 말하는 다른 방법들을 연구하는 즐거움.

그럼에도 불구하고, 빈 페이지를 마주할 때면 작가들은 그러한 즐거움을 잊어버리기 십상이다. 마치 애니타 브루크너의 소설 『날 봐(Look at Me)』의 여주인공처럼.

> 때로는 단지 책상에 앉아 공책을 꺼내는 일조차 육체적인 노동인 것 같다. 때로는 종이 위에 펜을 가져가는 노력이 너무나 커서, 문자 그대로 머리에 통증을 느낀다.

대부분의 작가들이 가장 하고 싶은 것을 가장 하기 싫어한다는 역설을 공유하고 있다는 사실을 알아두는 게 좋다. 우리가 주저하는 이유 중 몇 가지를 아는 것도 도움이 된다. 페이지 위에 뭐가 나타날지, 그리고 그것이 우리의 내밀한 삶에 관해 무엇을 드러낼지에 대한 두려움이 우리를 쓰지 못하게 만든다. 소설가 톰 울프는 말한다. "작가의 장벽(writer's block)이라 불리는 것은 거의 언제나 평범한 두려움이다." 실제로 작가들에게 무엇이 가장 어려운지 물어볼 때마다, 상당수의 답변이 이렇게 돌아온다. 자신이 충분히 잘 쓰지 못한다고 느끼고, 빈 페이지가 위협으로 다가오며, 어떤 식으로든 두렵다는 것. 많은 작가들이 자신의 게으름에 대해 불평하지만, 게으름이란 마치 돈과 같아서 뭔가를 상징할 뿐 진짜로 존재하지 않는다. 이 경우에는 두려움이거나, 지나친 자기 판단이거나, 내털리 골드버그의 말처럼 '죄책감, 회피, 그리고 압박감의 반복'이다.

로런스 더럴의 소설 『알렉산드리아 사중주』에 등장하는 작가 캐릭터 퍼스워든은 우리가 글을 시작하는 데에서 겪는 또 다른 어려움을 보여준다. 퍼스워든은 자신이 쓰려고 하는 것의 존재하지 않는 중요성에 관해 너무 골똘히 생각하다가, 그것을 망칠까 봐 아예 시작도 않으려 한다. 많은 사람들이 이렇다. 아이디어는 그게 무엇이든 간에 너무도 빛나고 완전하며 깨지기 쉬워서, 그것에 관해 쓴다는 것은 마치 아이디어를 부수어버리는 일처럼 느껴진다. 작가는 언어가 결코 우리의 뜻이나 의도를 정확히 담아내지 못한다는 사실을 미리 알고, 언어가 대신해서 할 수 있는 일을 받아들이는 단계로 신중하고 점진적으로 나아가야만 한다. 언어가 할 수 있는 일이 꽤 괜찮다는 것을 아무리 반복해서 깨닫는다 하더라도, 우리는 여전히 새로운 시작 앞에서 주저하게 될 것이다. 이런 소모적인 충동에 맞서고자 나는 책상에 이런 좌우명을 적어두었다. '두려워하지 마라. 그냥 써라.' 너무나 훌륭한 좌우명이라서, 나도 이 챕터를 쓰기 전에 몇 주 동안 이 말에 관해 깊이 고민만 했다.

작가들의 일상적인 습관은 분명 매력적이다. 어떤 작가도 이런 질문을 받지 않고 독자와의 만남을 끝낼 수는 없다. "글은 아침에 쓰시나요, 아니면 밤에 쓰시나요?" "정말 매일 글을 쓰나요?" "손으로 쓰나요, 아니면 컴퓨터로 쓰나요?" 때때로 이런 질문들은 천재의 작업에 관한 존경 어린 관심을 보여주기도 한다. 하지만 내 생각에 그보다 더 자주, 이 질문들은 실질적인 도움을 간절히 요청하는 것처럼 들린다. "이 글쓰기를 조금이라도 덜 끔찍하게 만들 수 있는 방법이 있을까요? 어떻게 하면 굳게 잠긴 내 단어들을 풀어낼 수 있을까요?"

시작하기

작가들의 다양한 습관은 그중 어느 것에도 특별한 마법이란 없음을 암시한다. 도널드 홀은 하루에 열 시간 남짓 책상에 앉아 많은 프로젝트 사이를 오갔다. 필립 라킨은 자신이 18개월에 한 번꼴로 시를 썼으며 그중에 선물용이 아닌 것은 없었다고 말했다. 게일 고드윈은 매일 작업실에 갔는데 그 이유는 "만약 천사가 왔는데 내가 거기 없으면 어떡하지?"였다. 줄리아 알바레스는 "내가 쓰고자 하는 글의 질을 상기하기 위해" 자신이 좋아하는 작가들의 시를 먼저 읽고 그다음 산문을 읽는 것으로 하루를 시작했다. 헤밍웨이와 마찬가지로, 안드레 듀버스는 학생들에게 쓰던 문장을 마치지 말고 작업을 끝내라고 조언했다. 그래야 다음 날 그 문장을 완성하면서 어제의 창조적 흐름 속으로 되돌아갈 수 있다는 것이다. 엘리자베타 렌프로는 항상 목록을 작성하는 것에서부터 시작하는데, 그것은 "종종 읽고 있는 책의 면지나 여백에" 적혀 있다. 톰 코라게선 보일은 "아무것도, 정말 아무것도 모른 채, 첫 문장이 떠오르면" 시작한다. 숀 옹은 "글쓰기를 시작하기 전에 귀로 먼저 들을 수 있기를" 원한다. 디킨스는 작업할 때면 사람들을 만날 수가 없었다. "약속을 의식하는 것만으로도 하루 종일 걱정하게 될 것"이기 때문이었다. 토머스 울프는 일어서서 썼다. 어떤 작가들은 아침 식사를 치우지 않은 식탁 앞에 앉아서도 쓸 수 있는 반면, 어떤 작가들은 완벽한 격리, 해변, 고양이, 현악사중주를 필요로 한다.

하지만 이 모든 것들로부터 배울 점이 있다. '열려라 참깨(얻기 어려운 것을 손쉽게 얻는 법—옮긴이)' 같은 건 아니지만 동화보다 더 오래된 충고다. 너 자신을 알라. 요컨대 어느 시점에서 자신의 이야기를 쓰지 않으면, 그것은 쓰이지 않는다. 쓰겠다고 결심한 이상 문제는 '그걸 어떻게 완성하느냐'가 아니라 '그걸 **내가** 어떻게 완성하느냐'이다. 규율이든 방종이든 빈 페이지를 마주 보도록 도와주는 모든 것은 용납 가능하며 또 생산적이다. 만약 아침 식사 후 조깅이 마음에 활력을 준다면 앉기 전에 조깅을 하라. 커피를 들이부으며 밤을 새워야 한다면 그렇게 하라. 낮이든 밤이든 규칙적이고 일정한 패턴으로 글을 쓰는 습관은 언제나 도움이 된다. 다만 어떤 패턴이 자신에게 맞는지는 오직 당신만이 알아낼 수 있다.

그러나 당신에겐 시간이 없다! 정말 그렇다. 당신은 직업이 있거나, 여섯 과목을 들어야 하거나, 아이가 둘이거나, 병든 부모님을 두었거나, 이혼 문제를 겪고 있다. 나도 안다. 그 모든 과정을 나도 겪어왔다. 한 가지 진실이 있다면 이런 시간 도둑들은 결코 쉬워지거나 줄어들지 않는다는 점이다. 의무와 즐거움은 쌓여가고, 운이 좋다면 인생은 언제나 너무 꽉 차 있다. 운이 좋지 않다면 상황은 더 나빠진다. 따라서 글쓰기 습관을 만드는 데 더 좋은 시간이란 없다. 나중도 없다.

내 글쓰기 과정에서 정말로 중요한 또 한 가지는 내가 글쓰기 그룹에 속해 있다는 사실이다. 앉은 채로, 동일한 공간에서, 모두가 같은 경험을 공유한다는 것.

— 제니퍼 이건

하지만 나는 시간은 진짜 문제 혹은 주요한 문제가 아니라고 생각한다. 과거에 나는 글을 쓸 시간이 전혀 없다고 조바심을 내곤 했다. 그러나 곧 내가 아침에는 신문 사설도 읽고, 스트레칭도 하고, 탁자 위에 신선한 꽃도 올려놓으며, 소설 한 챕터를 더 읽고, 저녁 뉴스를 보면서 와인도 한잔하는 데다가, 잠들기 전에는 그때그때 관심이 가는 심야 토크쇼도 본다는 사실을 깨달았다. 이 모든 일의 공통점은 내가 억지로 나에게 시킨 일이 아니라는 거였다. 그건 모두 내가 나 자신에게 자연스럽게 허락하는 거였다. 여기서 얻은 교훈은 내가 글을 쓰기 위해 앞서 말한 기쁨들 중 무언가를 포기해야 한다는 것이 아니다. 매일 나 자신에게 글을 쓸 수 있도록 허락해야 한다는 것이다. 글쓰기는 의무가 아니다. 글쓰기는 내가 하고 싶은 일이며, 그것을 하기 위해 기꺼이 내 삶의 구조를 바꿀 수 있는 일이다. 당신도—필요하다면 계속 반복해서라도—글 쓰는 시간에 관해 생각해보라. 어디든, 언제든, 길든 짧든, 자신이 이 행위에 온전히 스스로를 맡길 수 있는지. 그것은 의무가 아니라 선택이어야 한다.

• 일기 쓰기

그럼에도 불구하고 글 쓰는 자아를 자유롭게 하기 위해 스스로에게 가르칠 수 있는 몇 가지 묘책이 있다. 핵심은 자신에게 실패를 허락하는 것이다. 그러기 위해 가장 좋은 장소는 개인적인 공간이고, 바로 그 이유로 작가의 일기는 독창성과 아이디어, 실험과 성장의 원천이 될 가능성이 높은 보물 창고다.

일기를 써라. 일기는 당신을 있는 그대로 받아들여줄 수 있는 절친한 친구다. 마음에 드는 형태의, 편안한 노트를 한 권 골라라. 나의 경우 제본이 되어 있는 빈 노트는 그 우아함을 감당하기 어려워서, 대신 3홀 바인더를 선호한다. 왜냐하면 나는 주로 컴퓨터로 일기를 쓰고, 바인더에는 3홀 펀치 한 번이면 어떤 것이든 붙일 수 있기 때문이다. 휘갈겨 쓴 냅킨이라 할지라도 바인더에는 붙일 수 있고, 만약 당신이 전적으로 컴퓨터만 사용하기를 원한다면 사진을 찍어 업로드할 수도 있다.

적어도 처음에는 규칙적으로 일기를 써야 한다. 무엇을 쓰는지, 얼마나 많이 쓰는지는 그다지 중요하지 않다. 다만 꾸준히 글 쓰는 습관을 들이는 것이 중요하다. 규칙적인 일기 쓰기는 언어를 관찰하는 습관을 만들어줄 것이다. 아침에 일어나 해 질 녘까지 뭔가 써야 한다는 의무감을 갖게 된다면, 당신은 하루 종일 반쯤은 의식적으로 자신의 하루에 관한 이야기를 스스로에게 하게 될 것이다. 무엇이건 당신의 눈길을 사로잡은 대상을 묘사해줄 문장들을 찾으면서. 이 습관이 일단 자리를 잡으면, 당신의 공감이나 분노, 호기심을 자극하는 모든 것은 창작의 시작점이 될 수 있다.

그러나 이 습관이 생기기 전이라면 당신은 일기장의 빈 페이지조차도 공백의 놀라운 면을 지니고 있음을 알게 될 것이고, 그러므로 거기서 글을 시작하기 위해서는 몇 가지 허락의 비법이 필요할지 모른다. 극작가 마리아 아이린 포네스는 두 개의 자아가 있다고 말한다. 쓰고 싶어 하는 나와 쓰고 싶지 않은 나이다. 쓰고 싶은 나는 쓰고 싶지 않은 나를 계속해서 속여야만 한다. 다른 식으로 말하자면 이것은 우뇌와 좌뇌 사이의 갈등이다. 장난기 많고 디테일을 사랑하는 창작자와 반듯한 비평가. 물론 비평은 글쓰기 과정에 있어 절대적으로 필요한 단계다. 다만 요령은 '비평할 것이 생겨나기 전까지' 비평가의 입을 다물게 하는 것이다.

• 자유 글쓰기와 자유 초고 쓰기

　자유 글쓰기(freewriting)란 말 그대로 어떤 것을 종이 위에 적는다는 개념을 그대로 받아들이게 해주는 기술이다. 글을 쓰고 싶을 때, 혹은 글 쓰는 자아를 자유롭게 하고 싶을 때라면 언제든지 할 수 있다. 이것은 말하자면…….

　아무거나 그냥 생각나는 대로 막 적는 거다. 머리에서 또 손끄트서 나오는 거라면 암거나 상관업따. 써 내려가면서 나는 궁금하다 나는 나아지고 있는 걸까?? 이 모든 과정이 옛날보다 더 잘 쓰게 해주었을까? 옛날이라면 얼마나 옛날? 타이핑이 엉망이 되어간다 말하고 있는 동안에도 (지금 우리는 말하고 있는 걸까? 누구한테? 어떤 방식으로? 캡스락 버튼이 실수로 눌려지는 거 좋다 이건 뇌의 뒤쪽이나 아래쪽에서 주!의!집! 중!이라고 말하는 뭔가가 있는지 궁금하게 만든다 그리고 몇 가지가 생각난다 프로이트와 말실수(프로이트가 말했던 무의식중에 속마음을 드러내는 실언―옮긴이), 자기기만, 모든 이의 삶에 그것이 작용하는 무수한 방식, 아니 모든 이가 아니라 내 자신의 경험 속, 그러니까 죽은 고양이들을 위해 슬퍼하던 이모처럼, 자기 마음대로 하지 못할 때마다, 어떤 종류의 슬픔을 끌 수 없을 때, 나는 슬픔을 끊는다는 게 가능하기는 한 건지 궁금하다 최초의 향수병이 모든 사람에게 나와 같은 방식으로 작동하지는 않겠지. 할머니의 집, 창밖으로 보이는 잔디와 버드나무 아래 양철로 만든 파이 접시를 굴리는 강아지, 배 속의 크고 무거운 허기, 상실,

상실, 상실의 텅 빈 무게……

이것이 자유 글쓰기이다. 중요한 것은 계속 나아가는 것이고, 그것만이 중요하다. 비평가가 끼어들어 지금 쓰고 있는 글이 끔찍하다고 말한다면, 꺼지라고 말하거나 사실대로 말해주고("타이핑이 엉망이 되어간다") 계속 써라. 만약 당신이 컴퓨터로 쓰고 있다면, 무엇을 쓰고 있는지 보이지 않도록 화면을 어둡게 만들어보는 것도 좋다. 때로는 골랐거나 무작위로 흘러나오는 음악을 통해 자유 글쓰기가 가능해지기도 한다. 만

> 세계와 인간을 담아야 하는 텅 빈 페이지를 바라보고 있노라면, 어쩌면 나는 결국 이 일을 해서는 안 되는 건지도 모른다는 생각이 들곤 한다. 하지만 내가 무언가로, 단 한 가지로 일단 시작하면, 모든 것이 따라온다.
>
> ─ **태비사 차토스**

약 당신이 자주 자유 글쓰기를 시도한다면, 금세 '쓰고 싶지 않은 기분'에 관해 쓰는 것에 지겨워질 테고(그건 다른 주제와 마찬가지로 좋은 주제이긴 하지만), 대신 당신이 흥미를 느끼는 것들에 관해 마음과 문장이 쏠리는 것을 알게 된다. 좋다. 주제는 중요하지 않고, 글쓰기의 질도 마찬가지다. 자유 글쓰기는 피아노의 음계 연습이나 짧은 근육운동과 비슷하다. 중요한 것은 당신이 그걸 한다는 것뿐이다. 그렇게 하면 언어적 근육은 저절로 발달할 것이다.

자유 글쓰기는 단순한 기술이지만, 내용의 자유에 영향을 줄 수 있다. 많은 작가들이 자신을 창조자라기보다는 무언가의 도구라고

느낀다. 이것을 겸손으로 생각하든 성스러운 것으로 생각하든, 당신이 자신을 감시하고 있지 않을 때 무엇을 말하는지는 알아둘 가치가 있다. 소설이란 무언가를 알려주기보다는 알아내기 위해서 쓰이며, 아직 알지 못하는 상태에서 억지로 알려주는 방식을 강요하면 결국 거들먹거리거나 다른 어떤 방법으로 거짓말을 하게 될 가능성이 높다.

글쓰기 교사들이 할 수 없다고 주장하는 것—이를테면 천재를 가르치는 것—을 반신반의하면서 하라고 주장하는 책『작가 수업』에서 도러시아 브랜디는 매일 일어나면 곧장 책상으로 가서(커피를 꼭 마셔야 한다면 전날 밤에 보온병에 담아두어라) 무엇이든 떠오르는 것을 쓰기 시작하라고 조언한다. 잠에서 완전히 깨기 전에, 무언가를 읽거나 누군가와 대화하기 전에, 아직 꿈꾸고 있는 당신의 두뇌를 이성이 차지해버리기 전에. 20~30분 정도 쓴 다음에는 쓴 것을 다시 읽지 말고 옆으로 치워두어라. 이렇게 1~2주 동안 하고 나서, 하루 중 가능한 시간을 추가로 택해서 30분 정도 더 써라. 그리고 그 시간이 되면 '하늘이 두 쪽 나도' 써라. 무엇을 쓰는지는 중요치 않다. 중요한 것은 자리에 앉는 순간 쓰기 시작하는 습관을 들이는 것이다.

자유 초고 쓰기(freedrafting)란, 예상할 수 있듯이, 영감을 펼치기 위한 조금 더 집중적이고 지시적인 방법이다. 당신은 이제 자유 글쓰기를 통해 흥미로운 인물을 만들었거나, 창고에서 나는 냄새가 무엇을 떠올리게 하는지 알고 싶거나, 이야기 중간에 들어와 있지만 아직 두 인물 사이의 대화에 완전히 몰입하지는 못했다. 관심이나 문제에 초점을 맞추고, 연관된 모든 것의 목록을 만든 다음, 숨을 깊게 쉬고,

공간을 응시하고, 몸을 앞으로 내보내라. 주제에 집중하되 판단이나 수정은 하지 않은 채로. 지금 우리는 반짝거리는 작품을 기대하는 게 아니다. 맞춤법도 상관없다. 당신의 무의식에게 길을 찾는 최선의 방법을 제시하고 있는 것이다.

계속하기

* 프롬프트

글쓰기의 모든 단계에서 연습과 프롬프트(무언가를 쓰기 위한 아이디어를 제공해주는 책, 시, 연극의 한 구절이나 일련의 길잡이를 의미한다—옮긴이)는 유용하다. 당신이 일기를 쓰든, 브랜디의 충고대로 매일 아침 몇 장씩 글을 쓰든, 하루 중 시간이 날 때마다 몰래 자유 글쓰기를 하든, 이야기의 다음 장면을 쓰기 위해 노력하든, 시작하는 데 도움을 주고 방향을 제시해준다.

프롬프트는 무의식을 두드리는 또 다른 방법이기도 하다. 글쓰기의 과정이란 A 지점에서 B 지점으로 분명하고 명확하게 진행되지는 않지만, 우리가 그 이야기에 관해 계속해서 생각해왔다면—잠을 자면서, 골머리를 싸매고 고민하거나 심사숙고하면서, 초고를 고치고 또 고치면서—우리의 무의식에는 이미 해결책이 기다리고 있을 수도 있다. 이야기는 이미지나 강박관념, 혹은 아이디어나 주제, 개요에서 시작되는 것이 아니라, 그것들을 지속적으로 탐색함으로써 만들어진다. 겉으로는 전혀 상관없어 보이는 프롬프트가 당신이 다음 페이지를 쓰는 데 도움을 줄 수 있다. 닉과 애슐리에게 어떤 일이 일어날지 알고 싶은가? 이렇게 연습해보라. 이들 두 사람이 어떤 텔레비전 프로그램을 볼 것인지 결정하는 내용으로 두 페이지를 써라. 곧 닉과 애슐리는 리모컨(remote control)을 두고 싸우게 되겠지만, 사실 이 싸움의 진짜 의미는 닉이 얼마나 멀리 떨어져 있고(remote) 동시에 늘 통제권(control)을 갖기를 원하는가를 두고 다투는 데 있다. 애슐리는 닉에게 그들의 관계가 변해야 한다고 말하지만, 닉은 방법이 없는 것처럼 행동한다. 그리고 당신은 그들 사이를 빠져나와 도망친다.

체조 선수들은 연습을 한다. 피아니스트들도 연습을 한다. 화가들은 스케치를 한다. 프롬프트는 작가들이 하는 연습의 형태다. 기술을 훈련하고, 발전시키며, 갈고닦아 강화시키는 방법이다.

『라이팅 픽션』의 각 장은 당신이 글쓰기를 시작하도록 돕고 그 과정에서 논의된 문제들로 나아가도록 하기 위해 고안된 몇 가지 프롬프트로 끝날 것이다. 글쓰기 연습을 위한 다른 책을 찾아볼 수도 있다(앤 버네이스와 패멀라 페인터가 쓴 『왓 이프? 소설가들을 위한 글쓰기 연습(What If? Writing Exercises for Fiction Writers)』은 당연하게도 이미 고전이 되었다). 문예지 『글리머 트레인』(1990년부터 출간된 미국의 문예지. 주로 신진 작가들의 단편소설을 싣는다―옮긴이)은 분기별로 조언과 전망이 담긴 『작가가 묻는다』라는 소책자를 발행한다. 또한 수많은 웹사이트에서 프롬프트와 연습 문제를 찾을 수 있다. 내가 특별히 좋아하는 것은 잡지『포에츠 앤드 라이터스(Poets and Writers)』에서 올려놓은 것이다. 온라인 잡지『브레비티』에는 짧고 간결하며 잘 쓴 에세이들이 실려 있다. 리터러리 허브, 캐터펄트, 내러티브 매거진 같은 사이트들도 도움이 될 것이다.

• 컴퓨터

나는 작가에겐 손으로 쓰는 감각을 잃어버리지 않기 위해 이따금씩 연필로 글을 써보는 것이 중요하다고 생각한다. 공원에서든 해변에서든 다른 힘의 도움 없이 오롯이 자신의 마음과 근육만을 사용하여 쓰는 경험 말이다.

하지만 대부분의 작가들에게 최상의 도구는 컴퓨터다. 자유 글쓰기는 컴퓨터에서 더 자유롭다. 쉽게 지울 수 있다는 사실을 알면 내면의 비평가를 조용하게 만들기도 쉽고 무엇이든 떠오르는 것을 적기도 쉽다. 화면을 어둡게 하거나 못 본 척하면서, 창밖을 중간 지대 삼아 응시하라. 그러면 생각의 실마리를 잠시도 쉬지 않고 따라갈 수 있다.

이메일과 소셜미디어가 집중의 적이라는 사실을 부인하는 사람은 아무도 없을 것이다. 다만 까다로운 점은 이 그렘린(1984년 개봉한 영화「그렘린」에 등장하는 작고 심술궂은 초록색 괴물. 온순하고 신비한 생명체 기즈모의 몸에서 태어난다―옮긴이)들을 일반적으로 잘 다루는 방법이 아니라, 당신의 일상적인 글쓰기 습관에 비추어 이것들을 '당신이' 어떻게 다루느냐에 있다. 사소한 방해 요소들을 먼저 제거하여 가장 효율적으로 글을 쓰는가? 그럴 수도 있다. 그러나 일단 시작한 일은 무엇이든 당신을 빨아들인다는 것이 수많은 작가들의 경험담이다. 소설가는 아니지만, "가장 중요한 일을 먼저 하라"라는 워런 버핏의 말은 꽤 많은 것을 설명해준다. 만약 당신이 처음 덤벼든 일이 소설 쓰기라면, 이메일 쓰는 일은 하루의 뒷부분으로 밀려난다. 만약 스냅챗이라면, 아마도 몇 시간 뒤에 당신은 이 시간들이 다 어디로 사라졌는지 궁금해질 것이다. 어쩌면 당신은 30분마다 이메일을 확인할 여유가 있는 사람일지도 모른다. 어쩌면. 아니면 '딱 한 번만'이라고 약속하면서 스스로를 속이는 중독자에 가까운가? 정직하게 자신을 돌아보고, 그 정직이 이끄는 곳으로 향하라. '정말로 원하는 일을 하도록 자신을 내버려둬라.' 이 말은 당신을 기다린다. 오늘의 트위터는 내일이면 없어진다. 당신의 일, 친구, 가족이 중요하다. 최신 앱? 말도 말자.

영감은 잊어버려라. 습관이 훨씬 더 믿을 만하다. 습관은 영감에 관계없이 당신을 지탱해줄 것이다. 습관은 이야기를 끝까지 쓰고 다듬는 데 도움을 주지만, 영감은 그렇지 않다. 습관은 계속 쓰는 것이다.

옥타비아 버틀러

- 비평가 : 주의 사항

당신의 글쓰기를 자유롭게 만들어주는 모든 과학기술과 기법에 관해 기억해야 할 주의 사항은 다음과 같다. 그것들은 당신의 영감에 에너지를 공급하지만, 결국은 완성되지 않은 예술의 반쪽일 뿐이다. 글쓰기 과정의 핵심인 퇴고는 당신이 작품을 최종적으로 완성하거나 버릴 때까지 계속된다. 퇴고 과정은 지속적이며 당신이 내면의 비평가를 불러들이기로 선택한 시점부터 바로 시작된다. 자유 글쓰기와 프롬프트는 비평이 시작되기 전에 무언가를 창작할 수 있게 해주고, 핵심적인 작업을 하기 전에 핵심적인 역할을 수행하게 해준다. 그러나 핵심적인 작업을 잊어서는 안 된다. 컴퓨터는 지우기 쉽기 때문에 많은 양을 쓰는 데 도움이 된다. 그렇게 하는 걸 잊지 말아야 한다.

- 주제 선택하기

운 좋게도 어떤 작가들은 주제를 선택하기 위해 고민할 필요가 전혀 없다. 그들의 세계에선 갈등, 위기, 해결이 저절로 주어진다. 그들의 머릿속에선 이야기에 관한 아이디어들이 날마다 떠오른다. 그런 부류의 작가들이 겪는 유일한 어려움은 그중 하나를 고르는 것뿐이다. 사실 이야기를 만들어내는 내면의 습관은 말 그대로 습관이고 계발될 수 있기 때문에, 글을 더 많이 또 길게 쓸수록 아이디어가 고갈될 가능성은 점점 낮아진다.

하지만 머지않아 당신은 내면이 텅 비어 있는데도 이야기를 쓰고 싶다는 욕망(혹은 다가오는 마감)에 직면하게 될지 모른다. 불쾌하고 거짓된 충동이 머릿속을 스친다. 뭐야, 아무 일도 일어나지 않잖아. 당신에게 주어진 과제는 이제 내면에 들어 있는 온갖 것들 중에서 이야기로 바꿀 수 있는 상황, 아이디어, 통찰, 인물을 끄집어내는 것이다.

몇몇 선생과 비평가들은 초보 작가들에게 자신의 경험을 토대로만 쓰라고 충고하는데, 나는 이것이 오해의 소지가 있고 품위를 떨어뜨리는 규칙이라고 생각한다. 만약 당신의 상상력이 결코 자신의 연령대를 넘어서거나 캠퍼스를 벗어나지 못한다면, 기껏해야 동네의 라이벌 관계보다 더 큰 문제를 다루지 못한다면, 그건 상상력의 범위를 심각하게 제한하고 있는 것이다. 자기 자신의 경험을(문장의 형태에 관한 경험을 포함하여) 그려야 한다는 것은 분명 사실이지만, 중요한 것은 그 경험에서(문장의 형태에 관한 경험을 포함하여) 무엇이 독자를 놀라게 하고 매혹할 수 있을 만큼 흥미롭고 독특하며 독창적인지를 알아내는 일이다.

'아는 것에 관해 쓰는' 이런 종류의 글이 좋은 소설이 되기 가장 어려운 경우는 바로 이런저런 순간에 자신에게 일어난 일에 관해 정확히 말하려고 노력할 때다. 아마도 좋은 소설들은 모두 어떤 면에서 '자전적'이겠지만, 당신이 겪은 끔찍하거나 웃기거나 비극적인 사건들은 이것을 소설로 바꾸려는 순간 원래의 가능성만큼이나 많은 문제들을 야기할 수 있다. 첫 번째 문제는 '정말로 어떤 일이 일어났는지'

를 포착하려는 과정에서 당신이 이야기에서 서사로 작용하게 될 초점을 제거하게 된다는 것이다. 자신의 작품이 설득력이 없다는 말을 듣고 기분이 상한 젊은 작가들은 종종 "그건 실제로 일어났던 일"이라면서 자신을 변호한다. 그러나 글의 신뢰성은 사실과는 거의 아무런 관련이 없다. 아리스토텔레스는 '그럴듯한(개연성 있는) 불가능성'이 '그럴듯하지 않은(개연성 없는) 가능성'보다 더 나은 이야기를 만든다고 말하기도 했다. 솜씨 좋은 작가는 유리로 만들어진 산이나 UFO, 호빗을 가지고도 우리를 설득할 수 있지만, 서툰 작가는 '메리 루가 샘에게 반했다'라는 이야기조차도 납득시키지 못할 수 있다는 뜻이다.

소설에서 자전적 요소를 활용하는 첫 번째 단계는 글은 경험이 아니라는 사실을 받아들이는 것이다. 개인적 경험에 관한 가장 사실적인 설명조차도 선택과 해석을 필요로 한다. 같은 사건에 관한 당신 여동생의 기억은 완전히 다를 수 있다. 회고록이나 개인적인 에세이를 쓰는 경우, 사실 관계를 기반으로 하는 것이 중요하다. 애니 딜러드가 말했듯 "이는 비소설 작가와 독자 사이의 관습이자 약속"이기 때문이다. 그러나 소설의 작가와 독자 사이에서는 인물의 창조, 장면의 생생함, 행동의 결과를 통해 드러나는 의미가 평범한 진실성보다 우선한다. 이 다른 진리를 시험하는 일은 영적이며 동시에 본능적이다. 글의 타당성은 쓰인 이야기들이 실제로 일어났는지, 혹은 일어날 수 있었는지와 아무 상관이 없다. 로리 무어는 이렇게 말한다.

작가와 작가의 삶 사이의 바람직한 관계는 요리사와 찬장의 관계와 유사하다. 찬장 속에 있는 것으로 요리사가 만든 음식은 찬장 속에 있는 것과 같지 않다.

좋다. 자, 이제 이 경험이 당신에게 중요한 이유는 무엇인가? 무슨 일이 일어났는지 아주 간단히 요약해보자. 100단어 이내로. 무엇을 요리하려 하는가? 이건 어떤 종류의 이야기가 될까? 재료가 되는 사건과 사고와 선택을 변형하고, 부풀리고, 뼈까지 벗겨내며, 다시 살을 입히고, 다른 양념을 뿌릴 수 있는가? 어찌 됐든 당신의 경험은 시간 순일 텐데, 쓸 때도 똑같이 쓰는 것이 그것의 의미를 말하는 데 있어 가장 좋은 방법일까? 어쩌면 당신은 사건이 몇 달이나 몇 년에 걸쳐 전개되는 것을 보았을 것이다. 행동을 포함하는 최소한의 시간 안에 가장 적은 수의 장면만을 넣는다면 몇 개쯤일까? 만약 '당신'이 행동의 중심에 서 있다면 '당신'은 철저하게 인물화되어야 하고, 그건 어려운 일이 될 것이다. 당신은 자신의 어떤 측면을 확대할 수 있는가? 자신을 변화시켜 새로운 것을 볼 수밖에 없도록 할 수 있는가? 심지어 다른 사람을 중심인물로 만들 수 있는가? 특정한 순서 없이 기억에서 떠오르는 순간들을 자유롭게 쓰라. 아니면 마지막 장면을 먼저 쓰라. 장소를 묘사하고 분위기를 과장하라. 좁다면 살인적으로 좁게 만들고, 지저분하다면 끔찍할 정도로 지저분하게 하라. 중심인물을 묘사하라. 적어도 일부는 있는 그대로여야 한다. 이 모든 것들은 날것의 경험과 당신 사이에 일정한 거리를 두기 위해 필요한 장치들이다. 이렇게 해야만 당신은 소설이라는 다른 무언가를 만들어내기 시작할 수 있다.

유도라 웰티는 당신이 아는

것 속의 모르는 것, 즉 혼란스럽

거나 고통스럽게 남아 있는 경

당신이 읽는 것은 당신이 쓰는 것만큼 중요하다.

―마거릿 애트우드

험의 이면을 탐구하는 글쓰기를 해보라고 권한다. 제롬 스턴은 『균형 잡힌 소설 쓰기(Making Shapely Fiction)』에서 '아는 것을 쓰라'는 말을 폭넓게 해석해야 한다고 주장하며 이렇게 말한다. "'나'라는 관념은 그 자체로 복잡하며, 우리의 자아는 여러 겹으로 이루어져 있다. 한때 나였던 사람, 내가 되고자 했던 사람, 되고 싶지 않았던 사람, 될까 봐 두려웠던 사람." 존 가드너는 자신의 책 『소설의 기술』에서 아는 것만 쓰라고 충고하지 않고 "상상력을 제한할 수 있는 건 아무것도 없다"라고 말한다. 대신 그는 조언한다. "당신이 잘 알고 가장 좋아하는 종류의 이야기를 쓰라."

이것은 유용한 생각이다. 가장 잘 알고 좋아하는 종류의 이야기들을 통해 우리는 이야기가 어떻게 표현되고 어떤 형태를 지니며 그 안에 어떤 종류의 갈등, 놀라움, 변화가 들어 있는지 배우게 되기 때문이다. 아직 열렬한 독자는 되지 못한 많은 초보 작가들이 이야기의 구조, 인물들이 말하고 행동하는 방식, 농담은 어떻게 배열되고 거짓말은 어떻게 드러나는지 등등을 깨닫기도 전에 텔레비전에서 배운다. 문제는 당신이 소설을 텔레비전으로부터 배우거나, 자신이 가장 잘 알고 좋아하는 분야가 장르 소설―과학소설, 판타지, 로맨스, 미스터리―이라면, 그런 이야기에 당신이 더할 수 있는 독특한 공헌에 관해서는 아무것도 배우지 못한 채 그저 기술적인 것만 배웠을지도 모른다는 점이다. 그 결과 당신은 모조품에 불과한 B급 드라마나 스페이스 오디세이를 쓰게 되고, 자신 안에 있는 1급을 발견하지 못한 채 2급 인생을 살게 된다.

핵심은 자신이 관심 있는 것에 관해 글을 쓰는 것이고, 첫 단계는 그게 뭔지 알아내는 일이다. 극작가 클로디아 존슨은 학생들에게 '메뉴'를 만들어서 자신의 진짜 관심사를 확인하라고 충고한다. 커다란 감정들로부터 시작해서 일기에 메뉴를 적어보자. 당신을 화나게 하는 것은 무엇인가? 무엇이 두려운가? 무엇을 원하는가? 뭐가 아픈가? 혹은 당신 인생의 중요한 전환점들을 생각해보자. 무엇이 당신을 진정으로 바꿨는가? 누가 정말로 당신을 변화시켰는가? 자전적인 이야기든 아니든, 이 질문들이 이야기를 만들기 위해 살펴봐야 할 영역이 될 것이다. 소설가 론 칼슨은 이렇게 말했다. "나는 항상 나 자신의 경험에서 쓴다. 실제로 경험했든 아니든 간에."

또 하나의 일기 아이디어는 몇 가지 카테고리 아래 당신의 생애 첫 7년간의 사실들을 적어놓는 것이다. 사건, 사람들, 몸, 감정, 세계와의 관계, 소중한 것들. 이 7년에 들어 있는 것들 중 여전히 당신의 마음 한구석을 차지하고 있는 것은 무엇인가? 아직 끝나지 않은 항목에 밑줄을 긋거나 강조 표시를 하라. 이것들이야말로 당신의 관심사에 관한 단서이며 앞으로의 스토리텔링에 쓰일 수 있는 원재료다.

일기와 연관된 장치는 세이쇼나곤의 『베갯머리 서책』에서 찾아볼 수 있다. 10세기 일본의 궁녀였던 그녀는 궁궐에서 일어나는 일들을 일기에 적어―책 제목처럼―나무 베개에 숨겼다. 세이쇼나곤은 목록을 만들었는데, 이 목록은 구체적이고 때론 기이하기까지 한 카테고리로 나뉘어 있었다. 이 방법은 무궁무진한 다양성을 가지고 있으며, 당신이 어떤 종류의 것들을 나열하고 싶은지 알게 됨으로써 스스로에게 자신을 드러낼 수 있다. 결코 말하고 싶지 않았던 것들. 빨간 물건들. 벌거벗는 것보다 더 부끄러운 것들. 가능한 한 오래 미루고 싶은 일들. 목숨이라도 걸 수 있는 것들. 신랄한 것들. 오직 하루만 지속되는 것들.

우리가 무엇에 관심 있는지를 알아내는 일이 늘 쉽지만은 않다. 우리는 정보, 극적인 사건, 소셜미디어, 온갖 이론의 끊임없는 포화에 둘러싸여 있다. 실시간으로, 인쇄물로, 전자적으로 계속 제공되는 판단도 여기 포함된다. 우리가 실제로 무엇을 생각하고 느끼는지보다 우리가 '어떻게 생각하고 느껴야만 하는지'를 아는 게 훨씬 더 쉽다. '그럴 가치가 있는' 사람들이 '그럴 가치가 있는' 명분에 대해 관심을 갖도록 계속해서 강권하지만, 그중 정말로 와닿는 것은 얼마 되지 않는다. 반면 그러는 사이 우리가 정말로 관심 있는 것들은 사소하거나 이기적이거나 자기중심적인 것처럼 보이게 된다.

내 생각에 이것이야말로 브랜디가 권했던 글쓰기 연습이 지닌 가치의 상당 부분을 차지한다. 반쯤 자고 있는 뇌가 아직 우리의 진짜 관심사를 다루고 있는, 직관적으로 정직할 수밖에 없는 새벽이라는 시간에 글쓰기를 강제하는 것. 때론 별 가치 없어 보이는 것이 정확하게 보편성을 담고 있다. 이것을 있는 그대로 포착해서 뒤로 물러나면, 의미의 핵심적인 부분인 작가적 거리를 획득할 수 있다. (오늘 아침 당신이 정말로 신경 쓰고 있는 것이 저녁 댄스파티에서 어떻게 보일까 하는 문제인가? 이것은 남녀노소 누구에게나, 언제 어디서나 닥칠 수 있는 사소한 강박이다. 여기에 관해 최대한 솔직하게 쓰라. 이제 당신 말고 누가 이런 식으로 느꼈을까? 당신이 싫어하는 사람? 멀리 떨어져 있는 사람? 조심하라. 당신은 벌써 이야기를 쓰고 있다.)

결국 당신은 어떤 종류의 경험이 당신이 쓰는 이야기를 위한 아이디어를 불러일으키는지 알게 될 것이다. 그리고 그런 경험이 쌓여가는 것을 보면 놀랄 것이다. 마치 당신의 삶이 당신에게 글쓰기 재료를 제공해주기 위해 일하는 것처럼 느낄지도 모른다. 그러는 동안, 당신에게 도움이 될 만한 여섯 가지 제안을 살펴보자.

딜레마, 혹은 캐치-22(꼭 묶여 옴짝달싹할 수 없는 진퇴양난의 상태―옮긴이)

당신은 해결책이 없는 상황에 직면해 있거나, 그런 누군가를 알고 있다. 어떤 선택을 하든 고통스럽고 대가가 따를 것이다. 현실에서는 이런 딜레마를 해결할 가능성이 없지만, 당신은 작가다. 심지어 결과가 비극적이더라도, 가상의 공간에서 가상의 인물들과 함께 이를 탐색하는 데는 아무런 대가도 따르지 않는다. 어떤 작가들은 이런 종류의 아이디어를 얻기 위해 신문 기사를 활용한다. 오늘 아침 뉴스에는 특별할 것 없는 흑백논리의 상황이 등장했다. 하지만 이들은 누구이고, 어떻게 해서 이런 난장판에 이르게 된 것일까? 잘 생각해보고 이야기를 만들어보자.

부조화

도통 이해할 수 없지만 그래서 더 흥미로운 무언가가 당신의 관심을 끈다. 그건 말이 안 되는 것처럼 보인다. 누군가 저택 뒤뜰에서 돼지를 사육하고 있다. 대체 누가? 왜 그런 일을 할까? 당신의 창의력은 동기와 의미를 찾을 수 있다. 내 경험을 예로 들면 이렇다. 한번은 집 전화가 고장이 나서(휴대전화가 등장하기 한참 전의 일이다), 밤늦게 전화를 걸기 위해 공중전화가 있는 슈퍼마켓에 갔다. 새벽 2시쯤이면 가게들은 모두 문을 닫는 게 당연하지만 상가 앞은 비어 있지 않았다. 거기엔 여자 셋이 있었는데, 한 명은 유모차에 아기를 태운 채였다. 그들은 거기서 뭘 하고 있었을까? 나는 몇 년이 지난 후에야 개연성 있는 답을 찾아냈고, 그걸로 단편소설을 썼다.

연관성

근본적으로 다른 두 사건, 사람, 장소, 또는 기간 사이에서 놀랄 만한 유사성을 발견할 때가 있다. 비슷한 점을 파고들수록 그것은 더 놀라워진다. 내 장편소설 『버저드(The Buzzards)』는 바로 그런 연관성에서 비롯되었다. 유명한 정치인의 딸이 살해당했고, 나는 죽은 여성의 약혼자를 위로하는 처지였다. 그때 나는 아이스킬로스의 희곡 『아가멤논』에 관한 강의를 쓰고 있었다. 두 명의 정치인, 두 명의 살해된 딸—한 명은 고대 그리스에서, 그리고 다른 한 명은 현대 미국에서. 그 연관성은 내가 그것에 관해 곰곰이 생각해보고 글을 쓸 때까지 나를 놓아주지 않았다.

기억

어떤 사람, 장소, 사건들은 우리의 기억 속에 논리를 뛰어넘는 강렬함으로 남아 있다. 당신이 K 이모의 립스틱 냄새를 기억해야 할 합리적 이유 같은 건 없다. 초등학교 4학년 때 '빌려 왔던' 공을 생각하면 아직도 얼굴이 붉어질 정도로 부끄럽다는 것도 말이 안 된다. 그러나 어떤 이유에서인지 이런 것들은 당신의 마음속에 생생하게 남아 있다. 이 생생함은 더 발전되고, 꾸며지고, 형체를 갖출 수 있다. 하지만 현명하게도 창작론 『세 가지 장르(Three Genres)』에서 스티븐 마이넛은 기억을 바탕으로 글을 쓰려면 최소한 1년은 지나야 한다고 충고한다. 그렇지 않으면 당신은 무엇이 일어났는지와 그 이야기에서 무엇이 일어나야만 하는지, 또 당신 내면에 있는 것과 실제로 당신이 그 페이지에 전달한 것이 무엇인지 구분하기 어려울 가능성이 크다.

이식

놀랍도록 생소하거나 강박적으로 낡은 느낌을 다루어야만 할 때가 있다. 당신은 도저히 할 수 없다고 느낀다. 이런 느낌으로부터 거리를 두고 어느 정도 숙달하기 위한 방법의 하나로, 이 느낌에 관해 가능한 한 정확하게 쓰고 나서 이것을 가상의 상황 속에 있는 가상의 인물에게 던져주는 방법이 있다. 당신의 경우 말고 어떤 상황이 그런 감정을 불러일으킬까? 누가 그런 상황에 사로잡히게 될까? 잘 생각해 보라.

복수

불의가 승리했고, 당신은 그에 맞서 아무것도 할 힘이 없다. 그러나 실제로는 그렇지 않다. 당신은 작가니까. 다른 인물, 다른 환경, 다른 조건을 가지고 상황을 다시 만들어라. 당신이 원하는 결과를 집어넣어라. 누구든 당신이 택한 사람을 처벌하라. 설령 이야기가 비슷한 불의로 끝나더라도, 당신은 독자를 옳은 편에 공감하게 함으로써 잘못된 것을 바로잡았

> 한곳에 충분히 오래 앉아 있으면, 책 한 권을 만들기에 충분한 문장을 모을 수 있다. 조금씩 깎아내고 또 깎아내는 것이다.
>
> DBC 피어

다. (단테는 특히 이 일에 능했다. 그는 자신의 적들을 지옥에, 친구들을 천국에 넣었다.) 또한 인간으로서 우리는 격렬하게, 때로는 병적일 만큼 지루함에 관심이 있다. 당신을 지루하게 만들었던 것들을 종이 위에서 터무니없거나 우습게 만듦으로써 복수할 수 있다는 사실 역시 기억하라.

이야기의 아이디어는 언제 어디서든 나올 수 있다. 일기에 아무렇게나 적어놓은 구절에서 뭔가를 발견하기 전까지는 당신 자신도 모를 수 있다. 일단 아이디어를 찾아내면, 그것을 숙고하는 과정이 시작되고 이것은 이야기를 끝낼 때까지(혹은 버릴 때까지) 끝나지 않는다. 대부분의 글쓰기는 손과 페이지 사이에서 이뤄지는 게 아니라 내면과 손 사이에서 이뤄진다. 12페이지짜리 이야기를 타이핑한다고 할 때 유능한 타이피스트라면 세 시간 정도 걸릴 것이다. 하지만 그걸 쓸

때는 며칠, 아니 몇 달이 걸릴지도 모른다. 이는 당신이 글을 잘 쓰고 있을 때조차 대부분의 글쓰기 시간을 페이지에 단어를 넣는 데 써버리지 않는다는 것을 의미한다. 만약 아이디어가 당신을 강하게 사로잡는다면, 숙고의 과정은 비자발적인 일종의 선물이 된다. 그렇지 않다면 당신은 인물을 발전시키고, 그들을 깊이 이해하고, 마음속에서 그들의 행동을 따를 수 있는 내면의 고요를 찾아야만 한다. 그리고 그러기 위해서는 의지적인 노력이 필요하다.

하나의 아이디어가 이야기로 변모하는 데는 다양한 측면이 있는데, 어떤 것은 계획적이고 어떤 것은 신비롭다. '영감'은 실재하는 것으로, 잠재의식이 의식에게 주는 선물이다. 어쩌면 비트 세대 작가들(제2차 세계대전 이후 1950년대 미국에서 대두된 보헤미안적인 예술가 그룹을 지칭한다. 그들은 미국의 경제적 풍요 속에서 획일화와 동질화를 통해 개인이 거대한 사회의 부속품으로 전락하는 것을 경계하고 대항하여 빈곤을 감수하고 개성을 해방하려고 노력했다. 전원생활, 무정부주의, 개인주의, 술과 마약, 동양적인 선을 추구하는 경향이 짙었으며, 여기서는 '영감 없는 글쓰기'에 대한 거부 반응을 의미한다―옮긴이)의 철학에 영향을 받은 일부 새로운 작가들은 '강제적인' 글쓰기가 미학적으로 잘못되었다고 생각할지 모르지만, 어떤 이야기가 작가의 펜에서 '흘러나온' 것이고 어떤 이야기가 한 번에 한 단어씩 어렵게 얻어진 것인지 구분할 수 있는 독자는 거의 없다. 토니 모리슨은 끊기지 않고 영감을 따라 쓴 것 같은 인상을 줄 수만 있다면 같은 단락을 여덟 번이나 다시 쓰는 일은 얼마든지 할 수 있다고 말했다. 신시아 오지크는 돌파구가 생기기 전까지, 종종 '단순한 강제'로 시작하여 '끝내 기쁨으로 변하기 전까지의 두려움과 공포'를 견딘다.

성공한 작가들은 일하는 습관으로 의식적인 마음을 준비하지 않으면 선물은 찾아오지 않는다고 반복해서 입을 모은다. 글쓰기는 마음을 경작하는 일이다. 밭을 갈고, 씨를 심고, 잡초를 뽑고, 좋은 날씨를 기다려야 한다. 씨가 식물로 변하는 이유는 우리가 결코 이해할 수 없는 것이며, 이런 일이 일어날 때 우리가 할 수 있는 유일한 대응은 감사하는 것뿐이다. 그러나 당신은 쟁기질을 한 것이 자랑스러울지도 모른다.

마음속에 이야기가 떠올랐을 때, 한자리에 앉아 초고를 쓰고, 아무리 이 단락이나 저 인물, 혹은 이 문장이나 그 사건에 관해 불만족스러운 점이 있더라도 이를 밀어붙여서 결말까지 내버리는 것. 많은 작가들이 이것을 이상적이라고 결론지었다. 이렇게 하면 두 가지 장점이 있다. 첫 번째는 당신이 계속 변화하는 생각과 분위기 속에서 단편적으로 글을 쓸 때보다, 하나의 큰 그림을 가지고 단일한 시각으로 책상에 왔을 때 일관성 있는 초고를 만들 가능성이 더 높다는 것이다. 두 번째 장점은 빠른 글쓰기가 이야기의 속도도 빠르게 만드는 경향이 있다는 것이다. 속도를 높이는 것보다 나중에 추가하고 발전시키는 것이 항상 더 쉽다. 만약 당신이 며칠 동안 같은 페이지에 머물면서 쉼표만 이리저리 옮기거나 약간 더 나은 의미를 지닌 단어를 찾아 유의어 사전을 샅샅이 뒤지는 타입의 작가라면, 아마도 이 방법을 강제로 시도하는 편이 좋을 것이다(적어도 한 번 이상). 다만 주의할 것이 있다. 한자리에 앉아 완성한 초고는 다른 사람에게 보여주고 싶지 않은 글일 것이므로, 미리 마감에 맞춰 집필 일정을 잘 조절해야 한다.

당신이 글을 쓸 때—한자리에 앉아 쓰는 초고가 이상적이라는 점을 명심하라—이야기는 의도한 것과 다른 방향으로 저절로 전개될 수도 있다. 전에 당신은 어디로 가는지 안다고 생각했지만 지금은 아니다. 잠시 멈추고 다시 생각해보지 않으면 글은 잘못된 곳으로 향할 것이다. 당신은 마음속에 품고 있던 것을 정확하게 쓰고 있지만, 제대로 풀리지가 않는다. 브라이언 무어는 이것을 '이야기가 병드는 곳'이라고 불렀고 그때마다 종종 있을 법하지 않은 플롯이나 부자연스러운 인물의 행동을 거꾸로 되짚어보아야만 한다는 것을 깨달았다. 이럴 때는 이야기가 열매를 맺기 전에 더 많은 상상력으로 덮어주는 작업이 필요하다. 그게 아니면 당신은 자신의 체력이 바닥나버렸다는 사실을 발견할지도 모른다. 열심히 연습도 했고, 변함없이 성실했고, 작가로서 해야 한다고 알려진 모든 덕목을 다했지만, 꼼짝 못 하게 어딘가에 갇혀버리고 만 것이다. 바로 작가의 장벽(writer's block)이다.

작가의 장벽은 예전만큼 인기 있는 개념은 아니다. 나는 사람들이 그것에 관해 듣거나 심지어 얘기하는 것에도 지쳤다고 생각한다. 이따금씩 작가들은 자기 자신의 클리셰에 관해서도 예민할 수 있으니까. 그러나 동시에 어쩌면 작가들이 자신들의 어려움을 이해하고 받아들이기 시작했기 때문일 수도 있다. 때때로 이 과정은 작가를 혼란 속으로 밀어 넣고 엉망진창을 지나 절망에 빠지게 하는 것처럼 보인다. 이것을 해결하지 않으면, 우리는 최종 결과물이 어떻게 나와야 하는지를 느닷없이 알 수 없게 되어버린다. 글을 쓸 때 이건 정말 끔찍한 기분이다. 당신은 앉아서 열심히 바퀴를 돌리고 있지만, 그럴수록 정신적 쓰레기 더미 속으로 더 깊게 파고들게 될 뿐이라는 것. 당신은 이 모든 것을 쓰레기통에 던져버리고 벗어나기로 결심하지만, 결코 그럴 수 없고 마치 아픈 이에 닿는 혀처럼 계속해서 돌아온다. 그게 아니라면 당신은 자신이 지닌 덩어리가 어떤 모양을 만들어내는지 앉아서 기다리기로 결심한다. 물론 당신이 앉아 있는 한 글은 요지부동이다. 위스턴 휴 오든은 글쓰기의 가장 어려운 부분이란 내가 지금 꾸물거리며 질질 끌고 있는 건지 아니면 이대로 더 좋은 단어를 기다려야 하는 건지 판단할 수 없는 데 있다고 말했다.

나는 '작가의 장벽'이 언제나 정보의 부족을 의미한다고 말하는 신문기자를 알고 있고, 이것이 소설에는 적용할 수 없는 얘기라고 생각했다. 내가 내 인물, 장면, 혹은 행동에 관해 충분히 알지 못할 때 주로 괴로움을 느낀다는 것을 알아채기 전까지는. 정보가 놓여 있는 상상력의 깊이까지 내가 내려가지 못했던 것이다.

시인 윌리엄 스태퍼드의 말에서 위안을 얻자. 그는 학생들에게 항상 자신의 최저 수준에 맞춰 쓰라고 조언했다. 그러면 늘 누군가 이렇게 정정했다. "최저가 아니라 최고 수준이겠죠." 아니다. 정말로 최저 수준이 맞는다. 장 콕토의 편집자도 똑같은 조언을 했다. "걸작을 써야만 한다는 생각이 작가님을 슬럼프에 빠뜨리고 있어요. 백지 한 장만 봐도 마비가 올 정도로요. 그냥 옛날 방식으로 아무렇게나 시작하세요. 일단 쓰는 거예요. '어느 겨울 저녁……' 하고요." 빅토리아 넬

슨은 저서 『작가의 장벽에 대하여 : 창조성에 대한 새로운 접근(On Writer's Block : A New Approach to Creativity)』에서 지적한다. "솟구치는 웅장한 야심과 심각한 작가의 장벽 사이에는 거의 수학적인 상관관계가 있어요." 많은 작가들이 '아래'에서보다는 '위'에서 자신을 팔아치운다. 위대한 문학작품을 쓰겠다는 결심은 로맨스를 버리려는 의지보다 더 많은 것이 거짓이다.

초고는 거칠다. 원래 그런 거다. 그냥 거친 대로 놔두자. 찰흙 만들기 같은 거라고 생각하라. 모양을 만들고 광을 내는 건 나중 일이다.

그리고 기억하라. 글을 쓰는 건 쉽다. 쓰지 않는 것이 어렵다.

• 작가로서 읽기

작가로서 읽는 법을 배운다는 것은 저자의 기교, 선택, 방법, 테크닉에 초점을 맞춘다는 것을 의미한다. 『장편소설가 되기』에서 존 가드너는 젊은 작가들에게 "젊은 건축가가 빌딩을 바라보는 것처럼, 의대생이 수술을 참관하는 것처럼, 헌신적으로, 스승으로부터 무언가 배운다는 자세로, 그러나 일어날 수 있는 실수에 관해서는 비판적으로 깨어 있는 채" 읽으라고 충고한다. T. S. 엘리엇의 격언은 이렇다. "나쁜 시인은 모방하고, 뛰어난 시인은 훔친다."

읽으면서 자신에게 질문을 던져라. 무엇이 기억에 남고, 효과적이며, 감동적인가? 다시 읽어보고, 그 기술들이 당신 안에서 왜 그런 반응을 이끌어냈는지 지켜보라. 작가는 왜 여기를 시작점으로 선택했을까? 어떻게 독자의 관심을 끌고, 무슨 일이 일어날지 궁금하게 만들며, 독자의 마음이 주인공을 따라가도록 만들까? 작가는 왜 이 이미지, 이 배경, 이 결말을 선택했을까? 당신은 또한 자신을 감동시키지 못하는 이야기에서도 배울 수 있다. 같은 이야기를 나라면 어떻게 다르게 썼을까? 무엇을 어떻게 바꿀 것인가? 작가로서 욕심을 부릴 필요가 있다. 나는 이 이야기에서 무엇을 배웠는가? 무엇을 흉내 내거나 훔칠 수 있을까?

주제에 관하여

당신이 쓴 이야기의 주제를 발견하고 선택하고 드러내는 과정은 맨 처음 자유 글쓰기를 하는 순간부터 시작되어 계속, 대개는 출간 후까지 이어진다. 주제란 당신의 이야기가 무엇이고 작가인 당신이 거기에 관해 어떻게 생각하고 있는가를 나타내며, 작가가 이야기 속에 넣어놓은 핵심과 해석이다. 존 가드너는 주제가 "이야기에 부여되는 것이 아니라 이야기 안에서부터 떠오르는 것이다. 처음에는 직관적이지만 최종적으로는 작가가 만들어낸 지적인 행위"라고 말한다.

당신의 이야기가 해야 할 말은 당신이 작가로서 하는 모든 선택, 즉 행동, 인물, 배경, 대화, 목표, 속도, 은유와 상징, 시점, 분위기, 스타일, 심지어 구문과 구두점, 어떤 경우에는 서체를 통해 작가와 독자에게 점차적으로 드러날 것이다.

주제는 포괄적인 특성을 지니므로, 나는 개별적인 이야기 요소들을 다룬 뒤 책의 끝부분에 주제에 관한 논의를 배치했다. 하지만 이 모든 요소들이 각각 주제의 전개에 기여하기 때문에 이 같은 결정이 전적으로 만족스럽지는 않다. 당신은 앞으로 건너뛰어 주제를 다룬 챕터를 먼저 살펴볼 수도 있고,

원고를 쓰는 모든 단계에서 다음과 같이 질문함으로써 그에 관한 문제들을 예측해볼 수도 있다. 이 이야기에서 내가 정말로 흥미를 갖는 것은 무엇인가? 이것(이미지, 인물, 대화, 장소)이 어떻게 내 관심사를 드러내는가? 하나의 이미지와 다른 이미지는 어떤 연관성을 지니고 있는가? 그 연관성을 강화하기 위해서는 어떻게 해야 하는가? 나는 정말로 내가 의도하는 것, 내가 생각하는 진실을 말하고 있는가?

> 글쓰기를 좋아하기 때문에 작가가 되려는 사람들이 있다. 그들은 글을 쓰는 과정을 사랑하기 때문에, 인생의 다른 어떤 부분에서보다 글쓰기를 통해 더 똑똑해지고 정직해지고 상상력이 풍부해진다는 사실을 깨닫는다.
>
> 러셀 뱅크스

추천 작품

『왓 이프? 소설가들을 위한 글쓰기 연습』(앤 버네이스, 패멀라 페인터 지음)

『작가 수업』(도러시아 브랜디 지음, 공존, 2018)

『간결한 글쓰기(How to Write Short)』(로이 피터 클라크 지음)

『나는 왜 쓰는가(Why I Write)』(조앤 디디온 지음)

『작가살이』(애니 딜러드 지음, 공존, 2018)

『파리 떼의 메시지 : 글쓰기의 방해 요소에 관하여(Message from a Cloud of Flies : On Distraction)』(보니 프리드먼 지음)

『소설의 기술』(존 가드너 지음, 교유서가, 2018)

「조잡한 초고 쓰기」(『쓰기의 감각』에 수록, 앤 라모트 지음, 웅진지식하우스, 2018)

『파격적인 편집자』(캐럴 피셔 샐러 지음, 소담출판사, 2012)

『작가의 시작』(유도라 웰티 지음, 엑스북스, 2019)

글쓰기 프롬프트

1. 2주 동안 일기를 쓰라. 매일 부담 없이 쓸 수 있는 분량을 정하고, 하루도 빼먹지 않도록 결심하라. 일기 쓰기 외에 다음의 것도 시도해보라.

   - 아무 책이나 펼쳐서 무작위로 점을 찍는다. 손가락에서 가장 가까운 명사를 찾아 그것이 즉각적으로 떠올리게 하는 것들의 목록을 만든다. 그것으로 한 문단 분량의 자유 글쓰기를 한다.
   - 범퍼 스티커(차량 범퍼에 붙이고 다니는 스티커로, 주로 슬로건이나 짧은 메시지 등이 인쇄되어 있다—옮긴이)를 볼 때마다 메모해두었다가, 여섯 개 정도 모이면 하나를 골라 그 차에 관해 기억나는 것들을 빠르게 적는다. 제조사, 모델, 색상, 상태…… 아니면 아예 지어내도 좋다. 그런 다음 그 차의 주인에 관해 자유 글쓰기를 한다.
   - 다음 중 하나에 대한 경험에서 이야기의 씨앗을 찾아본다. 최초의 기억, 화가 난 부모, 잃어버린 물건, 근거 없는 두려움, 헤어커트.

2. 일주일 동안 매일 아침 식사 전에 책상에 앉아 무엇이든 머리에 떠오르는 것들로 자유롭게 한 문단을 쓴다. 주말이 되면 쓴 것을 다시 읽어보면서 흥미로워 보이는 단어, 구절, 사람, 장소, 혹은 생각에 동그라미를 친다. 그중 하나를 골라 한 페이지 정도 자유 글

쓰기를 한다.

3. 당신이 전혀 모르는 10여 가지의 목록을 만든다. 무작위로 하나를 골라 그것에 관해 한 문단 길이의 자유 글쓰기를 한다.

4. 독서나 글쓰기와 관련된 짧은 회고록을 쓴다. 예를 들어 당신이 자신의 이름을 읽거나 쓸 수 있다는 것을 알게 된 순간이나, 편지 쓰는 법을 연습했던 교실, 당신이 글을 쓰는 데 영감을 준 사람에 관해. 거기 어딘가에 이야기의 씨앗이 있지는 않은가?

5. 왜 글을 쓰고 싶은지에 대해 짧은 단락을 쓴다. 글쓰기가 왜 그토록 어려운지에 대해서도 한 단락 쓴다. 어떤 면에서 자신과 근본적으로 다른 사람을 상상해보고, 당신의 욕망과 두려움이 이 새로운 사람에게는 어떻게 적용될지에 관해 한 페이지를 자유롭게 쓴다.

6. 머릿속에 떠오르는 처음 열 가지를 목록으로 만든다. 그중 하나를 골라 다시 여기서 떠오르는 처음 열 가지의 목록을 만든다. 다시 하나를 골라 그것에 관해 자유롭게 한 단락을 쓴다.

7. 다음 문구 중 하나를 골라, 이것으로 시작하는 글 한 페이지를 자유롭게 쓴다.
   • 저녁 식사 후 그는 항상…….

- 내가 가장 좋아하는 사진에서…….
- 하지만 왜 그녀는 그렇게 해야만…….
- 나는 한 번 보고 나서…….
- 그 작은 공간 덕분에 나는…….
- 그런 다음 문이 열렸고…….

2장

보여주기와
말해주기

중요한 디테일
- 감정의 이미지
- 필터링

능동태
산문의 리듬
기계적인 부분들

문학은 우리에게 돈을 지불할 필요가 없는 감정을 제공한다. 문학은 우리로 하여금 사랑하고, 비난하고, 용서하고, 희망하고, 두려워하고, 증오하게 한다. 각각의 감정에 통상적으로 수반되는 그 어떤 위험도 없이. 좋은 감정들―친밀감, 힘, 속도, 술 취함, 열정 같은―조차도 어떤 결과를 초래하고, 강력한 감정은 강력한 결과를 초래하기 마련이다. 또한 소설은 인물과 사건에 중요한 의미를 부여하는 어떤 생각을 담고 있어야만 한다. 이 생각이 얄팍하거나 거짓이라면, 소설은 그에 따라 얄팍하거나 거짓이 될 것이다. 그러나 이 생각들은 반드시 인물을 통해서 혹은 인물과 함께 경험되어야만 한다. '느끼지 못하면' 소설은 실패하게 될 것이다.

신문 사설에서 광고에 이르기까지 많은 논픽션들은 주로 논리와 추론을 통해 다양한 감정보다는 한 가지 감정을 느끼게끔 우리를 설득하려고 한다. 이와는 대조적으로 소설은 경험이 주는 감정적 영향을 확대하고 재생산하려고 한다. 그리고 이것은 어려운 작업인데, 그 이유는 눈과 귀를 직접 두드리는 영화나 드라마의 이미지와는 달리, 글은 먼저 내면으로 전해진 다음 거기서 이미지로 전환되어야만 하기 때문이다.

독자를 움직이기 위해 필요한 일반적인 조언은 '말해주지 말고 보여주라(Show, don't tell)'는 것이다. 작가가 다뤄야 하는 것이 오직 '언어'라는 점을 생각하면 이 조언은 혼란스럽게 느껴질 수 있다. 이 말이 의미하는 바는 소설가로서 당신의 작업이 무기력한 언어나 그 언어가 만들어내는 사고에 집중하는 데 있지 않고, 언어를 통해 느껴지는 경험, 이해의 생명력이 자리하고 있는 그곳에 초점을 맞추는 데 있다는 것이다. 이를 성취하기 위한 기술들—서사를 생생하고 감동적이며 공감 가게 만드는—은 어느 정도 배울 수 있고 언제나 더 강화될 수 있다.

중요한 디테일

『글쓰기의 기초』에서 윌리엄 스트렁크 주니어는 이렇게 말한다.

글쓰기의 기술에 관해 연구한 사람들의 의견이 어느 한 지점에서 일치한다면, 그 지점은 바로 이것이다. 독자의 관심을 끌고 유지하는 가장 확실한 방법은 구체적이고 명확하며 실제적으로 쓰는 것이다. 위대한 작가들은 대부분 세부 사항을 다루고 중요한 디테일을 알려주기 때문에 독자에게 감명을 준다.

구체적이고, 명확하며, 실제적이고 세밀한 디테일—이것들이야말로 소설의 생명이다. (모든 뛰어난 거짓말쟁이들이 알고 있듯) 디테일에는 설득력이 있다. 예컨대 메리는 에드가 지난 화요일에 가스 요금 내는 걸 잊어버렸다고 확신하지만, 에드는 말한다. "아냐, 난 내러 갔어. 니트 조끼를 입은 노인이 내 앞줄에 서 있었고, 자기 쌍둥이 손녀들에 대해 계속 주절거렸거든." 이렇게 되면 아무리 보일러가 작동하지 않더라도 니트 조끼와 쌍둥이를 반박하기는 어렵다. 『소설의 기술』에서 존 가드너는 디테일을 '증명'이라고 표현한다. 법정에서 기하학적 법칙과 증거를 함께 보여주는 단계와 비슷하다. 그의 말에 따르면, 소설가란 "독자에게 클리블랜드의 거리, 가게, 날씨, 정치, 그리고 관심사에 대한 디테일을 알려줄 뿐만 아니라 인물의 외모, 몸짓, 경험 등에 대한 디테일까지 줌으로써 우리는 그가 하는 이야기가 진짜일 거라고 믿지 않을 수 없다".

디테일은 감각에 호소할 때 '명확하고' 또한 '실제적'이다. 디테일은 보고 듣고 냄새 맡고 맛보고 만질 수 있어야 한다. 출간된 소설 책꽂이를 가장 대충 조사한다고 해도 수십 가지의 예시를 찾을 수 있을 것이다. 여기 상당히 분명한 예가 있다.

천장이 다소 높지만 폭이 좁은 그 방에는 바닥에서 천장까지 먹을 것이 가득했다. 온갖 모양과 색깔의 햄과 소시지―하얀색, 노란색, 빨간색, 검은색, 두툼하거나 비계가 적거나 둥글거나 길쭉한―와 방부 처리된 통조림, 코코아와 차, 밝은 반투명 유리병에 담긴 꿀, 마멀레이드와 잼이 줄지어 있었다.

나는 귀를 쫑긋 세운 채 즐거운 분위기와 초콜릿, 훈제 생선, 흙 묻은 트러플이 섞인 냄새 속에서 숨을 쉬며 황홀하게 서 있었다. 나는 꽤 큰 목소리로 "좋은 하루"라고 침묵을 향해 말했다. 나는 아직도 내 긴장되고 부자연스러운 목소리가 정적 속에서 어떻게 사라졌는지 기억한다. 아무도 대답하지 않았다. 그리고 내 입에서는 말 그대로 샘물처럼 침이 흐르기 시작했다. 소리 없이 빠르게 한 걸음을 내딛자 나는 뭐가 잔뜩 쌓인 탁자 중 하나의 옆에 서 있었다. 초콜릿 크림이 채워진 가장 가까운 유리병을 황홀하게 움켜쥔 뒤, 나는 먹을 것 한 주먹을 집어 코트 주머니에 슬쩍 집어넣은 다음, 문으로 가서 다음 순간에는 무사히 모퉁이를 돌았다.

―토마스 만, 『사기꾼 펠릭스 크룰의 고백』

이 단락은 오감을 두루 통과하는 여행이다. 토마스 만은 우리에게 보여준다. **좁은 방, 높은 천장, 줄지어 있는 햄과 소시지, 방부 처리된 통조림, 반투명한 유리병.** 그는 냄새도 맡게 해준다. **초콜릿, 훈제 생선, 흙 묻은 트러플이 섞인 냄새.** 또 들려준다. **"좋은 하루", 부자연스러운 목소리가 정적 속에서 사라졌다.** 맛보게도 해준다. **샘물처럼 침이 흐르기 시작했다.** 만지게 하는 것도 있다. **움켜쥔 뒤, 코트 주머니에 한 주먹을 슬쩍 집어넣는다.** 토마스 만은 우리의 감각적 인식을 통해 마치 그것을 실제로 경험하는 것처럼 장면을 보여주기 때문에, 이 글은 생생하다.

이러한 감각적 이미지는 언급되지 않은 것들까지 암시하면서 울려 퍼진다. 우리는 작가가 만들 수도 있었지만 꼭 그럴 필요는 없는 일반화를 꽤 많이 알고 있다. 그건 우리가 스스로 만들 수 있기 때문이다. 토마스 만은 자신의 인물을 우리에게 이런 식으로 '말해줄' 수도 있었다.

나는 매우 가난했고, 그렇게 많은 음식을 보는 것에 익숙하지 않아서, 방에 누군가 있을지도 모르고 도둑질을 하다가 들킬지도 몰라 몹시 두려웠지만 위험을 무릅쓰지 않을 수 없었다.

이런 방식은 밋밋할 뿐 아니라, 이 모든 부분이 '보여진다면' 위와 같은 말해주기는 불필요하다. 등장인물의 상대적 빈곤은 시각과 후각 이미지의 혼란 속에 내포되어 있다. 만일 그가 이런 광경에 익숙하다면, 인물의 눈과 코는 그런 식으로 요동치지 않을 것이다. 그의 두려움은 크게 소리친, 정적 속에서 사라져가는 '긴장되고 부자연스러운 목소리'에서 뚜렷이 나타난다. 그의 욕망은 침이 흐르는 입속에 있고, 그의 두려움은 '빠르게, 움켜쥐고, 슬쩍 집어넣는' 은밀한 속도에 있다.

핵심은 두 가지다. 그리고 두 가지 모두 중요하다. 첫째, 작가는 반드시 감각적 디테일을 다루어야 한다. 둘째, 다루는 디테일은 '중요해야만' 한다. 소설을 쓰는 작가로서 당신은 단순히 당신이 의미하는 것을 말하는 것이 아니라 말하는 것보다 더 많은 것을 의미하기 위해 끊임없이 고통받는다. 당신이 의미하려는 것의 대부분은 추상이나 판단일 것이다. 사랑은 신뢰를 요구한다, 아이들은 잔인해질 수 있다, 같은 것. 그러나 당신이 추상이나 판단의 형태로 글을 쓴다면 그건 에세이가 되고, 반대로 우리의 감각을 사용하고 스스로 해석할 수 있게 해준다면 우리는 실제로 그 경험에 참여하게 될 것이다. 독서의 많은 즐거움은 우리가 그 글을 이해할 수 있을 만큼 영리하다는 자기중심적 감각에서 온다. 작가가 독자에게 설명하거나 대신 해석해준다면, 우리는 그가 독자를 스스로 이해할 만큼 똑똑하지 못한 존재로 여긴다고 의심하게 될 것이다.

> 나는 이미지들에 끌리고, 그것들로부터 시작하는 것 같다. 혹은 단 하나로부터. 내가 상상하는 것, 장면이나 디테일, 심지어는 사진 한 장에서.
>
> 레이철 쿠슈너

디테일은 인물의 변화나 플롯의 발전을 암시하는 경우에도 중요하다. 이제는 유명한 말이지만, 체호프는 1막에서 벽난로 선반 위에 권총이 놓여 있으면 마지막 막에서는 반드시 발사되어야 한다고 말했다. 스튜어트 다이벡의 단편소설 「우리는 하지 않았다(We Didn't)」에서 화자와 그의 여자 친구는 해변에서 데이트를 하던 중 갑자기 화장실에 가고 싶어진다. '헤드라이트가 우리를 포위했고, 스포트라이트가 십자로 교차했으며, 순찰차가 모여들면서 파란색 반구형 램프들이 회전했다.' 여기서 경찰차와 서치라이트는 장면을 바꾸고, 이야기의 전환점을 보여주며, 또한 젊은 커플이 닥친 문제에 스포트라이트를 던지면서 은유적 역할을 한다.

아래 발췌된 콜슨 화이트헤드의 『언더그라운드 레일로드』에서, 노예 소녀 코라는 그녀의 할머니 소유였던 조그마한 텃밭을 돌보고 있다.

> 희뿌연 습기가 땅 위를 맴돌았다. 거기서 코라는 보았다—자신의 첫 양배추가 되었을 무언가의 잔해를. 블레이크의 오두막 계단에 쌓여 있는 뒤엉킨 덩굴들은 이미 말라가고 있었다. 땅은 근사한 마당을 만들기 위해 뒤집히고 다져져 있었다. 농장의 중심부에 있는 웅장한 저택처럼 그녀의 텃밭 한가운데 자리잡고 있는 개집을 위해서였다.

이 경우, 소녀의 영토를 침범하는 것—육체적으로든 은유적으로든—은 고분고분한 소녀로 하여금 격렬한 힘을 찾아내도록 만든다.

오감 중 어느 하나에 잘 호소할 때 디테일은 구체적이다. 또한 그것이 사실을 전달하거나, 판단을 전달하거나, 혹은 둘 다 전달한다면 그때는 의미심장해진다. '창문턱이 녹색이다'는 우리가 볼 수 있기 때문에 구체적이다. '창문턱의 곰팡이 핀 것 같은 녹색 페인트 조각들이 벗겨지고 있었다'는 구체적이며 동시에 의미심장하다. 왜냐하면 이 문장은 페인트가 오래되었다는 사실을 알려주고 그 색깔이 추하다는 판단을 암시하기 때문이다. 이 두 번째 예는 독자에게 더 큰 생생함을 준다.

감각에 제대로 호소하지 못해 실패한 젊은 작가의 글 한 구절을 보자.

데비는 매우 완고하고 완전히 독립적인 사람이었으며, 순응시키려는 부모의 노력에도 불구하고 언제나 자기 방식대로 일을 해왔다. 그녀의 아버지는 드레스 제조 회사의 중역이었고 가족에게 인생의 모든 호사와 안락함을 누리게 해줄 수 있었다. 그러나 데비는 가족의 풍요에는 전혀 무관심했다.

이 글에는 우리가 동의할 수도 있고 그렇지 않을 수도 있는 여러 가지 판단이 들어 있는데, 작가는 우리가 그래야만 한다고 확신하지 못하고 있다. 완고함이란 무엇인가? 독립? 무관심? 풍요? 더 나쁜 것은 이 판단이 일반화에 의해 뒷받침되기 때문에, 우리는 페이지 위에서 그것만으로도 인물을 생생하게 만들 수 있는 방법인 그들의 개성에 관해 알 방법이 없다는 것이다. 데비가 언제나 해왔던 일은 무엇일까? 그녀를 순응시키기 위해 부모는 어떤 노력을 기울였을까? 아버지는 어느 급의 중역인가? 어떤 드레스 제조 회사인가? 호사와 안락함은 어떤 것인가? 이 빈칸을 우리는 다양한 방법으로 채울 수 있다.

원한다면, 데비는 탱크톱을 입고 형광색 귀걸이와 앵클 스트랩 샌들을 신은 채 티 파티에 갈 것이다

"오, 얘야." 치디스터 부인은 문간에 서서 두 손을 비벼댈 것이다. "보기 좋지가 않아."

"누구 얘기예요?" 데비는 말할 것이다. 그리고 술 장식이 달린 벨트를 할 것이다.

치디스터 씨는 디올의 보스턴 판매책의 스타일 디렉터로, 그가 '우아한 텍스처'라 부르는 것에 깊은 애정을 지니고 있었다. 손으로 짠 트위드에서 금으로 된 선 세공까지. 그는 이런 것들을 기꺼이 딸에게 제공했다. 하지만 데비는 자신의 라미네이트 손목 팔찌를 더 좋아했다.

아직 우리는 이 인물들의 장점에 관해 최종 판단을 내리지는 않았지만, 이제 그들에 대해 많은 것을 알게 되었고, 또 작가가 강요한 것이 아니라 우리 자신이 이끌어낸 어떤 잠정적인 결론에 이르렀다. 데비는 부모의 가치관으로부터 독립적이고, 부모의 감정에 개의치 않으며, 에너지가 넘치고, 어쩌면 날라리일 수도 있다. 치디스터 부인은 상당히 무력하다. 치디스터 씨는 속물이지만, 데비의 취향이 너무 별로

라서 어쩌면 우리는 결국 그의 편에 서게 될지 모른다.

하지만 어쩌면 작가가 생각했던 것은 전혀 그렇지 않을지도 모른다. 요점은 작가가 무슨 생각을 하고 있는지 알 수 없다는 사실이다. 혹 이 버전에 더 가까웠을지도 모른다.

어느 날 데비가 『율리시스』 한 권을 집에 가져왔다. 스트럼 부인은 그것을 '쓰레기'라고 부르며 베란다 너머로 던져버렸다. 데비는 마루에 무릎을 꿇고 앉아 책 대신 책갈피를 주워 들었다. "아뇨, 그렇지 않아요." 데비가 말했다.

"네가 어려서 채찍으로 때리질 못하는 게 한이다!" 스트럼 씨가 그녀에게 상기시킨다.

스트럼 씨는 레디웨어 그룹의 대주주였고, 회사의 비용 계좌로 가족들에게 돈을 쓰는 것에 자부심을 느끼고 있었다. 지난여름, 그는 벨기에로 여행을 가면서 가족들을 동반하고 이를 정당화했다. 미국인 묘지와 겐트 성의 고문실을 둘러보았던 그 여행에서, 데비는 아무런 고마움도 느끼지 못한 채 남은 일정 내내 어느 시인의 낡아빠진 시집을 들고 호텔에서 웅크리고 있었다.

여기서 우리는 데비의 고집과 독립성, 무관심과 가족의 풍요, 그들의 본성과 우리가 그들에게 부여하는 가치에 대해 훨씬 더 명확하게 이해하게 된다. 이번 우리의 판단은 데비의 취향에 크게 근거하고 있다. 이것은 부분적으로 책을 읽는 사람들은 책 읽는 사람들에게 감정적인 공감을 하게 마련이기 때문이기도 하지만, '쓰레기'나 '채찍으로 때리겠다'는 말 속에 들어 있는 히스테리에 반해 데비의 저항이 조용하고 강렬하기 때문이기도 하다. 스트럼 씨의 회사 비용 계좌에 대한 태도는 그가 부패했음을 암시하고 있으며, 그가 선택한 '사치'인 관광지들은 소름 끼친다. 이 단락에는 두 가지 명백한 판단이 포함되어 있는데, 하나는 데비가 '아무런 고마움도 느끼지 못했다'는 것이다. 하지만 여기에 도달했을 때쯤 독자는 그 판단이 스트럼 씨의 것이라는 사실을 알고 있으며, 데비가 고마워할 만한 것이 실제로는 거의 없다는 결론을 내리게 된다. 우리는 작가가 말하는 것을 이해할 뿐 아니라 작가가 스스로 말하는 것의

정반대를 의미하고 있을 때도 이해하며, 이를 발견할 때 두 배로 똑똑하다고 느낀다. 이것이 아이러니가 주는 즐거움이다. 마찬가지로 시인의 책이 '낡아빠졌다'는 판단도 우리가 더 값지다고

이미지는 소설의 출발점이다. 잠자는 동안에도 향해갈 수 있는 목표다. 중요한 것은 이 이미지들이 당신 안의 무언가를 움직인다는 사실이다.

— 칼 오베 크나우스고르

알고 있는 것들을 향한 스트럼 씨의 지독한 물질주의적 태도를 보여준다. 단락의 끝부분에서 우리는 독자에게 충분히 주어졌을 법한 디테일이 빠져 있는 것을 발견한다. 데비가 들고 있던 시집의 시인은 누구인가? 다시, 이때쯤이면 독자는 상황이 데비 아버지의 시선으로 주어지고 있음을 알게 되고, 존 키츠와 스탠리 쿠니츠의 차이를 알아차리지 못할 사람은 스트럼 씨(데비도 아니고, 작가도 아니고, 독자는 더욱 아

니다)라는 것을 이해하게 된다.

누군가는 다시 쓴 두 가지 버전이 원문보다 길다는 사실에 이의를 제기할지도 모른다. 너무 많은 디테일을 '추가'하는 것은 긴 글쓰기에 도움이 되지 않는가? 대답은 예와 아니요 둘 다이다. 디테일이 단어를 필요로 한다는 점에서는 도움이 된다. 그러나 잘 선택된 디테일이 우리에게 보여주는 인물의 가치, 활동, 생활 방식, 태도, 그리고 성격은 일반화를 통한 말해주기보다 훨씬 더 많은 단어를 필요로 한다는 점에서 도움이 되지 않는다. 디테일을 통해 이야기 속 인물을 알아가기 시작할 때, 당신은 그 사람의 전부나 모든 행동, 혹은 단 하루의 한순간에 관한 모든 것을 전달할 수 없다. 작가는 반드시 독자를 이해시킬 수 있는 핵심적인 특성을 전달하는 의미 있는 디테일을 선택해야만 한다.

하지만 플래너리 오코너가 "하나의 대상을 오래 바라볼수록 그 속에서 더 많은 세계를 볼 수 있다"라고 말한 것처럼, 어떤 디테일이 진정으로 의미 있는지는 작가인 당신이 이야기를 계속해서 발전시키고 고쳐나갈 때만 나타날 수 있다. 그녀는 어떤 디테일들이 "이야기 속의 행동으로부터 의미를 축적하는 경향"이 있으며 이는 "작동하는 과정에서 상징적"이 된다고 적는다. "디테일은 이야기의 문자적 수준에서 본질적인 위치를 차지하면서도, 표면뿐 아니라 심층에도 작용하면서 이야기를 모든 방향으로 커져나가게 한다."

따라서 디테일이 의미와 가치를 함축적으로 제시하지 않는 한, 그 어떤 구체적인 디테일도 독자를 움직일 수 없다. 다음 단락은 디테일이 부족해서가 아니라 그 디테일에 의미가 결여되어 있기 때문에 실패한다.

> 스물두 살의 잘생긴 청년 테리 랜던은 키가 193센티미터였고 어깨가 넓었다. 그는 중간 길이의 두꺼운 금발과 자연스러운 황갈색 피부를 지녔고, 긴 속눈썹 아래 푸른 눈은 강렬하면서도 친근했다.

우리는 여기서 일반적인 감각 정보를 꽤 많이 알게 되었지만, 여전히 테리에 관해서는 거의 알지 못한다. 세상에는 어깨 넓은 스물두 살짜리 아이들이 너무나 많고, 금발이나 기타 등등도 마찬가지다. 이런 식의 특징 나열은 지명수배 전단지를 떠올리게 한다. **백인 남성, 중간 키, 검은 머리, 마지막 목격 당시 회색 레인코트 착용.** 이 같은 묘사는 경찰이 군중 속에서 용의자를 찾는 데는 도움이 될 수 있겠지만, 이때의 전제는 그 사람의 정체가 아직 밝혀지지 않았다는 것이다. 작가로서 당신은 독자에게 그 인물을 개별적으로, 그리고 지금 당장 알게 하고 싶다.

사실 우리의 모든 생각과 판단은 감각적 인식을 통해 형성되며, 우리는 매일 매 순간 이런 방식으로 단순한 감각에 그치지 않는 정보를 받아들인다. 칵테일 파티에 참석한 네 사람은 서서 카나페를 조금씩 먹는 것 외에는 아무 일도 하지 않을 수 있고, 정치와 최신 영화에 대한 것 말고는 아무런 대화도 하지 않을 수 있다. 그러나 당신은 X가 Y에게 몹시 분노했고, Y는 Z와 시시덕거리고 있으며, Z는 Q에게 상처를 입히고, Q는 X를 위로하려고 한다는 것을 확실하게 느낀다. 당신은 그저 관찰할 수 있는 감각만을 가지고 있을 뿐인데 말이다. 어떻게 이런 결론에 도달하는 것이 가능할까? 어떤 몸짓, 눈짓, 목소리, 접촉, 단어 선택을 통해?

판단에 대한 이러한 끊임없는 강조가 작가와 독자를 완고하고 독선적으로 보이게 하는지도 모른다. "나는 내 인물을 객관적, 중립적으로 제시하고 싶어요. 나는 어떤 가치 판단도 하지 않아요. 독자가 자기 마음대로 결정하면 됩니다." 하지만 인간은 끊임없이 판단하는 존재다. **영화는 어땠어? 그 사람은 친절해 보였어. 정말 지루한 수업이야! 여기가 마음에 드세요? 쟤는 아주 말랐다. 그것참 흥미로운데요. 난 너무 서툴러. 너 오늘 정말 근사하다. 인생은 미친 짓이야, 안그래?**

독자가 그런 판단을 내리지 않는 때는 별로 관심이 없기 때문이다. 우리는 무관심하다. 비록 작가가 등장인물을 신성시하거나 깎아내리고 싶지는 않다 할지라도, 작가는 우리가 그들을 신경 써주기를 원하며, 만약 작가가 독자의 판단에 개입하지 않기로 한다면 그건 독자의 무관심을 불러들이는 일이 될 수도 있다. 보통 작가가 "독자가 판단하기를 바라지 않는다"라고 하면 그것은 독자의 감정이 뒤섞이고, 역설적이며, 복잡하기를 바란다는 뜻이다. **그녀는 끔찍하게 짜증을 내지만, 그건 그녀의 잘못이 아니다. 그는 섹시하지만, 그 밑에는 차가운 무언가가 있다.** 만일 이게 작가의 뜻이라면, 작가인 당신은 독자의 판단을 양방향이나 여러 방향으로 지시해야 한다. 어느 쪽도 하지 않는

게 아니다. 소설가 엘리자베스 스트라우트는 『올리브 키터리지』에서 변덕스럽고 별나며 가족에게 통제적인 주인공을 등장시킨다. 하지만 상처받기 쉬운 젊은이들에게 그녀는 민감하고 부드럽다. 그녀는 끔찍하고 우리는 그런 그녀를 느낀다. 독자는 그녀가 무엇을 느끼고 어떻게 보는지에 관한 디테일을 통해 그녀의 자기모순을 본질적인 인간 (우리 자신?)의 모습으로 인식하게 된다.

심지어 유형이나 기능으로만 존재하는 인물조차도 의미심장한 디테일을 통해 제시되면 살아 있는 인물이 된다. 도러시 앨리슨의 단편소설 「모른다고 하지 마(Don't Tell Me You Don't Know)」에 등장하는 이모가 바로 그렇다. 화자가 언급하는 많은 여성 친척들처럼, 이모는 강력하고 양육적인 힘을 갖고 있지만 그럼에도 화자를 어린 시절의 학대로부터 구해내지는 못한다.

우리 가족 중에는 크고 육중한, 일하는 여자들이 많았다. 광산 재해 때 찍은 사진에서 흔히 볼 수 있는 그런 부류의 여자들. 덩치 큰 여자들, 끝내 이모들은 모두 자기 힘으로 움직이면서 다른 모든 사람들에게 오지랖을 부렸다. 하지만 내가 가장 사랑했던 앨마 이모는 일종의 원형이었다. 잠시 운영했던 길가 가게에서 그녀가 우리에게 공짜로 먹을 것을 주었을 때부터…… 일단 거기 가면 우리는 치킨 그레이비와 비스킷을 먹는다. 엄마도 언니의 사랑과 분노로 만들어진 우물에서 잘 먹었을 것이다.

'원형'적 인물인 앨마 이모의 경우, 우리는 이 여인에 관해 눈에 띄게 선명한 이미지를 갖고 있다. 앨리슨이 어떻게 우리를 일반화에서 날카로운 이미지로 이끌고, 점차 그 인물에 초점을 맞추게 하는가를 주목하라. 처음에 그녀는 크기와 성별만을 가지고 있지만, 다음에는 어떤 추상적인 '힘'을 가지고, 그런 다음에는 '우리에게 공짜 음식을 준' 사람으로서의 뚜렷한 역할을 한다.

요점은 작가인 당신이 결코 생각이나 일반적인 성질이나 판단을 표현해서는 안 된다는 것이 아니라, 독자에게 '모든' 디테일을 주어서는 안 된다는 것이다. 당신 이야기의 어떤 부분에서는 어쩔 수 없이 '보여주기'보다 '말해주기'가 더 효과적일 것이다. 어떤 일련의 행동들은 요약하는 방식으로 전달하는 편이 나을 것이다. 너무 많은 디테일은 초점을 분산시킬 수 있고 작가 입장에서는 일종의 자기 방종처럼 느껴질 수 있다. 모든 사람이 이런저런 사소한 것들로 공간을 채우며 계속 이어지는 묘사를 읽지만, 실제로는 한참 전에 그게 뭔지 다들 알고 있다. 때때로 소설의 속도와 마법은 시공간을 빠르게 통과하는 항해와 같다.

그러나 집단이나 유형을 만들 때, 혹은 빨리 넘어가는 구간에서조차, 작은 구체성은 장면을 생생하게 해줄 것이다. 여기 인용된 사실적인 문장들은 야 지아시의 『홈고잉(Homegoing)』에서 가져온 것으로, 앨라배마주 프랫시티의 광부들은 파업에 돌입한다.

상사들이 항복하는 데는 6개월이 더 걸렸다. 그들은 모두 50센트를 더 받게 되었다. 도망가던 소년만이 투쟁에서 죽은 유일한 사람이었다. 임금 인상은 작은 승리였지만, 그들 모두가 받아들일 승리였다. 소년이 죽고 난 후, 파업 참가자들은 싸움이 빚어낸 난장판을 치우는 일을 도왔다. 그들은 삽을 집어 들고 총에 맞은 소년을 찾아내어 도공의 들판에 묻어 주었다.

이 단락에는 특별한 이미지가 없는 많은 일반화와 범주들이 포함되어 있다. **6개월 더, 상사, 항복하다, 임금 인상, 승리, 모두, 파업 참가자, 난장판, 싸움.** 하지만 '도망가던 소년'은 이전 장면에서 아이가 모욕을 당하고 도망치는 모습이 떠오르는 생생한 이미지다. 인상된 임금이 정확히 50센트라는 사실은 이것이 그들에게 중대한 문제이기 때문에 중요하다. 그리고 '삽을 집어 들고'라는 표현은 합의를 받아들이는 행동을 구체적으로 보여준다. 또한 이 이야기가 모호한 기록으로 끝나버린

> 모든 장르의 글쓰기에서, 나는 매복한 채 바로 그 장면, 그 문장을 살아나게 만들 정확하고 완벽하며 인상적인 디테일을 기다린다.
>
> ─ 로런 그로프

다면 얼마나 많은 것이 사라질지 살펴보라. '총에 맞은 소년을 찾아내어 묻어주었다.' 소년이 '도공의 들판'에 묻혔다는 사실은 광부들이 처한 상황에 대한 연민과 그들의 궁핍함을 함께 보여준다.

이번에는 판단과 디테일의 조합을 통해 한층 더 강렬해진 경험의 표현 방식을 살펴보자.

내 아내는 한 번 쳐다보는 것만으로도 네 피부를 벗겨버릴 수 있어. 그
녀는 그만큼 괴로워 견딜 수가 없었어. 그녀는 손가락 하나로 너를 자신
에게 오도록 부를 수도 있었지. 그녀는 머릿속으로 긴 나눗셈을 할 수도
있었어. 그녀가 정말로 잘할 수 있는 또 다른 일은 흐느껴 우는 거였고,
난 그게 부러웠어. 그건 그녀 내면에 먹을 것이라곤 아무것도 남기지 않
는 것 같았어. 익숙해진 사람에 대해서는 틀리기 쉬운 법이야.

— 에밀리 프리들런드, 『익스펙팅(Expecting)』

심지어 60페이지에 인용된 토마스 만의 단락에서도 많은 일반화
와 판단(좁은, 높은, 줄지어, 온갖 모양과 색깔, 황홀하게, 즐거운, 긴장된, 부자연스
러운)을 찾을 수 있고, 각각은 디테일로 묘사되어 있다.

• 감정의 이미지

"사람들은 자신이 경험하지 못한 것을 느낄 수 있어요"라고 배우
밀드러드 던녹은 말했다. 그리고 소설의 역할은 우리를 느끼게 하는
것이다. 그러나 이러한 감정을 불러일으키기 위해서는 종종 독자가 경
험했을지도 모르는 감각적 디테일을 그려낼 필요가 있다. 단순히 인
물의 감정을 사랑이나 증오라고 표현하는 것은 별 효과가 없다. 그러
한 추상화는 모호하고 이성적인 차원에서 작용하지만, 감정은 감각
이 받아들이는 정보에 대한 신체의 물리적 반응이기 때문이다. 사실

적인 '메소드' 연기의 창시자인 러시아의 위대한 연출가 콘스탄틴 스타니슬랍스키는 학생들에게 19세기 무대의 화려한 감정적 포즈를 버리라고 하면서, 대신 개인적인 과거의 트라우마와 연결된 감각적 디테일을 떠올림으로써 촉발되는 감정을 표현해야 한다고 강조했다. 손끝의 얼얼함, 그을린 머리카락의 냄새, 종아리 근육의 긴장 같은 디테일들을 떠올릴 때 배우의 몸 안에 분노와 같은 감정이 자연스럽게 스며들 수 있다는 것이다.

> 훌륭한 작가들은 소설에 등장하는 거의 모든 것들에 관해 '말해줄' 수 있다. 단 하나, 인물의 감정만 빼고. 두려움, 사랑, 흥분, 의심, 당혹, 절망은 행동이나 몸짓, 대화, 혹은 설정에 대한 물리적 반응 같은 '사건'의 형태로 주어질 때만 비로소 진짜 현실이 된다. 디테일은 소설의 생명선이다.
>
> —존 가드너

마찬가지로, 소설에서 작가가 인물에 의해 경험되는 정확한 신체적 감각을 묘사한다면, 특정한 감정은 독자 자신의 감각 기억에 의해 촉발될 수도 있다. 예를 들어, 조이스 캐럴 오츠의 단편 「어디 가, 어디 있었어?(Where Are You Going, Where Have You Been?)」의 마지막 부분에서 주인공은 너무나 겁에 질린 나머지 '주방은 전에 한 번도 본 적 없는 곳처럼 보였다'. 그녀는 도움을 청하기 위해 전화를 걸려고 하지만 '손가락이 다이얼까지 더듬어 내려갔지만 그걸 누르기엔 너무 약했다'. 요동치는 심장은 '그녀의 몸 안에 있지만 그녀의 것은 아닌, 그저 두근거리고 살아 있는 것'처럼 느껴진다. 여기서 독자는 반사적으로 공포에 대한 개인적 기억이나 어쩌면 악몽을 꾼 경험을 통해 이 장면을 파악할지 모른다. 시야가 흐려지고, 다급함에 손가락이 우왕좌왕하고, 심장이 너무 뛰어서 가슴 밖으로 터져 나올 것만 같은. 단순히 주인공이 두려움을 느낀다고 쓰는 것은 냉정한 거리를 형성하는 일이지만, 신체적 디테일을 통해 그녀의 두려움을 극화하는 것은 독자들로 하여금 그 경험을 공유할 수 있게 하는 길이다.

감정을 콕 집어 말하는 것을 피해야 하는 이유 중 하나는 감정이란 것이 좀처럼 순수하지 않기 때문이다. 상반되거나 충돌하는 감정들이 종종 함께 움직인다. 우리는 그걸 경험하지만, 그 안에 사로잡혀 있는 동안에는 멈춰 서서 감정을 분석하기가 쉽지 않다. 톰 퍼로타는 자신의 단편 「쉬운 방법(The Easy Way)」에서 로또 1등에 당첨된 사람이 질투심 많은 친구의 죽음을 알게 된 순간을 묘사한다. '나는 완벽하게 가만히 서서 그 소식이 내 안에서 커져가도록 내버려두었다. 마치 내 가슴속에서 솟아오르지도 터지지도 않는 거품처럼. 나는 분노나 슬픔이 그 열린 공간을 채우기를 기다렸지만, 그때 느꼈던 것이라고는 휘청거리는 다리, 지면과의 잘못된 연결뿐이었다.' 신체적인 반응을 추적하고 그 순간의 충격에 충실함으로써, 퍼로타는 이 상실의 복합적인 충격을 전달한다.

감정의 구체적인 표현을 찾는 것은 어렵다. 그것은 작가가 끊임없이 요구받는 가장 어려운 일들 중 하나다. 하지만 신경생물학자들은 바로 이것이 감정이라고 확신한다. '외부 세계에서 오는 감각적 입력에 대한 신체 내부의 감각적 반응. 종종 음식, 섹스, 싸움 혹은 도망

같은 기본적인 욕구 앞에서 나타남.' 불행히도 우리는 이러한 신체적 반응을 구체화하는 훈련을 온전히 받지 못했고, 이를 말하는 방식은 너무 적다. 하와이 사람들은 '핑크'를 70개의 단어로 표현할 수 있지만, 의사는 우리에게 고통을 이렇게 묘사하라고 한다. 1부터 10까지라고 할 때 얼마만큼 아픈가요? 찌르는 듯하나요, 아니면 욱신거리거나 쑤시나요?

그럼에도 불구하고, 자리에 앉아 당신의 인물이 지닌 특정한 감정을 그려보고 그것이 몸속에서 어떻게 그리고 어디에 자리하고 있는지 정확히 찾으려 노력하는 일은 가치가 있다. 언젠가 나는 일본에서 향수병을 앓고 있는 인물에 관해 쓴 적이 있다. 그녀의 배 속에서 향수병이 어떻게 느껴지는지를 묘사하려고 무던히 노력했다. **그것은 무겁고, 공허하고, 속상했다.** 하지만 모두 너무 애매했다. 그러다 그녀가 방금 노점상에서 달달해 보이는 뭔가를 샀다는 걸 깨달았다. 나는 그녀에게 하나를 먹여보았는데, 그건 '알칼리 맛'이 나는 익히지 않은 롤이었고 '입천장에 끈적하게 달라붙었다'. 거리에 뱉고 싶지 않았던 그녀는 롤을 삼켰고, '그것은 마치 횡격막에 박혀버린 것만 같았다. 소화액으로는 도저히 감당할 수 없을 만큼

스타일은 매우 단순한 문제다. 리듬이 전부다. 일단 리듬이 생기면, 작가는 잘못된 단어를 사용할 수 없다. 그러나 다른 한편으로는 나처럼 아이디어와 이미지를 가득 채워놓고도 아침 반나절이 지나도록 한자리에 앉아 아무것도 쓰지 못하는 경우가 생긴다. 단지 올바른 리듬을 찾지 못해서.

― 버지니아 울프

크고 무겁게'.

극단적인 것이 아니라 정확한 것을 찾아야 한다. "감정의 언급을 피함으로써 감정을 통제하라." 존 뢰흐는 주장한다. "멜로드라마를 피하려면 과장된 톤보다는 절제된 톤을 목표로 해야 한다." 치마만다 응고지 아디치에는 『태양은 노랗게 타오른다』에서 인용된 아래 구절을 통해 이 원칙을 보여준다. 여자 주인공 올란나는 비아프라 전쟁 중에 친척들을 방문하지만, 그들이 학살되었다는 사실을 알게 된다. 소설은 '나는 충격을 받아 아무런 감각도 느낄 수 없었다'라고 말하는 대신 극단적인 초점을 통해 충격을 전달한다.

그녀는 차 문을 열고 나왔다. 공중에는 새와 모래가 떠다니고, 지붕에서 치솟는 불길은 너무 눈부시게 밝고 뜨거워서 그녀는 집으로 달려가기 전에 잠시 멈추어야만 했다. 올란나는 시체를 발견하고 멈춰 섰다. 음비지 아저씨는 보기 흉할 정도로 뒤틀린 채 다리를 벌리고 누워 있었다. 그의 머리 뒤에 난 커다란 상처에서 크림빛의 하얀 무언가가 흘러나왔다. 이페카 이모는 베란다에 누워 있었다. 벌거벗은 그녀의 몸에 난 상처는 조금 더 작았고, 팔과 다리에 마치 약간 갈라진 붉은 입술처럼 찍혀 있었다.

- 필터링

『소설의 기술』에서 존 가드너는 1) 부족한 디테일과 2) 지나친 추상화에 이은 세 번째 잠재적 실패 가능성에 관해 지적한다.

어떤 관찰자(화자를 의미한다 ―옮긴이)를 통한 불필요한 이미지 필터링이 문제다. 아마추어는 이렇게 쓴다. '돌아섰을 때, 그녀는 바위 사이에서 두 마리의 뱀이 싸우고 있다는 사실을 알아차렸다.' 이것과 비교해보자. '그녀는 돌아섰다. 바위 사이에서 두 마리 뱀이 싸우고 있었다.' 소설에 절대적인 법칙이란 없지만, 그래도 일반적으로 생생함을 살리려면 '그녀는 알아차렸다'나 '그녀는 보았다' 같은 표현들을 사용하는 걸 자제해야 한다. 눈에 보이는 것을 직접적으로 전달하는 것이 더 좋기 때문이다.

필터링은 흔한 실수이며 종종 알아차리기도 어렵다. 하지만 일단 원리를 알고 나면 필터링을 없애는 것은 더 생생한 글쓰기를 가능하게 하는 쉬운 방법이다. 소설가로서 당신은 자주 '어떤 관찰자'를 통해 일하게 될 것이다. 하지만 당신이 뒤로 물러서서 독자들에게 인물을 통해서가 아니라 이 관찰자를 관찰하라고 부탁한다면, 당신은 보여주기가 아니라 말해주기를 시작하면서 독자를 장면에서 잠깐 떼어 놓게 될 것이다. 예를 들어 아래의 학생이 쓴 글은 필터링을 제외하고는 꽤 괜찮은 문단이다.

블레어 부인은 창가에 있는 의자로 가서 기꺼이 털썩 주저앉았다. **그녀는 창문 밖을 내다보았고 거기**, 길 건너편에, 다시 한번 소화전 앞에 주차되어 있는 아이보리색 BMW를 **보았다.** **하지만 그녀에겐 뭔가 잘못된 것처럼 느껴졌다. 그녀는** 차가 뒤와 측면을 향해 약간 기울어서 있다는 것을 **알아차렸고,** 그다음 뒷바퀴 휠이 거의 아스팔트 위에 놓여 있는 것을 **발견했다.**

이 단락에서 필터링을 제거하면 우리는 블레어 부인의 내면에 머물 수 있게 된다. 그녀의 눈으로 바라보고, 하나하나 정보가 펼쳐질 때마다 그녀와 함께 이해할 수 있다.

블레어 부인은 창가에 있는 의자로 가서 기꺼이 털썩 주저앉았다. 길 건너편에는 다시 한번 아이보리색 BMW가 소화전 앞에 주차되어 있었다. 하지만 뭔가 잘못됐다. 차는 뒤와 측면을 향해 약간 기울어졌고, 뒷바퀴 휠은 거의 아스팔트 위에 놓여 있었다.

이와 유사한 필터링은 작가가 플래시백을 시작하면서 독자가 안내 없이 따라갈 만큼 충분히 똑똑하지 못하다고 잘못 가정할 때 발생한다.

블레어 부인은 자신과 헨리가 아이보리색 차를, 비록 셰비(미국산 쉐보레 자동차 상표를 줄여 부르는 말 — 옮긴이)였지만, 가지고 있던 시절을 **떠올렸**

다. 그녀는 설탕 주걱 모양의 후드와 앞뒤로 튀어나온 크롬 범퍼를 **선명하게 기억했다.** 그리고 즐거운 시간도 있었다고 **그녀는 회상했다.** 앨리게이터앨리(미국 플로리다에 있는 75번 주간 고속도로의 일부 구역—옮긴이)에서 헨리가 펑크 난 타이어를 갈아야 했을 때, 그녀는 악어들이 늪에서 기어 나올 거라고 생각했었다.

필터링이 없으면 현재의 장면이 독자에게 더욱 현재적으로 드러나듯이, 기억에 있어서도 필터링이 없으면 더 완전히 과거의 시간으로 돌아가게 된다.

한때 그녀와 헨리는 아이보리색 차를, 비록 셰비였지만, 가졌었는데 그 차는 설탕 주걱 모양의 후드와 앞뒤로 튀어나온 크롬 범퍼가 있었다. 그리고 즐거운 시간도 있었다. 앨리게이터앨리에서 헨리가 펑크 난 타이어를 갈아야 했을 때, 그녀는 악어들이 늪에서 기어 나올 거라고 생각했었다.

필터링을 제거함으로써 적어도 부분적으로는, 문자 그대로 읽는 속도가 빨라진 것에 주목하라. 한두 줄이 줄어들었기 때문이다.

능동태

당신이 쓰는 문장이 생생할 뿐 아니라 힘이 있으려면, 당신이 만든 인물들이 '살아나려면', 반드시 능동태를 사용해야 한다.

능동태는 문장의 주어가 그 문장의 동사에 의해 묘사된 행동을 수행할 때 발생한다. **그녀는 우유를 엎질렀다.** 수동태가 사용되면, 능동태의 목적어는 수동태의 주어가 된다. **우유는 그녀에 의해 엎질러졌다.** 이때 주어는 행위를 하기보다는 당하며, 결과적으로 문장은 약해지고 독자는 행동으로부터 멀어진다.

수동태는 소설에서 중요한 위치를 차지하고 있는데, 정확히는 그 인물이 어떤 행동을 당하고 있다는 느낌을 표현해주기 때문이다. 만약 교도관이 주인공을 발로 차고 있다면, **나는 벽에 내동댕이쳐졌다, 뒤쪽에서 맹렬히 공격당했고 바닥에 억지로 눕혀졌다,** 라는 문장은 주인공의 무력감을 적절하게 전달한다.

일반적으로 작가는 모든 문장에 능동태를 사용하려고 노력하되, 행위자를 알 수 없거나 중요치 않을 때, 혹은 위의 예시와 같은 특별한 문체적 효과를 얻고 싶을 때만 수동태를 사용해야 한다.

하지만 '사실상' 수동적이고 독자를 즉각적인 경험의 감각으로부터 멀어지게 하는 다른 문법적 구조도 있다. '조동사'와 결합한 동사는 불분명한 시간을 지칭할 뿐 아니라 결코 하나의 능동사처럼 날카롭게 초점이 맞춰져 있지 않기 때문에 결과적으로 수동적이다. (앞서 제시된 예문에 더하자면, 존 가드너는 '뱀 두 마리가 싸우고 있었다'와 '뱀 두 마리가 싸웠다'라는 두 문장을 대조한다. 특정한 순간을 정확히 지적하기 때문에 후자가 더 나은 문장이다. 더 나아가 그는 동사들을 이렇게 바꾸라고 제안한다. '뱀 두 마리가 서로를 잡아채고 세차게 때렸다.')

불완전자동사는 일반적이거나 판단적인 보어들을 데려온다. 그녀의 머리는 **아름답게** 보였다. 그는 매우 **행복했다.** 그 방은 **비싼 가구들로 채워졌다.** 그들은 기분이 **언짢아졌다.** 그녀의 머리카락이 솟아오르고, 굽이치고, 축 늘어지고, 흔들리게 하자. 우리는 그녀의 아름다움을 볼 것이다. 그가 웃고, 뛰고, 울고, 나무를 껴안게 하자. 우리는 그의 기쁨을 경험할 것이다.

아래의 단락은 아주 적은 행동만 있음에도, 능동사를 사용하여 생기를 얻고 있다.

식사 시간에 그녀는 먹지도 마시지도 않는다. 그녀가 습관대로 손을 모은 채 성체성사 후 기도를 하며 고요히 앉아 있는 동안 수녀들은 저마다 그녀를 슬쩍 바라본다. 렉시오(하느님의 말씀인 성경을 읽고 묵상하는 수행—옮긴이)는 오전 동안 중단되었으므로 오직 대침묵과 수저 부딪히는 소리만 존재하지만, 수녀들이 빵 덩어리에 기름을 바르거나 냅킨을 접고 흔들 때마다 수신호들이 오가고 있다. 수녀원장이 일어서자 모든 수녀들이 축도를 위해 함께 일어서고, 그때 에이미 수녀가 마리에트에게 수신호를 보낸다. 너, 의무실로.

— 론 한센, 『수녀원의 비밀』

여기서 수녀원의 식사는 조용하고 행동은 최소한이지만, 많은 동사들이 억압되어 있는 힘을 암시하고 있다. **바라본다, 앉는다, 바른다, 접는다, 흔든다, 일어선다, 보낸다.**

64페이지에 등장하는 데비에 관한 첫 번째 문단을 65페이지의 다시 쓴 두 번째 문단과 비교해보라. 일반화로 가득한 첫 단락에서 우리가 발견할 수 있는 단어는 '완고하고, 자기 방식대로 일을 하고, 중역이고, 해줄 수 있고, 무관심하다'들이다. 복합동사인 '자기 방식대로 일을 한다'를 제외하면 모두 불완전자동사들이다. 다시 쓴 단락에서 인물들은 '가져오고, 부르고, 던지고, 무릎을 꿇고, 대신하고, 주워 들고, 말하고, 상기시키고, 정당화하고, 여행을 가고, 돈을 쓰고, 웅크린다.' 에너지가 넘치지 않는가? 다시 쓴 단락에서 불완전자동사는 오직 두 번만 쓰인다. '스트럼 씨는 대주주였고, 자부심을 느끼고 있었다.' 이 동사들은 그의 사회적 지위와 위치, 그리고 태도를 적절하게 드러낸다.

능동사의 한 가지 유익한 부작용은 이것이 중요한 디테일을 이끌어내는 경향이 있다는 점이다. 만약 당신이 '그녀는 충격을 받았다'라고 한다면 당신은 우리에게 '말해주는' 것이다. 그러나 당신이 우리에게 그녀가 어떤 행동으로 인해 충격을 받았다는 것을 '보여주려면' 해당하는 장면이나 이미지를 찾아내야만 한다. '그녀는 손가락 마디가 하얗게 질릴 정도로 의자를 꽉 쥐었다.' '꽉 쥐었다'와 '하얗게 질릴 정도로'는 그녀가 받은 충격을 능동적으로 보여

좋은 글쓰기는 음악이다. 목적지가 아니라 여행이어야 한다. 그것은 내면의 귀 혹은 소리 내어 읽는 목소리를 통해, 소리와 음절의 균형에 집중해야 한다. 길고 짧고 단단하고 부드러운, 우아한 순서로 배열된 그것에.

로젤린 브라운

주고, 동시에 우리는 그녀의 손가락이 의자 팔걸이 위에 있는 장면을 보게 된다.

'……이다(to be)/be동사/be형동사'는 가장 흔한 불완전자동사(2형식)이면서 또한 가장 남용되는 동사이지만, 모든 불완전자동사들은 일반화와 거리를 불러들인다. 느끼다, ……처럼 보이다, 보다, 나타나다, 경험하다, 표현하다, 보여주다, 설명하다, 전달하다, 드러내다—모두 소설에서 인물이 어떤 행동을 하기보다는 누군가에 의해 행동하거나 관찰되고 있음을 암시한다. '그녀는 행복을/슬픔을/즐거움을/굴욕감을 느꼈다'라는 문장은 우리를 납득시키지 못한다. 우리는 그녀를 보고 우리 스스로 그녀의 감정을 추론하고 싶다. **그는 매우 분명하게 자신의 불쾌감을 전달했다.** 하지만 우리에겐 분명하지 않다. 그는 어떻게 전달했는가? 누구에게?

수동태와 마찬가지로, 불완전자동사 역시 의도적일 경우에는 수동성이나 무력감을 적절하게 전달할 수 있다. 이 장의 앞부분에서 인용한 토마스 만의 단락에서, 펠릭스 크룰은 앞에 놓인 음식을 보고 순간적으로 깜짝 놀란다. 모든 색깔과 모양이 그의 감각을 두드리는 그때, 불완전자동사가 사용된다. '좁은 방이었다, 줄지어 있었다.' 오직 그가 점차적으로 회복되어감에 따라 그는 '서 있고, 숨쉬고, 말하고' 결국에는 '움켜쥘' 수 있다.

나는 작가로서 당신이 쓰면서 자신의 문법까지 분석해야 한다고 말하는 게 아니다. 대부분의 단어 선택은 본능적으로 이루어지며, 본능이란 종종 최고의 지침이다. 하지만 나는 당신이 쓸 수 있는 동사의 박력과 다양성을 알아야 한다고 생각한다. 만약 어떤 구절에 에너지가 부족하다면, 그건 당신의 본능이 당신을 실망시켰기 때문일지도 모른다. 얼마나 많은 주어들이 더 강력하게 '할 수' 있을 때조차도 '하는 것으로' 보이고 비춰지는가?

능동사에 관한 주의 사항. 존 러스킨이 말했던 '감상적 오류(pathetic fallacy)', 즉 인간의 감정을 자연이나 인공의 사물에 부여하는 일을 자제하라. 정적인 장면에 대한 묘사조차도 '집들이 서 있다, 거리는 구불구불 뻗어 있다, 나무들이 굽어진다'라고 쓰면 활기를 불어넣을 수 있다. 그러나 '집들이 얼굴을 찌푸린다, 거리는 술에 취해 비틀거린다, 나무들이 운다'라고 쓴다면 독자는 이 글에서 에너지보다 부담을 더 느낄 것이다.

산문의 리듬

장편이나 단편을 쓰는 소설가는 시인처럼 소리로 감각을 강화해야 할 의무가 없다. 산문에서의 리듬은 전반적으로 명백히 잘못되지만 않았다면 괜찮다. 하지만 예를 들어 흐름이 의미와 모순된다면 그건 틀릴 수 있다. 반대로 민감하게 사용된다면 리듬은 그 의미를 크게 향상시킬 수 있다.

강물이 천천히 움직였다. 좀처럼 나아가지 못하는 듯했다. 수면은 평평했다. 새들이 머리 위에서 느긋하게 원을 그렸다. 존의 보트가 앞으로 미끄러졌다.

이 극단적인 예에서 짧고 분절된 문장들과 그 평행을 이루는 구조들—주어, 동사, 수식어—은 느리게 흘러가는 움직임의 감각과는 반대로 작동한다. 우리가 그의 눈을 통해 보고 있는 인물이 고요를 감상하거나 공유하지 않는다면 이 리듬은 효과적일 수 있다. 그게 아니라면 고쳐 써야 할 것이다.

좀처럼 나아가지 못하는 듯 천천히 움직이는 강물의 수면은 평평했고, 새들이 머리 위에서 느긋하게 원을 그리는 동안 존의 보트가 앞으로 미끄러졌다.

이 경우 리듬에 있어서 그다지 놀라운 것은 없지만, 적어도 강물의 흐름을 방해하지 않고 앞으로 나아간다.

거대한 편집실의 출입구에 멈춰 선 순간 내가 느낀 첫인상은 극도로 서두르고 분주하다는 것이었다. 기자들은 서로에게 기사를 밀어 넣기 위해 긴 통로를 빠르게 오가거나, 전화기에 대고 소리를 지르면서 미친 듯한 몸짓들을 하고 있었다.

이 길고 여유로운 문장은 서두르고 분주한 느낌을 줄 수 없다. 여기서 문장은 기자들만큼 빠르게 움직여야 한다. 장황함은 문장의 속도를 늦추기 때문에 줄여야만 한다.

나는 출입구에 멈춰 섰다. 편집실은 거대했다. 기자들은 통로를 뛰어다니고, 서로에게 기사를 밀어 넣으며, 다시 바쁘게 돌아가고, 손짓 발짓을 하고, 전화기에 대고 소리를 질렀다.

시인 롤프 험프리스는 "'정말(very)'이야말로 언어에서 가장 최소한으로 쓰여야 할 단어"라고 말했다. 강조나 갑작스러움을 표현하는 부사들―극단적으로, 급작스럽게, 갑자기, 놀랍도록, 빠르게, 즉각적으로, 곧바로, 무시무시하게, 지독하게―이 문장의 속도를 늦추고 의도했던 의미의 힘을 약화시키는 것은 빈번한 사실이다. 험프리스는 말한다. "'정말 좋은 날이야'라고 말하는 날은 '오늘 날이네!'라고 말하는 것만큼 좋은 날이 아니다." 마찬가지로, '그들은 매우 급작스럽게 멈췄다'라는 문장은 '그들은 멈췄다'라는 문장만큼 갑작스럽지 않다.

행동과 인물이 산문의 리듬 속에서 공명할 수 있듯이, 문장 템포의 시작과 멈춤은 인물의 감정과 태도에 관한 우리의 경험을 인도할 수 있다. 아래 인용된 제인 오스틴의 『설득』에서 작가는 일반화, 수동사, 스타카토처럼 끊어지는 말하기 패턴을 결합하여 여주인공이 가진 일종의 숨 막히는 맹목을 만들어낸다.

앤에게 천 가지의 감정이 밀려왔고, 그중 가장 위로가 되는 것은 이 모든 것이 곧 끝날 거라는 생각이었다. 그리고 그것은 정말로 곧 끝났다. 찰스가 준비하고 2분 후에 다른 사람들이 나타났다. 그들은 응접실에 있었다. 그녀의 눈동자가 웬트워스 대위와 반쯤 마주쳤고, 인사, 예의를 갖춘 인사가 오갔다. 그녀는 그의 목소리를 들었다. 그는 메리에게 모든 것이 맞는다고 말했다. 머스그로브 양에게도 뭔가 말했는데, 편안하게 서 있는 자세였다. 방은 사람들과 목소리로 가득 차 있는 것처럼 보였지만, 몇 분이 지나자 끝이 났다.

종종 산문 리듬의 변화는 어떤 발견이나 분위기의 변화를 나타낸다. 이러한 변화는 또한 인물, 행동, 태도에 있어서의 대비를 강화시키기도 한다. 『그들이 가지고 다닌 것들』에서 팀 오브라이언은 다양한 리듬을 사용함으로써 다양한 효과를 낸다. 그중 하나의 예를 보자.

그들이 가지고 다닌 물건들은 대부분 필요에 따라 결정되었다. 필수품이나 필수품에 가까운 것들 중에는 P-38 캔 따개, 주머니칼, 고체 연료, 손목시계, 인식표(군인들이 줄을 꿰어 목에 거는, 성명, 소속된 군의 종류, 군번, 혈액형 따위가 새겨진 긴 타원형의 얇은 쇠붙이─옮긴이), 모기 퇴치제, 껌, 사탕, 담배, 정제 소금, 쿨에이드 여러 통, 라이터, 성냥, 바느질 키트, 미군 표, C-레이션(미군의 전투식량─옮긴이), 그리고 두세 개의 수통이 있었다. 이 물건들의 무게는 모두 합쳐 15에서 20파운드 사이였다.

이 단락에서 물건들을 하나씩 소개하며 쌓아 올리는 것은 병사들에게 무거운 짐을 잔뜩 지우는 효과가 있으며, 동시에 그들이 이 물건들을 '짊어지고' 걸어갈 때 생겨나는 리듬을 암시한다. 이야기 속에서 등장하는 비슷한 목록들은 하나의 리드미컬한 맥락을 만들어내며, 이것의 변형이나 중단은 감정의 변화나 갑작스러운 위기를 불러일으킨다.

기계적인 부분들

존 가드너의 말에 따르면 중요한 디테일, 능동태, 그리고 산문의 리듬은 소설에서 감각적인 면을 성취하기 위한 기술이며, 독자가 이야기라는 '꿈에 빠져들도록' 돕는 수단이다. 그러나 독자의 시선이 맞춤법이나 문법적 오류 때문에 다시 표면으로 밀려 나온다면, 그 어떤 기술도 큰 소용이 없다. 독자가 한번 이야기의 '생생하고 지속적인 꿈' 바깥에서 깜짝 놀라고 나면, 다시는 돌아오지 않을 수도 있기 때문이다.

맞춤법, 문법, 문단 구분, 그리고 구두점은 일종의 마술이다. 이것들의 목적은 보이지 않는 데 있다. 만약 손이 마술을 제대로 부린다면, 독자는 쉼표나 따옴표를 알아차리지 못하고 대신 곧바로 이를 번역해서 잠시 멈추거나 누군가의 목소리를 듣게 될 것이다. 단어의 개별적인 글자에 집중하지 않고 전체의 의미를 끄집어낼 것이다. 이 기계장치들이 잘못 사용되면, 트릭은 들통나고 마술은 실패한다. 독자의 초점은 이야기 자체에서 표면으로 옮겨 간다. 독자는 작가에게 짜증이 나고, 이것은 이야기를 통해 독자가 경험해야 할 수많은 감정 중의 하나가 결코 아니다.

표준화된 기계장치들에 고유한 미덕이란 없으며, 혼란스러움을 적절히 보상하는 결과를 만들어내기만 하면 그로부터 벗어날 수 있다. 하지만 그때뿐이다. 부주의한 문법은 편집자에게 아마추어라는 인상을 주고 이야기 자체에 결점이 있을지 모른다는 생각을 하게 만든다. 서술의 기술과는 다르게, 맞춤법과 문법, 구두점의 규칙들은 언어를 쓰는 세계 어디에서나 냉정하게 배울 수 있다. 글쓰기를 하고 싶은 사람이라면 누구나 배워야 한다.

> 아이디어의 신발에는 흙이 묻어 있어야 한다. 그렇지 않으면 그냥 허상일 뿐이다.
>
> — 마빈 벨

추천 작품

「킬라니의 피오르드(Fjords of Killarney)」(케빈 배리 지음)

「위도 워터(Widow Water)」(프레더릭 부시 지음)

「리놀륨 로즈(Linoleum Rose)」(샌드라 시스네로스 지음)

「검사 없이(Without Inspection)」(에드위지 당티카 지음)

「익스펙팅(Expecting)」(에밀리 프리들런드 지음)

「틴 스나이퍼(Teen Sniper)」(애덤 존슨 지음)

「이머전시(Emergency)」(데니스 존슨 지음)

「어디 가, 어디 있었어?(Where Are You Going, Where Have You Been?)」
(조이스 캐럴 오츠 지음)

「그들이 가지고 다닌 것들」(『그들이 가지고 다닌 것들』에 수록, 팀 오브라
이언 지음, 섬과달, 2020)

「오르는 것은 모두 한데 모인다」(『플래너리 오코너』에 수록, 플래너리 오
코너 지음, 현대문학, 2014)

글쓰기 프롬프트

1. 다음 중 하나를 나타내는 인물에 관한 유의미한 디테일과 능동사를 사용하여 한 단락을 쓴다.
   - 그저 사랑스러움
   - 완전 괴짜
   - 머리에 과부하 걸린
   - 동네 사이코
   - 기대고 있는
   - 그는 자신이 누구라고 생각하는가?

2. 이미 쓴 장면을 하나 고른 다음 '디테일을 위해 작아져라'. 단추, 귓불, 구운 콩처럼 자신이 아주 작은 것이 되었다고 상상하고, 그 관점에서 볼 수 있는 디테일을 사용하여 한 페이지를 쓴다.

3. 인물이 어떤 장소에 들어가 주로 후각을 통해 현장을 체험하는 장면을 쓴다.

4. 어렵거나 무서운 상황에 처한 인물을 상상해보라. 인물의 행동으로 시작하는 단락을 쓰고, 인물의 눈을 통해 장면을 독자에게 보여주라. '필터링'은 사용 금지.

5. 인물에게 약간의 병이나 상처를 주어라. 몸 어디가 아픈지를 정확히 언급하면서 통증이나 불편함을 묘사하라. 고통의 본질을 자세히 설명하라. (쉽지 않다!)

6. 일반화나 판단을 디테일과 결합하여 사람 혹은 경험을 기술하는 짧은 스케치를 쓰라. 디테일은 유의미하고 구체적인 것으로 작성한다. 그런 다음 디테일을 극단적으로 바꿔 다시 써본다. 또 디테일을 터무니없게도 바꿔본다. 어떤 버전이 가장 잘 작동하는가? 마지막 것은 재미있는가?

7. 다음 중 한 가지에 대해 쓰고 당신의 문장 속 대상의 리듬을 제시하라. 기계, 음악, 섹스, 궤도의 우주선, 러시아워 교통 체증 속의 자동차, 눈사태.

3장

인물
만들기 I

모든 소설에서 인간성은 맨 앞에 있다. 비록 속이는 것이 가능하다 할지라도. 인간의 특성을 자연계에 부여하는 것은 과학에서는 눈살을 찌푸릴지 몰라도 문학적으로는 필요한 일이다. 벅스 버니는 토끼가 아니다. 용감한 청년이다. 피터 래빗은 장난꾸러기 소년이다. 브레어 래빗은 건방진 반항아다. 『워터십 다운』(고전적 영웅 서사의 틀로 토끼들의 모험과 대장정을 다룬 리처드 애덤스의 장편 판타지 소설. '토끼들의 천로역정'이라 불린다—옮긴이)에 등장하는 낭만적인 영웅들은 토끼 우리에서 나온 게 아니라 아서왕의 전통에서 나온 것이다.

당신의 소설은 이야기를 움직이고 그 속에서 움직이는 인물들을 통해서만 성공할 수 있다. 그 인물들이 삶에서 끌어온 것이든 순수한 환상이든—모든 허구적 인물들은 그 둘 사이 어딘가에 자리할 것이다—독자는 그들이 흥미롭고 믿을 만하다고 생각해야 한다. 그리고 그들에게 무슨 일이 일어나는지 신경이 쓰여야만 한다.

인물을 표현하는 직접적 방법

인물을 표현하는 데는 여섯 가지의 기본적인 방법이 있다. 그중 네 가지 직접적인 방법—대화, 외모, 행동, 생각—은 인물들이 말하고, 보이고, 움직이고, 느끼는 대로 그들을 보여준다. 이번 챕터에서는 이 방법들을 다룰 예정인데, 먼저 대화에 관해 길게 설명할 것이다. 대화는 인물들을 생생하게 만드는 데 매우 필수적인 역할을 할 뿐만 아니라 작가에게 많은 가능성과 어려움을 함께 선사하기 때문이다. 간접적인 두 가지 방법—작가의 해석과 다른 인물의 해석—은 다음 장에서 다룰 것이다. 이 방법들을 다양하게 활용하면 완전한 인물을 만드는 데 큰 도움을 얻을 수 있다.

대화

말은 외모와는 다른 방식으로 인물을 형상화한다. 왜냐하면 말이란 내면을 외면화하려는, 대개는 자발적인 노력을 나타내며, 취향이나 선호뿐 아니라 내면 깊숙한 곳의 생각까지 드러내기 때문이다. 소설이 그렇듯, 인간의 대화 역시 논리와 감정을 결합시키려고 한다.

• 요약, 간접화법, 직접화법

소설 속에서 말은 다양한 수준의 직접성을 가지고 전달될 수 있다. 많은 양의 대화를 압축하기 위해 말은 서사의 일부로 '요약' 가능하다.

오토 스턴은 아직 시간이 남아 있는 동안 어린 요즈시와 야노스가 미할리의 예를 따르도록 격려했지만, 가족 협의회는 두 소년이 아직 집을 떠나서는 안 된다고 결의했다. 반면에 페렌티와 이그나크는 빈으로 여행을 가고 싶어 했고, 누군가의 영향으로 사관학교에 입학하기를 원하고 있었다.

— 미클로스 바모스, 『아버지들의 책(The Book of Fathers)』

3인칭 시점에서는 '간접화법'을 통해 실제 인용 없이 대화를 주고

받는 느낌을 전달할 수 있다.

> 그가 커피를 가져왔나? 그녀는 하루 종일 커피를 기다리고 있었다. 그들
> 은 첫날 가게에서 주문할 때 그걸 잊었었다. 맙소사, 그는 그러지 않았
> 어. 이제 그는 돌아가야만 할 거야. 그래, 만약 그게 죽을 만큼 괴로웠다
> 면 그는 그랬을 거야. 하지만 그는 그것 말고는 모든 것을 했다고 생각했
> 다. 그녀는 그에게 그건 단지 그가 커피를 마시지 않기 때문이라는 사실
> 을 상기시켰다. 만약 그가 커피를 마셨다면 그는 충분히 빨리 그걸 기억
> 해냈을 것이다.
>
> ─ 캐서린 앤 포터, 「밧줄(Rope)」

그러나 대개 주고받는 대화가 어떤 발견이나 결정의 가능성을 포
함하고 따라서 극적인 행동으로 이어질 때는, 다음과 같이 '직접 인
용'을 통해 제시될 것이다.

> "하지만 난 당신이 그 여자를 거의 모르는 줄 알았습니다, 모닝 씨."
> 그는 연필을 집어 들고 노트에 낙서를 하기 시작했다.
> "내가 그렇게 말했던가요?"
> "네, 그랬죠."
> "맞습니다. 나는 그녀를 잘 몰라요."
> "그렇다면 뭘 찾는 거죠? 당신이 수사 중인 이 사람은 누굽니까?"
> "나도 그걸 좀 알고 싶습니다만."

— 시리 허스트베트, 「미스터 모닝(Mr. Morning)」

이 세 가지의 말하기 전달 방법을 조합해서 각각의 장점을 활용할 수도 있다.

그들은 명절 문제에 대해서 의견이 달라 합의점을 찾을 수 없을 것 같았다. (요약) 그녀는 한 가지 생각이 있었다. 크리스마스에 카리브해 섬에 가지 말란 법이 있나? 글쎄, 그렇지만 그의 어머니는 둘러앉아 칠면조 고기 먹기를 기대할 것이다. (간접)
"오, 그래, 난 찬바람 없이는 가고 싶지 않을 거야." (직접)

요약과 간접화법은 종종 독자가 장면의 핵심을 빨리 파악하는 데 유용하다. 또는, 예를 들어 한 인물이 다른 인물에게 독자가 이미 알고 있는 다른 사건들에 관해 알려야 할 때나, 대화의 감정적 포인트가 지루해졌을 때도 도움이 된다.

그에게 새 옷을 구해줄 필요가 있을 때마다 말다툼이 벌어지곤 했고, 한참 동안의 언쟁 후에 두 사람은 남성복 가게 중 한 곳으로 차를 몰고 가서 그를 이런 상황에 익숙한 점원에게 넘겼으며, 마침내 세 사람 모두 완전히 지쳐버린 후에야 쇼핑이 끝났다. 회색 양복을 둘러싸고 벌어진 논쟁은 전형적이었다.
"난 이미 양복이 있다고."

"그건 여름 양복이잖아."

— 에번 셸비 코넬, 『브리지 부인(Mrs. Bridge)』

하지만 독자에게 대화 속에서 중요한 사건이 일어나고 있음을 보고도 자세한 내막에 다가가지 못하게 가로막히는 것만큼 좌절스러운 일은 없다.

그들은 밤새도록 서로에게 속삭였고, 그가 그녀에게 자신의 과거를 모두 털어놓을수록 그녀는 그와 사랑에 빠지고 있다는 것을 깨닫기 시작했다.

이런 '말해주기'식 요약은, 그녀와 함께 사랑에 빠질 기회를 원하고 있는 독자에게 매우 인색하게 구는 방식이다.

직접적인 대화는 논리적 구조 속의 감정이라는 이중적인 성격을 가지고 있기 때문에, 소설에서 이런 대화의 목적은 결코 단순히 정보를 전달하는 데 있지 않다. 대화는 그런 역할을 할 수도 있지만(물론 종종 정보는 서술을 통해 더 자연스럽게 전달되는 경우가 많지만), 동시에 인물을 드러내고, 설명을 제공하며, 장면을 설정하고, 행동을 진전시키고, 미리 보여주거나, 혹은 기억을 되새기는 역할을 해야 한다. 『글쓰기의 기술(The Craft of Writing)』에서 윌리엄 슬론은 이렇게 말한다.

소설의 모든 대화에 적용되는 잠정적인 규칙이 있다. 대화는 반드시 한 번에 한 가지 이상의 일을 해야 한다는 것이다. 그렇지 않으면 대화는 소설의 목적에 비해 너무 게으른 것이 되어버린다. 가혹하게 들릴지 모르지만, 나는 이것이 필수적인 규율이라고 생각한다. 이를 슬론의 법칙이라고 불러라.

유의미한 디테일과 마찬가지로 대화를 쓸 때 작가는 말하고 있는 것보다 더 많은 것을 의미하기 위해 끊임없이 애쓴다. 의미심장한 디테일이 감각적 이미지와 '의미'를 모두 불러와야 한다면, 등장인물의 말은 아마도 무언가를 의미하면서 동시에 이미지, 성격, 그리고 감정까지 암시할 수 있어야 한다.

따라서 대화는 단순히 옮겨진 발언이 아니라 걸러진 발언이다. 우리가 일상적인 대화에서 듣곤 하는 '충전재(filler)'는('강조하는 말'과 반대되는 '의례적인 말') 담겨 있는 함축의 무게가 늘어난다 하더라도 편집된다. 자연스럽게 들리는 대화를 만들어내기 위해서는 세심한 편집이 필요하다. 적당한 위치에 놓인 독백은 강력한 도구가 될 수 있다. 어떤 인물들은 청산유수로 말할 수도 있지만, 자연스럽게 들리는 대화는 아마도 문법에 맞지 않을 것이다. 속어, 전문용어, 반복, 그리고 아주 다양한 종류의 어색함으로 가득할 테니까. 일반적으로 이는 대화를 간결하게 유지하고 문장의 리듬에 주의를 기울이는 것을 의미하며, 이를 통해 대화는 스스로 인물을 드러낸다. 말을 하지 않거나 거부하는 것과 마찬가지로. 연속으로 여러 문장을 말하는 인물은 수다쟁이이거나(물론 당신의 의도일 수 있다) 작가의 꼭두각시처럼 다가온다. 많은 경우 인물이 하는 말에서 처음과 마지막 단어, 구절, 또는 문장은 삭제 가능하다. 인물의 의도와 선입견은 대화에서 자신이 만들어내는 비약과 소리 내어 말할 수 없는 것들로 인해 빛난다. 그러나 기계적인 회화의 교환에 서조차도 이미지는 그려질 수 있다. "만나 뵙게 되어 정말 반갑습니다"라고 말하는 인물은 "여어, 안녕하슈?"라고 말하는 인물과는 다른 옷을 입고, 다른 방식으로 등을 움직일 것이다.

나는 내가 왜 그것에 관해 쓰고 싶은지 궁금하다. 왜냐하면 나는 말을 경멸하고, 말하는 사람들과 자기 자신에 대해 말하는 이들, 그리고 그들을 그런 고백으로 몰아가는 끔찍한 필요성을 경멸하기 때문이다. 그들은 말을 해야만 한다. 자신을 반드시 드러내야만 한다. 그건 그들을 돕고, 더 끔찍하게는 다른 사람들도 돕는다.

MFK 피셔

이어지는 세 개의 짧은 이야기는 세 명의 허구적 인물을 묘사하는데, 그들은 말하는 내용뿐 아니라 어법(단어의 선택과 사용)과 구문(문장에서 단어를 배열하는 순서), 그리고 리듬에 있어서도 서로 확연히 구별된다. 대체로 무의식적인 이런 선택은 계급, 시대, 민족 같은 속성과 더불어 정치적 또는 윤리적 태도를 나타낸다. 당신은 각각에 대해 얼마나 알고 있는가? 이들은 어떻게 보이는가?

"한때 내게는 록펠러라는 이름의 여자 사촌이 있었지." 상원의원이 말했다. "그리고 그녀는 나한테 자기가 인생에서 열다섯 살, 열여섯 살, 열일곱 살일 때 내내 '아뇨, 괜찮습니다' 말고는 어떤 말도 하지 않고 지냈다고 고백했어. 그 나이와 단계의 여자아이에게는 아주 좋은 일이지. 하지만 그녀가 남자 록펠러였다면 그건 아마 지독하게 매력적이지 못한 특징이었을 거야."

— 커트 보니컷, 『신의 축복이 있기를, 로즈워터 씨』

액설 중위가 애나를 다시 부른 이유는 훈련 첫날 아침, 그가 서른다섯 명의 자원 입대자들에게 크게 소리 지를 때 분명해졌다. "옷은 200파운드나 나간다. 모자 하나만 56파운드. 신발은 서른다섯 켤레다. 자, 이 모든 것을 실어 나르는 일 때문에 눈알 굴리기 전에, 저쪽에 서 있는 여자를 봐라. 키가 큰 편이지만, 그렇다고 이 근처에서 흔히 보는 여자들처럼 서면 탱크는 아니다. 저 여자는 불평불만 없이 옷을 입고 또 걸었을 뿐 아니라, 세 손가락 장갑을 끼고 보라인(bowline, 돛을 뱃머리 쪽에 매는 밧줄─옮긴이)을 고리에서 풀기도 했다. 자네들 중에서 몇 명이 보라인을 고리에 묶을 수나 있는가?"

— 제니퍼 이건, 『맨해튼 비치』

"당신만 이런 기분을 느낀다고 생각해?" 그가 물었다. "내가 이런 기분을 느낀 적이 없다고 생각해? 그녀가 이런 식으로 느껴본 적 없다고 생각하는 거야? 한 번이라도 거기 있었던 사람들 모두가 포기하기를 원했어. 그녀는 지금 포기하고 싶어 해. 그거 알아? 그 여자가 얼마나 아픈지? 그가 떠나면 곧 그녀도 갈 거야. 나는 그녀에게 또 다른 1년을 주지 않을 거야. 나는 그녀가, 그가 저 위에서 자신을 기다리고 있다고 믿게 만들고 싶어. 당신이 날 도와줄 수 있어. 오직 당신만이."

여기에는 사람들이 자신의 의지에 반하는 목소리를 듣도록 비난하는 광기의 형태가 존재하지만, 작가로서 우리는 현실에 대한 영향력이나 지배권을 포기하지 않고 목소리를 듣도록 우리 자신을 초대한다. 좋은 대화를 쓰는 비결은 목소리를 듣는 것이다. 문제는 '이 특정한 인물이 뭐라고 말할까?' 하는 데 있고, 답은 전적으로 언어에 있다. 언어의 선택은 유형뿐 아니라 내용, 성격, 갈등도 드러낸다.

대화를 발전시키기 위해 목소리를 개발해야 한다면, 독백으로 시작해서 하나씩 목소리들을 개발하는 것이 논리적이다. 일기를 이용해 특징적인 언어 패턴들을 실험해보자. 어떤 사람들은 전보를 보내는 것처럼 짧은 문장들로 말하는 바람에 언어의 다양한 부분을 빠뜨린다. 어떤 이들은 난해한 웅변으로 말하거나 적당한 문장들을 지루한 리듬에 얹어 말한다. 어떤 사람들은 숨이 가쁠 때까지 숨도 쉬지 않고 저돌적으로 밀어붙이고, 또 다른 이들은 신중하거나 간결하거나 심지어 문장 하나를 만드는 데도 주저한다. 당신의 '내면의 귀'를 믿고 일기를 통해 목소리를 발견하는 연습을 하라. 자유 글쓰기는 사람이 말을 하는 방식과 가장 가까운 글쓰기이기 때문에 대화 쓰기에 매우 큰 도움이 된다. 심사숙고하거나 편집할 시간은 없다. 모든 자격, 수정, 부인은 반드시 과정과 텍스트의 일부가 되어야만 한다.

그러니 인물을 마음에 담고 잠시 앉아 있어라. 그 혹은 그녀를 똑바로 바라보라. 인물 안에 당신을 집어넣고 어떤 감정이 일어나는지 느껴보라. 인물이 사용할 법한 문구를 하나 골라 글쓰기를 시작하라. 계속 써라. 편안함을 느끼는 곳은 지나쳐라. 다른 인물이 침입해 들어온다면, 독백을 대화로 바꾸되 첫 번째 인물의 몸과 감정에 머물러라. 올바른 목소리를 발견하는 데 실패했다고 느끼더라도 신경 쓰지 마라.

내 인물들은 의사소통에 문제가 있다. 그들은 자신의 뜻을 제대로 전달하거나 정말로 원하는 것을 주장하는 경우가 거의 없다. 삶에서 나는 내 속마음을 소매 끝에 두지만, 소설에서 나는 말하고 싶은 바를 제대로 전달하는 데 어려움을 겪는 인물들에게 끌린다.

— 데이비드 제임스 푸아상

그냥 계속 써라. 조금 더. 더 오래. 그런 다음 원고를 치워놓거나 폴더에 잘 저장해놓고 커피를 마시러 가거나 낮잠을 자라. 돌아와서 한번 살펴보라. 정말로 저 사람이 말하는 것처럼 들리는 대사에서 당신은 무엇을 구해낼 수 있는가? 만약 그것이 한 줄이나 두 줄밖에 되지 않는다면, 당신이 이긴 것이다.

대화를 '듣는' 능력을 높이려면, 주머니에 들어가는 작은 메모장을 들고 다니거나 전화기에 있는 '메모' 기능을 사용하여 생생한 대사나 엿들은 대화 내용을 그대로 기록하는 방법이 좋다. 집에 와서는 메모한 대화를 다시 살펴보고 그중 흥미로운 것을 일기에 독백 형태로 자유롭게 발전시켜 쓴다. 애써 알맞은 단어를 찾으려고 하지 말고, 그저 목소리를 그대로 흘러가게 하라. 특정한 목소리를 발견하든 그렇지 못하든 당신은 다양한 목소리들을 찾아내기 시작할 것이다. 심지어 그것이 잘못되어가는 것을 '듣는' 것조차도 당신의 귀를 발달시키는 데 도움이 될 것이다.

또한 당신은 일기를 통해 일종의 준비운동을 할 수 있다. 대화나 독백이 한 번에 한 가지 이상의 역할을 하도록 의도적으로 연습하는 것이다. 이를테면, 등장인물을 드러내는 것 외에도 대화는 장면을 설정할 수 있다.

"우린 아무도 없는 줄 몰랐어. 여름 캠프들은 다 문을 닫았다고 생각했거든. 커튼이 다 걷혀버린 거지. 여긴 아무것도 없어. 차도, 장비도, 아무것도. 난 닫은 것 같은데, 넌 안 그러니, J. J.?"

— 조이 윌리엄스, 「숲(Woods)」

또한 대화는 분위기를 조성하기도 한다.

"필라델피아로 형편없는 여행을 갔다가, 엉망인 비행기를 타고 돌아오고, CCTV에서 내가 탄 비행기의 타이어가 터지는 걸 보고, 사무실에 갔는데, 워린이 그녀의 방 하나짜리 아파트에 진을 치고 있어서 수지가 울상 짓고 있는 걸 발견하고, 집에 갔더니 아내는 이틀 동안 옷을 입고 있지 않았단 걸 알게 돼."

— 조앤 디디온, 『공동 기도서(Book of Common Prayer)』

윌리엄 슬론의 말처럼, 대화는 주제를 드러낼 수 있다. 인물들은 이 이야기가 무엇에 관한 것인지에 대해 계속 떠들기 때문이다.

"넌 정말 날 혼란스럽게 해." 그가 말한다. "아직도 난 알고 싶어……."

"아니, 그렇지 않아." 그녀가 그의 다리를 조용히 쓰다듬는다.

"있잖아." 그가 말한다. "마음속에 이런 검은 구멍이 생겨본 적 있어? 꿈 속에서를 말하는 게 아냐. 이따금씩 그냥 걷거나 누군가와 말하고 있을 때, 갑자기 아무것도 모르는 기분에 사로잡혀. 마치 전기가 나간 것처럼 머리가 칠흑같이 새까매져. 한 발짝만 더 내디디면 구덩이에 빠져버릴 것만 같아."

— 샤론 솔위츠, 『원스, 인 루르드(Once, In Lourdes)』

위의 모든 구절에서 대화들은 슬론의 규칙을 충족한다. 내용을 전달하는 것 말고도 이야기를 진전시키거나 독자의 이해를 풍부하게 한다.

대화는 과거를 드러내는 가장 간단한 방법 중 하나이며(극작법의 기본은 무언가를 아는 인물이 그렇지 않은 인물에게 말하게 하는 것이다), 가장 효과적인 방법 중 하나이다. 왜냐하면 독자는 기억 속의 이야기와 지금 말하고 있는 이야기를 동시에 얻기 때문이다. 다음은 토니 모리슨의 『가장 푸른 눈』의 한 구절인데, 여기서는 과거가 환기되고, 화자가 형상화되며, 장면과 분위기가 조성되고, 주제가 드러난다. 열 줄도 되지 않는 분량에서 이 모든 것이 동시에 일어난다.

사람들이 생각하는 작가는 열정적인 취객과 같아서, 당신의 집에 비틀거리며 찾아와 말한다. 내가 똑바로 말 못하고 있는 건 아는데, 내 기분이 어떤지 좀 안 느껴져?

조지 손더스

"내가 행복했을 때는 영화관 갔을 때밖에 없어. 기회만 되면 항상 갔지. 영화가 시작되기도 전에 일찍 갔어. 불이 꺼지면 모든 게 어두워지지. 그리고 화면이 밝아지는 거야. 난 곧바로 영화 속으로 빠져들어. 백인 남자들은 여자들에게 참 잘해주지. 그 사람들은 욕조가 딸린 크고 깨끗한 집에서 잘 차려입고 살아. 침실에 화장실도 붙어 있어. 영화를 보는 건 나한테 큰 기쁨을 주지만, 집에 돌아오는 길을 어렵게 만들기도 해. 아빠를 보기가 힘들어지거든. 아, 모르겠어."

하지만 인물들로 하여금 단지 독자를 위해 자신들은 이미 알고 있는 것들에 대해 이야기하게 함으로써, 대화 속에 설명을 집어넣으려는 유혹에 굴복하지 않도록 주의해야 한다.

"매기, 너무 보고 싶었어! 파머스 마켓에서 우연히 마주친 지 벌써 한 달이 넘었네. 그날은 네가 손자 에디가 줄리어드에 들어갔다고 말해준 날이었어!"
"맞아 수지, 그리고 그건 토네이도가 마을을 통과하기 직전 아니었던가? 사이렌이 울렸을 때 우린 너무 무서웠어! 수박이 놓여 있는 삐걱거리는 탁자 밑에 우리가 어떻게 숨었었는지 기억나?"

이런 종류의 대화는 우스꽝스럽기도 하고 지루하기도 하다. 만약 독자가 정말 파머스 마켓과 에디와 토네이도에 관해 알아야 한다면, 그냥 설명을 하는 편이 낫다. 지루한 정보로 인물들 간의 대화를 짓

눌러선 안 된다.

* 행동으로서의 대화

기억을 말하는 행위가 말하는 이와 듣는 이 사이의 **관계를 변화 시킨다면** 작가인 당신은 극적인 장면을 얻는 셈이고 이때 **대화는 행동을 진전시킬 수 있다.**

이것은 중요한 장치인데, 왜냐하면 대화는 소설 속에서 이야기를 말하는 수단 그 자체로 사용될 때 가장 가치 있기 때문이다.

다음 예시에서 심각하게 아픈 아이를 둔 어머니는 무슨 말이라도 해주길 바라면서 방사선사를 초조하게 바라본다.

"의사 선생님이 말씀하실 거예요." 방사선사가 말한다.

"뭘 좀 찾으셨나요?"

"의사 선생님이 말씀하실 거예요." 방사선사가 재차 말한다. "뭐가 있는 것 같긴 한데. 의사 선생님이 말해줄 거라고요."

"우리 삼촌도 신장에 뭐가 있었어요." 어머니가 말한다. "그래서 의사들이 신장을 제거했는데. 나중에야 그게 양성이었다는 게 밝혀졌죠."

방사선사는 야비하고 불길한 미소를 짓는다. "항상 그런 식이에요." 그가 말한다. "양동이에 들어 있을 때까진 안에 뭐가 있는지 알 길이 없죠."

"양동이에." 어머니가 반복한다.

"의사들이 쓰는 말이에요." 방사선사가 말한다.

"정말 마음에 드는 말이군요." 어머니가 말한다. "아주 마음에 쏙 드는 표현이에요."

— 로리 무어, 「여기 있는 이들 모두 그런 사람들이다

(People Like That Are the Only People Here)」

여기서 방사선사의 발언은 단 한 번의 짧은 대화로 어머니의 감정을 희망에서 적대로 바꾼다. 아이에 대한 두려움이 커지고, 대화 자체가 변화에 영향을 미친다.

대화는 변화의 가능성을 담고 있는 행동이다. 단순한 논의나 토론에 불과한 말과 극적 사건이나 행동인 말을 구분하는 것은 중요하지만 때로 어려운 일이다. 의심스럽다면 자신에게 물어보라. 인물들 간의 이 대화가 정말로 어떤 것을 바꿀 수 있을까? 예를 들어 두 인물이 이미 마음을 정했고 정치적 혹은 철학적 문제에 대한 서로의 입장까지 잘 알고 있을 때, 그들은 훌륭한 웅변으로 논쟁할 수는 있겠지만 거기에는 어떤 발견이나 결정도 없을 것이고, 따라서 변화의 기회는 없을 것이다. 주제가 아무리 의미심장하다고 할지라도 독자는 이를 뻣뻣하고 흥미롭지 않다고 생각하기 쉽다. '다음에 무슨 일이 일어났는가?'라는 이야기의 질문은 더 많은 말을 암시할 뿐이다.

"이곳은 천년 동안 강가 사람들의 전통적인 어업지였고, 우리에겐 그들의 삶의 방식을 보존하도록 도울 윤리적 책임이 있어. 이런 굴착기를 투

입한다면 생태계를 훼손할 뿐만 아니라 이 지역 전체의 대수층을 파괴하게 될 거라고!"

"현실을 똑바로 봐, 시빌. 자유 기업이라는 건 이런 기술적 진보에 기반을 두고 있고, 그것 없이는 경제의 근간이 위태로워지는 거야."

흠. 독자를 이 의견 차이 속에 감정적으로 끌어들이기 위해서는 인물들이 그 결과에 감정적인 이해관계를 가지고 있어야 한다. 그들이 자신의 의견을 바꿀 것 같지는 않더라도, 각자의 삶을 바꿀 수도 있다는 것을 독자가 느낄 수 있어야 한다.

"만약 네가 내일 아침에 저 장비를 투입하면, 난 정오가 되기 전에 사라질 거야."

"시빌, 나도 어쩔 수 없어."

또한 만약 당신의 인물이 반복되는 갈등 속에 갇혀 있다면, 작가인 당신은 다음의 사실을 기억함으로써 인물을 구해낼 수 있다. 사람들은 자신이 간절히 원하는 것을 갖지 못할 때 대개 자신의 전략을 바꾼다는 것. 매력적으로 꾸미거나, 위협적인 태도를 취하거나, 유혹하거나, 죄책감을 유발하거나 하는 식으로. 그리고 장면 속에서 각각의 인물이 서로에게 뭔

나는 속어를 좋아한다. 나는 힙스터들이 쓰는 말, 인종 차별적인 욕설, 두운법, 모든 종류의 은어를 좋아한다.

제임스 엘로이

가를 원한다면(아마도 원하는 게 같지는 않을 것이다) 탄력이 붙을 것이다. 인물 중 한 명이 단순히 무대에서 벗어나고 싶어 할 때 극적인 에너지를 유지하는 일은, 불가능한 건 아니지만 훨씬 더 어렵다.

• 텍스트와 서브텍스트

　종종 가장 강력한 대화는 인물들이 자신이 의미한 바를 말하지 않음으로써 이뤄진다. 공포, 고통, 분노, 사랑, 어떤 감정이든 극도의 감정 상태에 처한 사람들은 그것을 제대로 표현하지 못한다. 사랑에 빠진 연인들이라면 침대에 뛰어드는 장면보다 자신의 감정이 드러날까 두려워하며 초조하게 아무것도 아닌 대화를 나누는 장면이 더 많은 서사적 긴장을 자아낸다. "난 네가 싫어!"라고 말할 수 있는 인물은, 진실이 드러나는 게 싫어서 분노를 감추고 굴복하는 척하는 사람보다 상대를 덜 싫어하는 것이다.

　인물들이 자신의 감정을 너무 정확하고 정직하게 말한다면 대화는 완전히 실패할 수 있다. 인간이 대화를 나누는 목적은 드러내는 것뿐 아니라 감추는 데에도 있기 때문이다. 감동을 주고, 상처를 주고, 보호하고, 유혹하고, 거부하기 위해서. 안톤 체호프는 대화 속 한 줄이 항상 더 많은 것을 말할 수 있었다는 여운을 남겨야 한다고 믿었다. 극작가 데이비드 마멧은 사람들이 자신의 의도를 말할 수도 있고 말하지 않을 수도 있지만, 모두 언제나 원하는 것을 얻기 위해 고안된 말을 한다고 주장했다.

앨리스 먼로의 단편소설 「변화가 일어나기 전에」를 보면, 최근 사망할 때까지 계속 불법 낙태를 해온 어떤 의사의 딸이 전화를 받는 장면이 나온다.

전화를 걸어온 여자는 의사와 통화를 하고 싶어 한다.

"죄송하지만, 의사 선생님은 돌아가셨습니다."

"스트라찬 박사님. 그 의사 선생님 번호 맞죠?"

"네, 맞지만, 죄송하게도 돌아가셨어요."

"그러면 혹시 다른 분과 통화할 수 있을까요? 함께 일하는 다른 선생님은 없나요?"

"아뇨, 없습니다."

"어떤 것이든 다른 전화번호를 주실 수 있나요? 다른 의사 선생님 중에 혹시라도……."

"아뇨, 저는 다른 번호를 모릅니다. 따로 알고 있는 의사 선생님도 없고요."

"이게 무슨 일인지 아셔야 해요. 아주 중요한 일이에요. 지금 굉장히 특별한 상황인데……."

"죄송합니다."

여기서 여성들은 모두 낙태라는 단어를 언급하지 않으려 하며, 딸은 아버지와 의사라는 직업에 관한 그녀의 복잡한 감정에 관해 말하지 않을(그리고 하지 못할) 것이 분명하다. 두 여성과 독자 모두 그들이 조심스럽게 언급하고 있는 '특별한 상황'을 알고 있다는 점에서 이 대화는 아이러니가 풍부하다. 그러나 오직 딸과 독자만이 의사의 죽음을 둘러싼 사건들과 딸의 감정에 대해 관여하고 있다.

이것은 아주 명확한 대화는 아니지만, 두 여성 모두 이해관계가 깊기 때문에 극적인 행동을 드러내는 대화라는 점을 주목해야 한다. 이들은 감정적으로 연관되어 있지만 목적에 있어서는 서로 엇갈리는 방식으로 상황 속에 놓여 있다.

'행간을 읽는다'라는 개념은 대부분의 사람들에게 친숙하다. 삶에서 우리는 실제로 말하는 것보다 대화에 내포된 것에 더 많이 반응하는 경향이 있기 때문이다. 텍스트와 서브텍스트—즉 표면, 플롯에 관련된 대화와 그 밑에 흐르는 감정적 저류—의 연결에 대해서는 어니스트 헤밍웨이가 말했던 빙산의 비유가 유명하다.

눈에 보이는 모든 것의 8분의 7은 물속에 있다. 당신이 아는 것은 무엇이든 제거할 수 있지만 그건 빙산을 강화시킬 뿐이다. 중요한 건 보이지 않는 부분이다.

말해지지 않은 주제가 말해지지 않은 채로 남아 있을 때, 이야기 속에는 긴장이 계속해서 쌓인다. 종종 이야기의 위기는 이런 무언의 긴장이 표면으로 나오고 폭발이 일어날 때 발생한다. 제롬 스턴은 『균형 잡힌 소설 쓰기』에서 "이야기 속 긴장의 압력을 쌓고자 한다면, 너무 일찍 뚜껑을 열지 말라"고 말한다. "인물들이 정말로 솔직해지면, 말하지 않았던 것들이 말해지면, 긴장감은 풀어진다." 그는 "대화가 끓어오르는 것이 느껴질 때까지" 냄비를 끓이라고 조언한다.

- "아니요" 대화

앞에서 인용된 앨리스 먼로의 글은 또한 대화에서 갈등의 필수적인 요소를 보여준다. 인물들이 서로에게 끊임없이 "아니요"라고 말할 때 긴장과 드라마가 고조된다는 것. 힐러리 맨틀의 『울프 홀』에서는 성당 바깥에 있던 헨리 8세와 그의 약혼녀 앤 불린에게 베네딕트회 수녀가 말을 걸어온다.

"저는 하늘의 말씀을 들었습니다." 그녀가 말한다. "저와 교류하는 성자들에 따르면, 폐하 주위의 이단자들이 큰 불에 들어가야만 합니다. 폐하가 그 불을 붙이시지 않으면, 자신이 타버리게 될 것입니다."

"무슨 이단자들 말이냐? 그들이 어디 있어? 난 이단자를 곁에 두지 않는다."

"여기 하나 있습니다."

앤이 왕에게 몸을 움츠린다. 왕의 겉옷의 주홍색과 금색에 기대어 밀랍처럼 녹아내린다.

"그리고 이 자격 없는 여자와 결혼하신다면, 7개월을 다스리지 못할 것입니다."

"뭐라, 7개월? 반올림이라도 하지 그러냐? 할 수 없더냐? 대체 어떤 예언자들이 '7개월'이라고 한단 말이냐?"

"하늘이 저에게 그리 말씀하셨습니다."

이 인물들은, 서로 무슨 말을 하든지 간에, 수녀의 예언자적 열정이든 헨리의 빈정거림이든, 역시 "아니요"를 말하고 있다. **이것은 하늘에서 온 말입니다. 아냐, 그렇지 않아. 넌 틀렸어. 아니요, 그렇지 않습니다.**

단지 몇 줄의 대화일 뿐이다. 하지만 이것이 한 번에 몇 가지의 일을 더 하는지 보라! 이 대화는 두 화자의 근본적인 성격과 태도를 드러낸다. 이 대화는 왕권과 교회 사이에 벌어졌던 역사적 갈등의 핵심을 담고 있다. 이 대화는 임박한 왕의 결혼에 대한 광범위한 비난을 대표한다. 왕이 핵심을 회피하기 위해 오만한 태도를 보이는 동안 수녀는 자신의 뜻을 정확히 말한다. 한편 앤이 아무 말도 하지 못하는 것, 몸을 통해서만 자신의 태도를 배반하는 것(그리고 '밀랍처럼 녹는다'는 비유)은 독자에게 그녀의 감정적 반응을 보여준다. 얼마 지나지 않아 그녀가 갑자기 소리를 지르기 시작하면 '정말 미쳤나?'라는 생각이 들게 되지만. 마지막으로 이 분위기는 예언이 늘 그러하듯, 어떤 잔인한 진실이 전해질지도 모른다는 가능성을 제기하면서 서사적 긴장을 조성한다.

그러나 이 갈등이 틀에 박혀 있지 않다는 점을 주목하라. 여기서 인물들은 서로의 약점을 탐색하면서 서로 조롱하고 도전하는 새로운 방법들을 찾고 있다.

서술에서와 마찬가지로 대화에서도 독자는 구체적인 디테일을 말하는 인물을 신뢰하고, 일반화하거나 예시로 뒷받침되지 않는 판단을 내리는 인물은 의심하기 마련이다. 만약 어떤 인물이 "그가 나를 사랑하고 나를 위해서라면 무엇이든 할 거라는 사실은 그의 모든 행동을 볼 때 완벽하게 명백하다"라고 말하는 반면, 다른 인물은 "내 손이 온통 진흙으로 뒤덮여 있을 때, 그가 다가와 내 눈에서 머리카락 한 올을 들어 올렸다"라고 말한다면 둘 중 어떤 인물이 더 사랑받겠는가?

마찬가지로, 갈등을 다루는 대화에서 "디테일은 인물들이 서로에게 던지는 돌이다"라고 스티븐 피셔는 말한다. 상처와 모욕에 관한 우리의 기억은 슬프게도 길고, 일반적인 비난으로 시작하는 다툼 ─ "당신은 내 감정 따위 전혀 생각하지 않지"─은 갈등이 고조될수록 구체적인 증거로 뒷받침될 가능성이 크다. "당신은 12월 31일 7시에 날 데리러 오겠다고 했지만, 결국 눈 속에서 한 시간을 기다리게 만들었어." 피셔는 설명한다. "우리 삶에서 일반적인 것은 아무것도 없다. 갈등 속에서 발산되는 불꽃은 인물에 관해 우리가 알아야만 하는 모든 사실을 드러내기 마련이다."

서술에서는 사실을 기술하고 그 안에서 감정이 자연스럽게 떠오르도록 하는 방식을 사용하지만, 대화에서는 화자의 감정에 중점을 두어야 정보를 더 자연스럽게 전달할 수 있다. '친오빠는 네 아이들을 데리고 서너 시쯤 도착할 예정이야'라고 쓰는 것은 밋밋한 설명이다. 반면 '저 머저리 같은 친오빠는 한낮에 멀쩡하게 걸어와서 내 무릎에 자기네 아이 네 명을 덜컥 내던질 수 있다고 생각하지' 또는 '친오빠가 3시에 온다니 너무 기대돼서 견딜 수가 없네! 곧 지구상에서 가장 사랑스러운 네 명의 아이를 보게 될 거야'라고 쓰면 훨씬 더 말하는 것처럼 들릴 뿐 아니라 정보까지 에둘러 주게 된다.

자신이 쓴 대화를 검토하여 한 번에 두 가지 이상의 효과를 내는지 살펴보라. 소리와 구문이 화자의 출신 지역, 학력, 태도를 특징적으로 보여주는가? 단어의 선택과 표현들이 뻣뻣하거나, 외향적이거나, 분노로 숨이 막히거나, 사실에 대해 무지하거나, 통찰력이 있거나, 편협하거나, 두려워하는 인물을 드러내는가? 이야기의 갈등이 서로 다른 방식으로 서로에게 "아니요"라고 말하는 인물들, 즉 "아니요" 대화로 인해 진행되는가? 극적인 상황은 인물이 모든 진실을 말할 수 없거나 혹은 그러려 하지 않기 때문에 고조되는가?

작가인 당신이 일단 당신 인물의 목소리에 익숙해지면 다음 사실을 인정하는 것이 좋다. 모든 인물들은 다양한 목소리를 가지고 있고, 어떤 인물이 하는 말은—그 혹은 그녀의 언어적 범주 안에서—말하는 사람에 의해 결정된다는 것. 우리 모두는 외과 의사가 하는 말과 잔디 깎는 사람이 하는 말을 안다. 누구보다 독특한 목소리를 가진 허클베리 핀은 판사에게는 "네, 판사님"이라고 말하고, 자신의 쇠약한 아버지에게는 "어쩌면 그렇고요, 어쩌면 아닐지도 몰라요"라고 말한다.

대화의 경제성—걸러내고, 독자가 이미 알고 있는 것을 재탕하지 않고, 한 번에 두 가지 이상의 일을 하도록 하는—은 속도 조절에서 중요한 부분이다. 동시에 표면적인 대화에서 펼쳐지는 드라마를 빼놓지 않는 것도 중요하다.

독자들이 대화를 즐기는 이유 중 하나는 그것이 소설에서 독자가 인물들에게 얻는 가장 직접적인 경험이기 때문이다. 대화는 인물들이 작가의 간섭 없이 자기 자신을 표현할 수 있는(혹은 배신할 수 있는) 기회다. 자유 글쓰기로 대화를 써보고 인물들이 스스로 말하게 놓아두라. 당신은 나중에 그걸 다듬을 수도 있고, 겨우 몇 줄만을 뽑아낼 수도 있지만, 너무 빨리 인물이 하고 싶은 말을 다 했다고 가정하지는 마라. 대화의 결과가 어떻게 될지 알겠다는 생각이 들더라도, 인물들에게 당신을 놀라게 할 기회와 작가의 문제를 대신 떠안는 것을 피할 기회를 주라. 작가로서 내가 가장 소름 끼쳤던 순간은 내 인물들이 나에게 달려들었을 때였다. 주인공인 첫 번째 인물이 정확하게 마땅히 받아야 할 벌을 가지고 두 번째 인물을 공격했을 때 나는 내가 그녀의 뛰어난 이해력에 대해 권위적이고 둔감한 포장을 하고 있었다는 걸 알았다. 고집 센 목장 주인은 어린 손녀에 대한 마음 아픈 사랑을 배신했다. 스스로를 '인종 차별에 얽매이지 않는' 사람들이라고 믿던 커플은 그들이 경멸하던 바로 그 조롱을 사용하게 되었다.

소설은 상상의 방식이며, 독자로 하여금 타인을 상상할 수 있게 해주는 방법이다. 서브텍스트는 이 타인들의 상호 교환 속에서 드러나고, 따라서 인간의 능력과 모순에 열려 있는 것이 중요하다. 이야기 속에서 버림받는 인물은 수동적인 실험 대상이 아니며, 교도관에게도 할머니가 있고 상실감이 있다는 사실을 기억해야 한다.

대화를 쓸 때 속도를 조절할 수 있는 또 다른 방법들이 있다. 스탠드업 코미디에서처럼 중요한 건 타이밍이다. 문장과 대화표('그녀가 말했다'와 같이 대사나 대화 뒤에 붙어서 누가 말했는지를 알려주는 부분—옮긴이)를 다양하게 쓰라. 어디서 독자가 잠시 멈추기를 바라는지, 무엇을 강조하고 싶은지를 결정하라.

아래 인용된 소설 『눈 속의 사냥꾼들(Hunters in the Snow)』에서, 토바이어스 울프는 문단을 이렇게 구성하여 독자들이 프랭크의 재치를 충분히 느끼게 만든다.

프랭크는 손가락 끝이 그가 음식을 올려놓은 그루터기 껍질을 향하도록 폈다. 그의 손가락 마디에는 털이 많았다. 그는 무거운 결혼반지를 끼고 있었고, 오른쪽 새끼손가락에는 윗면이 평평한 또 다른 금반지를 꼈는데 거기엔 다이아몬드처럼 보이는 'F'라는 글자가 있었다. 그는 반지를 이리저리 돌렸다. "터브." 그가 말했다. "너 네 불알 본 지가 한 10년쯤 되지 않았나?"(터브가 지나치게 뚱뚱하다는 말을 비꼬아서 표현한 것이다—옮긴이)

반복은 속도를 변화시키고 특정한 말과 감정을 강조할 수 있는 유용한 방법이다. 서술을 할 때 당신은 되도록 반복을 하지 않으려고 노력하겠지만, 당신의 인물은 반복을 통해 자기 자신을 드러낼 수 있다. 레이먼드 카버의 단편소설 「대성당」에서, 아내는 자신의 손님인 맹인 로버트가 남편의 적개심을 느끼지 않을까 걱정하고 있는 것이 분명하다. 화자인 남편은 그들의 대화를 듣고 있다.

> 아내는 입을 가린 다음 하품을 했다. 그녀는 기지개를 켰다.
> "2층에 가서 옷을 입어야 할 것 같아요. 다른 것으로 좀 갈아입어야겠어요. 로버트, 편안하게 있어요." 그녀가 말했다.
> "편안해요." 맹인이 말했다.
> "난 이 집에서 당신이 편안하게 있었으면 좋겠어요." 그녀가 말했다.
> "편안해요." 맹인이 말했다.

매번 반복될 때마다 이 '편안하다'라는 단어는 조금씩 다른 의미를 띤다. 그녀는 불안하고, 그는 단언한다.

• 형식과 스타일

대화의 형식과 스타일은, 마치 구두법처럼, 보이지 않는 것을 목표로 한다. 때로는 어떤 특별한 효과를 얻기 위해 규칙에서 벗어나는 것이 정당화되는 경우도 있지만, 되도록 그런 경우를 피하는 것이 가장 좋다. 여기에는 다음과 같은 몇 가지 기본 지침이 있다.

인물이 소리 내어 말하는 것은 인용 부호로 해야 하고, 생각은 그렇게 해서는 안 된다. 이것은 인물의 발화가 보다 의도적으로 공식화되었다는 것을 인정함으로써 내면의 생각과 외부로 표현된 말을 명확히 구분하는 데 도움을 준다. 만약 생각이 서술과 구분되어야 한다고 생각한다면, 인용 부호 대신 이탤릭체를 사용하라.

새로운 화자의 대화는 새로운 문단으로 시작하라. 이것은 독자에게 방향을 제시하고 누가 말하고 있는지를 명확히 하는 데 도움이 된다. 두 인물의 대화 사이에 행동이 묘사되었을 경우, 그 행동에 해당되는 화자의 문단 안에 넣으라.

"그 사진을 찍었으면 좋았을 텐데." 래리는 집게손가락으로 지평선을 따라갔다.
재니스는 포트폴리오를 낚아챘다. "너 손에 닭 기름 묻었잖아." 그녀가 말했다. "이거 하나밖에 없는 거라고!"

구두점이 인용 부호 안에 들어가 있는 것을 주목하라.

대화표는 누가 말했는지를 독자에게 알려준다. **존이 말했다. 메리가 말했다. 팀이 발표했다.** 대화표를 사용할 경우, 이것은 쉼표로 대사와 연결된다. 대사가 완전한 문장으로 들린다 하더라도. "오늘 밤은 내가 낼 거야," 메리가 말했다. (한국어 문장에서는 주로 쉼표 대신 마침표를 사용한다―옮긴이)

대화할 때 말하는 사람의 이름을 너무 많이 사용하지 않도록 하

라. 그러면 대화하는 것처럼 들리지 않는다.

"제발, 벤지. 이 끝도 없는 모노폴리 게임보다 내 일이 더 중요해."
"아, 엄마, 엄마는 항상 모든 걸 잘못 받아들이고 있어요."
"벤지, 그게 사실이 아닌 거 알잖아."
"아냐, 진짜예요, 엄마, 매번."

수화물 꼬리표나 이름표처럼, 대화표도 식별을 목적으로 사용된다. 그리고 '말했다'는 대개 이 임무에 적합하다. 사람들은 '물었다'나 '대답했다'를 사용하기도 하고, 이따금씩 '덧붙였다', '회상했다', '인정했다', '떠올렸다' 같은 단어를 쓰기도 한다. 그러나 때로 불안한 작가는 더 강한 동의어를 찾게 될 것이다. **그녀가 헐떡거렸다, 그가 애처롭게 콧소리를 냈다, 그들이 이구동성으로 말했다, 존이 고함을 질렀다, 메리가 내뱉듯 말했다.** 이것은 불필요할뿐더러 강요하는 것처럼 느껴진다. 의도하지 않은 반복은 보통 어색한 문체를 만들어내지만, '말했다'의 경우 구두법과 같이 보이지 않는다. 책을 읽을 때 독자가 '말했다'를 의식하는 경우는 거의 없지만, '그녀가 울부짖었다'라고 하면 어쩔 수 없이 의식하게 된다. 만약 대화표 없이도 누가 말하고 있는지가 명확하다면 쓰지 마라. 대개는 대화 문단이 시작될 때 누구인지 알려주고, 이를 가끔 상기시키는 것만으로도 충분하다. 말하는 방식과 패턴을 통해 화자가 본질적으로 식별된다면 훨씬 더 좋다.

비슷하게, 톤을 설명하는 대화표는 사용을 자제해야 한다. **그는 즐**

겁게 말했다, 그녀는 힘없이 덧붙였다. 이런 표현들은 노골적인 '말해주기'이며, 좋은 대화는 그 자체로 자신의 톤을 전달할 가능성이 높다. **"내 사건에서 손 떼!" 그녀가 화를 내며 말했다.** 우리는 그녀가 화를 내며 이런 말을 했다는 사실을 군이 들을 필요가 없다. 만약 그녀가 상냥하게 말했다면, 아마 들을 필요가 있을 것이다. 대화가 독자에게 무언가가 말해지는 방식에 대한 단서를 주지

> 나는 인물과 서술적 목소리에서 시작한다. 나는 이야기를 쓰기 전에 먼저 귀로 그 언어를 듣고 싶다.
>
> 손 월

않는다면, 종종 부사보다는 행동이 이를 더 잘 보여줄 수 있다. **"리터 씨와 거기에 대해 할 말이 있소." 그는 최종적으로 말했다.** 이렇게 쓰는 것보다는 다음 문장이 더 강하다. **"리터 씨와 거기에 대해 할 말이 있소." 그는 말을 마치고 모자를 집어 들었다.**

대화표가 대사 중간에 들어오면 눈에 덜 거슬리게 하는 데 도움이 된다. **"두 번 생각하지 마." 그가 말했다. "어쨌든 가는 거야."** (중간에 삽입되는 대화표는 독자에게 잠깐의 멈춤이나 화자의 억양 변화를 알려주는 데도 효과적이다.) 대사의 맨 처음에 대화표가 등장하면 그건 너무 극본이나 희곡처럼 보일 수 있다. **그가 말했다. "두 번 생각하지 마."** 반대로 대화표가 너무 많은 말을 한 다음에 등장하면 혼란스럽거나 쓸데없게 느껴진다. **"두 번 생각하지 마. 어쨌든 가는 거야. 그냥 이것들을 가져가서 중간에 복사 가게에 떨어뜨려놓으면 돼." 그가 말했다.** 만약 인물이 이렇게 말할 때까지 독자가 누구의 말인지 모르고 있다면,

대화표는 유용하게 쓰이기엔 너무 늦었고 그저 튀어 보이기만 할 것이다.

• 속어

속어는 유혹적이고 때로는 탁월하며 인물에 개성을 부여하는 수단이지만, 잘 쓰기 어렵고 과용하기 쉽다. 사투리, 지역성, 그리고 유년기는 단어 선택과 구문을 통해 가장 잘 전달된다. 틀린 철자를 일부러 쓰는 것은 독자의 주의를 흩뜨리고 속도를 늦추기 때문에 최소한으로 해야 하며, 더 나쁜 점은 인물을 멍청하게 보이도록 만든다는 것이다. 보통 발음하는 그대로 어떤 단어의 철자를 쓰는 것은 아무 의미가 없다. 거의 모든 사람은 for를 fur로, of를 uv로, was를 wuz로, and를 an으로, says를 sez로 발음한다. ing로 끝나는 단어에서 g를 빼는 것도 흔한 일이다. 만약 작가인 당신이 대화 속에서 이 단어들의 철자를 틀린다면, 당신은 독자에게 이 화자는 글을 쓸 때 이런 단어의 철자도 제대로 알지 못하는 사람이라는 사실을 알려주는 것이다. 심지어 화자의 무지를 나타내고 싶은 경우라 해도, 당신이 선택한 방식 때문에 독자를 소외시킬 수도 있다. 존 업다이크는 톰 울프의 인물에 관해 불평하면서 이를 잘 지적했다.

(그의) 발음은 꾸준히 잘못 표기된다. something은 sump'm으로, fire

fight는 far fat으로—말하자면 포크너의 인물이 할 법한 방식으로, 포크
너에게 남부 생활은 삶이었지만, 울프에게는 지역적인 호기심에 불과하다.

오늘날 대부분의 소설가들이 틀린 철자를 피하는 이유는 인물을
'지역적인 호기심'으로 축소해버린다는 혐의를 피하기 위한 것이 크다.

영어가 모국어가 아닌 사람의 목소리를 포착하는 것은 더 까다롭
다. 누군가 영어를 배우기 시작할 때 하는 실수는 그의 모국어의 문
법적 구조에 기초하는 경향이 있기 때문이다. 프랑스어나 인도네시아
방언을 모르는 한, 당신은 실수에 또 다른 실수를 더할 것이고, 대화
는 마치 이류 시트콤에서 나온 것처럼 들릴 것이다.

속어든 표준 영어에서든, 결론은 '대화는 말할 수 있어야 한다'는
것이다. 말할 수 없다면, 그것은 대화가 아니다.

"물론 나는 금방 잊을 수 없을 정도로 공포를 느꼈지." 리즈는 나중에
말할 것이다. "그리고 나는 옷을 다 입은 채로, 어디 갔는지는 하느님만
알고 있을 신발을 벗어 던지고 침대에 미끄러져 들어갔고, 왜 내가 스스
로를 위험에 처하게 했는지 궁금해졌어. 똑똑한 여학생보다 약간 못한
누군가와 함께 저녁 시간을 보내는 일의 의심스러운 즐거움을 예측하지
못하는 건 바보나 할 만한 일인데 말이야."

아무도 이런 말을 하지 않을 것이다. 이건 말할 수 없기 때문이다.
내용이 이치에 맞지 않게 복잡할 뿐만 아니라, 반복되는 F 때문에 더

듬거리게 되며(원문 'only a fool would fail to foresee for'에서 F가 지나치게 반복되는 것을 가리킨다―옮긴이) 인간의 폐가 담을 수 있는 것보다 더 많은 숨을 필요로 하기 때문이다.

대화를 쓸 때 유용한 팁

1. 가장 효과적인 대화의 방식이 직접일지, 간접일지, 요약일지 생각하라.

2. 인물로 하여금 독백보다는 짧은 대화를 하게 하라. 그렇게 하지 않을 충분한 이유가 없다면.

3. 당신이 쓴 대화가 한 번에 두 가지 이상의 일을 하고 있는가? 인물을 드러내고, 분위기를 조성하고, 행동을 진전시키고 있는가?

4. 대화로 화자가 무엇을 원하는지, 그리고 이 이야기가 무엇에 관한 것인지 드러내라.

5. 대화는 인물들이 서로에게 "아니요"라고 말할 때 더 흥미롭다.

6. 대화에서 설명을 걷어내라.

7. 인물들이 정확히 무슨 뜻인지 말하지 않고 가끔은 감추거나 피하도록 하거나, 어떤 이유에서 그것을 말할 수 없도록 만들어라.

8. 인물들을 자기모순에 빠뜨려라. 변화의 여지나 놀라운 감정의 전환이 드러날 가능성을 주어라.

9. 가능하면 언제든 '말했다'를 대화표로 사용하라.

10. 인물의 감정을 보여줄 때 부사나 다른 수식어보다는 행동을 사용하라.

11. 속어는 틀린 철자를 그대로 쓰는 것보다는 단어 선택과 구문으
    로 더 잘 전달된다.

대화를 소리 내어 읽어보고 입과 호흡과 귀에 편안한지 확인하라.
잘못되었거나, 축 늘어졌거나, 아무것도 하지 않는 대화는 질질 끌거
나 너무 서두르는 부분들처럼 저절로 드러날 것이다. 크게 읽는 것이
야말로 대화에 필요한 모든 것이 다 갖추어졌는지를 확인할 수 있는
최선의 방법이다.

외모

인간에게 눈은 가장 고도로 발달된 지각 수단이며, 따라서 우리는
다른 어떤 감각보다도 시각을 통해 비감각적인 정보들을 받아들인다.
아름다움이란 겨우 피부 두께만큼의 깊이지만, 사람들은 육체화된
존재이며, 아름다움이든 추함이든 우리가 그것을 인식하기 위해서는
표면적이어야만 한다. 이러한 표면에는 외모뿐만 아니라 말과 행동도
포함된다. 하지만 타인에 대한 우리의 첫 반응을 불러일으키는 것은
외모이며, 외관상 그들이 입고 가진 모든 것은 그들 내면의 일부를 보
여준다.
단순한 외모 이상의 것을 보기 위해 너무 골몰한 나머지, 작가들
은 때로 눈에 보이는 것들의 힘을 무시하는 경향이 있다. 사실 인물

이 지닌 긴장과 갈등의 상당 부분은 외모가 실제 모습과 같지 않다는 진리에서 비롯된다. 그러나 이것을 알기 위해서는 먼저 외모를 봐야만 한다. 특징, 체격, 스타일, 옷, 그리고 물건은 정치적, 종교적, 사회적, 지적, 그리고 본질적인 내면적 가치에 관한 진술을 내놓을 수 있다. 울트라스웨이드 재킷을 입은 남자는 구멍 난 추리닝을 입은 남자와 다른 이야기를 하고 있다. 파이프 담배를 들고 있는 여자와 대마초를 말아 쥔 여자 역시 같을 수 없다. 심지어 우리의 물질주의적 사회를 버리고 떠나, 슈퍼마켓을 포기하고 유기농 감자를 재배하기 위해 시골로 간 사람조차도 자신의 괭이와는 특별한 관계를 맺고 있다. 아무리 외모에 무관심하다 할지라도, 그 무관심조차 우리 몸에 관한 경험의 결과라는 사실을 알아야 한다. 여섯 살 때부터 쭉 잘생긴 스물두 살의 미남과 어릴 때는 뚱뚱했지만 열여섯 살 때 환골탈태한 미남은 전혀 다른 사람일 수밖에 없다.

다음 예시는 두 여성에 관한 짧은 초상이다. 각 여인은 주로 직물, 가구, 화장품 같은 사소한 것들로 특징지어진다. 그럼에도 불구하고 한 인물의 본질적인 특징을 다른 사람의 것으로 착각하는 일은 불가능할 것이다.

헬렌은 얼마나 아름다운가. 얼마나 우아하고, 얼마나 영원한가. 그녀가 어떻게 에스터 송퍼드를 매혹시키는지, 그리고 어떻게 에드윈을 갖고 노는지, 최면을 거는 것처럼 그의 칙칙한 옷깃 위에 주홍색 손톱을 얹고서. 그녀는 기사 딸린 차를 타고 온다. 그녀는 온통 하얗고 붉다. 그녀의 스타킹은 가장 부드러운 실크다. 속치마는, 아주 잠깐 보여주었지만, 레이스가 달려 있다.

— 페이 웰던, 『여자 친구들(Female Friends)』

방에 들어서자마자 코를 찌르는 인 냄새가 그녀가 쥐약을 먹었다는 사실을 말해주었다. 그녀는 퀼트 사이에 신음하며 누워 있었다. 침대 옆 다다미에는 피가 튀어 있고, 헝클어진 머리는 버려진 밧줄처럼 엉켜 있으며, 그녀 목에 묶인 붕대는 부자연스럽게 하얬다. 창백한 얼굴에 선명한 입은 소름 끼치도록 무섭게 보였다. 마치 그녀의 입술이 귀까지 트인 깊은 상처 같았다.

— 이부세 마스지, 「다진코 마을(Tajinko Village)」

위 두 구절에서는 눈에 보이는 외모만을 사용하여, 인물의 생생함과 풍부함을 만들어낸다.

시각 이외의 감각적 인상도 여전히 인물이 '보여지는' 방법의 일부라는 점을 유의하라. 축 늘어진 악수나 부드러운 뺨, 샤넬 향수 냄새, 오레가노 향, 혹은 썩는 냄새—이것들 역시 보이는 것과 마찬가지로 얼마든지 인물을 형상화할 수 있다. 독자를 만질 수 있게, 냄새 맡을 수 있게, 맛볼 수 있게만 해준다면.

이름이 발음되는 소리와 거기서 연상되는 것도 인물의 개성에 관한 실마리를 줄 수 있다. 2장의 데비 이야기에서, 부유한 치디스터 씨는 자동적으로 부유한 스트럼 씨보다 더 우아한 부류의 사람이다. 허클베리 핀이 룸브리아의 후작과 다른 삶을 살아야만 하는 것처럼. 노골적인 의미를 지닌 이름들—조지프 서피스, 빌리 필그림, 마사 퀘스트—은 인물을 틀에 박히게 하는 경향이 있기 때문에 되도록 적게 사용해야 하지만, 평범한 이름들도 당신이 강조하려는 특징들을 암시할 수 있다. 이런 힌트를 주는 소리를 찾기 위해서는 전화번호부처럼 이름이 적힌 목록을 샅샅이 찾아볼 필요가 있다. 오늘 아침에 살펴보니 내 전화번호부에서는 린다 홀리데이, 마빈 엔츠밍거, 멜바 피블스 같은 이름들이 나왔다. 모두 나로 하여금 어떤 인물을 떠올릴 수 있게 만들어주는 이름들이다.

또한 소리도 '외모'의 일부로 특징지어질 수 있다. 소리가 음색, 취지, 소음과 발화의 질, 목소리의 날카로움이나 걸걸함, 높아지는 웃음소리나 말투의 딱딱함을 통해 무엇인가를 나타내는 한.

인물이 물리적으로 움직이는 방식은 외모의 또 다른 측면이다. 무용가이자 작가인 매기 캐스트는 "후각과 미각, 촉각의 이미지는 시각과 청각보다 더 깊은 반응을 불러일으킬 수 있지만, 근육과 관절에서 비롯된 위치감각과 움직임, 그리고 긴장감의 경우는 어떨까?"라고 우리를 일깨워준다. 여기, 파드마 비스와나단의 『레몬 던지기(The Toss of a Lemon)』에서 굴욕을 당한 소녀는 집에서 뛰쳐나온다. 그녀의 감정은 미각과 움직임에 의해 만들어진다.

그녀는 바닥에서 같은 거리로 뒷걸음질 치다가, 발을 헛디디고는 다시 뒤로 간다. (……) 야나키는 녹지로 달려 나가 바리움이 먼저 차지했었던 어린 파파야나무를 뒤에서 껴안는다.

나무뿌리 사이 작은 공간 속의 흙이 그녀를 유혹한다. 아직 한 손으로는 나무를 껴안은 채, 야나키는 아이들이 방과 후 간식으로 먹곤 하는 작은 공만 한 흙덩어리를 입에 넣는다. 흙은 바삭하고 축축하고 얼얼하며, 재스민 꽃잎 두어 개가 들어 있다. 그녀의 입에서 흙의 어두운 편안함이 퍼져나간다. 그녀는 한숨을 쉬고 나무에 이마를 기댄다. 두 팔로 나무를 꼭 안은 그녀 위에서 드리워진 잎사귀들이 고개를 끄덕인다.

움직임과 행동의 차이를 이해하는 것은 중요하다. 이 둘은 동의어가 아니기 때문이다. 물리적 움직임—그가 다리를 꼬는 방식, 그녀가 복도를 따라 달려가는 방식—은 꼭 플롯을 앞으로 움직이지 않고도 인물을 특징짓는다. 종종 움직임은 장면 설정의 일부이며, 변화를 일으키는 행동이 시작되기 전의 상황을 설정하는 방식이다. 하지만 움직임 역시도, 위의 예시에서처럼, 행동을 강화하고 앞으로 진전시킬 수 있다.

행동

소설에서 중요한 인물들은 반드시 행동을 일으키고 그로 인해 변화될 수 있어야만 한다.

이제까지 우리는 대화가 변화의 가능성을 제시하는 행동이 된다는 것을 보았다. 만약 이야기가 변화의 과정을 기록한다는 사실을 받아들인다면, 이 변화는 어떻게 일어날까? 기본적으로 인간은 우연과 선택, 또는 발견과 결정에 직면한다. 전자는 모두 비자발적이지만, 후자는 모두 자발적이다. 이야기의 관점에서 보면 욕망에 의해 움직이는 인물은 어떤 결과를 예상하고 행동하지만, 무언가가 끼어든다. 인물 외부의 어떤 힘은 정보, 사고, 타인의 행동이나 다른 요소의 형태로 나타난다. 알지 못하던 것을 알게 되면, 발견한 사람은 어떤 행동을 하거나 혹은 의도적으로 하지 않아야 한다. 여기서 독자는 서사적 질문이 자아내는 긴장 속에 빠진다. 그러고 나서 어떤 일이 벌어지는가?

아래 토니 모리슨의 「레시터티브(Recitatif)」에서 인용된 장면은 먼저 움직임, 그다음 발견, 그리고 결정을 보여준다.

그녀를 보았을 때 나는 커피포트를 채우고 그것들 모두를 전기 버너 위에 놓으려는 중이었다. 그녀는 부스 안에 앉아 머리와 얼굴이 피투성이가 된 남자 둘과 담배를 피우고 있었다. 머리카락이 너무 부스스하고 거칠게 흐트러져 있어서 얼굴은 거의 보이지 않았다. 하지만 눈은. 나는 어디서든 그걸 알아볼 수 있을 것이다. 그녀는 아주 연한 청색의 홀터넥과 반바지 차림에 팔찌만 한 귀걸이를 하고 있었다. 립스틱과 눈썹 연필에 대해서도 말해보자. 그녀는 다 큰 소녀들을 수녀처럼 보이게 했다. 나는 7시 전까지는 카운터를 떠날 수 없었지만, 그 전에 그들이 떠날까 봐 부스를 계속 지켜보았다. 내 다음 교대자는 제시간에 맞춰 왔기 때문에 나는 가능한 한 빨리 영수증을 세어 쌓아놓고 서명했다. 나는 부스로 걸어 갔다.

여기서 '커피포트를 채우고 그것들 모두를 전기 버너 위에 놓으려는 중이었다'는 장면을 설정하고 인물의 특징을 보여주는 **움직임**이다. 중요한 **행동**은 '그녀를 보았을 때'라는 발견에서 시작된다. '그녀'는 외모에 의해 직접적으로 특징지어지는 데 반해, 화자는 자신의 결정에 따라 행동하기 전까지 주로 능동사를 사용한 움직임으로 표현되는 것에 주목하라─지켜보고, 세고, 쌓고, 서명한다. 발견과 결정의 순간 양쪽 모두에서 우리는 변화의 가능성을 기대하게 된다. 다음에 무슨 일이 일어날 것인가?

존 치버의 단편 「치유(The Cure)」에서, 겉으로 보기에 무해해 보였던 최초의 움직임은 갑자기 긴장감 쪽으로 바뀐다.

우리는 모두 우리 안에 수많은 모순과 시시한 것들을 지니고 있다. 사실 나는 역설과 모순의 들쭉날쭉한 모서리가 인물을 '인간이란 무엇인가'라는 진실에 더 가깝게 데려다 놓는다고 생각한다.

─데니스 보크

나는 거실에 불을 켜고 레이철의 책을 바라보았다. 린 유탕이라는 이름의 저자가 쓴 책을 한 권 골라 등 아래 소파에 앉았다. 거실은 편안했고, 책은 재미있어 보였다. 나는 현관문 대부분이 잠겨 있지 않은 동네에 살았고, 여름밤이면 거리는 아주 조용했다. 모든 동물들은 길들여져 있고,

내가 들어본 밤의 새소리라고는 철로 옆 부엉이 몇 마리뿐이었다. 그러니 정말 조용했다. 나는 바스토의 개가, 마치 악몽이라도 꾼 것처럼, 짧게 짖는 소리를 들었고, 그런 다음 소리는 멈췄다. 모든 것이 다시 잠잠해졌다. 그때 아주 가까이에서 발소리와 기침 소리가 들렸다.

온몸에 소름이 끼쳤지만—아마 이 느낌을 잘 알 것이다—나는 읽던 책에서 고개를 들지 않았다. 누군가 나를 지켜보고 있는 것이 느껴졌다.

이 장면은 움직임과 하나의 선택—책—으로 구성되어 있다. 책은 변화를 만들 만한 특별한 기회도, 이렇다 할 극적인 힘도 없는 물건이다. 그러나 '그때…… 들렸다'라는 말과 함께 다른 종류의 발견 혹은 깨달음이 일어난다. 갑작스러운 '진짜' 변화의 가능성과, 느닷없는 '진짜' 극적 긴장이 생겨나는 것이다. 두 번째 문단에서 화자는 익숙하면서도 전적으로 비자발적인 반응을 한다. '온몸에 소름이 끼쳤다.' 그리고 본능적인 행동을 '취하지 않기로' 결정한다. 삶에서와 같이 소설에서도, 아무것도 하지 않기로 한 결정은 긴장감으로 가득 차 있다.

대부분의 경우 작가들은 자신의 기술이 너무 눈에 띄지 않기를 원하기 때문에 결정과 발견의 구조를 감춘다. 레이먼드 카버의 단편 「이웃 사람들(Neighbors)」에서 가져온 다음의 예시에서, 변화의 패턴—빌 밀러가 이웃집에 점차적으로 침입하는 것—은 카버가 명시적으로 언급하지 않는 일련의 결정들에 기반하고 있다. 이 장면은 전환점, 즉 발견의 순간으로 끝난다.

부엌에 돌아와보니 고양이가 상자 안을 긁고 있었다. 고양이는 그를 빤히 쳐다보다가 다시 하던 일을 계속했다. 그는 찬장을 전부 열고 통조림, 시리얼, 포장 식품, 칵테일과 와인 잔들, 자기, 냄비와 팬을 살펴보았다. 그는 냉장고를 열었다. 셀러리 냄새를 맡고 체더치즈를 두 입 베어 문 다음, 침실로 걸어가면서 사과를 씹었다. 침대는 커 보였고, 푹신하고 하얀 침대보가 바닥까지 늘어서 있었다. 그는 침실용 탁자 서랍을 열어 반쯤 비어 있는 담뱃갑을 발견하고는 주머니에 쑤셔 넣었다. 그런 다음 옷장으로 다가가 문을 열려고 하는데 현관문 쪽에서 노크 소리가 들렸다.

여기서 커다란 절도 행위를 찾기는 어렵지만, 작가는 두 가지의 뚜렷한 기술을 통해 행동으로 긴장을 쌓아나간다. 첫 번째는 정말로 '쌓인다는' 것이다. 처음에 빌은 그저 '살펴보기'만 했다. 셀러리는 냄새만 맡았지만, 치즈는 두 입 베어 물었고, 그런 다음엔 사과 하나를 먹고, 담배 반 갑을 훔친다. 그는 부엌에서 침실로 이동하는데, 이것은 보다 명백한 사생활 침해다. 찬장에서 냉장고로, 다시 침실용 탁자에서 옷장으로. 각각은 앞의 것보다 더 내밀한 침입이다.

두 번째 기술은 서술이 빌 자신의 보이지 않는 긴장을 미묘하게 암시하고 있다는 점이다. 완전한 무관심으로 같은 행동을 하는 파괴자를 상상하기는 쉽다. 그러나 빌은 고양이가 자신을 '빤히' 쳐다본다고 생각하는데, 이것은 그가 그렇게 느낀다는 사실 외에는 중요하지 않다. 크고 흰 침대를 의식하는 그의 모습은 성적인 죄책감을 암시한다. 현관문을 두드리는 소리가 들릴 때, 우리는 그가 느끼는 것처럼, 분명히 잡힐 것 같다는 느낌을 받기 시작한다.

따라서 내적 또는 정신적 변화의 순간은 행동이 있는 곳이라는 게 밝혀진다. 이야기 속의 많은 움직임들은 단순한 사건에 불과하고, 이것이 바로 지루한 연극의 무대 지시문 같은 움직임 묘사가 때로는 도움이 되지 않는 이유다. 아내가 커피 잔을 집어 드는 것은 단순한 사건이지만, 만약 그녀가 컵에 묻은 립스틱이 자신의 것이 아니라는 사실을 알게 된다면 그것은 극적인 사건, 즉 발견이다. 발견은 변화를 만든다. 그녀는 체리 아이스 색깔의 입술을 한 여자에게 커피 잔을 내던지기로 결심한다. 내던지는 것은 하나의 행동이지만, 자신이 맞았다는 것을 두 번째 인물이 깨닫는(발견) 순간, 또 다른 극적 변화가 일어난다. 이런 식으로 계속되는 것이다.

모든 이야기는 결정과 발견을 통해 만들어지는 크고 작은 변화들의 패턴이다. 이때의 사건들은 작가 E. M. 포스터의 말처럼 주로 인과관계에 의해 연결된다.

생각

소설은 관객이 알고 있는 모든 것이 반드시 눈에 보여져야 하는 영화나 드라마에 없는 유연성을 지니고 있다. 소설 속에서 독자는 한 인물의 내면으로 들어갈 수 있는 특권을 갖고, 이를 통해 인물의 근원적인 내적 갈등과 생각, 그리고 결정과 발견의 주요한 과정들을 공유할 수 있다. 말과 마찬가지로, 어떤 인물의 생각은 요약될 수도 있고(그는 그녀가 먹는 방식을 싫어했다), 간접적인 생각으로 제시될 수도 있으며(그녀는 왜 포크를 그렇게 똑바로 들고 있었을까?), 마치 우리가 인물 자신의 내면을 엿듣는 것처럼 직접적으로 제시될 수도 있다(맙소사, 그녀는 곧 노른자를 떨어뜨릴 거야!). 말과 마찬가지로, 이 세 가지 방법은 하나의 단락에서 즉각성과 속도를 한 번에 성취하기 위해 번갈아 사용될 수 있다.

인물의 생각을 제시하는 방법은 7장 '시점'에서 더 충분히 다룰 예정이다. 다만 인물을 만들 때 가장 중요한 점은, 마치 대화처럼 생각이 정보 이상의 것을 드러내는 일이다. 생각은 분위기를 조성할 수도 있고, 욕망을 드러내거나 배신할 수도 있으며, 주제를 발전시킬 수도 있다. 또한 생각은 행동을 진전시키기도 하는데, 왜냐하면 허구의 인물들은 살아 있는 사람들과 마찬가지로 이미 '알고 있는' 것에 대해서는 생각하지 않기 때문이다. 그들은 무슨 일이 일어나고 있는지, 두려워하고 있는 일이 일어날지, 무엇이 자신을 곤혹스럽게 하는지, 혹은 감정적으로 자신을 여전히 옥죄고 있는 기억이 무엇인지에 대해 생각한다. 심지어 무한정 이렇게 반복하는 사람조차도—'내가 신경 쓰이는 건 추위가 아니라 바람이야'—내면적으로 기상학적인 사실과 관련이 있기 때문이 아니라, 바로 지금 여기서 바람이 다시 거세지기 때문이며, 혹은 지금 이 순간 그가 거기 반응할 법한 사람이기 때문이다. 대부분의 경우 책 속 인물들은 새로운 상황에 직면하고 이를 이해하기 위해 내면적으로 노력을 기울이거나, 익숙한 상황을 직면하지만 이를 새로운 방식으로 받아들여만 한다.

사실 어떤 인물의 내면적 영역은 행동의 중심이 될 가능성이 가장 높다. 아리스토텔레스는 인간이란 '그 자신의 욕망'이라고 말한다. 즉, 인물의 특징은 좋든 나쁘든 그의 궁극적인 목적에 의해 결정된다는 것이다. 아리스토텔레스에 따르면 **생각**이란 어떤 사람이 자신의 목표를 향해 주어진 순간에 어떤 행동을 취해야 할지를 결정하기 위해 내면 속에서 거꾸로 일하는 과정이다.

예를 들어 이 책을 읽는 것은 당신의 궁극적인 목표가 아니다. 아마도 읽고 싶지 않을 가능성이 매우 높다. 차라리 잠을 자거나 조깅을 하거나 사랑을 나누고 싶을 것이다. 하지만 당신의 궁극적인 목표는, 말하자면 돈을 많이 벌고 존경을 받으며 유명하기까지 한 작가가 되는 것이다. 이 목표를 이루려면, 당신 생각에, 당신은 소설 쓰기의 기술에 관해 최대한 많은 것을 배워야만 한다. 이를 위해 당신은 아이오와 주립대학의 작가 워크숍에 가서 예술 석사 학위를 따려고 한다. 그러려면 먼저 모 대학에서 학부 학위를 따야 하고, 소설가 모 교수의 소설 쓰기 과목에서 A를 받아야 한다. 또 이를 위해선 이 책의 3장 마지막에 있는 프롬프트 중에 하나를 골라 화요일부터 일주일 동안 인물 스케치 과제를 해 가야 한다. 이걸 하려면 당신은 지금 잠자기나 조깅이나 연애를 하는 대신 여기 가만히 앉아

> 소설 속 인물들은 마치 당신이 길을 걷다가 누가 잠깐 눈에 띄고, 그러다 다시 만나서 친구가 되는 것처럼 찾아온다. 그런 느낌이다.
>
> ─아룬다티 로이

이 장을 읽어야만 한다. 당신의 궁극적인 목표는 작은 갈림길들 속에서 논리적으로 한 걸음씩 뒤로 이동하여 심사숙고 끝에 당신이 지금 택해야만 하는 행동에 관한 '윤리적인' 결정을 내리게 만들었다. 결국 당신은 책을 읽고 싶은 것으로 밝혀진다.

아리스토텔레스가 욕망, 생각, 행동 사이에서 인식하는 관계는 작가에게 플롯을 구성하고 인물을 창조하는 데 있어 매우 유용하게 보인다. 이 이야기의 마지막 단락에서 주인공은 무엇을 하고 싶은가? 첫 페이지에 제시된 상황에서 주인공이 지금 무엇을 할 것인지 결정하기 위해 뒤로 되짚어가는 특정한 사고 과정은 무엇인가?

> 그날 오후 나는 리베카에게 사용할 몇 가지 문구와 답변을 준비했다. 나는 그녀가 나를 좋게 생각하고 있다는 것, 그리고 내가 촌뜨기로 보일까 봐 두려워하지만 실은 아니라는 사실을 그녀가 이해하고 있다는 것이 몹시 걱정되었다. 그래서 나는 책상에 앉아 내 데스마스크를 연습했다. 완벽한 무관심의, 근육의 경련 따위 없는, 멍한 눈빛의, 미동도 없이, 눈썹을 아주 조금 찡그린.
>
> —오테사 모시페그, 『아일린(Eileen)』

물론 이것은 잘못된 행동일 수도 있다. 생각은 잘못된 선택으로 우리를 이끌거나, 상충되는 욕망과 일관된 모순으로 가득 차 있거나, 억압된 생각과 표현된 생각 사이에 있는 엄청난 긴장을 주기 때문에 우리를 괴롭힌다.

그가 샤워기를 끄자 전화벨이 울린다. 벨이 오랫동안 울렸다는 느낌 — 기계적인 소음이 절박함을 지닐 수 있을까? — 이 그를 벌거벗은 채 나가 거실로 들어서게 한다. 그가 전화기를 들자 의심했던 대로 전화를 건 사람은 미에코다. 그는 첫 인사를 마치자마자 벌써 짜증이 난다. 뛰어난 영어를 구사함에도 불구하고 미에코의 목소리는 날카롭고, 높고, 매우 일본적이다. 그는 "안녕, 미에코"라고 말한다. 짜증 섞인 목소리다.

— 제인 스마일리, 「롱 디스턴스(Long Distance)」

조이스 캐럴 오츠의 「어디 가, 어디 있었어?」에서 주인공 코니는 자신이 경멸하는 가족으로부터 벗어날 수 있는 모든 기회를 원한다. 첫 단락에서부터 그녀는 가족의 동행을 피할 수 있는 여러 가지 계획과 핑곗거리를 생각해낸다. 그리고 그러한 계획 중 하나가 그녀를 자신보다 더 영리한 존재의 유혹에 반응하도록 이끈다. 이야기의 결말에서 그녀는 분명 가족으로부터 영원히 벗어나게 되었지만, 그것은 자신의 계획을 제대로 이해하지 못한 대가이다. 이야기를 통해 코니의 캐릭터는 풍부해진다. 자유를 얻는다는 단 한 가지의 목표를 위해 두 개의 인격을 만들어내고, 마침내 상충하고 마비되는 욕망들 사이에 붙잡혀버리는 인물.

사람은, 인물은, 자신이 원하는 것에 대해 많은 것을 할 수 없다. 그것은 단지 인물이 곧 욕망이라고 말하는 또 다른 방식이다. 우리가 의도적으로 선택할 수 있는 것은 우리의 행동, 주어진 상황 속에서 취하는 행동이다. 우리의 욕망과 생각 사이의 사고 과정이 그렇게 잘못되거나 제멋대로가 아니라면, 우리가 생각하는 것과 표현하고 싶은 것 사이에 그러한 심연이 존재하지 않는다면, 욕망의 성취란 이렇게 어렵지 않을 것이다.

추천 작품

「내 남자 보반느(My Man Bovanne)」(토니 케이드 밤바라 지음)

「위대한 탄돌포(Tandolfo the Great)」(리처드 바우슈 지음)

「모든 혀가 고백할지니(Every Tongue Shall Confess)」(ZZ 패커 지음)

「록 스프링스(Rock Springs)」(리처드 포드 지음)

「당신의 것(Yours)」(메리 로빈슨 지음)

「캣퍼슨」(『캣퍼슨』에 수록, 크리스틴 루페니언 지음, 비채, 2019)

「6. '그가 사무실을 나간다'(6. 'He leaves the office…')」(데이비드 솔로이 지음)

「탬버린 레이디(The Tambourine Lady)」(존 에드거 와이드먼 지음)

「머리 속 총알(Bullet in the Brain)」(토바이어스 울프 지음)

「고마워(Thank You)」(일레한드로 삼브라 지음)

1. 두 인물 사이의 불화가 점차 심해지고 있다. 한 사람은 자신이 의미하는 바를 정확하고 온전하게 말한다. 다른 한 사람은 자유롭게 말할 수 없거나 그렇게 하기를 꺼린다. 독자가 반응하지 않는 그를 이해할 수 있도록 두 번째 인물의 생각에 관해 쓰라.

2. 불륜. 두 사람은 서로를 느끼고 있지만, 상대방의 감정을 확신하지 못하고, 어디까지 가야 할지 확신하지 못하고 있다. 불확실, 불확실.

3. 속어, 혹은 외국어 억양으로 말하는 인물―어쩌면 어린아이일지 모른다―이 스스로를 모든 것의 전문가로 여기는 사람과 마주친다. 대화와 제스처를 통해, 각각 서로를 어떻게 생각하는지 표현하라.

4. 어느 집안에나 유별난 사람이 있다―말썽꾼, 골칫거리, 기생충, 범죄자, 척척박사. 가족 모임에서 그런 인물을 내세워라. 누가 그/그녀에게 도전하는가? 어떻게? 도전할 사람을 선택해서 그의 생각을 서술하라.

5. 두 사람이 방 안에 있다. 한 사람은 다른 사람이 간직하고 싶어 하는 물건을 버리려고 하는 중이다. 대화, 외모, 물건, 그리고 행동으로 각 인물을 표현하라. 그들이 무슨 생각을 하는지 유추해보자.

6. "미안해, 그렇지만……"으로 시작하는 대화를 써보라. '그렇지만' 다음에는 무엇이 오는가? 상대 인물은 여기에 어떻게 반응하는가? 그들이 계속 투덜대도록 잠시 내버려두라. 그리고 조금 있다가, 다시 계속 말하게 하라.

7. 두 인물을 어쩔 수 없이 화기애애해야 하는 상황 속에 놓아라. 그들을 외모(제스처, 목소리, 움직임 그리고 냄새?)로 특징짓고 독자로 하여금 그들 사이의 긍정적 혹은 부정적 감정을 이해할 수 있게 하라.

4장

인물 만들기 Ⅱ

인물을 표현하는 간접적 방법

인물을 형상화하는 네 가지 직접적인 방식은 지면 위에 인물을 살아 있게 만드는 '보여주기(showing)'의 형태다. 그러나 때로는 작가인 당신이 독자를 위해 판단하고 해석하여, 인물들에 관한 지식과 그에 따른 반응을 '말해주기(telling)' 방식으로 제시하고 싶을 때도 있을 것이다. 어떤 분류에서는 이러한 직접적 혹은 간접적 방식을 반대로 말하기도 한다. 하지만 내 생각에 직접적 방식과 간접적 방식 사이에는 다음과 같은 차이가 있다. 직접적 방식에서는 독자가 그 인물의 말이나 생각, 행동과 외모를 '직접적으로' 받아들인다. 간접적 방식에서는 대화가 요약되고, 작가가 개입하여 해석하거나 간추려 말한다(사실, 간접 인용과 요약된 대화는 간접적 인물 제시 방식으로 간주될 수 있다).

간접적 인물 제시 방식에는 두 가지 방법이 있다. '간접적'이라는 말이 의미하는 대로 인물은 요약이나 추상, 혹은 판단하는 말로 묘사되지만, 그 주체는 작가일 수도 있고 다른 인물일 수도 있다. 두 경우 모두 '말해주기'의 형태이며, 독자의 전반적인 견해를 형성한다.

• 작가의 해석

인물을 제시하는 첫 번째 간접적 방법은 작가의 해석이다. 즉, 독자에게 인물의 배경, 동기, 가치관, 장점 같은 것들을 직접 '말해주는' 것이다. 이 방법의 장점은 어마어마하다. 이 방법을 통해서 작가인 당신은 시공간을 자유롭게 움직일 수 있고, 마치 신처럼 인물이 알거나 모르는 것과 관계없이 알고 싶은 것은 무엇이든 알 수 있으며, 독자에게 지금 무엇을 느껴야 하는지까지 말해줄 수 있기 때문이다. 이 방법은 짧은 시간 안에 많은 정보를 전달할 수 있게 해준다.

룸브리아의 가장 훌륭한 후작은 두 딸, 첫째 카롤리나와 둘째 루이사와 함께 살았다. 그리고 그의 두 번째 아내 비센타 부인은 머리가 둔한 여자로, 잠을 잘 때 빼고는 모든 것에 대해, 특히 소음에 대해 불평불만을 늘 어놓았다.

룸브리아 후작에게는 아들이 없었고, 이것은 그라는 존재에게 가장 고통 스러운 가시였다. 홀아비가 되고 얼마 지나지 않아 그는 아들을 낳기 위 해 지금의 아내 비센타 부인과 결혼했으나 그녀는 불임으로 판명되었다. 후작의 삶은 절벽 아래 강물이 흘러가는 소리나 대성당의 주일 미사처 럼 단조롭고 일상적이며 변함없고 규칙적인 것이었다.

— 미겔 데 우나무노, 「룸브리아 후작(The Marquis of Lumbria)」

이 간접적 방식의 단점은 모든 일반화와 추상화가 그러하듯 독자 의 개입을 막는다는 점이다. 실제로 위의 예시에서처럼, 사실과 동기 와 판단에 관한 이러한 간결하고 거리감 있는 반복을 통해 우나무노 는 '단조롭고' 또 '일상적인' 후작의 삶을 의도적으로 표현하려 했는 지도 모른다. 거의 모든 작가들이 이 간접적 방식을 사용하며, 당신도 글을 써보면 무언가를 빠르게 설명하고자 할 때 이것이 유용하다는 사실을 알게 될 것이다. 그러나 인물을 제시하는 직접적 방식—인물 의 행동을 보여주고 독자가 직접 결론을 내리게 하는 것—이 독자들 을 더 적극적으로 참여시키는 것은 분명하다.

하지만 작가가 인물을 제시하는 방식이 꼭 거리를 두어야만 하는 것은 아니다. 반대로 독자를 끌어들일 수 있는 인물의 세부와 상황을 정확하게 전달할 수도 있다. 앤서니 도어의 『우리가 볼 수 없는 모든 빛』의 경우, 이야기는 사실에 기반한 중립적인 어조로 시작해서 말 그대로 카메라의 클로즈업처럼 독자를 점점 더 가까이 끌어당긴다.

도시 한구석, 보보렌 거리 4번지의 높고도 좁은 집 맨 위층인 6층에, 앞을 보지 못하는 열여섯 살 소녀, 마리로르 르블랑이 모형 하나로 완전히 꽉 찬 낮은 탁자에 무릎을 꿇는다. 이 모형은 도시의 축소판으로, 벽 안에는 수백의 집과 상점, 그리고 호텔들이 작은 크기로 들어 있다. 구멍 뚫린 첨탑이 있는 대성당, 크고 오래된 생말로성……

이야기는 이 복잡한 모형에 관해 몇 줄 더 서술을 이어간다. 그 후 독자는 앞을 보지 못하는 이 소녀가 '몇 센티미터 너비의 난간을 따라 손가락 끝을 움직이며' 속삭이면서 '손가락으로 작은 계단을 걸어 내려가는' 것을 보게 된다. 그리고 우리는 이미 반쯤 그녀와 사랑에 빠진 상태다.

또한 '작가'가 어떤 시기나 삶을 요약할 수도 있지만, 그 목소리는 서술된 인물의 내면에서 큰 부분을 차지하고, 독자에게 인물에 관한 사실뿐 아니라 다른 정취를 전달할 수 있다는 점을 기억해야 한다.

그는 한 번도 면접을 위해 정장을 입으라는 요청을 받은 적이 없었다. 이력서를 가져오라는 말조차 한 번도 들은 적이 없었다. 지난주 34번가와 메디슨 애비뉴가 만나는 곳에 있는 도서관에 가기 전까지는 이력서도 없었다. 거기서 자원봉사하는 취업 상담사가 써준 이력서에는 그의 경력이 커다란 성취를 이룬 사람처럼 자세히 적혀 있었다. 땅을 경작하고 건

강한 농작물을 재배하는 농부. 림베(아프리카 카메룬 남서부에 위치한 도시 —옮긴이)를 더 아름답고 깨끗하게 만드는 거리 청소부……

— 임볼로 음부에, 『꿈꾸는 자들을 보라(Behold the Dreamers)』

• 다른 인물의 해석

인물은 다른 인물의 의견을 통해서도 제시될 수 있으며, 이를 두 번째 간접적 제시 방법으로 볼 수 있다. 하지만 이 방법을 사용할 때 두 번째 인물은 자신의 의견을 말, 행동, 혹은 생각으로 표현해야 하고, 이 과정에서 관찰하는 인물 역시 필연적으로 특징지어진다. 독자가 그 의견을 받아들이느냐 하는 것은 타인에 의해 직접적으로 제시된 인물을 독자가 어떻게 생각하느냐에 달려 있다. 예컨대 제인 오스틴의 『맨스필드 파크』에 나오는 아래 장면에서, 오지랖 넓은 노리스 부인은 여주인공에 대해 다음과 같이 말한다.

"패니에게는 뭔가가 있어요. 내가 전에도 자주 지켜봤거든. 패니는 자기만의 방식으로 일하는 걸 좋아하고, 지시받는 걸 싫어하고, 할 수 있을 때마다 혼자서 산책을 해요. 패니는 확실히 비밀스럽고 독립적이고 터무니없는 면이 있는 것 같아요. 나라면 다른 걸 좀 찾아보라고 조언하고 싶지만."

최근 스스로 같은 감정을 느끼고 있었음에도 불구하고, 토머스 경은 패니에 관한 의견으로 이 말이 몹시 부당하다고 느꼈고, 대화의 화제를 돌리는 데 성공하기까지 몇 번이나 애를 써야 했다.

여기서 노리스 부인의 의견은 그녀의 말 속에서 직접 제시되고, 토머스 경의 의견은 생각으로 제시된다. 그리고 그 과정에서 그들 자신의 특징도 드러난다. 패니에 관한 견해 중 누구의 것이 더 믿을 만한지를 결정하는 일은 (큰 어려움 없이) 독자에게 맡겨진다.

아래 스티븐 그레이엄 존스의 『레드페더(Ledfeather)』에서는 여인의 폭력에 관해 네 가지 서로 다른 판단이 내려진다. 판단의 주체는 '옛날'과 여인 자신, 동네 아이들, 그리고 여인의 아들이다.

옛날 같으면 소년의 엄마는 자신이 한 일로 이름을 날렸을 것이다. "차를 두 번 쏜", "유리창에 네 개의 구멍을 낸", "절대 배우지 않는", 아니면 "싸움을 멈출 줄 모르는".

하지만 지금 이곳에서는 모든 사람이 그녀를 평범한 이름으로 부른다. 물론 그녀가 나타나면 아직도 몇몇 동네 아이들은 라이플총을 들어 올리는 시늉을 한다. 자라면서 소년은 이것을 이해하지 못할 것이고, 처음에는 누구에게도 말하거나 묻지 않은 채 자신의 엄마가 부족 안에서 특별한 인물이라고 생각할 것이다. 만약 블랙풋족이 여자들에게 그걸 허용한다면, 엄마는 일종의 우두머리라고. 하지만 그들은 아마 그렇게 할 것이다. 그녀를 위해서.

여기서 소년과 부족, 여인과 부족, 소년의 믿음과 그가 곧 알게 될 진실 사이에 존재하는 갈등이 간결하게 조성되고 있다는 점에 주목하라.

또한 화자—즉 자신의 이야기를 직접 말하는 인물—의 경우, 작가와 화자가 혼합된 인물은 독자가 동의하거나 하지 않을 수 있는 일반화나, 공감하거나 하지 않을 수 있는 판단을 내리기 쉽다는 점을 알아야 한다. 화자의 이러한 현상은 시점을 다루는 7장에서 보다 자세히 논할 것이다. 한편, 여기서는 의견이 너무 많아서 상황보다 자기 자신에 대해 더 많은 것을 알려주는 화자이자 작가의 예시를 살펴보자.

모든 사람은 노래할 때 좀 더 나아 보인다. 열다섯 살이라면 더욱 그렇다. 이런 고등학교 뮤지컬에는 같은 의무감을 지닌 어른들이 나타난다. 오늘 저녁 나는 일찍 왔다. 앞줄 좌석 두 개를 차지하며, 나는 흠뻑 젖은 외투를 펼쳤다.

이토록 추운 11월 저녁, 실내에서 쭈글쭈글해진 판초들은 축축해 보여서 매력 없다. 무대 위 아이들은 매년 더 날씬하고 재능 있는 존재로 성장한다. 그들의 앞머리와 노래는 각각 어찌나 부드러운지. 왜 그런 열정이 우리를, 어른들의 후원을, 더욱더 피곤해 보이게 만드는 걸까? 한 번이라도 좋으니, 그저 오늘 밤 젖은 양털 냄새를 풍기는 어른들 중에서 내가 조금 더 돋보이고 싶다.

— 앨런 거게이너스, 「오버추어(Overture)」

인물 표현 방법 사이의 갈등

소설에서 인물의 본질인 갈등은 표현 방법 사이의 갈등을 만들어 냄으로써 효과적으로 달성할 수 있다. 이것은 저절로 나타나거나, 혹은 상당히 의식적으로 이루어질 수 있다. 인물은 **외모, 대화, 행동, 생각**을 통해 독자에게 직접적으로 드러난다.

> 기질과 성격에 관한 것 말고는 결코 생각을 보여주지 마라.
>
> — 앙드레 지드

이러한 방법 중 하나를(가장 많이 쓰이는 것은 '생각'이다) 다른 방법들과 상충시키면 극적인 긴장이 만들어진다. 예를 들어 흠잡을 데 없이 값비싼 옷을 입고, 청산유수로 말하며, 결단력 있게 행동하고, 내면은 질서와 결정으로 가득 차 있는 사람을 상상해 보자. 그는 필연적으로 평면적인 인물일 수밖에 없다. 그러나 그가 흠잡을 데 없고, 유창하게 말하며, 결단력 있지만, 내면은 상처와 혼돈으로 난장판이라면 어떨까. 그는 일순간 흥미로워질 것이다.

솔 벨로의 『오늘을 잡아라』의 첫 구절을 보면, 외모와 행동이 노골적으로 생각과 대립하고 있다.

자신의 고민을 감추는 데 있어서는 토미 빌헬름도 남들 못지않은 능력을 지니고 있었다. 적어도 그는 그렇게 생각했고, 그런 생각을 뒷받침할 증거도 어느 정도 있었다. 그는 한때 연기자로 활동했고—아니, 정확하게는 엑스트라였다—그래서 연기가 어떤 것인지 알고 있었다. 또한 그는 시가를 피웠는데, 시가를 피우고 모자를 쓴 남자에게는 이점이 있다. 남들이 기분을 파악하기 어렵다는 것. 그는 아침 식사 전에 우편물을 찾으러 23층에서 2층 로비로 내려가며, 남들 눈에는 자신이 그런대로 잘 지내는 것처럼 보이면 좋겠다고 생각했다.

토미 빌헬름은 겉으로는 침착하지만 내면은 불안하다. 이와는 대조적으로, 사뮈엘 베케트의 『머피(Murphy)』에 등장하는 다음 장면에서 집주인 캐리지 양은 지금 막 자신의 방들 중 한 곳에서 자살한 사람을 발견했다. 그녀의 말과 행동은 불안하지만 내면은 침착하다.

그녀는 한 번에 한 계단씩 뛰어 내려왔다. 그녀의 발은 너무 빨라서 작은 캐터필러 바퀴 위에 올라탄 것처럼 보였고, 집게손가락은 배를 톱질하듯 몹시 긁어댔다. 그녀는 계단참까지 미끄러져 내려가더니 날카로운 목소리로 경찰을 불렀다. 그녀는 놀란 타조처럼 거리를 뛰어다녔고, 요크와 칼레도니아 도로를 향해 정신 없이 돌진했으며, 당황스러울 정도로 그 비극으로부터 거리를 둔 채, 두 팔을 쳐들고, 경찰의 도움을 청하며 소리 질렀다. 그녀의 내면은 너무 침착해서, 그렇게 보이도록 내버려두면 안 된다는 것을 그녀는 분명히 알았다.

아래 세 번째 예문, 조라 닐 허스턴의 「길디드 식스비트(The Gilded Six-Bits)」에서, 행동을 막고 또 지시하는 것은 모두 내면의 강렬함이다.

미시 메이는 흐느끼고 있었다. 말 없는 울부짖음. 조는 서 있었고, 잠시 후 자신의 손에 뭔가가 들려 있다는 것을 알았다. 그러고 나서 그는 선 채로 아무런 생각도 없이, 눈에 보이는 것 하나 없이 느꼈다. 미시 메이 는 계속해서 울었고 조는 계속해서 많은 것을 느꼈다. 이 모든 감정을 어 찌해야 할지 몰라서, 그는 슬레먼의 시곗줄 장식을 바지 주머니에 넣고 한 번 크게 웃은 다음 잠을 자러 갔다.

나는 '생각'이 다른 세 가지 직접적인 인물 표현 방법과 가장 자주 충돌한다—이것은 곧 우리가 자기 자신을 공개적으로, 혹은 정확하 게 표현하는 것이 얼마나 어려운 일인가를 말해준다—고 말했지만, 언제나 그런 것은 아니다. 인물은 자신의 귀를 잡아당기거나 치마를 움켜쥐면서도 훌륭한 의견을 성공적으로, 침착하게, 심지어 유창하게 말할 수 있다. 허먼 오크의 『케인호의 반란(The Caine Mutiny)』에 등장 하는 퀴그 선장은 인상적인 예라 할 수 있는데, 재판정에서 그는 자 신의 징계 규정을 옹호하면서도 손에 든 쇠구슬들을 강박적으로 만 지작거리며 소리를 낸다.

종종 우리는 인물의 생각을 전혀 알지 못하기 때문에, 직접적인 표 현, 외모, 말, 행동 같은 외부적 방법들 사이의 모순 속에서 갈등을 표현해야 한다. 인물 A는 겉으로 친근한 환영의 말을 늘어놓고 있지 만 속으로는 조금씩 뒤로 물러서고 싶은 진짜 감정을 애써 부인하고 있는지도 모른다. 인물 B는 발렌티노 실크를 걸치고 지미추 샌들을 신고 있지만 가난한 사람들의 불행에 연민을 느끼며 눈물 흘리고 있는지도 모른다. 여기서 중요한 것은 '자신을 배신한다'는 개념이다. 독자는 의도적인 표현보다는 의도치 않게 주어지는 증거들을 더 믿을 가능성이 높다.

이러한 자기 배신의 고전적인 예는 레프 톨스토이의 『이반 일리치의 죽음』에서 찾아볼 수 있다. 미망인이 장례식에서 죽은 남편의 동료와 대면하는 장면이다.

담뱃재가 탁자에 떨어지려 하자 그녀는 재빨리 그에게 재떨이를 건네며 말했다. "너무 슬퍼서 실제적인 일을 하지 못한다는 건 거짓말이라고 생각해요. 오히려, 무엇도 나를 위로해줄 수는 없겠지만, 그이에 관한 일을 살피는 게 도움이 될 것 같아요." 그녀는 다시 울기라도 하려는 듯 손수건을 꺼내더니, 갑자기 감정을 다잡으려는 듯 몸을 흔들고는 차분하게 말하기 시작했다. "하지만 선생님께 상의드리고 싶은 게 있어요."

프라스코비야 표도르브나가 돈에 대해 이야기하고 싶어 하는 것은 동료에게나 독자에게나 결코 놀라운 일이 아니다.

마지막으로 인물의 갈등은 직접적 표현 방법과 간접적 표현 방법 사이에 긴장을 조성하여 표현할 수 있으며, 이것은 수많은 아이러니의 원천이다. 작가는 먼저 독자에게 인물에 관한 판단을 제시하고 나서, 인물이 이 판단과 모순된 방식으로 말하고 보여지고 행동하고 생각하게 한다.

여기서 제시된 헤드 씨의 얼굴 디테일을 통해 우리가 볼 수 있는 것은 의지와 강한 성품이 아니라 음울하고 비호감을 주는 인상이다. '길쭉한 원통형'은 못생긴 이미지, '벌어져 있는 입'은 우둔함을 암시하고, '납작한'은 모양 이상의 의미를 내포한다. 게다가 '길다'는 묘사의 반복은 얼굴을 기괴하게 늘려놓는다.

평론가들은 종종 문학이 **개별성**과 **전형성**, 그리고 **보편성**을 동시에 보여준다고 상찬하지만, 나는 이것이 습작기의 작가에게는 별로 도움이 되지 않는다고 생각한다. 당신은 개별적인 인물을 창조하기 위해 노력할 수 있고, 그 인물을 설득력 있는 어떤 유형의 예로 만들 수도 있지만, 그렇다고 당신이 '보편적'인 무언가를 만들어 낼 수 있다고는 생각하지 않는다.

만약 문학이 어떤 사회적 정당성을 지니고 있거나 이를 사용한다면, 독자들은 그 안에 들어

비록 내 초고가 혼란스러운 난장판처럼 보일지 모르지만, 최종 원고는 초고 분량의 3분의 1에 그칠 수도 있지만, 내 인물들의 삶을 탐구하는 과정은 내가 그 이야기가 실제로 무엇인지 이해하는 데 온전한 도움을 준다.

—앤드루 포터

있는 공통된 인간성을 발견할 수 있다. 이 발견은 시대, 지역, 젠더, 문화, 신념에 있어 독자 자신과는 대단히 다른 허구의 인물들을 통해 가능하며, 이것은 독자들이 가진 공감의 범위를 확장한다. 그러나 역설적으로, 만약 당신이 보편성을 목표로 한다면 겉멋 든 무언가를 성취할 가능성이 높은 반면, 개별성을 목표로 한다면 독자들이 그들 자신의 어떤 면을 발견할 수 있는 인물을 창조할 가능성이 높다.

이런 장면을 상상해보자. 한 아이가 공을 쫓아 도로로 뛰어든다. 날카로운 타이어 소리와 함께 범퍼에서 쿵 하는 소리가 나면서 피가 공중으로 솟구친다. 아이의 작은 몸은 아스팔트 위에 미동도 없이 누워 있다. 이 장면을 목격한 사람은 어떻게 반응할까? (이 반응은 보편적일까?) 우연히 지나가던 의사는 어떻게 반응할까? (이 반응은 전형적일까?) 방금 아내가 네 번째 유산을 한 자신의 병원 산부인과 병동에서 집으로 돌아오는 길인 헨리 로스 박사라면 어떨까? (이 반응은 개별적일까?) 각각의 질문은 설득력 있는 반응의 범위를 좁히고, 작가인 당신은 각각의 범위에서 독자를 설득하고 싶다. 만약 당신이 세 번째 경우에 성공한다면 나머지 두 경우에서도 성공했을 확률이 높다.

그렇다면 내 충고는, 이 세 번째 경우에 노력을 집중하라는 것이다. 만약 당신이 보편적인 인물을 그리려 한다면 막연하거나 흐릿하거나 공허한 인물을 만드는 데 그칠 수도 있다. 만약 당신이 전형적인 인물을 쓰기 시작한다면 그저 캐리커처를 만들 가능성이 높다. 왜냐하면 사람들이란 그들을 하나로 묶어주는 일반화된 특징들에 있어서만 전형적이기 때문이다. '전형적인(typical)'이란 작가의 어휘 중에서 가장

편협한 형용사로, 이것은 당신이 당신 자신의 세계를 공유하는 사람들을 위해서만 쓰고 있다는 사실을 드러낸다. 다르에스살람(탄자니아의 수도이자 해항—옮긴이)의 '전형적인' 여학생은 샌프란시스코의 '전형적인' 여학생과 매우 다른 유형일 것이다. 게다가 모든 사람은 연속적으로, 혹은 동시에 많은 것들에 있어서 전형적이다. 그녀는 전형적인 여학생이면서 신부이고, 이혼녀이며 페미니스트일 수 있다. 그는 뉴요커이면서 수학과 교수, 자식 바보 아버지이면서 불륜남일 수도 있다. 우리가 가진 개성과 개별성의 많은 부분은 이러한 전형들의 대립과 융합에서 생겨난다.

보편성과 전형성으로 하는 글쓰기는 편협함과 유사하다. 인간에게서 독특한 것을 보는 게 아니라, 비슷한 것만을 보는 것이다. 이것을 사용하게 되면, 전형성에 관한 묘사는 개별화에 대한 실패를 인물의 탓으로 돌려버린다. 또한 만약 작가가 의도적으로 개인보다 전형을 만들려고 한다면, 그럴 때는 반드시 그러한 전형을 비난하거나 비웃기를 원한다. 마크 헬프린은 단편 「슈로더스피츠(The Schreuderspitze)」에서 이러한 전형에 관한 조롱을 극단적인 코믹함으로 묘사한다.

뮌헨에는 족제비처럼 생긴 남자들이 많다. 유전적 우연이든, 세심한 교배든, 이르거나 혼란스러운 이주든, 우연의 일치든, 아니면 우리가 모르는 이유든 간에, 그들은 매우 많이 존재한다. 놀랍게도 그들은 콧수염을 기르고 알프스 모자(깃털 달린 등산모—옮긴이)를 쓰고 트위드를 착용함으로써 이 불행한 기질을 강조한다. 설치류를 닮은 사람은 절대 트위드를 입어서는 안 된다.

그렇다고 해서 모든 인물이 완전하게 그려지거나 '입체적'이어야 한다는 말은 아니다. 평면적 인물들—기능적이거나 단일한 특징만을 지니는 존재—도 유용하고 필요할 수 있다. 에릭 벤틀리는 자신의 책 『연극의 생명(The Life of the Drama)』에서 말하기를, 만약 연극에서 메신저의 기능이 메시지를 전달하는 것이라면, 멈춰서 그의 내면을 알아가는 일은 지루할 것이라고 했다. 이는 소설에서도 마찬가지다. 마거릿 애트우드의 단편 「해피 엔딩(Happy Endings)」에서, '오토바이와 멋진 레코드 컬렉션을 가지고 있는' 제임스라는 인물은 메리의 불륜 애인 존을 질투하게 만드는 것 이외에는 별다른 목적이 없다. 그리고 독자는 '자신의 오토바이를 타고 떠나 자유로워지는' 그의 모험에 관해서는 듣고 싶지 않다. 그럼에도 불구하고 무대 위에서는 평면적인 인물도 얼굴과 의상을 갖추고 있으며, 소설 속 디테일에서는 평면적 인물에게 몇 가지 각도와 윤곽을 줄 수 있다. 오토바이와 레코드 컬렉션은 독자에게 제임스라는 인물의 이미지를 빠르게 그려주고, 실은 그게 우리가 알아야 할 전부다. 헨리 제임스의 장편들에 등장하는 하인 계급들은 각자의 기능으로만 존재하기 때문에 악명 높게도 개인으로서는 부재하는 반면, 평면적 인물들을 많이 쓰기로 유명한 찰스 디킨스는 이런 면에서 디테일을 살려 생생하게 만들어준다.

그리고 미프 부인, 그 가쁘게 숨을 내쉬는 조그마한 교회 좌석 안내인—

어느 구석 하나 꽉 차지 않게 여리여리한 옷차림을 한 깡마른 노부인—
도 여기 있다.

— 『돔비와 아들(Dombey and Son)』

조지 오웰의 『동물농장』 속 표현을 빌리자면, 모든 좋은 인물들은
입체적으로 창조되지만, 어떤 인물들은 다른 인물보다 더 입체적으로
창조된다.

신빙성

당신이 아무리 인물의 전형성이 아니라 개성을 목표로 삼는다 하
더라도, 당신이 창조한 인물은 '적절함'이라는 의미에서 전형성을 드
러낼 것이다. 텍사스의 침례교인은 이탈리아 수녀와는 다르게 행동한
다. 시골 남학생은 하버드 대학의 명예교수와 다르게 행동한다. 독특
하고 생생한 개성적인 인물을 창조하려면, 작가는 그런 종류의 사람
에게 무엇이 적절한지를 알아야 하고, 독자에게도 행동의 적절성을
느끼게 할 만큼의 정보를 주어야 한다.

예를 들어 독자는 이야기의 서두에서, 가능하면 첫 번째 단락에서,
인물의 성별, 나이, 인종이나 민족을 알 필요가 있다. 인물의 계급, 시
대, 지역에 관해서도 뭔가 알 수 있어야 한다. 직업(혹은 확실한 '직업 없
음')이나 결혼 여부 등도 도움이 된다. 거의 모든 독자는 거의 모든 인

물과 동일시가 가능하다. 어떤 독자도 동일시할 수 없는 것은 혼란이다. 남자인지 여자인지, 어른인지 아이인지 같은 아주 기본적인 정보들이 차단될 때, 동일시의 과정은 시작될 수 없고 이야기는 독자를 움직이기에 너무 느리게 느껴진다.

다만 이 정보가 정보 형태로 제공될 필요는 없다. 외모, 톤, 행동, 디테일로 암시될 수 있기 때문이다. 바버라 킹솔버의 『포이즌우드 바이블』에서 가져온 아래 예시에서, 작가는 리아 프라이스와 그녀의 가족을 현실적으로나 정치적으로 잘 준비되지 못한 새로운 삶에 밀어넣는다. 그들이 목적지에 관한 이야기를 나누고 있음에도 불구하고, 독자는 첫 두 단락이 끝날 때쯤 가족과 그 구성원들이 지니고 있는 문화에 관해 많은 것을 알게 된다.

우리는 조지아주 베슬리헴에서 베티 크로키 케이크 믹스를 들고 정글에 들어왔다. 여동생들과 나는 12개월이라는 선교 기간 동안 한 번씩 맞을 생일을 기대하고 있었다. "그리고 맹세코," 우리 어머니는 예측했다. "콩고에는 베티 크로커가 없을 거야."

"우리가 향하는 곳에는 그런 걸 사는 사람도 파는 사람도 없을 거다." 아버지가 정정했다. 아버지의 말투는 어머니가 우리의 선교 사명을 제대로 파악하지 못하고 있고, 베티 크로커에 관해 걱정하는 건 성전 앞에서 물건을 사고팔다가 예수님을 노하게 만들어 내쫓긴 장사꾼 죄인들과 다를 바 없다는 것처럼 들렸다. "우리가 향하는 곳은," 아버지는 분명하게 정리했다. "피글리 위글리(미국의 남부와 중서부에서 주로 운영되는 슈퍼마켓 체인점—옮긴이) 같은 곳이 아니야." 분명히 아버지는 이걸 콩고의 좋은 점으로 여기는 것 같았다. 나는 상상만으로도 놀라우리만큼 오싹해졌다.

우리는 이 가족이 남부 출신이라는 것을 안다. 떠나온 도시의 이름 때문이기도 하지만, '예수님을 노하게 만들어 내쫓긴' 같은 표현 때문이기도 하다. '피글리 위글리'에서 쇼핑하는 것은 그들의 계급을 말해준다. 독자는 그들이 선교사 가족이라는 것을 알 뿐만 아니라, '우리가 향하는 곳은' 같은 설교조로 반복되는 아버지의 목소리를 통해 귀로 듣기도 한다. 이 설교 속에서 어머니는 '성전 앞에서 물건을 사고팔다가 내쫓긴 장사꾼 죄인들'과 다를 바 없다. 또한 이 가족의 고난 속에서 아버지가 받아들일 가혹한 기쁨에 관해서도 힌트를 얻을 수 있다. 베티 크로커 케이크 믹스는 여성들이 고향의 편안함을 조금이나마 유지하려 노력한다는 것을 알려주지만, 동시에 그들은 1950년대의 미국 문화를 그와 전혀 무관하고 궁극적으로는 파괴적인 곳으로 가져가고 있다. 실제로 케이크 믹스는 정글의 습도로 인해 금방 못 쓰게 될 것이다. 독자는 화자의 정확한 나이를 알지 못하지만, 그녀는 아버지가 하는 책망의 이면에 담긴 맥락을 듣는 한편 '놀라우리만큼 오싹해졌다' 같은 잘못된 표현의 세련됨을 즐길 수 있을 만큼 충분히 나이가 든 10대인 것 같다. 매우 짧은 분량 속에서 작가는 가족의 위험한 무지와 아버지의 특이한 외골수적 면모를 빠르게 그려낸다.

다음 예시에서는 이렇게 암시적으로 전달되는 정보가 더 두드러진다.

매번 똑같은 이야기. 네 바비는 내 바비와 룸메이트이고, 내 바비의 남자 친구가 놀러 왔는데 네 바비가 그를 훔쳐 갔어. 그렇지? 키스 키스 키스. 그러자 두 바비가 싸우지. 이 얼간아! 그 앤 내 거야. 아니, 그렇지 않아, 이 멍청아! 유독 켄이 보이지 않지. 맞아? 왜냐하면 내년 크리스마스에 새 바비 옷을 사달라고 할 때 우린 멍청하게 생긴 남자 인형을 살 돈이 없기 때문이야. 우리는 네가 가진 못생긴 바비와 내가 가진 머리 큰 바비, 그리고 각자 하나밖에 없는 옷으로 대충 때워야 한다고.

— 샌드라 시스네로스, 「바비Q(Barbie-Q)」

여기에는 인물에 대한 어떤 설명도 없고, '너'와 '나'라는 인칭대명사 말고는 인물에 대한 직접적인 언급도 없다. 그럼에도 불구하고 우리는 그들의 성별, 나이, 재정 상태, 살고 있는 시대, 성격, 태도, 관계, 그리고 화자의 감정까지 알게 된다.

글쓰기를 배우는 사람들은 때로 많은 정보를 즉시 제공해야만 한다는 생각 때문에 위축된다. 기억해야 할 점은 신뢰성이 적절성과 특수성의 조합으로 이루어진다는 것이다. 독자의 관심이 인물의 욕망이나 감정에 머물러 있는 동안 정보를 전달할 수 있는 디테일을 찾아내는 것이 관건이다. 누구도 이렇게 시작하는 이야기를 읽고 싶어 하지 않는다. '그녀는 미국 교외에 사는 비교적 부유한 스물여덟 살의 여성이고, 남편 피터가 자신을 떠났을 때 극도로 괴로워했다.' 그러나 그중 대부분은, 그리고 훨씬 더 많은 것들이, 다음과 같은 몇몇 디테일로 전달될 수 있다.

피터가 VCR과 전자레인지, 차고 열쇠를 가지고 떠난 뒤 그녀는 주방으로 내려가 단 한 숟가락도 음미하지 않고서 땅콩버터 세 병을 먹었다.

나는 어떤 전형의 본질을 즉각적으로 알리는 일이 꼭 쉽다는 말을 하려는 것이 아니다. 그것은 필요하고 또 어렵다고 말하는 편이 더 진실에 가까울 것이다. 이야기의 첫 문단은 이야기 전체에서 두 번째로 강한 부분이고(가장 강한 부분은 마지막 문단

실제 삶에서 우리와 가장 가까운 사람들—우리가 결코 완전히 알 수 없는 우리의 배우자, 연인, 친척들—과 달리, 허구의 인물들은 오직 그들의 창조자가 지키게 하기로 결정한 만큼만의 사생활과 비밀을 유지한다.

—더글러스 바워

이다), 그 뒤에 등장하는 모든 것의 톤을 결정한다. 만약 알맞은 언어들이 선물처럼 당신에게 주어지지 않는다면, 당신은 오랫동안 앉아서 부적절한 언어들을 고르고 버려야 할지 모른다. 명쾌하고 흥미로운 언어들을 찾아낼 때까지.

목적

인물의 목적—즉, 그 혹은 그녀를 행동하도록 몰아가는 욕망—은 독자의 동일시와 공감의 정도, 다른 한편으로는 판단의 정도를 결정할 것이다.

『시학』에서 아리스토텔레스는 "인물의 말이나 행동이 어떤 윤리적 목적을 드러내는가는 인물의 한 요소이고, 만약 그렇게 드러난 목적이 좋다면 인물은 좋은 요소를 지닐 것"이라고 말한다. 현대 문학에 등장하는 반영웅, 망나니, 깡패, 매춘부, 변태, 난봉꾼들은 좋은 윤리적 목적을 드러내는 데 있어서 거의 아무것도 하지 않는 것처럼 보일지 모른다. 서양 문학의 역사는 하향과 내향의 움직임을 보인다. 왕족에서 상류층, 중산층에서 하류층, 다시 체제 거부자에 이르기까지 위에서 아래로 내려가고, 영웅적 행동에서 사회적 드라마로, 개인적 의식에서 잠재의식으로, 마침내 무의식에 이르기까지 밖에서 안으로 들어간다. 일관되게 남아 있는 것은, 작가의 세계에서 보낸 시간 동안 우리가 주인공 혹은 주인공들과 함께 서 있고, '그들의 눈으로' 본다는 사실이다. 소설이 성공하는 이유는 대부분 우리가 실제 삶이라면 부여하지 않을 선함을 기꺼이 그들에게 부여하기 때문이다. 읽는 동안 독자는 잠시 그 인물이 '되어봄으로써' 다른 내면을 빌려 갖게 되고, 이런 동일시를 통해 자신의 정신적 범위를 확장한다. 평론가 로런스 곤잘러스가 록 음악에 관해 말하는 것처럼, 소설이란 "잠시 다른 사람의 지옥에서 돌아다니며 그것이 당신 자신의 것과 얼마나 비슷한지 보게 만든다".

　분명한 것은 독자가 모든 인물과 자신을 동일시하지는 않는다는 점이고, 목적이 모호하거나 나이가 들면서 삶은 점점 더 제한적이 되어가기에, 나와 다른 누군가의 내면으로 들어갈 수 있다는 것은 멋진 일이 아닐 수 없다.

리 스미스

악한 것으로 드러나는 인물들에 대해서 독자는 다양한 층위의 판단을 내리게 될 것이다. 엘리자베스 스트라우트의 장편『내 이름은 루시 바턴』에서 같은 이름의 주인공은 병원에 입원한다.

나는 방 안으로 떠밀렸고 누군가 내 팔에 작은 튜브를 꽂고는 또 다른 튜브를 목구멍에 넣었다. "가만히 계세요." 그들은 말했다. 나는 고개조차 끄덕일 수 없었다.

오랜 시간 후에—그게 진짜 시간인지 아니면 그냥 그렇게 느낀 건지 나는 모른다—나는 CAT 촬영을 하는 원통 속에 들어갔고 거기서 몇 번 딸깍하는 소리가 나다가 곧 사라졌다. "젠장." 뒤에서 목소리가 들렸다. 나는 또다시 거기 오래 누워 있었다. "기계가 고장 났어." 목소리가 말했다. "하지만 이게 필요해. 안 그러면 의사가 우리를 죽이려 들 거야." 나는 오랫동안 누워 있었고 너무 추웠다. 병원은 종종 춥다는 것을 알게 되었다. 나는 떨고 있었지만 아무도 눈치채지 못했다. 알았다면 그들은 틀림없이 내게 담요를 가져다주었을 것이다. 그들은 오직 기계가 작동하기만을 원했고 나는 그걸 이해했다.

여기서 작가는 어떠한 노골적인 판단도 하지 않고 독자로 하여금 간호사들의 무감각함에 분노하게 하며, 그런 다음 그들 역시 무감각하게 취급된다는 것을 이해하도록 만든다. 그러고 나서 루시의 관대함이 조금 지나친 것은 아닌지 독자 스스로 묻게 한다.

복합성

만약 당신 이야기의 인물들이 적절함과 개성을 통해 신빙성을 갖추고 있고, 목적을 가진 덕에 독자의 동일시나 판단을 이끌어낸다면, 그들은 또한 복합적일 필요가 있다. 소설 속 인물들은 독자가 그들 역시 인간이라는 모순된 존재에 속해 있다고 인정할 만한 갈등과 모순을 보여주어야 하며, 다양한 가능성을 지님으로써 플롯에서의 변화가 목적이나 윤리에서의 변화를 만들어낼 수 있어야 한다. 다시 말해, 인물은 변화할 수 있어야 한다.

갈등은 플롯의 핵심이기도 하지만 인물의 핵심이기도 하다. 플롯이 문제에서 시작한다면, 인물은 문제가 있는 사람에서 시작한다. 문제란 우리 모두가 어떤 특성, 경향, 욕망을 두고 싸우고 있기 때문에 가장 극적으로 발생한다. 단지 외부 세계나 타인과 싸우는 것만이 아니라, 우리 자신의 또 다른 특성, 경향, 욕망과 싸우는 것이다. 강하고 시원시원하며 독립적인, 그래서 그런 여자를 좋아하는 남자들에게만 매력적인 여성을 아마 모두 한 사람쯤 알고 있을 것이다. 그런 여자가 사랑에 빠지면 어떻게 될까? 집착적인 감상주의자가 된다. 너그럽고 인내심이 강하며 믿음직한 아버지도 다들 한 사람쯤 알고 있을 것이다. 그러나 아이들이 선을 넘는다면? 그는 그릇을 깨부수고 혁대를 휘두른다. 우리는 모두 온화하고 폭력적이다. 논리적이며 감상적이다. 터프하면서 비위가 약하다. 활기차면서 내숭을 떨고, 허술하면서 꼼꼼하다. 열정적이면서 무관심하고, 조증이면서 울증이다. 어쩌면 당신은 특정한 모순의 예시와는 맞지 않을 수 있지만, 작가로서의 당신은 자신의 내면에 이미 충분한 갈등을 지니고 있다. 당신이 창조해낸 바로 그 인물들을 통해서. 작가는 오직 인물 안에 있는 이러한 갈등을 찾아내고, 발전시키고, 극적으로 표현하기만 하면 된다. 일찍이 아리스토텔레스는 이를 '일관된 무일관성'이라고 불렀다.

문학 속 위대한 인물들을 생각해보면, 내면의 모순—일관된 무일관성—이 어떻게 결정적인 딜레마를 불러오는지 알 수 있다. 햄릿은 강하고 결단력 있지만 동시에 끊임없이 미루는 사람이다. 『미들마치』의 도러시아 브룩은 이상주의적이고 지적인 젊은 여성이지만, 마음과 관련된 문제에 있어서는 완전히 어리석다. 어니스트 헤밍웨이의 프랜시스 매코머는 사자와의 대결을 통해 자신의 남자다움을 시험하려 하지만 대결 자체에 이르지 못한다. 아래 『자신과 아이들을 죽인 엄마(Mom Kills Self and Kids)』의 시작 부분에서, 앨런 새퍼스타인은 가족과 많은 시간을 보내지 못했던 한 남자가 그들이 사라진 후 자신이 얼마나 가족에게 의지해왔는지를 깨닫는 장면을 통해 주인공의 일관된 무일관성을 매우 간결하게 표현한다.

일을 마치고 집에 도착했을 때 나는 아내가 두 아들을 죽이고 자살했다는 것을 알았다.

나는 가스레인지 위의 냄비에서 악취와 검은 연기가 올라오는 것을 발견하고 말했다. "자기, 오늘 저녁은 뭐야?" 하지만 그녀는 웃지 않았다. 벌떡 일어나 나를 맞이하기 위해 발끝을 돌려 부엌으로 오지도 않았다. 작은놈은 내 다리에 달려들어 내가 뭘 가지고 왔는지 물어보지 않았다. 일곱 살 먹은 녀석은 내 대답이 피곤에 전 "나중에"일 거라는 걸 알면서도 자동적으로 게임을 같이 하자고 조르지도 않았다.

셰릴 모스코비츠는 『원천으로서의 자아(The Self as Source)』에서 특별히 작가 자신의 성격에서 상충되는 부분을 찾아내어 적용하는 소설 기법에 관해 이야기한다. 그녀는 로버트 루이스 스티븐슨의 『지킬 박사와 하이드 씨』가 이러한 소설의 꽤 노골적인 모델이라고 지적한다.

하여 나는 진실에 점점 더 가까이 다가갔다. 그 사람은 실제로 한 사람이 아니라 두 사람이다. 내가 둘이라고 말하는 이유는, 내가 알고 있는 상태도 그 지점을 넘어서지 않기 때문이다. 나는 감히 추측한다. 궁극적으로 인간은 그저 다채롭고 부조리하며 독립적인 존재들의 조직으로만 남을 것이라고.

물론 우리는 위에 언급한 셰익스피어, 엘리엇, 헤밍웨이, 또는 새퍼스타인이 자신의 내적 모순을 어느 정도까지 의식적으로 사용해 인물을 만들고 서사화했는지 알 수 없다. 작가는 자신의 성격뿐 아니라 관찰과 상상을 통해서도 인물을 만들며, 나는 작가들이 이 세 가지 모두를 사용해야만 최선을 다하고 있는 거라 믿는다. 자서전에 관한 질문은 답하기가 간단치 않다. 작가로서 당신은 종종 자신이 얼마나 많은 경험을 했고, 얼마나 많이 관찰했으며, 얼마나 많은 것을 만들어 냈는지 알지 못한다. 2장에서 우리가 살펴보았던 것처럼, 배우 밀드러드 던녹은 "사람들은 자신이 경험하지 못한 것을 느낄 수 있"기 때문에 드라마가 만들어질 수 있다고 말했고, 이는 소설을 읽고 쓰는 일에도 틀림없이 확대 적용된다. 만약 당신이 자신을 감정적 경험의 바깥으로 밀어붙여 쓴다면, 즉 진짜 삶에서는 결코 하지 않을 어떤 일을 상상으로 하게 된다면, 그때 쓰는 모든 글은 자전적이다. 그것은 당신의 내면을 통과했기 때문이다.

변화

춘극이나 일화와는 달리, 이야기에서는 인물과 상황이 크게 변화한다. 이야기의 플롯을 점검하는 가장 쉬운 방법은 이렇게 묻는 것이다. **시작과 끝에서 내 인물은 변화하는가? 주인공의 삶이 이제 다시는 예전과 같지 않을 거라는 느낌을 주는가?** 아니면 소설가 찰스 백스터가 말하듯, "자신에게 물어보라. '이야기의 끝에서, 시작할 때는 보이지 않았지만 지금 보이는 것은 무엇인가?' 때때로 인물들은 표면 위로 올라온 것이 무엇인지 보지 못하지만, 독자는 볼 수 있다".

스크루지가 새사람이 되는 것처럼, 젊은 작가들은 종종 변화의 개념이 갑작스럽고 절대적인 변화를 의미하는 것으로 오해하곤 한다. 그러나 이런 일은 삶에서도, 좋은 소설에서도 거의 일어나지 않는다.

오히려 변화는 새로운 방향을 향해 내딛는 한 걸음, 아주 약간의 신념 변화, 경직된 관점에 의문을 제기하거나 사람 혹은 상황에서 이전까지 보지 못했던 가치를 발견하려는 의지와 같이 섬세하고 미묘할 수 있다. 전에는 보이지 않았던 무언가가 보이는 것이다. 소설이 주는 간접 경험의 즐거움 중 하나는 인물의 의식 속에서 일어나는 변화를 독자가 경험할 수 있다는 점이다.

존 뢰흐는 이러한 변화를 보여줄 수 있는 심리적 틀을 제시한다. "이야기란 인물의 삶에서 결정적 선택이 이뤄진 단 한 순간에 관한 것이고, 그 후에는 무엇도 같지 않다." 주인공이 이 중요한 순간에 내린 결단은 그 혹은 그녀의 본질적인 진실성과 관계가 깊을 뿐 아니라 그 자체를 결정한다. 뢰흐는 진실성(integrity)이라는 말 속에 첫 번째로 들어 있는 '완전함(wholeness)'의 개념을 강조한다. 선택의 순간에 주인공은 자신이 가진 최선의 자아와 더 조화롭게 살거나 더 대립하는 쪽 둘 중 어느 하나를 채택하기 때문이다. 그 순간에 내려진 결정은 주인공과 자아 사이의 관계에 영원히 영향을 미친다.

"우리가 하는 일이 우리가 무엇이 되는지를 결정한다." 낸시 허들스턴 패커는 단언한다. "이야기의 결말은 사건을 결정하는 인물에서 비롯된다. 우리의 결정은 이후 우리가 영원히 누구인지를 결정한다."

인물 다시 만들기

글쓰기를 시작하기 전에 인물을 신선하고 강렬하게 만드는 다른 방법들이 있다. 그중 몇 가지는 다음과 같다.

만약 인물이 당신이나 당신이 아는 누군가를 기반으로 한다면, 외부적인 방식으로 인물을 과감하게 바꾸어라. 금발을 흑발로 만들거나, 마른 사람을 뚱뚱하게 하거나, 성별 혹은 젠더를 바꾸거나, 인물이 활동해야 하는 배경을 완전히 다르게 변경하라. 경험을 직접 글로 옮길 때의 문제점 중 하나는 당신이 그것에 대해 너무 많이 알고 있다는 점이다. '그들'이 뭘 했는지, 당신 기분이 어땠는지. 그런 상황에서는 당신 내면의 모든 것이 페이지 위에 제대로 옮겨졌는지 알기 어렵다. 외부적 변화는 당신으로 하여금 '다시' 보게 만들고, 그래서 더 명확하게 보게 할 뿐더러 본 것을 더 명확하게 전달할 수 있도록 해준다.

> 우리는 단일한 존재가 아니다. 우리는 매우 다양한 성질을 가지고 있다. 책 속 인물들이 흥미롭고 생생해지려면 그들도 이처럼 다형적이어야 한다. 만약 인물들이 단 하나의 모습만 갖고 있다면, 그들은 죽은 인물이 되고 말 것이다.
>
> **살만 루슈디**

반면에 그 인물이 주로 당신의 관찰이나 창조로 만들어졌고 당신 자신과 다르다면, 당신이 그 인물과 공통적으로 갖고 있는 내적 영역을 찾아보아야 한다. 만약 당신이 금발의 날씬한 젊은 여성인데 인물은 뚱뚱하고 탈모가 진행 중인 남자라면, 두 사람은 똑같이 프랑스식 최고급 요리를 사랑할 수 있을까? 같은 종류의 꿈에 시달릴까? 남들에게 보여지는 능력에 대한 두려움이나 날씨에 기분이 좌우되는 민감성을 공유할까?

나는 이러한 기술들을 오직 나 자신의 글을 통해서만 설명할 수 있다. 왜냐하면 나는 나 자신과 내가 만든 허구의 인물을 확실하게 구분할 수 있는 유일한 작가이기 때문이다. 어느 장편소설에서, 나는 여자 주인공이 뒷마당에 개를 묻는 장면으로 글을 시작하고 싶었다. 최근에 나는 뒷마당에 개를 묻은 적이 있다. 해가 떠오를 때 붉게 물드는 조지아주 대지의 모습과 느낌, 엉켜 있는 뿌리들, 그리고 부패의 냄새를 담아내고 싶었다. 그러나 나는 내가 그 경험을 인물의 것이 아니라 너무 내 것으로 만들어버릴 가능성이 있다는 점을 알고 있었다. 그래서 그녀를 내가 아닌 사람으로 만들기 시작했다. 나는 흑발 직모에 평범한 몸매를 가졌고, 주로 청바지를 입는다. 나는 내 인물 샤라 술(Shaara Soole)을,

뼈대가 굵고, 호리호리하며, 수박만 한 가슴을 지닌 데다, 가장 압권은 녹슨 철조망 같은 머리카락이라서 스카프나 헤어밴드로 어떻게든 이를 커버하려고 하는 여자로 설정했다. 대부분의 의상 디자이너들과 마찬가지로, 그녀는 취향보다 더 독창적인 옷을 입었다. 대개 동양이나 폴리네시아 느낌으로, 때로는 평범한 셔츠 위에 가죽 끈과 무광 금속으로 된 헐렁한 고리를 두르고 있었다. 이건 조지아주 허바드에서는 다소 특이한 일이었지만, 샤라는 자신의 본질적인 어리석음을 억제하는 데 너무 많

은 신경을 써서 자신의 괴팍함을 의식하지 못하고 있었다.

이렇게 샤라를 나 자신으로부터 떼어놓자, 나는 내 시선이 아니라 그녀의 눈을 통해, 그리고 그녀의 팔로 개를 묻을 수 있었다. 그러고 몇 페이지 뒤에서 나는 그녀의 전남편 보이드 술을 소개해야 하는 매우 어려운 문제에 봉착하게 되었다. 나는 이 인물에 관해 방대한 메모를 가지고 있었고, 그가 나오는 거구로 다르다는 것을 알고 있었다. 남자이면서 거구, 분위기에서 자연스러운 힘과 권위를 풍기는 연극 연출가, 그리고 집안일에는 거의 관심이 없는 사람. 며칠 동안 나는 책상 앞에 앉아 있었지만, 그를 설득력 있게 움직일 방법을 찾지 못했다. 책상이 나를 짓누르는 것 같아 불편하고 갇힌 느낌이 들었다. 의자와 타자기가 내 일을 훼방 놓는 것 같았다. 그때 불현듯 보이드 **역시** 일을 하려고 책상 앞에 앉아 있다는 생각이 들었다.

캠퍼스 사이드의 경대는 4인치 정도 너무 좁고 3인치 정도 낮았다. 만약 그가 발을 바닥에 붙인다면 그의 무릎은 서랍에 닿지 않겠지만 좌우로는 어색하게 낄 것이다. 다리를 꼰다면 아래 공간 왼쪽 바깥으로 오른발을 편안하게 걸 수 있겠지만 서랍 때문에 허벅지에 멍이 들 것이다. 몸을 뒤로 돌리면 대본과 어색한 거리로 멀어진다. 게다가 이런 자세로는 일을 할 수 없었다.

이 단락은 보이드 술의 내면으로 깊이 들어가는 것을 즉각적으로 가능하게 해주지 않고, 그라는 인물을 형상화하다가 내가 맞닥뜨린 모든 문제를 해결해주지도 않았다. 그러나 이 단락을 통해 나는 이야기를 계속할 수 있었고, 나중에 내가 예상했던 것보다 훨씬 더 심오하다는 것을 깨닫게 된 어떤 공감의 실마리를 얻을 수 있었다.

종종 작가인 당신이 자신이 만들어낸 인물과 어떤 감정을 공유하는지 알아내는 것은 인물의 어떤 면이 이야기에서 중요한지를 명확하게 해줄 뿐 아니라, 사실은 왜 당신이 그런 사람에 대해 글을 쓰기로 했는지에 대해서도 알려준다. 비록 그 인물이 악당으로 등장한다고 해도 당신과 어떤 공통점을 가지고 있을 것이다. 용서할 수 있는 그런 걸 말하는 게 아니다. 만약 인물이 참을 수 없을 정도로 허영심이 많다면, 거울 앞에서 당신이 하는 몸짓을 보고 그걸 빌려 써라. 만약 인물이 잔인하다면, 당신이 벌레 잡는 걸 얼마나 즐겼는지를 기억하라.

작가가 삶에서 정직하게 행동해야만 하는 절대적인 조건 같은 건 없다. 절대로 없다. 위대한 작가들은 대중의 허수아비였거나, 독재자였거나, 감정적인 사기꾼이었거나, 나치였다. 훌륭한 글쓰기에 필요한 것은 페이지 위의 정직함이다. 인물들이 장례식에서, 깜짝 파티에서, 침대에서 **어떻게 행동해야만 하는지**가 아니라 **어떻게 행동할 것인지**를 쓰는 일이 나는 우리보다 항상 더 바쁘고, 명랑하고, 재치 있는 인물들이 등장하는 체호프를 우리가 여전히 보거나 읽으리라고 상상하기 어렵다. 왜냐하면 나에게 인물이 흥미로워지는 순간은 대개 그나 그녀가 곤경에 처하기 시작할 때이기 때문이다.

—로젤린 브라운

다. 지면 위에서 이러한 관찰의 정직성을 발전시키려면, 먼저 자기 자신을 정직하게 관찰하는 것부터 시작해야 한다.

그룹이나 군중 만들기

때로는 같은 장면에 몇 명 혹은 여러 사람을 소개할 필요가 생긴다. 이 원리는 영화와 똑같고, 모든 경우에 거의 동일하게 적용되기 때문에, 큰 문제가 되지 않는다. 팬(pan), 그리고 클로즈업(close-up). 다시 말해 더 큰 장면을 먼저 보여준 다음, 개인들을 특징지을 수 있는 몇 가지 디테일을 주는 방식이다. 만약 한 인물에 관해 너무 오래 집중하는 것으로 시작한다면, 독자는 그 사람이 혼자 있다고 생각하게 될 것이다.

힘은 앞 유리를 통해 밖을 내다보며 액셀에서 발을 뗐다. 젠장. 그는 생각했다. 잦아들긴 글렀군. 노란 불빛은 갓길을 따라 미끄러운 물웅덩이를 만들었다. 그는 다이얼을 만지작거렸지만, 들리는 거라곤 치직거리는 라디오 소리와 비닐 벽 판자 광고뿐이었다. 등이 아파왔다. 눈도 간지러웠다. 아직 140마일이 남아 있었다.

만약 이 시점에서 작가인 당신이 그의 아내와 두 아이, 개를 이야기 속에 넣고 싶다면 독자는 마음속으로 그렸던 장면에서 빠르고 불편한 조정을 해야만 할 것이다. 그럴 바엔 먼저 전체가 드러나는 장면으로 시작해서 주인공 험으로 좁혀가는 편이 낫다.

> 험은 앞 유리를 통해 밖을 내다보며 조수석에서 창문에 기대 가볍게 코를 골고 있는 잉가를 힐끗 쳐다보았다. 아이들은 30분 정도 아무 소리도 내지 않았고, 오직 체자만이 이따금씩 뒤에서 그의 목덜미를 킁킁거리고 있었다. 그는 천천히 액셀에서 발을 뗐다. 젠장.

만약 어떤 행동에 여러 인물이 포함되어 있어 이들을 당장 보아야 한다면, 인물들을 그룹으로 소개한 다음 몇 가지 디테일을 제시하라.

> 숫자를 셀 겨를도 없이 네 자루의 총이 한꺼번에 그를 겨눴다. "진정해." 그가 다시 말했다. 셋은 나이 들어 보였고 그중 하나는 난쟁이만 했으며, 젊은 한 명은 뚱뚱했다. 늙은 한 명은 자신에게 너무 큰 군복 상의를 입고 있어 여미지 않은 가슴이 다 드러났다. 젊은이는 그에게 자신들 말로 뭐라고 떠들었다.

군중을 만들 필요가 있다면, 일단 군중의 존재를 알려주고 독자에게 디테일을 주는 것이 여전히 중요하다. 작가가 선명한 이미지를 준다면 독자는 많은 사람들에 대해서도 보다 완전히 믿게 될 것이다. 예를 들어 돈 드릴로의 『언더월드(Underworld)』의 한 단락에서, 작가는 야구장에 몰래 들어가려고 기다리고 있는 소년들과 마지막으로 도착한 합법적인 입장객들을 묘사한다.

그들은 뺀질거리는 외모를 통해 무모한 동료인 서로를 알아보았다. 지하철이나 할렘가에서 올라온 흑인과 백인 아이들, 거리의 건달이자 깡패들, 모두 합쳐 열다섯 명이 모여 있었다. 자기들끼리 해오던 바에 따르면 다 잡혀도 네 명 정도는 통과할 수 있을 것이다.

그들은 입장권을 가진 사람들, 그러니까 마지막으로 느긋하게 도착한 한 무리의 팬들, 늦었거나 빈둥거리던 이들이 회전식 개찰구를 통과하기를 초조하게 기다리고 있다. 그들은 다운타운에서 뒤늦게 도착한 택시들과 창 쪽으로 날렵하게 걸어가는 말끔한 사내들, 정책 은행 직원들과 저녁 클럽의 멋쟁이들, 후광이 비치는 브로드웨이 셀럽들이 모헤어(앙고라 염소의 털과 그 털로 짠 천—옮긴이) 소매의 보풀을 뜯는 것을 지켜본다.

먼저 첫 번째 문단에서, 작가가 얼마나 예기치 못한 언어와 비속어들—**뺀질거리는 외모, 무모한 동료, 거리의 건달이자 깡패들, 자기들끼리 해오던 바**—을 통해 친숙한 한 무리의 소년들의 특징을 보여주는지 주목하라. 또한 두 번째 문단에서, 어떻게 디테일—**한 무리의 팬들, 말끔한 사내들, 저녁 클럽의 멋쟁이들, 브로드웨이 셀럽들**—을 통해 개별적으로는 알 수 없는 어떤 집단의 무리를 보여주는지도. 더불어 이 글에서 드릴로가 맨 마지막까지 가장 초점이 잘 맞춰진 이미지—**모헤어 소매의 보풀을 뜯는 것**—를 남겨두었다는 사실을 기억하라. 이 부분은 이 문단의 서사적 자물쇠를 살짝 잠그는 역할을 한다.

이런 장면에서는 한층 더 교양 있는 군중의 모습을 살펴보라. '철학자 롤랑 바르트가 혼수상태에 빠져 누워 있는 피티에살페트리에르(Pitié-Salpêtrière, 프랑스 파리에 위치한 병원—옮긴이)의 로비는 비교적 고요하다.' 클로즈업의 기법은 여기서도 비슷하다.

> 평범한 것들을 말하는 사람들을 만나는 일은 지루하다.
>
> —버지니아 울프

> 친구들, 추종자들, 지인들, 그리고 단지 호기심 많은 이들이 이 위대한 남자의 머리맡에 앉으려고 줄을 서 있다. 그들은 병원 로비를 가득 메우고, 낮은 목소리로 대화를 나누며, 손에 담배나 샌드위치나 신문, 혹은 기 드보르의 책이나 밀란 쿤데라의 소설을 들고 있다.
>
> —로랑 비네, 『언어의 7번째 기능』

다시 한번, 디테일들이 어떻게 점점 더 구체화되는지, 그리고 독자를 움직여 이 군중 속에서 발견될 만한 종류의 인물을 이해하게 만드는지 주목하라. 낮은 목소리에서부터 뉴스, 샌드위치, 명확한 취향을 알려주는 고상한 읽을거리까지.

만약 화자가 군중을 소개한다면, 이는 필연적으로 군중만큼이나 화자 자신을 드러낼 것이다. 153페이지에 등장했던 앨런 거게이너스의 「오버추어」의 한 부분이 이 기법의 좋은 예다.

인물 일기

간접적이든 직접적이든, 혹은 대개 그러하듯 간접 직접 두 가지 모두를 사용하든, 완전하고 풍부한 허구의 인물은 신빙성 있고 복잡해야 하며, 목적을 보여주어야 하고(그리고 그 목적은 인물의 윤리에 관해 뭔가 드러낼 것이다), 이야기의 과정 속에서 작지만 중요한 어떤 변화를 겪어야만 한다. 이러한 요소를 탐구하는 데 있어, 일기는 매우 귀중한 도움이 될 수 있다.

작가로서 당신은 운 좋은 타입, 그러니까 쉽게 상상만 하면 인물이 통째로 그려지고, 제스처, 과거, 열정까지 한꺼번에 완성되는 스타일일 수 있다. 아니면 하나의 인물을 점차적으로 끌어내어 잘 구슬려 완성하기까지 한참의 시간이 소요되는 타입일 수도 있다. 이것 역시 운이 좋다고 할 수 있다.

어떤 부류의 작가든, 그러나 특별히 후자의 경우, 일기는 당신 자신을 누구에게도 무엇에도 매이지 않은 채로 살피고 연구할 수 있게 해준다. 일기는 당신이 사용하든 아니든 간에 당신의 성격에 관한 모든 것을 알게 해준다. 인물을 이야기 속에 집어넣기 전에, 인물이 잠은 잘 자는지, 점심은 뭘 먹는지, 무엇을 사고, 청구서는 어떻게 내고 있는지 알아야 한다. 당신의 인물이 저녁과 주말을 어떻게 보내고 싶어 하는지, 그리고 왜 그런 계획이 좌절되었는지, 애완동물과 부모, 도시, 눈, 학교에 관한 기억은 어떠한지 알아야 한다. 당신은 결국 이 정보들을 하나도 사용하지 않을 수도 있지만, 이것들을 알면 인물이 어떻게 연필을 두드리거나 머리카락을 꼬는지, 언제 또 왜 그러는지 알 수 있다. 다시 말해 이런 사소한 정보들을 알게 되면, 당신은 발명을 넘어 상상의 순간으로 발을 내딛게 된다. 인물 그 자체가 되어 그 혹은 그녀의 내면으로 들어가 살게 되고, 독자에게 보편적으로 진실하게 느껴지는 인물의 어떤 행동을 만들어내는 경지에 이르게 되는 것이다.

일기를 사용하여 사람들을 관찰하고 기록하라. 당신을 짜증 나게 하는 도서관 아르바이트생이나 술집에서 호기심을 끄는 혼술족에 관한 인상을 적어보라. 신체적인 특징이나 옷이 보내는 메시지, 혹은 제스처를 포착하라. 그 까칠함이나 그 외로움에 대한 이유를 만들어보라. 과거를 꾸며보라. 그런 다음 그 인물을 원래의 맥락에서 꺼내어 새로운 상황이나 장면 속에 넣어보라. 인물을 곤경에 빠뜨리고 나면, 당신은 단편소설을 하나 완성할 수 있을지 모른다.

인물 : 요약

3장과 4장에서 나온 인물에 관한 실제적인 조언들을 요약하면 아래와 같다.

1. 직접적 인물 표현 방법에는 네 가지—외모, 말, 행동, 생각—가 있고, 간접적 인물 표현 방법에는 두 가지—작가의 해석과 다른 인물의 해석—가 있다.

2. 하나의 표현 방법에서 제시하는 속성과 대조되는 속성을 적어도 한 가지 다른 표현 방법으로 제시함으로써 인물의 갈등을 드러내라.

3. 나이, 젠더, 인종, 국적, 결혼 여부, 지역, 학력, 종교, 직업 등 인물의 유형을 만드는 데 영향을 미치는 모든 요소를 파악하라.

4. 인물이 어떻게 생겼고, 무엇을 입고 무엇을 소유하는지, 어떻게 움직이는지에 날카롭게 초점을 맞추라. 또 독자들도 거기에 집중하게 하라.

5. 인물이 하는 말이 단순한 정보 전달 이상의 역할을 하는지 점검하라. 그 말이 인물의 특징을 드러내고, 설명하고, 감정이나 의도 혹은 변화를 드러내는가? "아니요" 대화를 통해 갈등을 진전시키는가? 크게 읽어보라. 진짜 '말하는 것' 같은가?

6. 일기를 통해 인물에 관한 아이디어를 찾고 구축하라. 당신 인물의 삶에 필요한 디테일들, 즉 인물이 하루 종일 무엇을 하고, 생각하며, 기억하고, 원하고, 좋아하거나 싫어하고, 먹고, 의도하는지를 알아야 한다.

7. 인물이 무엇을 원하는지 알아야 한다. 전체적으로는 삶 전반에서, 구체적으로는 이야기의 맥락 속에서. 이 욕망을 염두에 두고, 제시된 상황 속에서 인물이 어떻게 하기로 결정할 것인지를 '거꾸로 생각하라'.

8. '일관된 무일관성'을 찾아내고 고조시키고 극적으로 표현하라. 당신의 인물이 원하는 것은 그가 원하는 다른 것과 상충하는가? 어떤 사고와 행동 방식이 인물의 가장 중요한 목표와 충돌하는가?

9. 자신이든 다른 사람이든 인물이 실제 모델에 바탕을 두고 있다면, 외형적인 면을 극적으로 변화시켜라.

10. 인물이 당신과 전혀 다르거나 이질적이라면, 정신적 혹은 감정적
    으로 통하는 부분을 파악하라.
11. 인물이 발견하고 결정하도록 함으로써 행동을 만들어라. 일어나
    는 일이 단순한 사건이나 움직임이 아니라 행동, 즉 변화의 가능성
    을 담고 있는 행위라는 것을 확실히 하라.

추천 작품

「전쟁 중인 소녀들(Girls at War)」(치누아 아체베 지음)

「행복하지 않니(Aren't You Happy for Me)」(리처드 바우슈 지음)

「성녀 마리(Saint Marie)」(루이스 어드리크 지음)

「소녀(Girl)」(자메이카 킨케이드 지음)

「여름의 마지막 장미」(『골드 보이, 에메랄드 걸』에 수록, 이윤 리 지음, 학고재, 2011)

「궤도 비행(Orbiting)」(바라티 무커르지 지음)

「늑대의 품에서 자란 소녀들」(『악어와 레슬링하기』에 수록, 캐런 러셀 지음, 21세기북스, 2012)

「사랑과 수소(Love and Hydrogen)」(짐 셰퍼드 지음)

「다른 길(A Different Road)」(엘리자베스 스트라우트 지음)

「꽃(The Flowers)」(앨리스 워커 지음)

1. 어떤 인물이 다른 인물에게 특정한(실용적, 가정적, 기계적 혹은 기술적인) 일을 하는 방법을 가르치려 하고 있다. 가르치는 인물은 제대로 가르치지 못하고, 배우는 인물 역시 마찬가지다. 이 장면을 하나는 작가의 해석을 통해, 다른 하나는 대화를 통해 제시해보라.

2. 남자(혹은 소년)가 여자(혹은 소녀)에게 그녀의 어머니에 관해 묻는 장면을 쓰라. 세 사람 모두의 특징이 드러나도록.

3. 직접적 인물 표현 방법 네 가지—외모, 말, 행동, 생각—를 사용하여 장면을 쓰라. 하나의 요소가 나머지 세 요소와 충돌하게 만들어라.

4. 일반적이고 판단적인 방식, 그리고 구체적인 디테일의 방식 모두를 사용하여 작가의 해석으로 인물을 묘사하라. 디테일이 일반적 진술과 모순되게 하라. (**래리는 그 동네에서 가장 친근한 아이였다. 그는 금속 너클을 잔뜩 가지고 있었고, 50센트를 내면 보여주기도 했다. 과녁만 들고 있어준다면 그의 BB총을 장전하게 해주기도 했다.**) 이 인물은 뭐라고 말하는가? 누구에게? 앞으로 어떤 행동이 뒤따르게 될까?

5. 당신의 인물이 잘 모르는 사람의 차를 얻어타도록 하라. 간접적인

작가의 목소리를 사용하여 독자에게 차에 관한 정보를 주라. 제조사, 모델, 색상, 상태 등등. 직접적 인물 표현 방식을 사용하여 이들이 누구이고 어떤 말을 하는지, 그리고 무슨 일이 일어나는지 보여주라. 작가로서 당신은 독자에게 그 결과까지 말해줄 수도 있다.

6. 군중을 만들어라. 그런 다음 그 속에서 두 인물을 선택하여 직접적으로 그들을 보여주고, 대화를 통해 두 인물이 같은 사건이나 경험을 얼마나 다르게 보고 있는지를 독자에게 알려주라. 다시 군중으로 이동할 때는 작가의 목소리를 사용하고, 이 전환을 여러 번 반복하라.

5장

배경
설정

공기 : 장소, 시간, 분위기
- 인물과 설정의 조화와 갈등
- 상징적인 장소

서사적 시간의 몇 가지 측면들
- 요약과 장면
- 여백
- 플래시백
- 슬로모션

장소, 시간, 날씨와 우리의 관계는 옷이나 다른 물건과의 관계처럼 미묘하거나 깊고 심오한 감정으로 가득 차 있다. 그것은 부드럽거나 가혹한 판단들로 가득하며, 우리에게 어떤 일이 일어나느냐에 따라 달라진다. 어떤 공간에서 당신은 항상 덫에 빠진 느낌이다. 당신은 확고한 목적을 가지고 들어가서 최대한 빨리 탈출한다. 어떤 곳에서는 다른 사람들이 당신을 정착하라고 초대한다. 보금자리를 만들고, 흥겹게 마시고 놀자고 한다. 어떤 풍경은 당신의 기분을 북돋우고, 어떤 풍경은 당신을 우울하게 한다. 추운 날씨는 에너지와 활기를 주거나,

머리를 틀어박고 웅크린 채 허우적거리게 만든다. 당신은 자신을 저녁형 인간이나 아침형 인간으로 묘사한다. 어릴 때 사랑했던 집이 지금의 당신을 만든다. 정확히는 당신이 한때 그곳에서 행복했었기 때문이다. 상실과 죽음을 생각해보라.

이러한 모든 감정은 소설에서 극적인 효과를 내기 위해 사용되거나 고조되거나 만들어질 수 있다. 의미심장한 디테일들이 감각적 인상과 추상적 관념을 함께 불러일으키듯, 이야기의 배경은 정보와 감정 모두를 불러일으킨다. 또한 문장의 리듬이 당신의 의도에 반하지 않고 함께 작용해야 하는 것처럼, 서사적 시공간의 사용은 당신이 궁극적으로 전하려는 의미와 반하지 않고 함께 작용해야 한다. 대화의 경우처럼, 배경 역시 한 번에 한 가지 이상의 일을 해야 한다. 감정을 드러내는 것에서부터 인물을 조명하는 것, 이야기의 상징적 토대를 제시하는 것까지.

인물은 장소와 문화의 산물이다. 독자가 인물이 하는 행동의 중요성을 이해하기 위해서는 그가 어떤 공기 속에서 움직이는지를 알아야 한다. 마거릿 미첼의 『바람과 함께 사라지다』에 등장하는 스칼렛 오하라는 더위와 습기, 사치, 그리고 (어떻게 사는지 들여다본 적도 없으면서 그저 충성스럽다고 믿는) 노예들에 둘러싸여 자라났기 때문에 그렇게 행동한다. 토니 모리슨의 『빌러비드』 속 시이드는 같은 더위와 습기 속에 있었지만 노예였기 때문에, 자유를 찾은 다음에도 자신과 아이들을 찾아오는 주인에 대한 끊임없는 공포 속에서 그렇게 행동한다. 소설가 마이클 마톤은 진짜로 효과적인 배경 설정은 1930년대와

1940년대 초반의 뉴딜 우체국에 그려져 있던 벽화와 닮았을 거라고 한다. 이 벽화 속 인물들은 모두 자신의 이야기를 지니고 있으면서 동시에 전체 그림 속의 더 큰 이야기에도 포함되어 있다. 인물들을 볼 때 우리는 그들 사이의 사회적 상호작용을 볼 수도 있지만, 동시에 그들의 건물과 발명품, 기구, 교통수단, 농업, 그리고 자연을 길들이고 통제하려는 노력에서 드러나는 사회적 힘과 역사의 층위에 관해 알게 된다.

"이 벽화들은 수많은 디테일을 배치함으로써," 마톤은 말한다. "한 주인공의 개인적이고 구체적인 투쟁과 함께 더 큰 공동체의 역사적이고 사회적인 동시적 삶의 존재를 전달하려고 시도한다. 순수하게 현실적인 문제로 보았을 때, 이런 풍부한 매체에 이야기들을 배치하면 사건은 더 쉽게 일어나고, 인물은 더 쉽게 행동할 수 있다."

공기 : 장소, 시간, 분위기

당신의 소설에는 '공기'가 있어야 한다. 이것이 없으면 인물은 숨을 쉴 수 없기 때문이다.

이야기의 공기를 이루는 것 중 하나는 배경이다. 장소, 시대 혹은 시기, 날씨, 시각. 다른 하나는 톤인데, 이것은 서술적 목소리가 분위기, 정서, 혹은 특징—불길하거나, 비꼬거나, 딱딱하거나, 엄숙하거나, 뒤틀린—적인 면에서 취하는 태도라고 할 수 있다. 배경과 톤이라는 두 가지 측면은 종종 궁극적으로는 나누기 힘든 상태로 섞이게 마련이다. 불길한 공기의 일부는 구문이나 리듬, 단어 선택으로 만들어지지만, 동시에 밤과 안개와 황량한 풍경으로도 만들어지기 때문이다. 당신은 직접적이고 정확한 정보로 독자에게 시간과 공간을 제시할 수 있고(**1969년 여름 바이유테셰의 남쪽 둑에서……**) 그것이 작가의 목적에 걸맞은 가장 좋은 시작일 수도 있지만, 인물이 드러나는 방식과 마찬가지로 배경 역시 구체적인 디테일을 통해 더 효과적으로 드러낼 수도 있다(**벌레 떼는 끊임없이 윙윙거리는 소리를 내면서 검은 물 위를 떠나지 않았다……**). 여기

> 내 책들은 모두 같은 방식으로 시작한다. 대개는 시간과 장소에 대한 강한 감각뿐이다. 진짜 '공기'에 대한 감각—그것이 항상 내 시작점이다.
>
> 제니퍼 이건

서 정보는 간접적이고 독자는 이를 얻기 위해 조금 더 기다려야 하지만, 경험은 직접적이고 독자를 즉시 장면 속으로 떨어뜨리며, 그와 함께 이 장면과 인물의 관계를 암시하는 어떤 태도를 드러낸다.

배경을 표현하는 바로 그 언어는 작품의 궁극적인 의미에 대한 중요한 단서를 전달한다. 코맥 매카시의 장편 『모두 다 예쁜 말들』에서, 깊고 풍부한 서술적 목소리는 세월의 지혜를 다음과 같이 표현한다.

> 그들은 사람이 자신의 조국을 떠날 때 정말 떠나는 거라고 말했다. 그들은 사람이 어떤 나라에서 태어나고 다른 나라에서 태어나지 않은 것은 우연이 아니며, 땅을 만드는 날씨와 계절은 그들 세대의 내면적인 운명

까지도 만든다고 말했다.

이와 대조적으로, 자신의 조국을 떠나야 한다는 사실에 괴로워하는 내 소설 『커팅 스톤(Cutting Stone)』의 주인공은 같은 생각을 조금 더 개인적이고 겸손한 방식으로 표현한다.

그녀는 생각했다. 시간이 지나면서 풍경은 자신의 모습을 만들어가고, 다시 시간이 지나면서 내 안에도 어떤 모습을 만들어가겠지. 내가 바로 이 장소의 모습이야.

실제로 단어들은 누적된 함축적 의미를 지니고 있기 때문에, 장소와 시간에 따라 분위기가 만들어지는 것은 거의 불가피하다. 동화는 일반적으로 멀고 마법적인 배경을 설정하고 그곳에서 무슨 일이 일어날지 기대하게 만드는 것에서 출발한다. 개별적인 디테일은 바뀔 수 있고, 그에 따라 기대는 더 가중될 것이다. 예를 들어, 다음과 같은 동화의 첫머리에서 당신은 어떤 것을 기대하겠는가?

옛날 옛적에 어느 바닷가 왕국에서…….

옛날 옛적에 배추밭 옆 허름한 오두막에서…….

옛날 옛적에 가장 깊고 어두운 숲에서…….

'왕국'과 '바다', '허름한 오두막'과 '배추밭', '가장 깊고 어두운 숲'에 함축된 의미는 독자에게 우리가 어떤 종류의 이야기 속에 들어와 있는지를 곧바로 알려준다. 당신은 시간과 장소를 생생하게 환기시키는 단어들을 선택함으로써 이러한 공기를 잘 활용하고 또 고조시킬 수 있다. 여기 북한, 아프리카, 그리고 런던을 배경으로 작품을 쓴 세 명의 동시대 작가들이 있다. 어떤 단어와 구절들이 이곳에서 무슨 일이 일어날지에 대한 기대를 불러일으키는가? 이 중 가장 위험한 곳은 어디인가?

그리고는 주체 85년에 홍수가 났다. 3주 동안 비가 내렸지만, 확성기는 단지들이 무너지고, 흙 댐이 생기고, 마을들이 서로 폭포처럼 떨어져 내리는 것에 대해 아무 말도 하지 않았다. 인민군은 불어난 물에서 승리58 공장을 구하느라 바빴기 때문에, '기나긴 내일' 고아원의 아이들에게는 밧줄과 긴 손잡이가 달린 갈고리가 주어졌다. 청진강에서 사람들이 항구까지 쓸려 내려가기 전에 낚아채기 위해서였다.

— 애덤 존슨, 『고아원 원장의 아들』

그들은 검문소를 쉽게 통과한 다음 곧 탁 트인 도로에 올라 생기 없는 도시를 돌아 내려갔다. 돌리의 눈에 노점상들이 띄었다. 종종 아이들도 있었는데, 지프가 가까이 가면 그들은 손에 한 움큼 들고 있는 과일이나 글씨를 쓴 마분지를 들어 보였다.

차가 도시를 벗어나 사막처럼 보이는, 영양과 소들만 듬성듬성 난 풀을 뜯어 먹고 있는 황무지를 달리기 시작하자 안도감이 들었다.

— 제니퍼 이건, 『깡패단의 방문』

런던 전력망의 문제는 그런 것이었다. 사이드와 나디아가 살던 지역에서는 밤이 되면 경계에 있는 건물들과, 무장한 정부군이 지키고 있는 바리케이드와 검문소 근처, 어떤 이유로 전기 연결이 끊기지 않는 흩어진 몇몇 지역들. 진취적인 이주자가 감전사의 위험을 무릅쓰고 고압선을 연결해놓은 이곳저곳의 이상한 건물들에만 몇 개의 작은 불빛들이 남아 있었다.

— 모신 하미드, 『서쪽으로』

• 인물과 설정의 조화와 갈등

인물이 소설의 전경이 되면 설정은 배경이 되고, 회화의 구성에서와 같이 전경은 배경과 조화를 이루거나 상충될 수 있다. 예를 들어 유명한 인상주의 회화인 조르주 쇠라의 「그랑자트섬의 일요일 오후」를 생각하면, 우리는 빛이 산란하는 나무 아래 펼쳐진 여름의 풍경 속에서 색색의 양산을 들고 거니는 여인들의 조화를 떠올리게 된다. 이와 대조적으로, 스페인 화가 프란시스코 코르티호가 그린 첫 성찬식 날의 소녀 초상 「프리메라 코뮤니온(Primera comunión)」도 있다. 그녀는 헝클어진 곱슬머리에 레이스가 달린 베일을 쓰고, 지나치게 장식적으로 조각된 지중해풍 의자에 앉아 있는데, 뒷배경에는 삭막하고 거의 불빛이 보이지 않으며 가난에 찌든 오두막들이 자리하고 있다.

설정 속에서 분위기는 독자가 시각을 공유하는 주인공의 감정적 반응을 가장 자주 나타낸다.

나는 인물이 장소에서 생겨난다고 생각한다. 정말로 많은 것들이 장소에서 온다. 작가는 주어진 공간적 배경에서 많은 것을 얻어낼 수 있다. 서술적 목소리, 크고 작은 은유, 여러 인물들, 그리고 갈등에 이르기까지.

앤드루 스콧

소설에서 시간, 장소, 분위기, 인물, 행동은 서로에게 끊임없이 영향을 미치며, 서로를 보강하거나 증명하거나 반박하거나 새롭게 창조한다.

> 살바도르에서 헬레나가 빌린 아파트에는 높은 천장과 대리석 바닥, 넓은 창문이 있었다. 그곳은 늦은 오후 브라질 여름의 뜨거운 불길이 안으로 스며들 때조차도 늘 시원해 보였다. 발코니에 몸을 기대면 그녀는 막다른 골목을 따라 구부러진 예전 수녀원 건물을 볼 수 있었다. 바다 쪽 항구로 난 길을 가로지르는 붉은 지붕의 건물들도 보였다.
>
> ─ 로런 그로프, 「살바도르(Salvador)」

여기서 시기와 시간, 그리고 장소는 다른 디테일과 함께 주인공이 바라보는 것들─**높은 천장, 넓은 창문, 길을 가로지르는, 바다 쪽 항구**─속에서 빛과 고요의 공기를 만들어낸다. 돈 드릴로의 『언더월드』에서는 더 양가적인 내면이 등장해 어떤 하루를 관찰한다.

늙은 수녀는 새벽에 일어났다. 모든 관절에서 고통이 느껴졌다. 그녀는 지원자였던 시절부터 새벽이면 일어나 딱딱한 나무 바닥에 무릎을 꿇고 기도해왔다. 먼저 그녀는 차양을 걷어 올렸다. 저 밖에는 신이 창조한 세계가 있다. 작고 푸른 사과들과 전염병이.

두 가지를 주목하자. 하나, 인물과 배경 설정과 분위기는 이 풍부하고 효과적인 문단에서 동시에 일어나고 있다. 둘, 이 설정은 기대했던 것을 의미하게 할 수도 있고, 예상치 못한 것을 의미하게 할 수도 있다. 「크로노폴리스(Chronopolis)」에 나오는 다음 구절에서 J. G. 밸러드는 3인칭으로 창밖을 바라보는 인물을 묘사하고 유쾌한 감옥을 만들어낸다.

운 좋게도 그의 감방은 남쪽을 향했고 하루 종일 햇빛이 들어왔다. 그는 빛이 그리는 호를 열 개의 등분, 즉 유효 일광 시간으로 나눈 다음 창턱에서 떼어낸 뾰족한 회반죽으로 간격을 표시했다. 각 마디는 다시 더 작은 열두 개의 단위로 세분했다.

감옥의 역설과는 대조적으로, 전쟁을 다룬 이 장면에서 병사들의 고난은 우리의 기대와 일치하기도 하지만, 여기서도 역시 디테일을 통해 감정적인 무게와 깊이가 주어진다.

비는 군화와 양말에서 자라는 곰팡이를 먹였고, 양말은 썩어버렸으며,

그들의 발은 손톱으로 피부를 긁어낼 수 있을 정도로 희고 부드러워졌고, 스팅크 해리스는 어느 날 밤 혀에 거머리가 붙은 탓에 비명을 지르며 잠에서 깼다. 비가 오지 않을 때는 낮은 안개가 논을 가로질러 움직이며 모든 것을 하나의 회색으로 만들어버렸고, 전쟁은 차갑고 창백하고 썩어 있었다.

— 팀 오브라이언, 『카차토를 쫓아서(Going After Cacciato)』

설정과 인물의 분위기 사이에 부조화가 발생하고 있다면 거기엔 이미 '서사적인 내용', 즉 이야기가 만들어지고 있는 것이다. 수녀의 고통과 세계를 바라보는 그녀의 양가성, 또 군인들의 암울한 상태는 이미 갈등을 불러일으킨다. 그러나 독자로서 우리는 감옥이 합리적으로 구조화된 공간이 되지 않을 것이라고 '합리적으로' 예상할 수도 있고, 그로프 이야기에서 곧 한 남자가 나타나 거리에서 주인공을 올려다보고 있어도 놀라지 않을 것이다.

이러한 모든 예시에서 조화, 친숙함, 편안함이나 그 반대의 느낌은 이런 장소에 대한 독자나 작가의 관점에서 측정되는 것이 아니라, 우리가 시각을 공유하는 인물의 태도에서 비롯된다는 점을 유념하라. 인물에 관한 전체적 혹은 부분적 판단을 보여줌으로써, 인물의 시각과 독자의 시각을 분리하는 것 역시 가능하다. 예를 들어 내 장편소설 『커팅 스톤』에서, 배경은 1914년 애리조나이고, 독자는 엘리너 포인덱스터라는 인물이 먼지투성이의 작은 사막 마을로 망명해 온 볼티모어 출신의 아일랜드계 가톨릭 사교계 인사라는 사실을 안다. 그녀는 교회에서 위안을 찾으며, 멕시코의 한 지역으로 모험을 떠난다.

> 갈색 판잣집들은 양철, 상자용 나무, 누더기로 덧대어져 있었다. 그중 어딘가에서 여자 목소리 하나가 계속 야단을 쳤다. 허벅지가 훤히 드러난 수탉이 자신이 지나던 첫 번째 오두막의 문턱을 긁었다. 길 건너편에는 남자아이가 있었는데, 아직 제대로 서 있지도 못한 채 배에 구멍이 난 속옷 하나만 입고 있었다. 아이는 천으로 된 문에 매달려 그녀에게 아무 관심도 보이지 않았다. 모든 것이 막연히 친숙하게 느껴졌다. 황량한 판자촌 중심가에서 무엇을 찾을 수 있을 것 같냐는 질문을 받았을 때, 그녀는 별다른 노력 없이도 털갈이 중인 수탉과 누더기 속옷을 입은 아이를 떠올릴 수 있을 것만 같았다.

여기서 자신과 동떨어진 환경에 놓인 엘리너는 자신의 편견 속에서 '친숙한' 무언가를 발견하며, 결과적으로 그녀와 독자 사이에는 어떤 거리가 만들어진다. 예상할 수 있듯, 이 소설은 그녀가 멕시코인 속에서의 삶을 선택하게 될 때까지의 변화에 관한 것이다.

이와 유사한 맥락에서, 독자의 기대와 예측은 불특정한 화자의 배경 설정에 대한 집요하고 단일한 태도에 의해서도 생겨날 수 있다. 이 경우 독자는 일종의 반대편이 되어 변화나 역설을 예상하기 쉽다. E. M. 포스터의 『인도로 가는 길』 시작 부분을 보자.

> 말라바르 동굴만 빼면 ─ 게다가 동굴은 20마일이나 떨어져 있다 ─ 찬드

라푸르시에는 특별한 것이 없다. 도시는 둑을 따라 몇 마일이나 이어지지만, 갠지스강에 씻기기는커녕 더 뾰족해지고, 마구잡이로 쌓아놓은 쓰레기와 거의 구별이 되지 않는다. 거리는 비열하고 사원들은 무능하며, 몇몇 훌륭한 집들이 있기는 하지만 그것들은 모두 정원에 멀리 숨겨져 있거나 초대받은 손님이 아니면 갈 수 없는 더러운 골목에 있다.

이야기는 이런 식으로 계속된다. 찬드라푸르의 음울한 모습들—**진흙으로 만들어져, 진흙으로 움직이고, 멸시당하고, 단조롭고, 썩고, 부풀어오르고, 오그라들고, 밑바닥이지만 결코 파괴될 수 없는 삶의 형태**—에 관한 끊임없는 초상화를 그리듯이. 이 이미지들은 너무 일방적이고 너무 극단적인 비난이라서, 독자인 우리는 앞으로 이어질 페이지에서 어쩐지 미스터리와 아름다움이 터져 나올 거라고 (정확히는 다시 한번) 기대하게 된다. 비슷하지만 반대의 방식으로, 버지니아 울프의 『댈러웨이 부인』 도입부에서는 런던과 초여름의 아름다움에 관해, 삶에 대한 사랑에 관해 반복해서 강하게 확언한다. 이때 우리는 (정확히는 다시 한번) 여기 죽음과 증오가 도사리고 있는 것은 아닌지 의심하게 된다.

현실적인 배경 설정은 기억이나 자료 조사를 통해 만들 수 있지만, 강렬한 상상의 세계는 우

잘 알려진 도시라 해도 배경으로 사용하는 것은 하나의 도전이다. 나는 관광객의 시야를 넘어 이곳의 달콤하고 어두운 핵심과 여러 종류의 일들, 그리고 거기 진짜 살고 있는 사람들에 대해 쓴다.

—바브 존슨

리의 내면에 새롭고 특별한 경계를 만든다. '멀고 먼 옛날 옛적에', 꿈, 지옥, 천국, 쓰레기 통로, 중간계(Middle Earth), 호그와트 마법 학교, 그리고 잠재의식은 모두 성공적인 소설의 배경이 되어왔다. 심지어 어디에도 없는 곳(Nowhere)을 설정하는(대문자 N으로 시작하는, 혹은 새뮤얼 버틀러의 『에레혼(Erehwon)』처럼 거꾸로 써서) 유토피아 소설조차도 뚜렷한 물리적 특징이 드러나는 어딘가에서 일어난다. 우주 공간이 흥미진진한 배경이 되는 진짜 이유는 그 경계가 우리가 알고 있는 세계의 물리적 끝이기 때문이다. 물론 이것은 작가가 우주 공간의 특징, 공기, 논리를 독자에게 제시하지 않아도 된다는 뜻은 아니다. 오히려 이때 독자는 자신의 경험에서 가져올 것이 더 적기 때문에, 이런 것들은 소설 안에서 더 강력하게 '현실화'되어야만 한다.

네 테라스의 마지막 높은 고갯길을 넘은 비행선이 남쪽으로 방향을 틀었다. 서쪽으로 기우는 태양 빛이 얼굴로 쏟아져 쉐벡을 깨웠다. 그는 먼지 낀 창문에 얼굴을 밀착했다. 아니나 다를까. 아래에는 낮은 두 개의 녹슨 산등성이 사이로 높은 벽에 둘러싸인 우주항이 있었다. 그는 발사대 위에 우주선이 있는지를 보려고 무던히 애를 썼다. 우라스는 경멸스러운 곳이었지만, 여전히 다른 세계였다. 그는 다른 세계의 우주선을 보고 싶었다. 외계의 손으로 만든, 건조하고 끔찍한 심연을 가로지르는 여행자를. 그러나 우주항에 우주선은 없었다.

― 어슐러 르 귄, 『빼앗긴 자들』

우리는 주인공에게조차 낯선 우주에 있을 수 있고, 지금은 '서쪽으로 기우는' 태양, 높은 고갯길, 벽, 산등성이처럼 우리와 어떤 면들을 공유하는 행성에 있다. 이 새로운 환경에서 우리는 인물의 기대가 우리의 기대와 매우 흡사하다고 느낀다. 그리고 '아니나 다를까', 우리는 구체적이고 실제적인 어딘가로 간다. 바로 우리를 이야기에 빠져들게 하는 구체적인 현실 속으로.

● 상징적인 장소

장밋빛 손가락을 뻗는 새벽(새벽이 오는 모습을 그린 호메로스의 표현—옮긴이)이 호메로스의 『일리아스』 속 전장을 비추기 시작한 이래로, 시인과 작가들은 역사, 밤, 폭풍, 별, 바다, 도시, 그리고 평원의 맥락을 사용하여 자신들의 이야기가 우주를 향해 뻗어나가는 느낌을 주어 왔다.

때로 우주는 대답으로 공명한다. 셰익스피어는 자신의 작품에서 시종일관 천체의 갈등과 국가와 인물의 갈등 사이에 존재하는 유사점을 그렸다. 단편 「당신이 지키는 것은 어쩌면 당신의 생명(The Life You Save May Be Your Own)」에서 플래너리 오코너는 의식적으로 요소들을 셰익스피어적인 방식으로 사용하여, 배경 설정이 주제를 반영하고 거기에 영향을 미치도록 한다. 이 고전적인 이야기에서 주인공인 사기꾼 시프틀릿 씨는 처음에는 장애를 가진 소녀를 향해 구애하다가 나중에는 그녀를 버리고 그녀의 차를 훔친다. 혼자 운전을 시작하자 날씨는 '찌는 듯이 무더워지고', 시프틀릿 씨는 "주께서 임하셔서 이 땅의 더러운 모든 것들을 쓸어주소서"라고 기도한다. 제목과는 반어적으로, 각 요소들의 작용은 시프틀릿이 망쳐버린 인생이 어쩌면 자기 자신의 것일지도 모른다는 걸 보여준다.

몇 분 뒤 뒤쪽에서 우레와 같은 천둥소리가 들려왔고, 엄청나게 큰 빗방울들이 깡통 뚜껑처럼 시프틀릿 씨의 차 뒤로 요란하게 부딪혔다.

그러나 독자는 이러한 상징적인 개입에 대해 전혀 알지 못한다. 하늘이 어설픈 말을 크게 떠벌리지만 않으면, 배경은 자연스럽고 설득력 있게 남아 있다.

나는 이야기의 전체적인 통합을 위한 이런 상징적 가능성을 인정한다. 상징적인 배경은 어렵고 고급한 기술이다. 셰익스피어와 오코너에게는 괜찮지만, 이제 막 시작하는 작가들에게 추천하고 싶지는 않다. 하지만 그렇다 해도, 작가가 되는 것의 커다란 장점은 세계를 창조할 수 있다는 점이다. 작품 속 장소, 시간, 그리고 요소들은 당신이 언어로 주는 감정적 효과를 지니게 된다. 찰스 백스터는 소설에 관한 에세이 『집 불태우기(Burning Down the House)』에서 이 과정의 가장 높은 이상을 좇는 작가에게 이렇게 충고한다.

허구의 인물들을 둘러싼 대상과 사물은 인물 자신과 똑같은 상태와 에너지를 지니고 있다. 내가 정의하고 싶은 방식으로 배경을 설정한다는 것은 단지 행동이 일어나는 장소만을 의미하는 것이 아니다. (지구 역시도 우연히 우리의 삶이 벌어지는 소중한 장소일 뿐이다.)

서사적 시간의 몇 가지 측면들

문학은 그 본질과 주제의 특성으로 인해 다른 예술과는 다른 방식으로 시간에 묶여 있다. 그림은 전통적으로 시간의 얼어붙은 한순간을 표현하며, 그것을 관람하는 시간은 보는 이의 선택에 달려 있다. "그림을 봤다"라고 말하기 위해 반드시 충족해야 할 외부적 기준 같은 것은 없다. 음악은 듣는 데 일정한 시간이 걸리고, 다양한 부분에서의 '타이밍'이 매우 중요하다. 그러나 시간에 있어서는 일반적으로 외부와 단절되어 있고, 바깥세계의 시간과 아무런 관련을 맺지 않는다. 마찬가지로 책도 읽는 데 시간이 걸리지만, 독자는 스스로 분량을 선택하고 마음대로 내려놓거나 집어 들 수 있다.

하지만 서사의 경우, 중요한 시간적 관계는 내용의 시간, 즉 이야기에서 다루고 있는 시간의 범위다. 읽는 데 약 20분이 걸리면서 20분 정도의 행동을 다루는 이야기를 쓸 수도 있지만(장 폴 사르트르가 이러한 지속적 사실주의 속에서의 실험을 했다), 이런 관계를 소설의 요건으로 제시한 사람은 아무도 없었다. 때로 이 시간은 압축되기도 하고 늘어나기도 한다. 지금까지의 세계의 역사는 단 한 문장으로 집약될 수도 있고, 4초의 위기가 한 챕터를 차지할 수도 있다. 심지어 이 두 가지를 동시에 하는 것도 가능하다. 윌리엄 골딩의 소설 『핀처 마린 (Pincher Marin)』은 물에 빠진 주인공이 부츠를 벗기 시작하는 순간과 결국 벗지 못한 채로 죽는 순간 사이에서 일어난다. 하지만 어느 학생이 "실제로는 얼마나 긴 시간인가요?"라고 물었을 때, 골딩은 이렇게 대답했다. "영원."

• 요약과 장면

요약과 장면은 소설에서 시간을 다루는 방법이다. 요약은 비교적 짧은 분량 안에 상대적으로 긴 시간을 다루며, 장면은 비교적 짧은 시간을 길게 다룬다.

요약은 유용하고 자주 필요한 장치다. 정보를 주고, 인물의 배경을 채우며, 독자로 하여금 동기를 이해하게 해주고, 속도를 변경하거나 전환점을 만들고, 순간이나 긴 시간을 뛰어넘게 해준다. 다음 예시는 50년이라는 시간을 다루면서 독자가 알아야 할 모든 상황의 역사와 배경을 단 세 문장으로 요약한다.

지금까지 50년 동안, 잔소리, 잔소리, 잔소리, 또 되풀이, 되풀이, 되풀이. 언니가 무슨 짓을 했든, 어머니나 아버지에겐 절대 충분치가 않아. 언니는 도망치려고 영국에 갔고, 영국 남자랑 결혼했고, 그가 죽자 또 다른 영국 남자랑 결혼했지만, 그것도 충분치가 않았지.

— 리디아 데이비스, 「내 언니와 영국 여왕

(My Sister and the Queen of England)」

그리고 그다음 문장은 우리가 관심을 가져야 할 어떤 특별한 장면을 소개한다. '그러고 나서 언니는 대영제국의 훈장을 수여받았어.'

요약이 이야기의 모르타르(회반죽. 시멘트, 석회, 모래 등을 물에 개어 벽돌을 접착하는 데 사용하는 것—옮긴이)라면, 장면은 하나씩 쌓는 벽돌이다. 행동이 포함된 장면은 독자가 인물과 함께 이야기를 경험할 수 있게 해주는 중요한 수단이다. 비록 요약이 서사적으로 유용한 도구이긴 하지만, 장면은 소설에서 **항상** 필요하다. 왜냐하면 장면은 독자들로 하여금 매 순간 이야기를 보고, 듣고, 감각할 수 있게 해주기 때문이다. 『균형 잡힌 소설 쓰기』에서 제롬 스턴은 모든 사람의 관심을 얻기 원한다면, 마치 떼를 쓰며 성질을 부리는 아이처럼 "대화, 신체적 반응, 제스처, 냄새, 소리, 그리고 생각"을 총동원하여 "장면을 만들라"고 말한다.

어떠한 요약도 없이 하나의 장면만으로 이야기를 쓰는 것은 얼마든지 가능하다. 하지만 요약만으로 좋은 이야기를 쓸 수는 없다. 초보 작가들이 범하는 가장 흔한 잘못 중 하나는 사건을 순간들로 바꾸어 보여주지 않고 그냥 요약해버리는 것이다.

마거릿 애트우드의 『레이디 오러클(Lady Oracle)』에서 인용한 다음 단락에서, 화자는 자신을 놀리고 겁주는 언니들과 함께 브라우니 부대를 떠나 집으로 걸어오는 도중 악당의 위협을 마주한다.

마침내 눈은 진창으로 변했다가 물이 되었고, 두 개의 물길이 되어 다리가 있는 언덕을 따라 흘러내렸다. 길은 진흙으로 변해버렸다. 다리는 축축했고 썩은 냄새가 났으며, 버드나무 가지는 누렇게 되었고 어디선가 줄넘기가 나왔다. 오후가 되면 다시 날이 밝아졌고, 그러던 어느 오후, 평소와 다르게 엘리자베스가 도망가지 않고 다른 아이들과 단지 가능성만 논의하고 있을 때, 진짜 남자가 나타났다.

그는 길을 조금 벗어난 채 다리 저쪽에 서서, 수선화 한 다발을 들고 있었다. 남자는 잘생겨 보였고, 늙거나 어리지도 않았으며, 좋은 트위드 코트를 입었고, 추레하거나 보기 싫지도 않았다. 그는 모자를 쓰지 않고 있었는데, 옅은 갈색의 머리카락은 벗겨지고 있었고 넓은 이마에서 햇빛이 반짝였다.

이 인용문에서 첫 번째 단락은 몇 개월 동안의 변화를 보여주다가 그중 하나의 오후로 전환되며, 두 번째 단락은 특정한 순간을 구체화한다. 요약이 배경 설정을 하고 있지만, 이를 살아 있게 만들기 위해서는 디테일이 필요하다는 점을 주목하라. **눈, 길, 다리, 버드나무 가지, 줄넘기.** 이

'이국적인 것'의 신화는 인도 콜카타에 가서 거기 있는 누군가에게 이국적인 것을 말해달라고 하면 바로 깨진다. 그들은 "아이오와!"라고 말할 테니까. 내 것이 아닌 공간은 모두 이국적이다.

— 밥 샤코치스

것들은 우리가 특정한 순간에 집중할 때 더 날카롭게 부각된다. 더욱 중요한 것은 대립의 순간에 장면이 만들어진다는 점이다. 위험해 보이는 악인이 나타나고, 놀랍게도 그가 무해한 사람이라는 사실은 사건의 전환과 소녀들 사이의 관계 변화를 기대하게 한다. 우리는 이런 변화가 일어나는 순간을 보아야 한다.

이러한 패턴은 『레이디 오러클』 전체에 걸쳐 반복되는데, 요약과 장면의 기술에서 이 방식은 결코 특이한 것이 아니다. 요약이 먼저 이끌고, 전환점이 되는 장면이 뒤따른다.

내가 하는 일은 꽤 간단했다. 나는 양궁장 뒤쪽에 서서, 붉은 가죽 앞치마를 두르고 사람들에게 화살을 빌려주었다. 화살통이 거의 비면, 짚으로 만든 과녁까지 걸어 내려가곤 했다.

어려운 점은 우리가 과녁을 정리하러 가기 전에 실제로 모든 화살이 발사되었는지를 확인할 수가 없다는 점이었다. 롭은 "활을 내려주세요, 제발, 화살을 활시위에서 빼주세요"라고 소리를 질렀지만, 때때로 누군가 실수 혹은 고의로 화살을 쏘곤 했다. 나는 그렇게 화살에 맞았다. 우리가 화살을 빼내면 다른 사람들이 그걸 통에 넣어 다시 쏘는 곳으로 가져가는 식이었다. 나는 과녁지를 교체하고 있었고, 몸이 바로 구부러졌다.

위 예문들에 나오는 요약은 가장 흔한 두 가지 유형이다. 첫 번째 단락의 요약은 순차적(sequential)이다. 이것은 연속적으로 일어나는 사건과 관련되어 있지만 그것들을 압축한다. **마침내 눈은 진창으로**

변했다가 물이 되었고, 버드나무 가지는 누렇게 되었으며, 어디선가 줄넘기가 나왔다. 겨울에서 봄으로의 전환은 한 문단 안에서 이뤄진다. 두 번째 단락의 요약은 상황적(circumstantial)이다. 일정 기간 동안의 일반적인 상황을 묘사한다. 이것은 보통, 혹은 자주 일어나는 일이다. 화자는 **양궁장 뒤쪽에 서서, 과녁을 정리하러 가고, 롭은 소리를 지른다.** 다시, 화자가 자신의 상황을 바꾸는 상황(**나는 그렇게 화살에 맞았다**)에 이르렀을 때, 그녀는 특정한 순간에 초점을 맞춘다. **나는 과녁지를 교체하고 있었고, 몸이 바로 구부러졌다.**

요약과 장면의 차이를 명확히 하기 위해서는 순서, 상황, 장면의 개념을 기억의 과정과 비교할 필요가 있다. 기억 역시 철저히 응축되기 때문이다. 먼저 당신은 자신의 과거를 시간을 따라 이어지는 움직임으로 생각할 수 있다. **나는 애리조나에서 태어나 열여덟 살까지 부모님과 함께 살았다. 그리고 뉴욕에서 3년을 보낸 뒤 영국으로 갔다.** 아니면 당신은 특정한 시기를 보낼 때의 상황을 떠올릴 수도 있다. **뉴욕에서 우리는 야식을 먹으러 브로드웨이에 내려가곤 했는데, 주디는 기숙사로 돌아가기 전에 항상 우리에게 터무니없는 말을 했다.** 하지만 인생을 크게 변화시킨 사건들을 생각해본다면, 당신의 기억은 장면을 보여줄 것이다. **그러던 어느 날 수업이 끝난 뒤 보비 교수가 복도에서 나를 불렀다. 그는 안경을 까딱거리며 말했다. "영국에서 공부할 생각, 해봤어요?"**

요약의 기능은 순차적이든 상황적이든, 정확하게 장면을 고조시키는 것이다. 요약은 장면 이전이나 장면 중간에 쓰일 수 있으며, 과거

와의 관계를 암시하거나 분위기를 강화하거나 다음에 무슨 일이 일어날지에 대한 기대를 증폭시키기 위해 일부러 지연하는 기능을 한다. 하지만 우리가 우리의 관심을 끄는 이야기에서 경험하는 것—발견, 결정, 변화의 가능성—은 여전히 장면 속에 있다. 아래 로젤린 브라운의 『비포 앤드 애프터(Before and After)』에서 한 아버지는 어린 소녀가 살해당했다는 소식을 듣고 어두운 차고에서 자신의 아들 차를 살펴보는데, 이 예문은 세 가지를 모두 해내고 있다.

빛이 내려앉은 곳마다 눈은 연보라색으로 빛났다. 마치 모든 색깔을 바꾸어 하얀 전기 푸른빛으로 만드는 플라네타륨(천구상에서의 천체의 위치와 운동을 설명하기 위해 반구형 천장에 달, 태양, 항성, 행성 등의 천체를 투영하는 장치―옮긴이)에서 볼 수 있는 이상한 조명 같았다. 제이컵과 나는 보스턴에 있는 과학 박물관에 가는 것을 좋아했다. 불과 얼마 전까지만 해도 그는 깊은 중저음 목소리의 남자가 내레이션을 하는, 회전하는 행성들의 떠들썩한 전설이나 설명할 수 없는 반중력의 기술들에 전율하는 그런 나이였다. 아이는 쉽게, 아낌없이 전율했고, 그러는 데 익숙했다.

여기서 작가가 어떻게 두 종류의 간략한 요약을 사용하는지 보라. 하나는 과거에 어땠는지를 보여주는 상황적 요약이고, 다른 하나는 이것이 어떻게 변화했는지를 보여주는 순차적 요약이다. 시간, 날씨, 심지어는 회전하는 우주의 이미지들까지도 중요한 변화가 일어나는 '순간'에 우리의 눈과 귀를 집중시키는 데 사용된다.

마지막 순간에 나는 트렁크를 한번 봐야겠다고 생각했다. 바깥의 달빛 어린 희뿌연 공기처럼 일종의 안도감이 나를 씻어 내리는 것을 느끼기 시작했다. 여전히 아이가 어디 있는지는 모르지만, 의심스러운 것은 아무것도 없었다. 트렁크가 탁 열리더니 도개교처럼 천천히 올라갔고, 곧 나는 숨이 차서 넘어질 것만 같았다. 피가 보였기 때문이다.

세 가지 종류의 기억—순차적, 상황적, 그리고 장면—이 담긴 자신의 내면을 살펴보는 일은 소설에서 장면의 필요성을 분명히 하는 데 도움이 될 것이다. 우리의 삶을 변화시켰던 순간들을 우리는 길고 자세하게 기억한다. 우리의 기억은 이야기를 말해주고, 기억은 누구보다 훌륭한 스토리텔러다.

· 여백

빅토리아 시대 소설에서는 서술에 있어 내적 단절 없이 장을 나누는 것이 전통이었고, 이 관습은 20세기까지 이어졌다. 이것은 만약 인물(들)이 한 장면에서 다른 장면으로 가기 위해 여기서 저기로 가야 한다면, 전국을 가로질러서든 계단을 올라서든, 밤에서 아침까지든 아이에서 어른까지든, 독자를 데리고 가야만 한다는 것을 의미했다. 가족이 차에 가득 타는 것으로 문단을 끝낸 뒤, 다음 문단을 '세 시간 후, 그들이 도착한 곳은……'으로 시작하는 것만큼 서투른 일은 없었다. 이런 경우, 해결책은 중간에 끼어드는 공간이나 시간을 빨리 만들어내는 것이다. 분위기를 암시하거나, 거리와 시간의 감각이 포함된 한두 개의 이미지를 통해서. E. M. 포스터의 『인도로 가는 길』은 결정적인 장면으로 가는 길목에서 이 기술을 잘 보여주고 있다.

> 그들은 정상에 있는 암벽을 오를 생각이었지만, 너무 멀었기 때문에 크고 많은 동굴들에 만족해야 했다. 찾아가는 길에 그들은 몇 개의 따로 떨어진 동굴들을 마주쳤다. 안내인이 꼭 들러보라고 설득했으나 정말 볼 건 없었다. 그들은 성냥을 켜고, 광택에 반사된 모습에 감탄하고, 메아리를 시험해보고, 다시 나왔다. 아지즈는 "곧 오래된 조각 같은 것들을 발견할 수 있을 거라고" 확신했지만, 그건 그냥 그의 희망 사항일 뿐이었다.

E. M. 포스터는 여행 자체를 의미 있게 만드는 데 달인이지만, 우리는 대개 그렇지 못하다. 어떤 장면들은 대체 왜 거기 존재하는지 알 수 없고 그저 이야기를 질질 끌게 만든다. 나는 이런 식으로 시간을 응축하면서 동시에 늘려야 하는 장면을 쓸 때면 땀을 흘리며 고통스러워하곤 했다.

하지만 이제 영화에 익숙해진 우리는 너무나 완전히 '컷'에 길들여져서 이런 노력은 더 이상 필요하지 않다. 초기의 '활동사진'은 관객에게 장면에서 장면으로 천천히 전환하는 것을 보여주었다. 느린 페이드아웃, 검은 화면, '밀어내기' 숏이나 '카메오' 숏(흐릿하거나 검은 배경에 가능한 한 가장 적은 소품을 사용하여, 촬영되는 피사체에 모든 초점을 맞추는 촬

영 기법―옮긴이). 한 세기가 지난 지금 영화의 장면은 급작스럽게 바뀌며, 우리는 빛의 변화나 배경의 변화가 우리를 즉시 다음 날이나 다음 장소로 데려간다는 것을 이해한다. 소설은 이 '컷'에 해당하는 서술 방식으로 '여백(white space)'을 채택했다. 독자로서 우리는 문장들 사이의 시각적 단절이 다른 도시, 다음 날, 혹은 다른 누군가의 시점으로 새롭게 시작한다는 의미라는 것을 이해한다.

아라빈드 아디가의 『셀렉션 데이(Selection Day)』에서, 이 장면은 한 번에 세 가지 기능을 하고 분위기마저 바꾼다. 시간적으로는 몇 시간을 진행시키고, 공간적으로는 크리켓 경기장에서 부자의 아파트로 이동하며, 주변 인물의 시점에서 주인공의 시점으로 변한다. 그리고 간단한 여백과 함께 분위기는 폭력에서 수치로 달라진다.

디나와즈는 다시 물을 달라고 돌아보려다가, 목 윗부분에 뭔가가 부딪히는 것을 느꼈다. 쇠망치로 때리는 것 같고 등뼈의 길이가 압축되는 것 같은 고통이 척추 끝이 거의 살을 뚫고 관통할 때까지 느껴졌다.
선수들이 비명을 듣는 순간 크리켓 경기가 멈췄다.

아버지에게 잠시 가만히 서 있으라고 말하고 나서 만주는 두 사람 모두의 이름을 경비실 명부에 적어 넣었다. 접을 수 있는 격자문 뒤에 엘리베이터가 기다리고 있었다. 안에 안내하는 소년은 없었다. 그저 차가운 나무 스툴 하나만 보였다. 안으로 들어선 만주는 아버지를 위해 격자문을 열어주었다.

물론 때로는 전환 자체가 이야기의 일부이면서 동시에 그 자체로 필요한 장면이기도 하다. 하지만 그렇지 않다면, 만약 당신이 인물을 여기에서 저기로 또는 과거에서 현재로 옮기는 일에 지쳤다면, 독자 역시 그럴 가능성이 높다. 대신, 여백을 사용해 뛰어넘는 방법을 시도해보라.

• 플래시백

플래시백은 소설이 지닌 가장 마술적인 장치 중 하나이며, 다른 어떤 것보다도 쉽고 효과적이다. 왜냐하면 연극이나 영화를 위해 고안된 어떤 장치보다도 '독자의 내면'은 과거로 갈 수 있는 더 빠른 메커니즘이기 때문이다. 작가가 할 일은 독자에게 매끄러운 통로를 만들어주는 것뿐이며, 그렇게만 하면 이야기의 힘은 작가가 원하는 때와 장소로 순간 이동할 것이다.

그럼에도 불구하고 많은 초보 작가들이 이 플래시백을 남용한다. 이것은 플래시백이 '백스토리(backstory)'라고 알려진 정보—인물의 어린 시절이나 동기, 혹은 사건의 역사—를 제공하는 유용한 방법이 될 수 있으며, 종종 가장 쉽거나 유일한 방법으로 여겨지기 때문이다. 하지만 아니다. 대화, 간략한 요약, 언급이나 디테일은 독자

> 뒷이야기는 오직 앞의 이야기를 진전시키기 위해서만 써야 한다.
>
> 윌리엄 H. 콜스

가 알아야 할 모든 것을 말해줄 수 있고, 이것이 충분하면 독자를 과거로 데려가는 플래시백은 번거로워진다. 이야기와 우리의 관심사는 현재에 있기 때문이다. 이런 거슬리는 플래시백은 주로 이야기의 앞부분에, 독자가 미처 인물의 행동에 휘말리기도 전에 등장하는 경향이 있다.

작가로서 당신은 주요 인물들의 배경, 경험, 실망, 혹은 트라우마에 관해 많은 것을 알아야 하겠지만, 독자에게 무엇을 알아야 하는지 알려주기 위해서는 그저 아주 가벼운 스케치만 하면 된다. 그동안 이미 너무 많은 텔레비전, 영화, 책, 뉴스를 보아왔기 때문에, 독자는 이야기에 대해 이미 잘 알고 있고 지나친 설명을 필요로 하지 않는다. 순식간에 알아차린다. 두 문장 반이면 우리는 이 두 사람이 부부 관계에 어떤 어려움을 겪고 있는지, 이 둘이 키스할 것인지, 이 죄인이 처벌받거나 저 영웅이 시험당하는 데 얼마나 시간이 걸릴 것인지를 이미 안다.

플래시백을 사용하여 과거 전체를 채우려는 유혹을 느낀다면, 먼저 일기를 통해 인물의 과거를 살펴보라. 생각할 수 있는 모든 것을 빠르게 써라. 그런 다음 당신이 그것을 **얼마나 적게** 사용할 수 있는지, 독자가 얼마큼 유추할 수 있는지, 이미지를 어떻게 선명하게 해서 과거의 사건을 암시할 수 있는지 혹은 대사 한 줄로 슬픔을 압축할 수 있는지를 고민해서 결정하라. 삶이 그렇듯 태도, 제스처, 톤을 통해 사건을 이해하는 독자의 경험을 믿어라. 그리고 이야기의 '현재'를 계속 움직이게 하라.

플래시백이 효과적으로 사용될 때, 즉 적절한 시점에 과거의 무언가가 밝혀질 때, 플래시백은 우리를 과거로 데려가기보다는 이야기의 중심 행동에 기여한다. 독자는 이야기에 관해 더 깊이 이해하게 되고, 그동안은 내면에서 서사의 전진을 유보한다.

만약 어떤 인물이 왜 그렇게 반응하는지, 주변 사람들에게 얼마나 오해받는지, 혹은 감정적 의미의 다른 어떤 지점을 드러내기 위해 과거로의 짧은 여행이 필요하다면, 독자로 하여금 이에 협조할 수 있게 하는 몇 가지 방법이 있다.

먼저 전환점을 만들어라. 현재 일어나고 있는 일과 과거에 일어났던 일 사이의 연결은 독자를 이동시키는 데 도움이 될 것이다. 인물 역시 마찬가지다.

노골적인 전환을 피하라. '헨리는 그때를 회상했다' 또는 '나는 다시 기억 속으로 떠밀려 들어갔다'와 같이 써서는 곤란하다. 독자의 지성과 행간을 채우는 능력을 잊지 마라.

하이톱을 신은 아이가 발끝을 들어 올려 덩크슛을 날렸다.
언젠가 조도 시모어가의 주차장에서 그랬던 적이 있다. 루퍼트보다 여전히 4인치가 작았고, 벌써 여드름이 나기 시작했던 그때.

과거로의 우아한 전환은 필요한 배경을 신속히 요약할 수 있게 해준다. 엘리자베스 스트라우트의 「풍차(Windmills)」에서 주인공 패티의 내면은 아버지의 죽음에서 그날의 괴로웠던 일들, 그리고 무심코 드러나는 가족 관계의 요약까지를 아우른다.

> 해가 막 졌고. 패티가 풍차를 지나 집으로 절반쯤 가고 있을 때 보름달이 떠오르기 시작했다. 아버지가 죽은 날 밤에도 보름달이 떴고. 패티는 보름달이 뜰 때마다 아버지가 자신을 지켜보고 있는 것만 같았다. 그녀는 운전대를 잡은 손가락을 움직여 아버지에게 인사를 건넸다. 사랑해요, 아빠……

> 집에 도착하자 나갈 때 켜둔 전등 탓에 집이 아늑해 보였다. 불을 켜두는 것은 그녀가 혼자 살면서 배우게 된 많은 일들 중 하나였다. 하지만 지갑을 내려놓고 거실을 지나는데 뭔가 섬뜩한 느낌이 들었다. 일진이 사나운 날이었다. 라일라 레인이 그녀를 깊숙이 흔들어놓았다. 그 애가 그녀를 신고하면 어떻게 되는 거지? 교장에게 패티가 그 애를 쓰레기라고 불렀다고 일러바친다면? 라일라 레인은 그럴 수 있는 아이였다. 그렇게 하려고 할 것이다. 패티의 언니는 아무런 도움이 되지 않았고, LA에 사는 다른 언니는 대화를 나눠본 적도 없으니 전화를 걸어봤자 의미가 없었다. 그리고 그녀의 어머니는, 오, 어머니는.

여기서 아버지에 관한 오래전 기억과 그날에 대한 더 가까운 기억은 이미 진행 중인 이야기의 사건들을 위해 독자에게 주어진다. 패티가 아버지에 대해 지니고 있는 애틋한 기억과는 달리, 네 여성 사이의 관계를 알리는 데는 최소한의 문장들만 사용하고 있다.

만약 당신이 과거 시제로 글을 쓰고 있다면, 플래시백은 과거 완료 시제로 시작하고(대체로 영어에만 해당—옮긴이), 'had+(동사)' 형식을 두세 번 더 사용하라. 그러고 나서 일반적인 과거 시제로 바꿔라. 독자는 따라올 것이다. 만약 당신이 현재 시제로 쓰고 있다면, 아마도 플래시백 전체를 과거 시제로 유지하고 싶을 것이다.

플래시백 속의 플래시백은 피하라. 만약 이 어색한 방식에 유혹을 느낀다면, 그건 아마도 당신이 플래시백 속에 너무 많은 이야기를 넣고 있다는 방증이 될 것이다.

플래시백이 끝나면, 다시 현재를 따라잡고 있다는 것을 매우 명확히 하라. 이야기의 원래 타임라인에서 독자가 기억할 만한 행동이나 이미지를 반복하라(**그녀는 손가락을 움직였다, 패티의 언니는 아무런 도움이 되지 않았다**). 플래시백이 길었다 하더라도, 독자의 기억을 되살리는 데는 얼마 걸리지 않을 것이다. 예를 들어 인물이 현재 고급 레스토랑에서 저녁을 먹고 있다면, 당신은 그가 씹는 음식, 은 그릇 소리, 건너편 탁자에 있는 사람의 표정을 언급함으로써 독자를 현재로 다시 데려올 수 있다. 종종 단순히 '지금……'으로 문단을 시작하는 것도 같은 역할을 한다.

• 슬로모션

플래시백과 **컷**은 영화에서 빌려 온 용어로, 나는 서사적 시간과 중요한 디테일 사이의 상관관계를 설명하기 위해 한 가지 용어를 더 빌려 오고자 한다. 바로 **슬로모션**이다.

엄청나게 강렬한 순간을 경험할 때, 사람들의 감각은 특별히 더 예민해지고 문자 그대로 평소보다 더 많은 것을 '기록하게' 된다. 극도의 위기 상황에서 사람들은 시간이 느려지는 것 같은 이상한 감각을 느끼게 되며, 평범한 감각들도 아주 선명하게 보고, 듣고, 냄새 맡고, 기억한다. 이러한 심리학적 사실은 예술적으로는 반대로 사용될 수 있다. 당신은 특별한 초점과 정교함으로 디테일을 사용함으로써, 강렬함을 만들어낼 수 있다. 이 현상은 매우 보편적이어서 영화에서는 물리적 타격, 발사된 탄환, 성적인 욕망, 극도의 공포 등을 기록할 때 슬로모션을 사용하는 것이 하나의 표준적인 기술이 되었다. 소설에서도 이 기술은 강력하게 작동한다.

로젤린 브라운의 소설 속 문장을 떠올려보라. '트렁크가 탁 열리더니 도개교처럼 천천히 올라갔다.'

이언 매큐언은 『차일드 인 타임』에서 이 기술을 보여준다.

그가 추월을 준비하고 있을 때 무슨 일인가 일어났다. 그는 트럭의 휠 부분, 틈, 먼지구름 같은 것을 제대로 보지 못했고, 검고 긴 무언가가 그를 향해 100피트나 꿈틀대며 다가왔다. 그것은 앞 유리를 찰싹 때리고, 잠시 거기 매달려 있다가 그게 뭔지 알아차릴 겨를도 없이 휙 사라져버렸다. 그런 다음 ─ 아니면 같은 순간에 일어난 일일까? ─ 트럭 뒷부분에서 뭐가 복잡하게 움직이더니, 튕기고 흔들리며, 햇빛 속에서도 밝은 불꽃을 흩뿌리듯 뿜어냈다. 구부러진 금속성의 뭔가가 한쪽으로 날아갔다. 그때까지 스티븐은 브레이크 쪽으로 발을 움직일 시간이 있었고, 느슨한 플랜지에 걸려 있는 자물쇠가 흔들거리는 것을 알아차릴 시간이 있었으며, '제발 씻어주세요'라는 말이 회색빛으로 휘갈겨지는 것 같았다. 트럭 뒷부분을 공중으로 띄워버릴 것만 같은 하얀 화염이 생길 정도로 고철의 끼익거리는 소리와 새로운 불꽃들이 들리고 나타났다.

누구든 어떤 종류의 사고를 당해본 사람이라면, 이언 매큐언이 기록한 감각적 슬로모션을 이해할 수 있을 것이다. 그러나 또한 슬로모션 기법은 우리들 대부분이 경험해보지 못한 경험을 다루기도 하며, 이때 우리는 상상력을 발휘해야만 한다.

> 당신이 풍경을 제대로 이해한다면, 인물은 그 안에서 걸어 나와 제자리를 찾을 것이다. 이야기는 풍경에서 나온다.
>
> 애니 프루

왼쪽 다리의 동맥에서 피가 솟구치고 있었다. 나는 도저히 볼 수가 없었고, 내가 그걸 어떻게 알았는지도 기억나지 않는다. 잠시 동안 나는 패트릭과 단둘이 있었다. 나는 스스로에게 잘하고 있다고 말했지만, 직접 입을 열어 말하지는 않았다. 난 스스로 항복했다. 오직 숨 쉬는 것에만 집중했다. 호흡을 늦추고, 매 순간마다, 절대적으로 현재에 머무르려고 애썼다. 죽거나 살아 있기를 기다리는 일은 어린 시절 주사를 맞는 것과 같았다. 아무 생각도 하지 않고, 현재에 집중하며, 숨을 천천히 쉬고, 근육을 이완하고, 간호사가 팔을 알코올 솜으로 닦는 동안 그 차가운 감촉을 느끼고, 냄새를 맡으며, 바닥을 밟고 있는 발을 느끼고, 벽의 색깔을 살피며, 느린 호흡이 단 한 순간 속에서 믿을 수 없는 길이와 너비와 깊이를 열어주는 것을 경험하는 것.

— 안드레 더뷰스, 「호흡(Breathing)」

이 기술은 해당 순간의 강렬함이나 트라우마가 육체적인 것이 아니라 정서적인 것일 때에도 잘 작동한다.

폴린이 조용히 아들 방에 들어와 두 사람이 침대에 있는 것을 보았을 때, 그들은 한밤중의 깊은 잠에 빠져 있었다. 그녀는 불을 켰다. 방은 춥고 답답했다. 그 한가운데에는 따뜻한, 아들을 낳은 이후로 그녀가 잘 알고 있는 체취가 느껴졌다. 아마 저년도 틀림없이 이 냄새 때문에 우리 아들에게 이끌렸을 것이다. 그리고 그건 여자의 샘에서 나오는 욕정의 향기와 섞여 있었다. 고양이는 사사의 구부러진 무릎 사이에 돌돌 말린 털장갑처럼 누워 있었다. 침대의 두 사람이 눈을 떴다. 그들은 잠이 덜 깬 채로 폴린을 보았다. 그녀는 그들을, 이불 위로 드러난 그들의 벗은 어깨를 바라보고 있었다.

— 네이딘 고디머, 『자연의 장난(A Sport of Nature)』

이 기법의 중심에는 경계 태세를 취하지만 사실상 사건을 수용하는 자세와, 때로는 무작위로 보이는 작은 디테일의 관찰이 있다. 인물들은 "맙소사, 우리는 이제 죽을 거야!" 또는 "정말 화를 참을 수가 없어!"라고 말하지 않는다. 대신 그들은 흔들거리는 자물쇠, 알코올 솜의 차가움, 구부러진 무릎 사이에 몸을 말고 있는 고양이를 기록한다.

초보 작가들은 아마도 자신들이 읽어왔던 길고 긴 묘사의 따분한 기억 때문에 배경과 시간의 요소들을 자주 줄이려고 한다. 분명 우리는 작가들이 자연의 아름다움이나 장식의 풍부함에 대해 혼자 취해서 떠드는 구절들을 읽을 때 하품을 했다. 하지만 이야기 속의 공기가 잘 만들어지면, 독자는 글에 묘사된 그대로를 경험하지 않는다. 그냥 진짜 '경험'을 한다. 정보만을 전달하는 대화가 소설의 목적에 부합하지 않는 것처럼, 묘사를 위한 묘사, 설명을 위한 설명도 마찬가지다. 장소와 시간에 관한 완전한 실감, 집을 통해 보여지는 인물이나 날씨를 통해 제시되는 감정, 계절과 역사의 변화를 통한 플롯의 진행은 책을 읽는 작가와 독자의 기쁨이다. 이 작품 속 공기를 다루는 기술에 한번 익숙해지면, 이야기에서 특정한 장소와 구체적인 시간을 설정하는 일은 곧 당신이 자유로워질 수 있는 기회라는 것을 알게 될 것이다.

추천 작품

「심각한 이야기」(『사랑을 말할 때 우리가 이야기하는 것』에 수록, 레이먼드 카버 지음, 문학동네, 2005)

「아름다운 언어」(『돼지가 우물에 빠졌던 날』에 수록, 존 치버 지음, 문학동네, 2008)

「편지를 쓰는 두타 부인(Mrs. Dutta Writes a Letter)」(치트라 바네르지 디바카루니 지음)

「배틀 로열(Battle Royal)」(랠프 엘리슨 지음)

「히치하이킹 중의 교통사고(Car Crash While Hitchhiking)」(데니스 존슨 지음)

「질병 통역사」(『축복받은 집』에 수록, 줌파 라히리 지음, 마음산책, 2013)

「진짜 여자들은 몸을 가지고 있다(Real Women Have Bodies)」(카르멘 마리아 마차도 지음)

「거대한 날개를 가진 노인(A Very Old Man with Enormous Wings)」(가브리엘 가르시아 마르케스 지음)

「유아 어글리 투(You're Ugly Too)」(로리 무어 지음)

「복면 마블의 마지막 토홀드(The Masked Marvel's Last Toehold)」(리처드 셀저 지음)

1. 집과 가정, 향수병, 외국적인 것, 소외의 개념을 생각해보자. 장소, 시간, 날씨에 따라 이러한 개념들이 생생하게 살아나는 장면에 인물을 배치하라.

2. 하나의 배경에서 두 인물이 충돌한다. 한 명은 남길 원하고, 다른 한 명은 떠나고 싶어 한다. 당신이 선택한 배경이 흥미로울수록, 이 장면은 더 흥미로워질 것이다. 의견의 대립을 점점 커지게 하라. 그리고 해결되게 하라. 누가 이겼는가? 어떻게? 왜?

3. 과거에 대한 정보가 현재를 이해하는 데 **결정적으로** 작용하는 플래시백을 가지고 한 장면을 써보라.

4. 물 없는 해변, 나무 없는 숲, 건물 없는 도시(원하는 풍경이라면 무엇이든 좋다) 등 일반적인 특징이 사라진 지역에 인물을 넣어보라. 당신의 인물은 거기서 무엇을 하는가?

5. 먼 과거나 먼 미래. 한 무리의 인물들이 서로 갈등하는 장면을 쓰라. 이 시대의 갈등이 해결되는 방식은 우리에게 친숙한 사회와 어떻게 다른가?

6. 어른이나 노인이 어린 시절이나 젊은 시절을 돌아보는 관점에서 장면을 쓰라. 그때와는 다른 노인의 지금 배경과 설정이 기억을 색칠하도록 하라.

7. 심각한 사고를 상상해보라—손가락 절단, 교통사고, 깨진 꽃병, 집에 난 불. 그리고 이를 한 문장 요약, 한 문단, 장면, 슬로모션처럼 여러 가지 버전으로 쓰라. 영화적인 방식으로 이를 생각해보라. 카메라가 파노라마 숏에서 시작해서 미들 숏으로 이동하고, 점차 줌 인해서 익스트림 클로즈업으로 끝날 때까지.

6장

플롯과 구조

갈등, 위기, 해결
- 스토리 아크
- 힘의 패턴
- 연결과 단절
- 체크 표시로 보는 이야기 형식

이야기와 플롯

단편소설과 장편소설

소설의 종류

최초의 이야기꾼들—천막이나 하렘 속, 혹은 모닥불 주위나 바이킹 선상에서—은 이야기를 하고 싶은 충동에서 이야기를 했을 가능성이 높다. 그들은 영웅들의 모험담과 긴장감을 조성하는 기술로 청중을 지루하거나 위험한 저녁에서 벗어나게 함으로써 인기를 얻었다. 다음에는 어떤 일이 일어났을까? 그리고 그다음엔? 그리고 나서 무슨 일이 생겼나?

태생적인 이야기꾼들은 여전히 우리 주위에 있고, 그들 중 몇몇은 크게 부자가 되었다. 일부는 베스트셀러 작가 리스트에 있고, 더 많은 이들은 텔레비전과 영화판에 있으며, 일부는 만화책과 비디오 게임 분야에 있다. 하지만 글을 쓰고 싶은 충동은 플롯을 만들어내는 욕망이나 기술과는 거의 관련이 없기 쉽다. 반대로, 당신은 예민한 관찰자이기 때문에 글을 쓰고 싶어 한다. 당신이 하고 싶은 이야기는 **다음에 무슨 일이 일어나는가?**에 대한 대답을 갖고 있지 않다. 당신은 대부분의, 그리고 동시대 최고의 작가들과 세상의 불의, 부조리, 아름다움에 관한 감각을 공유하며, 당신 자신의 항의, 웃음, 지지를 기록하고 싶다.

그러나 독자들은 여전히 다음에 무슨 일이 일어날지를 궁금해한다. 그리고 작가인 당신이 궁금하게 만들지 않는 한, 그들은 페이지를 넘기지 않을 것이다. 따라서 당신은 플롯을 마스터해야만 한다. 작가가 보여주는 세계의 비전이 아무리 심오하거나 빛난다 해도, 읽지 않는 사람에게 그걸 전달할 수는 없기 때문이다.

편집자들이 젊은 작가에게 거절 편지를 쓰는 데 어려움을 겪을 때가 있는데(그리고 편집자들은 작가에게 재능이 있다고 생각할 때만 그렇게 한다), 그때 가장 흔한 요지는 이런 것이다. '이 작품은 감각적이지만(날카롭고, 생생하고, 독창적이고, 멋지고, 재미있고, 감동적이지만), **이야기**는 아닙니다.'

그렇다면 내가 쓴 것이 이야기라는 것을 어떻게 알 수 있는가? 또 만약 당신이 타고난 방랑자요 음유시인이 아니라면, 이야기를 쓰는 것을 배울 수 있는가?

우리가 이야기에 적용되는 '공식(formula)'과 '형식(form)'이라는 단어에 관해 이토록 다른 태도로 반응한다는 점은 흥미롭다. '공식'이 있는 이야기는 돈벌이를 위한 일종의 매문(賣文)이다. 이런 걸 쓰려면 슈퍼마켓 계산대에 있는 진열대로 가서 어떤 책들이 놓여 있는지를 보고, 로맨스, 판타지, SF 같은 책들을 잔뜩 읽은 다음, 편집자들이 어떤 종류의 인물과 상황을 선호하는지에 관한 목록을 만들고, 거의 똑같은 인물들을 아주 약간 변형된 상황 속에 넣어 이리저리 섞고, 편안히 앉아 일확천금을 꿈꾸면 된다. 반면에 '형식'이 있는 이야기는 **질서, 조화, 모범, 원형**이라는 뜻이 함축된, 심지어 존경스러운, 가장 높은 예술적 인정을 일컫는 말이다.

그리고 '이야기'는 문학의 '형식'이다. 마치 얼굴처럼, 필요한 조화 속에서 필요한 특징들을 지니고 있다. 우리는 인간 얼굴의 무한한 다양성을 알고 있고, 각각의 독특한 개성을 알고 있다. 이 개성은 너무나 강력해서, 일단 얼굴을 알게 되면 어떠한 변화에도 불구하고 마지막으로 본 지 20년 후에도 당신은 그 얼굴을 알아볼 수 있다. 우리는 이목구비의 미세한 변화가 슬픔, 분노, 또는 기쁨을 표현할 수 있다는 것을 안다. 갈 가도트와 제로니모의 사진 두 장을 나란히 놓고 보면 나이, 인종, 성별, 계급, 시대의 근본적인 차이를 금방 알 수 있다. 그러나 이 두 얼굴은 자신만의 독특한 형태를 가지고 있는 발이나 고사리보다는 서로 더 닮았다. 모든 얼굴에는 두 개의 눈과 그 사이의 코, 아래의 입, 이마, 두 볼, 두 귀, 그리고 턱이 있다. 어떤 얼굴이 이 특징 중 하나를 빠뜨리고 있다면, 당신은 "이 얼굴에는 코가 없지만 그래도 나는 그걸 사랑해요"라고 말할 수 있다. 하지만 그 얼굴에 코가 없다는 사실만큼은 인정해야 한다. 그저 단순히 "이건 멋진 얼굴이에요"라고 말할 수는 없다.

이야기도 마찬가지다. 당신은 "비록 위기에 맞서는 행동은 없지만, 난 이 작품이 좋아"라고 말할지도 모른다. 하지만 그저 단순히 "이건 멋진 이야기야"라고 말할 수는 없다.

갈등, 위기, 해결

이야기 형식의 필수적인 특징들을 설명하는 하나의 유용한 방법은 **갈등**, **위기**, 그리고 **해결**로 말하는 것이다.

우리가 본 바와 같이, 갈등은 소설의 기본 요소다. 극작가이자 감독인 엘리아 카잔은 이것을 '뼈다귀를 두고 싸우는 두 마리 개'로 간단히 묘사한다. 윌리엄 포크너는 우리에게 의지의 충돌 외에도, 소설은 '자기 자신과 충돌하는 마음'을 보여준다는 것을 상기시킨다. 즉, 갈등은 인물 사이에서, 그리고 인물 안에서 들끓는다. 삶에서 '갈등'은 대개 부정적인 의미를 함축하지만, 소설에는 희극적이든 비극적이든 극적인 갈등이 필수적이다. 왜냐하면 문학에서는 오직 문제만이 흥미롭기 때문이다.

나는 물리학에서 말하는 '긴장(tension)'의 정의를 좋아한다. '두 개의 동일한 힘이 반대 방향으로 당기는 것.' 긴장은 두 힘 사이에 있다. 표현 대 억압. 운동 대 상태. 모르는 것 대 아는 것.

—데브라 먼로

오직 문제만이 흥미롭다. 물론 삶에서는 그렇지 않다. 인생에서는 기분 좋은 의사소통, 평화로운 즐거움, 생산적인 일이 지속되는 시기가 존재하고, 이 모든 것들은 관련된 사람들에게 매우 흥미롭다. 그러나 그런 시간들에 대한 이야기는 그것 자체로 따분하게 읽힌다. 이것들은 긴장된 상황 사이에 잠깐 등장하는 소강상태이거나, 모든 것이 끝난 해결이거나, 아니면 앞으로 뭔가 끔찍한 일이 일어나리라는 암시로 사용될 수 있다. 결코 전체 플롯으로는 쓰일 수 없다.

예를 들어, 소풍을 간다고 해보자. 당신은 근처에 호수가 있는 아름답고 한적한 초원을 발견한다. 날씨도, 함께 가는 이들도 더할 나위 없다. 음식은 맛있고 물은 맑으며 벌레조차 휴가를 떠난 것 같다. 나중에 누군가 당신에게 소풍은 어땠는지 물어본다. "끝내줬어." 당신은 대답한다. "정말 완벽했지." 거기엔 이야기가 없다.

이제 다음 주에 한 번 더 소풍을 간다고 생각해보자. 당신이 돗자리를 깐 곳은 개미굴 위였다. 모두 벌레에 너무 많이 물려서 경쟁하듯 호수로 달려가 찬물을 묻히고, 당신의 친구 중 하나는 고무보트를 타고 너무 멀리 나갔다가 보트에 바람이 빠져버린다. 친구는 수영을 못해서 당신이 구해야만 한다. 돌아오는 길에 당신은 깨진 병을 밟아 발이 깊이 베인다. 소풍 장소로 돌아와보니 개미들이 케이크를 점령했고 주머니쥐들은 치킨을 해치워버렸다. 바로 그때 비가 쏟아지기 시작한다. 짐을 모아 차로 달려가는데, 웬 성난 황소가 울타리를 뚫고 나온 것을 발견한다. 다른 사람들은 모두 도망가지만, 당신은 피가 계속 나는 발뒤꿈치 때문에 절뚝거릴 수밖에 없다. 당신에겐 두 가지 선택뿐이다. 황소보다 더 빨리 뛰려고 해보거나, 완벽하게 가만히 서서 황소가 움직이는 목표에만 관심 갖기를 바라는 것. 이쯤 되면 당신은 친구들이 과연 도움이 될지 알 수 없다. 아까 당신이 생명을 구해준 그 녀석을 포함해서. 당신은 황소가 피 냄새에 이끌린다는 것이 사실인지 아닌지조차 모른다.

1년 후, 당신이 주변 사람들에게 이 이야기를 한다고 해보자. "내가 작년에 무슨 일을 겪었는지 말해줄게." 당신은 말한다. 그리고 그 얘기를 들은 사람들은 하나같이 입을 모은다. "와, 정말 대단한 이야기네!" 『집 불태우기』에서 찰스 백스터는 이를 더 생생하게 표현한다.

당신이 뭐라 말하든, 지옥이야말로 이야기와 어울리는 곳이다. 눈을 뗄 수 없는 이야기를 원한다면 당신의 주인공을 지옥에 빠뜨려라. 지옥의 메커니즘은 서사의 메커니즘과 아주 잘 맞아떨어진다. 반면 천국의 즐거움은 그렇지 못하다. 천국에는 이야기가 없다. 그곳은 이야기가 다 끝난 다음에 일어나는 일만 다룬다.

소풍을 이야기로 만들기 위해 문제가 필요하다면, 이것은 탄생, 사랑, 섹스, 일, 죽음 같은 삶의 커다란 주제에도 똑같이 적용된다. 여기 매우 흥미로운 사랑 이야기가 있다. 잰과 존은 대학에서 만난다. 둘 다 아름답고, 지적이고, 재능 있으며, 인기 많고, 적응을 잘한다. 그들은 같은 인종에 같은 계급이고, 같은 종교와 정치적 신념을 지니고 있다. 그들은 침대에서도 잘 맞는다. 그들의 부모는 금세 서로 친구가 된다. 졸업과 함께 두 사람은 결혼하고, 같은 도시에서 보람 있는 일을 구한다. 아이는 셋을 가졌는데, 모두 건강하고 행복하고 똑똑하며 인기가 많다. 아이들은 남들이 부러워할 정도로 부모를 사랑하고 존경한다. 자식들은 일과 사랑에 있어 모두 성공한다. 잰과 존은 82세를 일기로 같은 순간에 평화롭게 눈을 감고, 같은 무덤에 묻힌다.

잰과 존에게 있어 이 사랑 이야기는 의심할 여지 없이 매우 만족스럽겠지만, 당신은 결코 이것으로 장편소설을 쓸 수 없다. 위대한 사랑 이야기들은 강렬한 열정과 함께 그 열정의 성취에 대한 엄청난 장애물을 포함한다. 말하자면, 그들은 서로를 열렬히 사랑하지만, 그들의 부모는 불구대천의 원수다(『로미오와 줄리엣』). 아니면, 그들은 서로를 열렬히 사랑하지만, 남자는 흑인이며 외국인이고, 그를 벌주고 싶어 하는 적이 있다(『오셀로』). 혹은, 그들은 서로를 열렬히 사랑하지만, 그녀는 이미 결혼을 했다(『안나 카레니나』). 또는, 그는 그녀를 열렬히 사랑하지만, 그녀는 그가 모든 열정을 다 쏟아붓고 지쳐버린 다음에야 그를 사랑하게 된다("솔직히 말해서, 그건 내 알 바 아니오")(앞의 대사는 소설 『바람과 함께 사라지다』에서 레트가 떠나기 전 자신을 붙잡는 스칼렛에게 던진 말이다―옮긴이).

위에 언급된 각각의 플롯에는 강력한 욕망과 함께 그 욕망의 추구 과정에서 나타나는 커다란 위험이 공존한다. 일반적으로 말하면, 이런 형태는 모든 플롯에 적용된다. 이를 3D라고 불러도 좋겠다. **드라마(drama)는 욕망(desire) 더하기 위험(danger)이다.** 재능 있는 젊은 작가들의 흔한 결점 중 하나는 본질적으로 수동적인 주인공을 창조하는 것이다. 이해가 안 되는 건 아니다. 작가인 당신은 인간의 본성과 행동을 관찰하는 사람이고, 그래서 관찰하고 생각하고 고통받는 인물과 자기 자신을 쉽게 동일시한다. 하지만 이러한 인물의 수동성은 지면으로 전달되며, 그렇게 되면 이야기 역시 수동적이 된다. 찰스 백스터는 "글쓰기 워크숍에서 이런 종류의 이야기는 예외가 아니라 규칙일 때가 많다"며 안타까워한다. 그는 이것을 '손가락질 소설'이라고 부른다.

> 이러한 소설에서, 플롯은 주인공의 불행의 원인이라고 비난할 만한 사람이나 대상을 찾는 일을 포함한다. 실은 그게 전체 이야기다. 비난할 대상이 정해지면 이야기는 끝난다.

이런 결함이 있는 이야기에서, 주인공은(그리고 암묵적으로 작가는) 자신이 하고 싶은 일이나 욕망하는 것에 대해 아무런 책임도 지지 않는 것처럼 보인다. 이것은 '인간은 곧 욕망'이라던 아리스토텔레스의 다소 놀라운 주장이나, 로버트 올렌 버틀러가 말한 '갈망하는 인간의 예술'이라는 소설의 정의와는 사뭇 다르다.

독자의 관심과 공감을 이끌어내기 위해서는 소설의 주인공이 반드시 무언가를 강력히 **원해야만** 한다. 폭력적이거나 화려한 것을 원할 필요는 없다. 중요한 것은 욕구의 강렬함이고, 거기에 뒤따르는 위험의 요소다. 어쩌면 그녀는 데이비드 매든의 『자살자의 아내(The Suicide's Wife)』속 주인공처럼 운전면허를 따는 것 이상은 원하지 않을지도 모른다. 하지만 그렇다면 그녀는 자신의 정체성과 미래가 운전면허를 따는 일에 달려 있다고 느끼고 있을 것이다. 한편 부패한 고속도로 순찰대원은 그녀를 조종하려 한다. 그는 사뮈엘 베케트의 머피처럼 흔들의자에 가만히 앉아 있는 것만을 원하기도 하지만, 동시에 그에게 일어나 일자리를 구하라는 잔소리를 해줄 여자를 원하기도 한다. 그녀는 마거릿 애트우드의 『신체 상해(Bodily Harm)』 속 주인공처럼 모든 것으로부터 도망쳐 쉬고 싶어 하지만, 살아남으려면 먼저 휴식이 필요하고, 그러는 동안 관광객들과 테러리스트들로 인해 그녀는 불편하게 시작해서 치명적인 위험으로 이어지는 음모에 빠져든다.

인생과 문학에서 커다란 위험이 반드시 가장 스펙터클한 건 아니라는 사실을 깨닫는 것이 중요하다. 젊은 작가들이 자주 저지르는 또다른 실수는 살인자, 추격 장면, 충돌과 폭발, 뱀파이어 같은 외부적인 위험을 사용하는 것이 이야기에 드라마를 부여하는 최선의 방법이라고 생각하는 것이다. 사실 우리는 모두 욕망의 가장 근원적인 장애물이 대개 자기 자신, 그러니까 우리의 몸, 성격, 친구, 애인, 그리고 가족에 있다는 것을 알고 있다. 낯선 사람의 폭력보다 부모의 무시에 고통받는 사람이 더 많다. 총보다 심장마비로 죽는 사람이 더 많다. 시간 여행이 아니라 아침 식탁에서 더 많은 열정이 꺾이고 만다.

자주 쓰이는 비평적 도구는 일어날 수 있는 갈등을 몇 가지 기본적인 유형으로 나눈다. 인간 대 인간, 인간 대 자연, 인간 대 사회, 인간 대 기계, 인간 대 신, 인간 대 자기 자신. 대부분의 이야기는 이러한 유형에 속하며, 문학 수업에서는 이를 통해 작품을 토론하고 비교하는 유용한 방법을 제시할 수 있다. 그러나 유형을 강조하는 것은 신인 작가들에게 오해를 살 수 있는데, 이는 자칫 문학적 갈등이 추상적이고 포괄적인 차원에서 일어난다는 것을 암시할 수 있기 때문이다. 작가에게는 구체적인 이야기가 필요하다. 만약 당신이 '자연'에 대항하는 '인간'을 그리고자 한다면, 그건 뉴저지주 위호켄에 사는 열일곱 살 제임스 터커가 미시시피주 툼수바에 있는 2.5피트짜리 큰입배스와 맞서는 이야기보다 더 좋은 이야기가 되기는 어려울 것이다. (구체성의 중요성은 우리가 계속해서 강조하는 부분이다.)

일단 갈등이 이야기 속에서 세워지고 전개되면, 갈등은 위기, 즉 마지막 전환점과 해결에 도달해야 한다. 질서는 문학이 우리에게 주는 주요한 가치이며, 질서는 이야기의 주제가 종결되었음을 암시한다. 삶에서 이런 일은 결코 일어나지 않지만, 허구적 인물들의 삶이 끝나든 그렇지 않든 간에 이야기는 끝나고, 독자는 만족스러운 성취감과 함께 남겨진다.

이어지는 몇 가지 방법들—본질적으로는 모두 은유인—은 이러한 갈등-위기-해결 패턴의 형태와 변주를 보다 선명하게 만들고, 특히 '위기 행동(crisis action)'이 무엇인지를 나타내기 위해서 사용된다.

• 스토리 아크

소설가 존 뢰흐는 말한다. 이야기란 인물의 삶에서 결정적 선택으로 정해지는 단 한 순간에 관한 것이며, 이후에는 그 무엇도 같지 않을 거라고. 플로팅(plotting)은 이 최종 선택으로 향하는 결정의 지점들을 찾아내고 이를 극적으로 만들 수 있는 최고의 장면들을 선택하는 일이다.

편집자이자 교사인 멜 매키는 "이야기는 전쟁이다. 그것은 지속적이고 즉각적인 전투다"라고 딱 잘라 말한다. 그는 이러한 '전쟁 같은' 이야기를 쓰기 위한 네 가지 필수 조건을 제시한다.

(1) 참가자들을 싸우게 하고,
(2) 싸울 만한 가치가 있는 것—판돈—을 갖게 하며,
(3) 싸움이 일련의 전투들로 이어져서 끝내 가장 크고 위험한 마지막 전투에 이르게 하고,
(4) 싸움에서 떠나게 하라.

전쟁에서의 판돈이란 대개 영토인데, 이야기에서 이 '영토'는 손에 잡히는 것이며 '가자 지구(Gaza Strip)'처럼 구체적이라는 점이 중요하다. 국가 간의 전쟁에서처럼, 이 영토는 모든 종류의 심각한 추상적 개념들—자기 결정, 지배, 자유, 존엄, 정체성—을 상징할 수 있지만, 실제적인 행동은 초원이나 모래 위에서 몇 미터를 놓고 싸우는 군인

들을 통해 이뤄진다.

또한 경미한 '치안 활동'이 점차 커져서 홀로코스트 같은 대학살로 번질 수 있듯이, 이야기 형식은 각각의 '문제'가 이전 것보다 더 클 때 가장 자연스러운 순서를 따른다. 시작은 항상 작은 충돌이다. 처음부터 전쟁을 하는 게 아니다. 그러다 한쪽이 스파이를 불러들이고, 반대쪽은 게릴라를 불러들인다. 이 행동들 역시 전쟁을 하자는 것은 아니다. 그래서 다음에는 한쪽이 공군을 투입하고 반대쪽은 대공 무기로 대응한다. 한쪽은 미사일을, 반대쪽은 로켓을 발사한다. 한쪽은 독가스를 살포하고 반대쪽은 핵 버튼에 손을 얹는다. 은유적으로, 이것이 이야기에서 일어나는 일이다. 단 한 명의 적대 세력이 반격할 충분한 힘을 회복할 수 있는 한, 갈등은 계속된다. 그러나 이야기의 어느 시점에서, 적대 세력 중 누군가는 상대방이 결코 회복할 수 없는 무기를 만들어낼 것이다. **위기 행동은 곧 마지막 전투이며, 거기서 나온 결과를 불가피한 것으로 만든다.** 누가 특정한 영토를 차지했는지에 대해서는 의심의 여지가 없다. 윤리적 승리에 관해서는 할 말이 많지만, 이것이 일어나면 **중요하고 영구적인 변화**와 함께 갈등은 끝난다. 바로 우리가 소설에서 해결이라고 부르는 것의 정의다.

플롯이 욕망과 그에 따르는 위험을 수반하기는 하지만, 그렇다고 욕망이 달성되면 해피 엔딩, 그렇지 않으면 새드 엔딩이 되는 것은 아니다. 이야기가 윤리적으로 복합적일수록, 승패의 관념도 더 간단치 않게 된다. 햄릿의 욕망은 클로디어스왕을 죽이는 것이지만, 연극 내내 그는 다른 인물들과 음모, 그리고 자신의 정신 상태로 인해 그렇게 하지 못한다. 그리고 마침내 성공했을 때, 그는 자기 자신을 포함한 극중 모든 중요한 목숨들을 대가로 치른다. '영웅'이 자신

> 구조가 있을 때, 상상력은 훨씬 더 잘 발휘된다.
>
> — 앤 패칫

의 특정한 '영토'를 얻었지만, 그 연극은 비극이다. 윌리엄 칼로스 윌리엄스의 「무력의 사용(The Use of Force)」에서, 전쟁은 어린 소녀의 입을 영토 삼아 벌어진다. 싸움은 주인공 의사가 디프테리아를 검사하기 위해 아이의 입을 벌리려고 하면서 시작되고, 첫 문단부터 그 영토로 좁혀진다. 그는 매력, 혀 누르는 기구, 무거운 숟가락, 그리고 마침내 "버릇없는 애새끼"를 구하려는 데서 오는 분노와 싸운 뒤 결국 성공한다. 개인적 수치심과 함께. 반면 마거릿 애트우드의 장편 『신체 상해』 속에서 주인공은 결국 정치범 수용소에 가게 된다. 하지만 그 과정에서 그녀는 자신의 힘과 책무를 깨달았기 때문에, 우리는 그녀가 구원을 성취했다는 것을 안다. **내 인물이 투쟁에서 패배하여 얻는 것은 무엇인가, 혹은 승리하여 잃는 것은 무엇인가?** 존 뢰흐는 작가에게 이것을 물어야 한다고 조언한다.

* 힘의 패턴

소설가 마이클 샤라는 자신의 글쓰기 수업에서 이야기를 '동등한 세력 간의 권력 다툼'이라고 표현하곤 했다. 그는 독자가 결과에 의심

을 품을 만큼 각 적대 세력이 충분한 힘을 갖는 것이 필수적이라고 주장했다. 우리는 어떤 인물에 대해 전적으로 공감할 수도 있고 심지어 그가 승리할 것이라고 합리적으로 확신할 수도 있다. 그러나 적대 세력은 반드시 실제적이고 강력한 위험을 드러내야 하며, 이야기의 복잡한 패턴은 하나의 적대 세력에서 다른 쪽으로 힘이 왔다 갔다 하면서 달성된다. 결국에는 힘을 어느 한쪽으로 돌이킬 수 없게 옮겨버리는 행동이 일어날 것이다.

'힘'은 물리적 힘, 매력, 지식, 윤리적 힘, 재산, 소유권, 계급 등 다양한 형태를 취한다. 가장 분명한 힘은 독재자나 갱단이 휘두르는 폭력이다. 자기 자신을 정당하지 않다고 생각하는 사람은 아무도 없기 때문에, 여기서 윤리적으로 복잡한 문제들이 생겨난다. 이를테면 레슬리 마몬 실코의 장편 『죽은 자의 연감(Almanac of the Dead)』에는 맥스 블루라는 갱이 등장한다.

맥스는 자기 자신을 단 한 번뿐인 공연의 제작자라고 생각한다. 롱비치 시내의 공중전화 부스에서, 따뜻한 캘리포니아의 밤바람을 맞으며 펼쳐지는. 맥스가 하는 일이라고는 전화를 걸어 상대방이 "여보세요? 여보세요? 여보세요? 여보세요?"를 반복하는 동안 가만히 듣고 있는 것뿐이다. 22구경 권총이 탕탕 울리면 맥스는 전화를 끊는다.

'힘'은 여러 가지 형태를 취한다는 것을 기억하라. 그중 일부는 겉으로 약해 보인다. 아픈 사람의 요구에 얽매여본 적 있는 사람은 누구나 이해할 수 있을 것이다. 병은 큰 힘이 될 수 있다. 약함, 필요함, 수동성, 누구에게도 문제를 일으키지 않으려는 표면상의 욕망. 이 모든 것들은 주인공이 자신의 욕망을 성취하지 못하게 하는 교묘한 도구로 사용될 수 있다. 우리가 공감하든 아니든, 순교는 엄청나게 강력하다. 죽어가는 사람은 우리의 모든 에너지를 빨아들인다.

약함의 힘은 많은 이야기들과 『바냐 아저씨』(러시아의 극작가이자 소설가인 안톤 체호프의 대표적인 희곡—옮긴이)나 『유리 동물원』(미국의 극작가 테네시 윌리엄스의 2막 희곡—옮긴이) 같은 연극에서 중심이 되는 갈등을 만든다. 아래 단락은 그런 힘이 빠르고 능숙하게 스케치된 장면이다.

이 음울한 공기는 대부분 테일러 부인 덕이었다. 그녀는 키가 크고 몸이 구부정한 여자로, 움푹 팬 눈을 지니고 있었다. 그녀는 하루 종일 거실에 앉아 줄담배를 피웠고, 마치 필멸의 존재 너머의 무엇을 아는 양, 말할 수 없는 슬픔의 기색을 띤 채 창밖을 응시했다. 때때로 그녀는 테일러를 불러 긴 팔로 그를 감싸고는 눈을 감고 쉰 목소리로 속삭이곤 했다. "테런스! 테런스!" 그런 다음 여전히 눈을 감은 채, 고개를 돌리고 그를 단호하게 밀어냈다.

— 토바이어스 울프, 『이 소년의 삶』

몇몇 학생과 비평가들은 서사를 전쟁이나 권력 투쟁으로 설명하는 데 반대한다. 세계를 갈등과 위기, 적과 대립 세력으로 보는 것은 문학의 가능성을 제약할 뿐만 아니라, 우리 자신의 삶에 관한 공격적이고 적대적인 시각을 전파하는 것이라고 그들은 주장한다.

'소설의 검투사적 시각'에 관해 어슐러 르 귄은 이렇게 썼다.

사람들은 심술궂고, 공격적이며, 골칫거리로 가득하다고 이야기꾼들은 말한다. 사람들은 자기 자신 아니면 상대방과 싸우며, 그들의 이야기에는 고난과 역경뿐이라고. 그러나 이것이 이야기라고 말하는 것은 존재와 갈등의 한 가지 측면만을 사용하는 것이다. 여기 들어 있지 않은 다른 측면들은 포함되지도 파악되지도 못한 채 물속에 가라앉게 된다.

『로미오와 줄리엣』은 두 가문 간의 갈등에 관한 이야기이며, 그 플롯은 각 가문에 속한 두 개인의 갈등을 포함한다. 하지만 그게 다인가? 『로미오와 줄리엣』은 '뭔가 다른 것'을 말하고 있지 않나? 그리고 바로 그 '뭔가 다른 것'이 어떤 면에서는 사소한 불화의 이야기를 비극으로 만들고 있지 않은가?

나는 극작가 클로디아 존슨에게 이 '뭔가 다른 것'에 대한 통찰— 내게는 몹시 중요해 보이는—을 빚지고 있다. 권력 다툼의 원동력은 오랫동안 잘 알려져왔지만, 서사는 또한 정서적 효과의 주요 원천인 인물 사이의 연결과 단절이라는 패턴으로 움직인다. 이야기가 진행되는 동안, 또 더 작은 규모의 장면 안에서, 인물들은 서로에 대한 신뢰, 사랑, 이해 또는 연민의 감정적 유대를 만들고 깨뜨린다. 연결은 키스처럼 분명할 수도 있고 흘끗 보는 것처럼 미묘할 수도 있으며, 뺨을 때리는 것처럼 분명하게 깨질 수도 있고 눈썹을 찡그리는 것처럼 미묘하게 깨질 수도 있다.

예를 들어 『로미오와 줄리엣』에서 몬터규와 캐퓰릿 가문은 격렬하게 단절되어 있지만, 젊은 연인들은 이를 가까스로 연결하려 한다. 연극 내내 그들은 만나고 헤어지고, 서로 연결되기 위해 각자의 가족과 단절되며, 마침내 영원히 함께하기 위해 삶에서 단절된다. 죽음으로 멀리 떠나버린 그들로 인해 원수였던 두 가문은 다시 연결된다.

존슨은 이렇게 말한다.

허구든 진짜든, 모든 좋은 이야기의 밑바탕에는 더 깊은 변화의 패턴, 연결과 단절의 패턴이 있다. 갈등과 표면적 사건은 파도와 같지만, 그 밑에는 감정적인 조류, 밀물과 썰물처럼 반복적으로 오가는 사람 사이의 연결이 있다.

어떤 작품에서는 갈등이나 연결의 패턴 중 어느 하나가 지배적일 수도 있지만, 갈등만을 다루는 이야기는 깊이가 얕기 십상이다. 인물에 관한 우리의 이해는 선과 악 사이의 갈등뿐 아니라 선과 또 다른 선 사이의 갈등을 통해 더 깊어진다. 이 사람은 조국을 위해 입대해야 하는가? 아니면 집에 남아 아이들을 보호하고 길러야 하는가? 작가는 단지 불가피한 문제만을 다루는 것이 아니라, 선과 악의 갈등만을 말하는 게 아니라, 애국심과 애국심 사이의 갈등, 정직과 정직 사이의 갈등, 사랑과 사랑 사이의 갈등을 다루는 수준까지 자신의 이야기를 끌어올려야 한다.

우리는 구조가 형편없는 이야기에서만 구조를 볼 수 있고, 그것을 공식이라고 부른다.

— 스티븐 피셔

인간의 의지는 충돌한다. 인간에겐 소속이 필요하다. 인간의 행동을 논할 때 심리학자들은 '탑(tower)'과 '망(network)'이라는 용어를 사용한다. 위로 올라가려는 욕망(갈등을 내포하는)과 공동체에 들어가려는 욕망. 남을 이기려는 욕망과 타인에게 속하려는 욕망. 이 두 가지 힘이 소설을 움직인다. 갈등과 그로 인해 파생되는 문제들처럼, 연결과 그로 인해 파생되는 문제들은 변화의 패턴을 만들어낼 수 있고, 양쪽 모두 장면과 이야기에 기록된 변화의 과정을 우리에게 보여준다.

• 체크 표시로 보는 이야기 형식

19세기 독일의 비평가 구스타프 프라이타크는 플롯을 '다섯 가지 행동의 피라미드'라는 관점에서 분석했다. 먼저 발단, 상승(혹은 누우망, '매듭 쌓기'를 통한 상황의 고조), 절정, 하강 혹은 점강, 이어지는 결말(혹은 데뉴망, '매듭 풀기').

간결한 단편소설의 형식에서 하강은 짧막하거나 존재하지 않을 가능성이 높다. 또한 위기 행동은 종종 그 자체로 결말을 암시한다. 반드시 글로 명시된다기보다는, 독자의 내면에 세워지는 생각으로 존재하는 경우가 많다.

따라서 우리의 목적에는 아마도 각 변의 길이가 같은 피라미드보다는 뒤집어진 체크 표시로 이야기의 형태를 생각하는 편이 더 유용할 것이다. 만약 우리가 『신데렐라』라는 익숙한 이야기를 가지고 이 모델을 사용하여 이야기 속 권력 다툼을 도표로 그린다면, 우리는

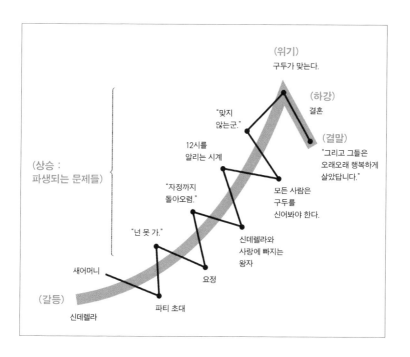

이 단순한 아동용 이야기에서조차 다양한 요소들이 어떻게 드러나는지를 볼 수 있다.

이야기의 시작 부분에서 독자에게 기본적인 갈등이 주어진다. 신데렐라의 어머니는 죽었고, 그녀의 아버지는 심술궂은 두 딸을 둔 사나운 여성과 결혼했다. 곧 신데렐라는 집에서 가장 더럽고 하찮은 일을 하게 되었고, 아궁이 앞에서 일하다가 타고 남은 재 사이에서 울곤 한다('신데렐라'라는 이름 자체가 '재투성이', '재를 뒤집어쓴 아이'라는 뜻을 지닌다—옮긴이). 새어머니는 추함과 악(삶에서 그렇듯 문학에서도 매우 강력한 두 가지 자질)의 힘을 지니고 있다. 딸들이 있으니 수적으로도 우위에 있고, 부모로서의 권위도 있다. 신데렐라는 오직 아름다움과 선함밖에는 갖고 있지 않지만, 이것들 역시 (삶과 문학에서 모두) 아주 강력한 힘을 지닌다.

싸움의 시작에서 힘은 명백히 새어머니 쪽에 있다. 그러나 이야기의 첫 번째 사건(행동/전투)은 왕자로부터 초대장이 도착하는 것인데, 여기에는 이 땅의 모든 여성들을 무도회에 초대한다고 명시되어 있다. 우리가 주목해야 할 신데렐라의 욕망은 새어머니를 이기고 승리하는 것이 아니다(결국은 그렇게 되어 독자를 만족시키지만). 그러한 욕망은 그녀의 선함을 갉아먹기 쉽다. 신데렐라는 그저 자신이 받는 학대를 면하고 싶을 뿐이다. 그녀는 평등하기를 원하며, 왕자의 초대는 그녀에게 새어머니나 언니들이 가진 것과 동등한 권리를 준다. 힘을 신데렐라 쪽으로 이동시키는 것이다.

새어머니는 직설적인 말로 힘을 되찾는다. 넌 못 가. 우리가 갈 수 있게 준비를 해라. 신데렐라는 그 말을 따르고, 세 사람은 무도회장으로 떠난다.

그다음에는 무슨 일이 일어나는가? 요정이 나타난다. 마법을 부린다는 건 아주 강력한 힘이다. 요정은 신데렐라에게 예쁜 옷과 유리 구두, 그리고 말과 마부가 딸린 마차를 선사하고, 신데렐라는 이제껏 가져본 적 없는 큰 힘을 얻는다.

하지만 마법이 전능한 것은 아니다. 거기에는 불운을 예고하는 능력이 있다. 마법은 오직 자정까지만 지속될 것이며(새어머니의 권력과는 달리), 따라서 신데렐라는 시계가 12시를 울리기 전에 무도회장을 떠나야만 한다. 그렇지 않으면 모든 것이 탄로 나고 패배하게 될 것이다.

그다음에는? 신데렐라는 무도회장에 가고 왕자는 그녀와 사랑에 빠진다. 문학이라는 전쟁에서 사랑은 마법보다도 훨씬 더 강력한 무기다. 이 이야기의 어떤 버전에서, 새어머니와 언니들은 그들이 알아보지 못하는 공주의 아름다움에 경탄한다. 신데렐라가 갖게 된 새로운 힘의 아이러니다.

그다음은? 마법이 끝난다. 시계는 12시를 가리키고, 신데렐라는 누더기를 걸친 채 계단을 내려가 쥐와 호박을 향해 달려간다. 구두는 잃어버렸고, 모든 면에서 자신이 가졌던 힘도 잃어버렸다.

그다음? 왕자는 유리 구두와 함께 전령을 보낸다. 이 땅의 모든 여성들은 이 구두를 신어봐야 한다고. 맨 처음의 무도회 초대장이 극적인 방식으로 반복된다. 신데렐라는 칙령에 따라 다시 한번 권리를 부여받는다.

그리고 어떻게 되는가? 대부분의 버전에서, 새어머니 역시 신데렐라를 숨김으로써 자신의 잔인한 권위를 반복한다. 승리를 바라는 독자의 기대는 기괴한 코미디로 인해 지연된다. 언니 하나는 발가락을 자르고, 다른 하나는 뒤꿈치를 자른다. 전령이 가져온 구두에 발을 맞추기 위해.

그 후 신데렐라는 구두를 신어보고, 신은 발에 꼭 맞는다. **이것이 바로 위기 행동이다.** 마술, 사랑, 그리고 왕권은 주인공이 진정한 자아를 발견하는 데 함께한다. 악, 숫자, 그리고 권위는 힘을 잃는다. 이 지점에서, 권력 다툼의 결과는 이미 결정되었다. 결과는 피할 수 없다. 신발이 맞을 때, 신데렐라의 욕망을 앗아 갈 더 이상의 행동은 일어나지 않는다. 무엇도 이전과 같을 수는 없다. 관련된 모든 사람들의 삶의 변화는 중대하고 또 영구적이다.

이 이야기에는 짧은 '하강' 혹은 '싸움에서 물러나기'가 있다. 왕자는 신데렐라를 백마에 태우고 결혼식장으로 달려간다. 그리고 이야기는 모든 희극의 고전적인 결말로 끝난다. 그 후로 그들은 오래오래 행복하게 살았답니다.

또한 우리가 '신데렐라' 이야기를 연결과 단절의 관점에서 바라본다면, 권력 다툼만큼이나 분명한 패턴을 보게 된다. 첫 번째 고

> 모든 극적인 이야기는 일종의 퀘스트다. 아무리 복잡하다 할지라도, 전통적으로 퀘스트는 가장 중요하고 우선적인 목표를 이루기 위해 노력하는 하나의 인물로 요약된다. 퀘스트는 도중에 일어난 모든 일들의 결과로 인해 성공하거나 실패한다.
>
> ─월던

통스러운 단절은 신데렐라의 어머니가 죽었다는 사실이다. 그녀의 아버지는 신데렐라를 업신여기는(단절) 여자와 결혼한다(연결). 왕자의 초대장은 연결의 기회를 준다. 새어머니의 잔인함은 여기서 다시 멀어지게 한다. 요정은 마법의 친구로 연결되지만, 마차와 옷이 사라짐에 따라 신데렐라는 웅장하고 찬란한 동화의 세계, 곧 왕자와의 결혼으로부터 일시적으로 단절된다. 우리가 이 이야기가 불러일으키는 감정들—즉 연민, 분노, 희망, 두려움, 로맨스, 기대, 실망, 승리—을 잘 살펴본다면, 주인공과 적 사이의 갈등뿐 아니라 연결과 단절의 패턴 역시 꼭 필요하다는 것을 알 수 있다. 어떤 행동이 있다는 사실뿐 아니라, 우리에게는 그 결과도 중요하기 때문이다. 전통적인 해피 엔딩은 화려한 연결, 그러니까 결혼이다. 전통적인 비극적 결말은 최후의 단절, 곧 죽음이다.

『신데렐라』를 비롯한 모든 동화는 일반적으로 '말해주기'로 시작한다. 상황을 직접적으로 설정해주는 것이다. 그러나 숙련된 작가는 단 몇 개의 문장만으로 복합적인 연결과 단절을 포함하는 복합적인 관계를 만들어낼 수 있다. 여기 인용된 페기 시너의 「택스 타임(Tax Time)」에서는, 신데렐라를 연상시키는 화자와 아버지, 새어머니, 그리고 어머니 사이의 관계가 세무사의 손톱이라는 시각적 장치를 통해 그려진다.

스티브의 손가락이 눈에 들어온다. 그가 컴퓨터를 보고 어떤 숫자들을 휘갈겨 쓸 때 연필 주위의 손가락에는 상처가 나 있다. 그의 손가락은 내 아버지의 것처럼 짧고 뭉툭하며, 흠잡을 데 없이 다듬어져 있다. 그는 손톱 손질을 할까? 자기 자신에게 허락한 사치일까? 아버지는 로즈를 만날 때 매니큐어를 한 적이 있었는데, 그때 나는 그걸 일종의 탈출로 이해했다. 그는 매니큐어를 조금 덧바름으로써, 로즈의 계급에 비견되는 자신의 계급에서 벗어나려고 했다. 로즈는 교향악단을 후원하고, 아버지의 이중부정 말투를 고치려고 하는 여자였으니까. 아버지는 전과 다르게 스스로 치장했고, 나는 어머니가 살아 있을 때도 아버지가 그랬던 적이 있었는지 궁금해졌다.

현존하는 최초의 서양 문학 비평인 『시학』에서, 아리스토텔레스는 비극의 위기 행동을 **페리페테이아**(peripeteia), 즉 주인공의 운명을 뒤집는 행위라고 불렀다. 비평가와 편집자들은 희극이든 비극이든, 모든 이야기 구조에 어떤 종류의 반전이 필요하다는 데 동의한다. 비록 힘이나 땅, 또는 생명까지 잃을 필요는 없지만, 주인공은 반드시 행동에 의해 어떤 의미심장한 방식으로 변하거나 움직여야만 한다. 아리스토텔레스는 이러한 반전이 **하마르티아**(hamartia), 즉 지난 수세기 동안 주인공의 '비극적 결함(tragic flaw)'으로 번역되어온 성질 때문에 비롯된다고 명시했다. 그리고 이것은 대개 교만함이나 오만함으로 추정되고 정의되어왔다. 하지만 최근의 비평가들은 이 **하마르티아**를 '인식'을 통해 뒤집히는 '정체성의 오류'로 훨씬 더 좁게 정의하고 번역한다.

희극과 비극 모두에서, 인식의 장면들이 플롯 속 위기 행동에 있어 커다란 역할을 해온 것은 사실이며, 이러한 장면들은 종종 신빙성을 넓혀준다. 실제 삶에서 당신은 어머니나 아들, 삼촌, 심지어 친구의 얼굴도 착각하지 않겠지만, 그럼에도 불구하고 이런 실수는 수많은 전통적인 플롯들의 터닝 포인트를 만들었다. 그러나 만약 '인식'이라는 개념이 보다 추상적이고 미묘한 영역으로 확장된다면, 그것은 '깨달음'의 순간들에 대한 강력한 은유가 된다. 다시 말해 문학에서 '인식의 장면'이란 삶에서 우리가 선하다고 생각했던 남자가 악하고, 우리가 대수롭지 않다고 여겼던 사건이 결정적이며, 우리가 현실과 동떨어졌다고 생각하던 여자가 천재이고, 우리가 갖고 싶다고 생각했던 물건이 독이라는 사실을 '인식하는' 순간을 상징하는 것인지 모른다. 『신데렐라』에도 이러한 상징적인 방식의 인식이 존재한다. 우리는 그녀가 본질적으로 공주라는 것을 알고 있지만, 왕자가 그녀를 그렇게 인식하기 전까지 우리의 지식은 좌절되어야만 한다.

제임스 조이스는 비슷한 생각을 발전시켰고, 이를 노트와 소설 모두에 기록했다. 그는 이런 순간을 **에피파니**(epiphany)라고 불렀다. 조이스가 보았던 것처럼, 에피파니란 내면의 위기 행동, 즉 사람, 사건, 사물이 전에는 한 번도 보지 못했던 것처럼 너무도 새로운 빛으로 비춰지는 순간이다. 누구든 이러한 인식을 겪게 되면, 내면의 지형은 영구적으로 변화한다.

가장 뛰어난 현대의 단편과 장편소설에서, 갈등과 다툼이 일어나는 진정한 영역은 주인공의 내면이며, 따라서 진짜 위기 행동은 그곳에서 일어나야 한다. 하지만 조이스가 이 반전의 순간을 나타내기 위해 **에피파니**라는 단어를 선택한 점과, 이 단어가 '초자연적 존재의 **현현**'을 의미한다는 점, 특히 기독교 교리에서는 이것이 이방인들에게 나타난 그리스도의 현현이라는 점을 이해하는 것이 중요하다. 그렇다면 그 연장선에서, 단편소설의 위기 행동에서 일어나는 내면적 반전은 반드시 **나타나야**(현현) 한다. 그것은 행동에 의해 촉발되거나 보여져야 한다. 구두는 꼭 맞아야 한다. 만약 새어머니가 자신의 마음을 바꾸고 싸움을 포기한다면 그렇게 되지 않을 것이다. 신데렐라가 자신의 사랑처럼 보인다는 것을 왕자가 우연히 알아채게 된다면 그렇게 되지 않을 것이다. 인식의 순간은 행동으로 나타나야만 한다.

때로 인물의 내면에서 일어나는 이야기의 갈등을 파악한다는 것은 어려운 일이지만, 위기가 명백하게 드러나거나 구체화되어야 한다는 점은 절대적으로 중요하다. 예컨대 팀 오브라이언의 소설『그들이 가지고 다닌 것들』에서, 자신을 불굴의 리더로 변화시키려는 젊은 소위의 절박한 결심은 사랑하는 여자에게서 온 사진과 편지, 그리고 마침내 한 마을을 불태우는 행위로 나타난다.

복수극에서는 갈등이 어떻게 위기로 치달을지 쉽게 알 수 있다.『햄릿』에서『블랙 팬서』에 이르기까지, 일반적인 복수 플롯은 다음과 같은 형태를 취한다. 주요 인물에게 중요한 인물(자기 자신, 아버지, 여동생, 애인, 친구)이 살해되고, 어떤 이유에선지 정의를 집행해야 하는 당국은 죽음에 대한 복수를 하지 못하거나 하지 않는다. 따라서 주인공이나 적대 세력이 복수를 해야만 하고, 이때 위기 행동은 날아가는 화살이나 불을 뿜는 총, 독약을 삼키는 장면 등을 통해 나타난다.

하지만 이야기가 낚시 여행에서 일어나는 두 형제 사이의 갈등을 다룬다고 생각해보자. 형의 행동 대부분을 경멸하는 주인공이, 이야기의 결말에서 자신이 사랑과 가족의 역사로 깊이 묶여 있다는 것을 발견하고 변화하는 이야기다. 분명 이 변화는 에피파니이고, 내면의 반전이다. 위기 행동의 본질에 관해 잘 알지 못하는 작가는 이 변화를 이런 식으로 쓸 것이다. '문득 래리는 아버지를 기억해내고, 제프가 그를 몹시 닮았다는 사실을 깨달았다.' 그 기억과 깨달음이 행동으로 드러나지 않는 한, 독자는 이를 공유할 수 없고 따라서 그 인물과 함께 움직일 수 없다.

사랑이 그렇듯 갈등도 일률적이지 않다. 그 변화는 무한하다. 중요한 것은 비록 자동소총에 쉽게 다가가지 않는 온화하고 지적인 사람들이라 하더라도, 욕망과 그 욕망의 성취 사이에서 충돌이 생겨난다는 점이다.

—캐리 그로너

> 제프는 낡은 그물을 향해 손을 뻗어 솜씨 있게 송어를 꺼내 들고는 방향을 바꿔 득의양양하게 말했다. "잡았어! 우리가 잡았다고. 안 그래?" 송어는 꿈틀대고 몸부림치며 해초와 강물, 진흙 냄새를 풍겼다. 제프의 손가락 마디에는 여기저기 검은 때가 묻어 있었다. 그 손마디와 진한 강물 냄새는 그에게 그들이 함께 갔던 첫 낚시 여행의 기억을 떠오르게 했다. 똑같이 흠집투성이의 그물에 올려져 있던 아버지의 두 손이 생각났다.

여기서 에피파니, 곧 깨달음으로 이어지는 기억은 독자가 공유할 수 있는 인물의 행동과 감각적 디테일을 통해 촉발된다. 이제 독자 또한 에피파니를 공유할 수 있는 좋은 기회를 얻게 된 것이다.

그러나 많은 위대한 소설과 진지한 현대 소설의 뛰어난 점은 삶이 그렇듯 명확하거나 영구적인 해결책은 없으며, 인물, 관계, 우주의 갈등은 영원히 해결될 수 없다는 사실을 암시한다는 점이다. 블라디미르 나보코프의 말을 빌리면, 이러한 이야기들 대부분은 "확실한 마침표 없이, 그러나 삶의 자연스러운 움직임으로" 끝난다. 아무도 "그들은 오래오래 행복하게 살았답니다" 또는 심지어 "그들은 오래오래 불행하게 살았답니다"라고 끝낼 수 없다.

하지만 이야기 형식에는 해결이 필요하다. 해결되지 않는 해결책 같은 것이 존재할까? 그렇다. 그리고 이것은 아주 구체적인 형태를 지니고 있다. '이야기는 전쟁이다'라는 은유로 돌아가보자. 교전이 일어난 다음, 게릴라들이 지나간 뒤, 공습과 독가스와 핵폭발 이후에, 살아남은 두 전투원들이 각자의 방사성 낙진 대피소에서 나온다고 상상해보라. 그들은 기어가다가 경계를 표시한 울타리에 걸려 넘어진다. 그리고 저마다 피 묻은 주먹으로 철조망을 우악스럽게 움켜쥔다. 이 전투의 '해결'은 어느 쪽도 포기하지 않으며 누구도 이길 수 없다는 것이다. **해결은 결코 존재하지 않을 것이다.** 이것은 지상 교전을 시작할 가치가 충분히 있는 것처럼 보였던 시작 장면과는 전혀 다른 반전(인식은 독자의 내면에서 일어난다)이다. 맨 처음 갈등의 서술 속에는 어느 한쪽이나 다른 한쪽이 이길 수 있다는 내재적 가능성이 존재했다. 해결 속에 들어 있는 것은 어느 누구도 이길 수 없다는 서술이다. 이것은 뚜렷한 반전이며 강력한 변화다.

　이런 종류의 이야기는 주인공이 보지 못하는 에피파니를 독자들에게 보여줄 수도 있다. 이러한 인물들은 대개 변화 직전에 있지만, 인식으로 높이 도약하기에는 성숙함이나 용기가 부족하다. 예를 들어 엘리자베스 스트라우트의 『올리브 키터리지』를 여는 단편 「약국」에서, 주인공 헨리 키터리지는 한 번쯤 만나보고 싶을 만큼 좋은 사람이다. 그는 다정하고, 침착하며, 자기를 내세우지 않고, 약사로서 자신의 일에 행복을 느낀다. 그러나 그는 자기반성이나 자기 인식을 할 능력이 없다. 태만한 남편이자 아버지인 그는 아내의 폭발과 아들의 무뚝뚝함에 당혹스러워한다. 그러면서도 자신의 성적 충동을 인식하지 못하며, 자신이 끌리는 여인 커플을 식사에 초대할 것을 암시하며 시작했던 것과 같은 방식으로 이야기를 끝맺는다. 물론 요리는 아내가 할 것이다. 독자의 입장에서 이러한 서술되지 않은 정보는 "조만간 두 사람을 초대해야겠어"라는 그의 마지막 대사와 함께 한 가지 사실을 알려준다. 그는 결코 변하지 않을 것이고, 변할 수 없을 거라는 걸.

　사회적 고통이나 문화적 절망의 시기에, 이러한 '해결되지 않는 해결'은 문학적 이야기, 특히 단편소설의 주된 형식이라고 말할 수 있다.

이야기와 플롯

지금까지 나는 '이야기'와 '플롯'이라는 단어를 서로 혼용해왔다.

두 용어 사이의 등식은 너무 일반적이어서 우리는 흔히 이 둘을 동의어로 이해한다. 편집자가 "이건 이야기가 아니에요"라고 말할 때, 그 의미는 인물, 주제, 배경, 심지어 사건까지 없다는 것이 아니라, 플롯이 없다는 뜻이다.

그러나 두 용어 사이에는 차이점이 있다. 그 자체로는 단순하지만 서사의 기술에 있어서 갖가지 미묘한 점을 낳고, 또 작가로서 당신이 반드시 내려야 하는 중대한 결정을 드러내는 차이점이다. 당신의 서사는 어디에서 시작해야 하는가?

차이를 간단히 말하자면 이렇다. **이야기**는 시간순으로 기록된 일련의 사건이다. **플롯**은 극적, 주제적, 감정적 의미를 드러내기 위해 의도적으로 배열된 일련의 사건이다. 이야기는 단지 '다음에 일어날 일'만 알려주지만, 플롯의 관심사는 인과관계의 작용을 강조하기 위해 동원된 장면들과 함께 드러나는 '무엇을', '어떻게', '왜'에 있다.

예를 들어, 꽤 일반적인 이야기 하나를 살펴보자. 차분하고 근면하지만 다소 둔한 청년이 꿈꾸던 이상형의 여자를 만난다. 그녀는 아름답고 똑똑하며 열정적인 데다가 마음도 따뜻하다. 게다가 더 멋진 일은 그런 그녀가 그를 사랑한다는 것이다. 그들은 결혼을 계획하고, 결혼식 전날 남자의 친구들은 총각 파티를 열어준다. 예비 신랑을 못살게 구는 과정에서 친구들은 그에게 술을 잔뜩 먹인 다음, 마지막으로 놀아봐야 한다며 그를 사창가로 데려간다. 남자는 비틀거리며 칸막이가 쳐진 작은 방으로 들어가고, 거기서 자신의 예비 신부를 마주한다.

이 이야기는 어디서 흥미로워지는가? **플롯**은 어디에서 시작되는가?

원한다면 당신은 젊은이의 선조가 타고 온 메이플라워호(1620년 영국 뉴잉글랜드 최초의 이민자인 102명의 청교도인을 북아메리카로 수송한 선박—옮긴이)에서부터 시작할 수도 있다. 하지만 그렇게 한다면 독자는 이 이야기가 무엇에 관한 것인지 알아내기 위해 고생할 것이고, 높은 확률로 19세기 어디쯤에서 책을 덮어버릴 것이다. 당신은 주인공이 이 특별한 여자를 처음 만났을 때부터 시작할 수도 있지만, 그렇더라도 최소한 몇 주, 아마도 몇 달간의 이야기를 몇 페이지 안에 다루어야 한다. 이것은 당신이 요약하고, 건너뛰고, 일반적인 서술을 해야 한다는 것을 의미하고, 그사이 개연성을 유지하면서 독자의 주의까지 놓치지 않으려면 꽤나 고생을 할 것이다. 총각 파티에서 시작하는 건 어떨까? 낫다. 그렇게 하면 대화를 통해서나 주인공의 기억을 통해서 어떻게든 전에 있었던 모든 일을 독자에게 알려주어야 하겠지만, 다뤄야 하는 건 고작 하루 저녁의 시간이고, 갈등에도 금방 도달할 수 있다. 이야기를 다음 날 아침에서 시작하는 것도 생각해보자. 주인공은 숙취 속에서 눈을 뜨고, 사창가의 침대에서 오늘 결혼할 예비 신부를 발견하는 것이다. 아마도 이것이 가장 좋은 시작점 아닐까? 신속하고 충격적인 위기로 이어지는 즉각적인 갈등을 주니까?

E. M. 포스터는 플롯과 이야기의 차이점에 관해 이렇게 구분한다.

이야기는 시간 순서에 따라 배열된 사건의 서술이다. 플롯 역시 사건의 서술이지만, 중점은 인과관계에 있다. '왕이 죽었다. 그리고 왕비가 죽었다'는 이야기다. '왕이 죽었다. 그리고 왕비는 슬픔으로 죽었다'는 플롯이

257

다. 시간의 순서는 그대로이지만 플롯에는 인과관계가 드리워진다. 혹은 '왕비가 죽었다. 누구도 그 이유를 알지 못했는데, 나중에서야 왕의 죽음으로 인한 슬픔 때문이라는 것이 밝혀졌다.' 이것은 미스터리가 가미된 플롯이며, 고도의 발전이 가능한 형태이다. 이 플롯은 시간의 흐름을 멈추고, 한계가 허용하는 한 이야기로부터 가장 멀리 움직인다. 여왕의 죽음을 생각해보자. 이야기에서 우리는 "그다음엔?"이라고 묻게 되고, 플롯에서 우리는 "왜?"라고 묻는다.

이유를 알고자 하는 인간의 욕망은 다음에 무슨 일이 일어나는지 알고 싶은 욕망만큼이나 강력하며, 이것은 보다 높은 차원의 욕망이다. 일단 어떤 사실들을 알게 되면 우리는 필연적으로 그 사이의 연결 고리를 찾아내고, 그것을 발견해야만 비로소 '이해했다'는 만족을 느끼게 된다. 과학 수업에서의 기계적 암기는 대부분의 사람을 지루하게 만든다. 이해와 파악, 발견의 감각은 '움직이는 몸이 왜 계속 움직이려 하는지', 그리고 이 사실이 우리 삶의 현상들에 얼마나 엄청난 영향을 미치는지를 인식할 때 비로소 시작된다.

이야기의 사건들도 마찬가지다. 무작위로 일어나는 사건들은 움직이지도 않고 의미가 밝혀지지도 않는다. 우리는 하나의 사물이 왜 다른 하나로 이어지는지 알고 싶고, 원인과 결과의 필연성을 느끼고 싶다. 원인 중의 하나가 우연에 불과할지라도.

여기 시간순으로 배열된, 그리 흥미롭지 않은 일련의 사건들이 있다.

아리아드네는 나쁜 꿈을 꾸었다.

그녀는 피곤해서 잠이 깼다.

그녀는 아침을 먹었다.

그녀는 수업에 갔다.

그녀는 르로이를 보았다.

그녀는 계단에서 넘어져 발목이 부러졌다.

르로이는 그녀 대신 노트 필기를 해주겠다고 했다.

그녀는 병원에 갔다.

이 일련의 사건들은 플롯을 구성하지 않는다. 이것을 플롯으로 만들고 싶다면, 당신은 사건들 사이의 의미 있는 관계를 우리에게 알려주어야만 한다. 먼저 우리는 아리아드네가 악몽 때문에 기분 나쁘게 깨어났고, 그녀의 발목이 부러졌기 때문에 르로이가 노트 필기를 대신 해주겠다고 말했을 거라고 추측한다. 하지만 그녀는 왜 넘어졌는가? 어쩌면 그녀가 르로이를 보았기 때문일까? 그녀가 꾼 악몽은 그에 관한 것이었을까? 그렇다면 그녀는 프라이팬 가장자리에 짜증스럽게 달걀을 깨면서 꿈속에 나온 그의 거절을 생각하고 있었을까? 그가 해주겠다는 노트 필기의 의도는 무엇일까? 그가 엑스레이를 찍으려는 그녀를 데려다주다가 정말로 수업을 못 들을 수도 있게 되었을 때, 이것은 꿈과 반대되는 승리일까, 아니면 단지 예의 바른 거절의 형태일까? 이러한 평범한 사건들의 정서적, 극적 의미는 원인과 결과 사이의 관계에서 나타나며, 이런 관계가 드러나는 곳에서 잠재되어 있던 플롯이 만들어진다. 사건들을 플롯으로 만들려는 이 간단한 시도에서 내가 갈등과 연결/단절 패턴을 모두 활용했다는 사실도 눈여겨보라.

아리아드네의 이야기는 시간순으로 말하기를 선택하기 매우 쉬운 이야기다. 기껏해야 한두 시간만 다루면 되고, 그 정도면 단편소설의 압축된 형태로 처리할 수 있기 때문이다. 그러나 이런 짧은 범위에서도 플롯을 선택하는 것은 가능하다. 그녀가 계단에서 넘어졌을 때의 고통으로 일그러진 얼굴에서 시작하는 게 더 흥미로울까? 르로이가 그녀를 도우러 오자, 그의 노란색 티셔츠가 그녀의 시야를 가득 채운다. 고통의 충격 속에서 그녀는 다시금 꿈속으로 돌아간다.

어떤 이야기에서 독자가 "아무 일도 일어나지 않는다"라고 말하는 것은, 먼저 일어나는 일과 나중에 일어나는 일 사이의 인과관계를 감지할 수 없기 때문이다. 뭔가가 '일어난다'는 것은, 단편소설이나 장편소설의 결말이 이전에 일어났던 사건들의 결과로 인물의 삶에서 일어나는 변화를 보여주기 때문이다. 이것은 아리스토텔레스가 그토록 단순한 '시작, 중간, 끝'을 주장한 이유다. 이야기는 여러 가지 의미를 가질 수 있으며, 그것은 무엇보다 독자에게 '이해했다'는 만족감을 주는 구조—이야기의 어떤 부분이 플롯을 형성하는가—를 선택하는 일에 달려 있다.

단편소설과 장편소설

많은 편집자와 작가들은 단편소설과 장편소설이 매우 다른 존재라고 주장한다. 그러나 이야기와 플롯의 차이처럼 두 형식 간의 구별은 매우 단순하며, 그 단순한 근원에서 수많은 심오한 가능성들이 나온다는 것이 내 믿음이다. 단편소설은 짧고, 장편소설은 길다.

이것 때문에, 단편소설은 어떤 단어도 낭비할 수 없다. 일반적으로 단편소설은 한 사람 혹은 아주 적은 인물들의 시점만을 다룬다. 인물의 삶에서 오직 하나의 중심 행동과 하나의 주된 변화만을 이야기한다. 행동에 직접 영향을 미치지 않는 쓸데없는 이야기는 있을 수 없다. 단편소설은 에드거 앨런 포가 '단일 효과(single effect)'라고 불렀던 것을 만들어내려고 노력한다. 불현듯 무언가를 이해하게 되는 하나의 감정적 충격. 단편소설의 미덕은 밀도에 있으며, 질문이 많은 장편소설과 달리 단편소설은 단 하나의 '만약 ……라면'이라는 질문만을 제기한다. 만약 어떤 단편이 **빡빡하고, 날카롭고, 효율적이고, 잘 짜여 있고, 강렬하다면,** 그것은 좋은 이야기다. '길이가 짧다'는 단편소설 형식의 핵심 특성을 잘 활용했기 때문이다.

이 모든 특성들은 장편소설에서도 칭찬받을 만하지만, 장편은 여기에 더해 **포괄적이고, 방대하고, 파노라마적이다.** 장편은 경제성이나 효율성이 아니라 **시야, 범위, 넓이, 펼쳐짐**에서 강점을 지닌다. 길이가 긴 형식의 미덕이다. 하나의 장편소설은 많은 내면을 다룰 수도 있고, 오랜 세월이나 세대를 아우를 수도 있으며, 전 세계를 여행할 수도 있다. 메인 플롯 외에 하나 혹은 그 이상의 서브 플롯을 다룰 수도 있다. 많은 인물들이 변화할 수도 있고, 다양하고 수많은 영향과 결과들이 독자의 최종적인 이해를 형성한다. 쓸데없어 보이는 이야기들조차 용인될 수 있으며, 그 이야기들이 결과적으로 독자의 이해를 돕는 한 작품의 균형을 파괴하지 않을 것이다.

소설 워크숍에서 보면 이따금씩 '갈등-위기-해결'의 형식을 만들려고 애쓰는 신인 작가들이 궁금해하는 것이 있다. 이 요소들 중 하나가 결여되어 있다면 해당 작품은 "장편소설임이 분명"하냐는 것이다. 이 말이 그럴듯하게 들릴 수 있겠지만, 이것은 대개 플롯 구성이라는 불가피한 임무를 회피하는 핑계에 불과하다. 단지 장편소설이 큰 규모의 플롯 구조를 가져야 하기 때문만이 아니라, 장편의 개별 챕터나 에피소드는 주로 이야기를 앞으로 나아가게 만드는 '갈등-위기-커져가는 변화'의 패턴을 중심으로 형성되기 때문이다.

또 어떤 문학 형식도 다른 형식보다 우월할 수는 없지만, 먼저 단편도 써보지 않고 장편소설 출간에 성공하는 소설가는 거의 없다. 공간의 제한이 클수록 속도와 날카로움, 밀도의 필요성은 커진다. 단편소설은 작가로 하여금 무언가를 만들고 '보여주고' 의미를 창조하는 과정을 반복해서 연습하게 하고, 이 경험은 언젠가 장편소설과 씨름해야 할 때 셀 수 없이 많은 시간과 페이지를 절약하게 해줄 것이다.

장편소설의 형식은 확장된 이야기 형식이다. 갈등과 위기, 해결이 있어야 하며, 이 책에 적혀 있는 어떤 기술도 장편의 효과와 무관하지 않다.

지금의 우리 문화처럼 모든 것이 빠르고 동시에 복잡한 문화에서도 단편소설은 경시되지 않는다. 21세기에 이르러 사람들의 주의력은 떨어졌지만, 함축과 추론은 잘 훈련되어 있다. 결과적으로 팟캐스트, 블로그, 온라인 잡지에서 단편소설의 형식에 대한 관심이 되살아나고 있으며, 작은 화면을 위해 변형된 짧고 삽화적인 소설도 등장하고 있다.

당신은 자신의 인물 중 누군가를 사랑하게 될 것이다. 그들은 당신이거나 당신의 일부이기 때문이다. 그리고 같은 이유로 당신은 자신의 인물 중 누군가를 미워하게 될 것이다. 하지만 어떤 경우라도, 당신은 당신이 사랑하는 인물들에게 나쁜 일이 일어나도록 내버려 두어야 할 것이다. 그렇지 않으면 이야기는 생겨나지 않을 테니까.

앤 라모트

라이브 스토리텔링은 대학 캠퍼스와 대도시 극장들 사이에서 새로운 인물들과 정기적인 청중을 찾아냈다. 1970년대와 1980년대에 제롬 스턴을 비롯한 작가들이 라디오에서 일상에 관한 짧고 간결한 글을 발표하면서 라디오 방송은 그러한 형태의 방송을 다시 시작했고 지금은 「디스 아메리칸 라이프(This American Life)」 같은 프로그램으로 많은 청중을 만나고 있다. 글쓰기 프로그램에서부터 실제 출간에 이르기까지 작가를 위한 일종의 피드백 순환 고리가 생겨났으며, 덕분에 이전보다 단편집의 출간이 더 많아지고 '단편들로 이루어진 장편소설'은 인정받는 틀이 되었다. 또한 앞선 레이먼드 카버나 앨리스 먼로처럼, 자신의 재능에 맞추어 단편소설에 집중하면서 더 긴 형태로 옮겨 갈 필요를 느끼지 못하는 작가들도 점차 늘어나고 있다.

소설의 종류

모든 이야기에 인물, 플롯, 배경, 그리고 특정한 시점이 필요한 것은 사실이지만, 소설의 종류에 따라 각각 이 요소들 중 어떤 것을 다른 것보다 더 강조하거나 자신만의 독특한 방식으로 이를 생각한다.

장르 소설(genre fiction)의 독자들은 플롯, 인물, 배경, 주제에 관해 매우 구체적인 기대를 갖고 있으며, 각각의 장르에는 나름의 관습과 규칙이 있다. **문학적 소설**(literary fiction)은 장르 소설과 근본적으로 다른데, 전자가 인물 중심이라면 후자는 플롯 중심이라는 점에서 그렇다. 비록 의무적인 규칙은 아니지만, 장르 소설은 삶이란 공평하다는 것을 암시하면서 주인공을 거대한 싸움 끝에 승리하게 만드는 경향이 강하다. 반대로 문학적 소설은 삶이란 공평치 않으며, 승리는 부분적이고 행복은 잠정적이라는 것, 인간이라는 존재는 모호함 그 자체라는 것, 주인공은 죽음에 굴복할 수밖에 없다는 것을 가정하는 경향이 있다. 또한 문학적 소설은 예상치 못했거나 특이한 인물을 창조하고, 행동 패턴과 사건의 변화로 독자를 놀라게 하며, 언어의 사용을 부각함으로써 의미를 드러내려고 애쓴다.

브론테 자매의 소설에 뿌리를 두고 있는 **로맨스**(romance) **소설**의 독자들은 씩씩하지만 불운한 여자 주인공과, 잘생기고 미스터리한 남자 주인공(보통은 여자와 관계된 어두운 비밀을 지닌다), 대저택, 숲(어느 순간 여자 주인공이 얇은 옷만 입고 도망치게 된다), 그리고 궁극적으로는 남자 주인공의 품에 안긴 여자 주인공으로 끝나는 해피 엔딩을 기대할 것이다.

다른 장르들 역시 한때 주류였으며 사회의 주요한 문제나 우려를 나타냈던 소설의 종류로부터 발전해왔다. 초기 로맨스는 여성이 결혼 생활에서 어떻게 안정과 사랑이라는 욕구를 충족할 수 있는가, 또 엄격한 성적 규율을 가진 사회에서 어떻게 독립적이며 안전할 수 있는가 하는 심각한 문제를 다루었다. **탐정소설**(detective story)은 과학에 관한 광범위하고 열렬한 관심, 폭력과 미스터리가 이성과 합리로 설명될 수 있다는 낙관적인 기대와 함께 발달했다. **서부극**(western)은 서쪽으로 여행하는 많은 유럽계 미국인들이 느꼈던 황무지의 문명화에 대한 양면적 태도, 서부의 야만성을 없애려는 욕망, 그리고 그 '길들이기'가 결국 고독의 기회를 파괴해버릴지도 모른다는 두려움을 다뤘다.

가장 최근에 발달했고 여전히 발전하고 있는 장르인 **과학소설**(science fiction)은 이와 유사하게 기술에 대한 양면적 태도, 과학을 통해 인류가 이뤄낸 기적 같은 성취, 그리고 인간의 감정, 영혼, 환경에 관한 위험성을 다룬다. **판타지 소설**(fantasy fiction)의 인기가 치솟는 이유는 아마도 기술의 성취와 위협에 속박되지 않았던 시간에 대한 그리움 때문일 것이다. 일반적으로 과학소설은 미래를 배경으로 지적 능력과 기술을 사용해 문제를 해결하는 반면, 판타지 소설은 중세를 배경으로 마법을 통해 문제를 해결한다. 과학소설은 현대 문화의 거울이자 반대편에 있는 어떤 문제를 다루는 데 반해(우주 여행, 행성 간 음모, 인공지능, 신체 부위의 기계적 교체, 유전자 조작), 판타지 소설의 플롯은 낡고 시대에 뒤떨어지는 트라우마(사악한 대군주, 악령의 침입)를 다루는 경향과도 무관하지 않다.

이와 비슷하게, **뱀파이어**(vampire) 장르의 새로운 인기는 괴롭힘과 타자에 대한 거부, 그리고 이러한 문제들에 대한 공포를 반영하며, 『워킹데드』의 경우에서 확인할 수 있듯 인간이라는 존재의 전멸 가능성까지도 보여주고 있다.

어쨌든 그 밖에 **모험**(adventure), **스파이**(spy), **스릴러**(thriller)에 국한되지 않는 다른 많은 장르들이 인물, 언어, 사건에 관한 각각의 관습들을 가지고 있다. 이러한 종류의 소설들을 이름 짓는 작업은 특정한 관심의 범위를 좁히고 거기 해당하는 독자들의 마음을 끄는 일임을 알아두어야 한다.

영어덜트(young adult) 혹은 **YA 소설**과 이렇게 분류되는 소설들은 실제로 장르라기보다는 출판업자들의 마케팅 도구에 가깝다. 크레시다 코웰의 『드래곤 길들이기』나 J. K. 롤링의 『해리 포터』 같은 시리즈의 성공에 편승하여, 테크놀로지에 더 익숙한 세대에게 독서 습관을 길러주고자 하는 것이다. YA 책들은 항상 쓰여왔지만 그렇게 불리지 않았을 뿐이다. 몇 가지 고전만을 말하자면 다음과 같다. 마크 트웨인의 『허클베리 핀』, 루이스 캐럴의 『이상한 나라의 앨리스』, 매들린 렝글의 『시간의 주름』, C. S. 루이스의 『나니아 연대기』.

소설 창작을 가르치는 많은 선생들이 장르 문학 원고를 받지 않는다. 문학적 소설을 쓰는 것은 좋은 장르 소설을 쓰는 법을 가르쳐줄 수 있지만, 장르 소설을 쓰는 것은 좋은 문학적 소설을 쓰는 법을 가르쳐주지 않는다고 생각하기 때문이다. 다시 말하면 사실상 '쓰는 법'

을 가르쳐주지 않는다는 것이다. 독창적이고 의미 있는 언어를 사용하는 법을.

다른 시각을 가진 이들은 뱀파이어나 벌컨족이 포함된 이야기를 쓰고 싶어 하는 학생들에게 이렇게 말한다. 계속 써나가되, 그런 글이라고 해서 독자가 좋은 이야기에서 기대하는 것들—인물의 변화, 개연성 있는 플롯, 생생한 배경과 디테일, 미묘한 주제—이 저절로 면제되는 것은 아니라는 사실을 명심하라고.

리얼리즘(realism)—독자가 하나 혹은 그 이상의 인물들과 동일시하는 방식을 통해 작가가 포착한 고유한 삶의 모습을 그리려는 시도—은 문학적 소설을 추구하는 이들에게 올바른 출발점이다. 리얼리즘에서 핍진함을 그리려는 작가의 시도는 과학적 관찰과 검증의 방법에 비견할 만하다. 리얼리즘은 일종의 관습이기도 하며, 글을 쓰기 시작하는 유일한 방법은 아니지만 회화의 정물화처럼 대상이 현실적이든 그렇지 않든 간에 조금 더 정교한 효과를 내는 데 유용한 기술들을 배울 수 있다.

어찌 됐든 최근 문학의 경향은 딱딱한 범주에서 벗어나, 이야기 형식을 느슨하게 하거나 뛰어넘는 방향으로 나아가고 있다. 소위 장르 파괴(genre-busting)나 장르 혼합(genre-bending)이라 불리는 이 경향 속에서 장르 소설은 문학적 소설의 한계를 압박한다. 많은 작가들이 문학적 야심과 의도를 가지고 장르 소설에 접근하면서, 둘 사이의 구분을 흐리는 작품들로 실험에 열을 올리고 있다. 존 르 카레의 문학적 스파이 소설과 앤절라 카터와 로버트 쿠버의 문학적 동화를 보

라. 문학적 SF를 쓰는 작가들은 어떤가. 필립 K. 딕, 어슐러 K. 르 귄, 도리스 레싱, 마거릿 애트우드, 로런 뷰커스, 제임스 스마이스, 그리고 알리에트 드 보다드. 댄 숀은 문학적 공포소설을 쓰고, 케이트 앳킨슨과 마이클 셰이본은 추리소설을 쓰며(심지어 셰이본은 셜록 홈스 소설도 썼다), 저스틴 크로닌은 뱀파이어 소설을 쓴다. 장르 혼합의 예시로는 토바이어스 울프의 「머리 속 총알」을 살펴보면 좋을 것이다. 이 소설은 은행 강도 이야기의 설정을 가져와서 이를 언어와 상실에 관한 이야기로 바꾸어놓는다. 또한 **하이브리드 소설**(hybrid fiction), 즉 사진, 시, 희곡, 회고록 같은 다른 매체나 장르를 소설과 섞어놓은 예들은 무수히 많다. 애덤 소프의 장편 『울버턴(Ulverton)』은 영화 대본으로 끝나고, 제니퍼 이건의 장편 『깡패단의 방문』에는 파워포인트로 된 챕터가 있다. **하이퍼텍스트 소설**(hypertext fiction)은 쌍방향적이고 비선형적인 문학적 소설의 한 장르다.

마술적 리얼리즘(magic realism)은 리얼리즘의 기술과 장치들—핍진성, 평범한 삶과 배경, 일상적인 심리—을 사용하며, 리얼리즘의 톤과 작법을 결코 떠나지 않은 채로 불가능하거나 환상적인 사건과 세계를 소개한다. 판타지가 마법의 놀라운 능력으로 독자를 매혹하려 한다면, 마술적 리얼리즘은 정반대의 방식, 즉 평범한 맥락과 모습 속에서 비범한 일이 일어나는 것을 독자에게 설득하는 방식으로 작동한다. 가브리엘 가르시아 마르케스는 마술적 리얼리즘의 거장으로 추앙받으며, 『백년의 고독』은 그 절정이다. 도널드 바셀미의 『죽은 아버지』에서 아이들은 아직 완전히 죽지 않은 아버지를 문자 그대로의 짐으로 안고 여행을 떠난다. 캐런 러셀의 단편 「늑대의 품에서 자란 소녀들」에서는 실제로 늑대가 기른 소녀들을 기숙학교로 데려온다. 브레나 고메즈의 「코르조(Corzo)」에서 7학년 소녀는 피를 보면서도 침착하게 손을 뻗어 자기 아버지의 심장을 제거한다.

실험적 소설(experimental fiction)은 그 정의상 아무도 예상하거나 예측하지 못하는 것이기 때문에 정의하기 어렵다. 하지만 문학적 소설의 일부로 인정받게 된 몇 가지 종류의 실험이 있다. 예를 들어 **메타픽션**(metafiction)은 소설 쓰기를 주제로 삼고, 소설 자체의 기술과 기법에 주목하며, 이야기가 쓰이고 읽히는 것이 곧 일어나고 있는 일이라고 주장한다. 존 바스의 소설들처럼, 메타픽션에서 이야기를 쓰는 일은 곧 인간의 다른 투쟁이나 노력에 관한 은유로 읽히기도 한다.

미니멀리즘(minimalism) 혹은 **미니어처리즘**(miniaturism)은 단조롭고 절제되고 가라앉은 문체를 말하며, 무감각한 느낌을 주는 (때로는 명백하게 임의적인) 디테일이 축적된 것을 특징으로 한다. 시점은 3인칭 객관적 시점이거나 그에 가까운 경향을 보이고, 사건들은 해석 없이 제시되며, 긴장되고 불안하며 결론이 나지 않는 결론을 향해 쌓여간다. 레이먼드 카버가 미니멀리스트 작가의 대표적인 예다.

짧은 단편소설(short-short story)은 2천 단어 이하의 이야기이고, **마이크로픽션**(microfiction)과 **플래시 픽션**(flash fiction)은 250단어 이하의 이야기를 지칭하는 용어다. 낸시 허들스턴 패커에 따르면, 이런 작품들은 "모든 단편소설의 기본 요소인 압축, 암시, 그리고 변화를 한계까지 밀어붙인다. 이런 이야기들은 극도로 압축되어 있다가 폭발한다". 마이크로픽션은 짧은 분량으로 인해 시와 구별하기 어려운 경우가 많아서 하이브리드 소설이라고 불리기도 한다. 수백 명에 이르는 작가들이 이 형식으로 글을 쓰고 있고, 그중 리디아 데이비스가 가장 잘 알려져 있다.

추천 작품

「해피 엔딩(Happy Endings)」(마거릿 애트우드 지음)

「실버 워터(Silver Water)」(에이미 블룸 지음)

「우리는 하지 않았다(We Didn't)」(스튜어트 다이벡 지음)

「코르조(Corzo)」(브레나 고메즈 지음)

「하우 파 쉬 웬트(How Far She Went)」(메리 후드 지음)

「오르는 것은 모두 한데 모인다」(『플래너리 오코너』에 수록, 플래너리 오
코너 지음, 현대문학, 2014)

「양안시(Binocular Vision)」(이디스 펄먼 지음)

「모퉁이에서 두 번째 나무(The Second Tree from the Corner)」(E. B. 화
이트 지음)

「무력의 사용(The Use of Force)」(윌리엄 칼로스 윌리엄스 지음)

「머리 속 총알(Bullet in the Brain)」(토바이어스 울프 지음)

1. 이 기본적인 갈등 속에 두 인물을 배치하는 장면을 써보자. 한 사람이 무언가를 원하는데, 다른 한 사람은 그걸 주고 싶지 않다. 갈등이 심화되도록 내버려두라. 누가 어떤 방법을 써서 자신이 원하는 바를 이루는가? 누가 이기는가?

2. 같은 주제에 관해 조금 더 복잡한 변주를 해보자. 한 사람이 어떤 것의 절반을 가지고 있는데, 다른 절반 없이는 아무 쓸모가 없다. 두 사람은 모두 상대방이 가진 절반을 원한다. 이들은 연결되는가, 아니면 단절되는가?

3. 사소한 물건이나 문제를 두고 갈등하는 두 인물 사이의 장면을 쓰라. 독자로 하여금 진짜 긴장은 뭔가 더 중요한 것으로부터 생겨난다는 것을 알게 하라. 예를 들어 단순히 리모컨을 가지고(control of the remote) 싸우는 게 아니라, 실은 통제(control)와 거리(being remote)에 관한 문제라는 것.

4. 자연의 어떤 측면과 충돌하는 인물을 배치하라. 그것은 모기만큼 작거나 눈사태만큼 클 수 있다. 위기가 닥칠 때까지 누가 '승리'할지 독자가 알 수 없도록 힘의 균형을 맞추어라.

5. 주인공이 원하는 것을 **얻지 못하지만** 그럼에도 불구하고 행복하게 끝나는 이야기를 세 페이지 이내로 쓰라.

6. 장르 소설의 장면이나 설정(환상의 왕국, 서부극의 술집, 시체 발견, 또는 다른 익숙한 이야기 형식)을 선택하고, 실제 행동은 인물의 내면에서만 일어나는 장면을 쓰라.

7. 엽서에 짧은 소설을 쓰라. 그리고 발송하라. **마이크로픽션**의 분량에서 갈등, 위기, 해결을 다루려면 갈등을 곧바로 보여줘야 한다는 점을 기억하라.

7장

시점

누가 말하는가?
- 3인칭 시점
- 2인칭 시점
- 1인칭 시점

누구에게?
- 독자
- 다른 인물
- 자기 자신

어떤 형식으로?
어느 정도의 거리에서?
- 거리와 작가–독자 관계

일관성 : 주의할 점
문화적 도용에 관하여

시점(point of view)은 소설에서 가장 복잡한 요소다. 우리는 여러 가지 방법으로 시점을 분류하고 분석할 수 있지만, 어떻게 설명하든 간에 시점이란 궁극적으로 작가와 인물, 그리고 독자 사이의 관계에 관한 것이다.

가장 먼저 해야 할 일은 '시점'이라는 표현의 일반적인 뜻 중에서 '의견'과 동의어인 부분을 따로 떼어놓는 것이다. '내 관점에서는 그들 모두 총에 맞아야 해(It's my point of view that they all ought to be shot)' 같은 문장에서처럼 말이다('point of view'에는 시점 외에도 관점, 견해, 생각등의 뜻이 있다—옮긴이). 그 대신 좀 더 문자 그대로의 동의어 '바라보는 위치(vantage point)'에서 시작해보자. 누가 어디에 서서 이 장면을 지켜보고 있는가?

우리는 페이지 위의 단어들을 다루고 있기 때문에, 이 질문은 다음과 같이 번역되는 편이 더 좋을 것이다. **누가 말하는가? 누구에게? 어떤 형식으로? 어느 정도의 거리에서?**

누가 말하는가?

작가로서 당신이 이야기의 첫 문장을 쓰기 전에 반드시 정해야 하는 일차적인 '시점 결정'은 바로 **인칭**이다. 가장 단순하면서도 가장 거친 이 구분은 누가 말하는가를 결정하기 위해 필요하다. 이야기는,

3인칭으로 쓰일 수도 있고(그녀는 가혹한 햇빛 속으로 걸어 나갔다),
2인칭으로 쓰일 수도 있으며(너는 가혹한 햇빛 속으로 걸어 나갔다),
1인칭으로 쓰일 수도 있다(나는 가혹한 햇빛 속으로 걸어 나갔다).

독자의 관점에서 3인칭과 2인칭의 이야기는 작가가 들려주는 것이고, 1인칭은 '나'라는 인물이 들려주는 것이다.

작가가 이야기를 들려주는 **3인칭 시점**의 경우, 작가가 어디까지 알고 있다고 가정하느냐에 따라 다시 세분할 수 있다.

전지적 작가 시점

전지적 작가 시점은 작가가 모든 것을 알고 있고, 독자가 무엇을 생각해야 하는지 직접 말해주는 시점이다. 전지적 작가로서의 당신은 신이다. 전지적 작가는,

1. 이야기에서 일어나는 행동을 객관적으로 알려준다.
2. 어떤 인물의 내면에도 들어갈 수 있다.
3. 인물의 외모, 말, 행동, 생각을 해석하고 설명해준다(심지어 인물 자신이 그렇게 하지 못하더라도).
4. 시간과 공간을 자유롭게 이동하며 파노라마처럼, 망원경처럼, 현미경처럼 보게 해준다. 또한 다른 곳에서 일어난 일이나 과거에 일어난 일, 미래에 일어날 일까지 보여줌으로써 통시적이고 역사적인 시각을 갖게 해준다.
5. 일반적이고 추상적인 성찰, 판단, 진실을 말해준다.

이 모든 영역에서 독자는 전지적 작가가 말하는 것을 그대로 받아들이게 된다. 만약 당신이 루스는 좋은 여자이고, 제러미는 자기 자

신의 의도를 제대로 이해하지 못하며, 달은 네 시간 안에 폭발할 것이고, 그로 인해 모든 사람이 더 잘 살게 될 거라고 말한다면, 독자는 당신을 믿을 것이다. 다음 문단은 위의 다섯 가지 지식의 영역을 극명하게 보여주는 예다.

⑴ 조는 비명을 지르는 아기를 바라보았다. ⑵ 찡그린 그의 얼굴에 겁먹은 아기는 침을 삼키고 더 크게 소리를 질렀다. 난 저게 정말 싫어. 조는 생각했다. ⑶ 그러나 그가 느낀 것은 실제로 증오가 아니었다. ⑷ 불과 2년 전만 해도 그 역시 그렇게 소리를 질렀었다. ⑸ 아이들은 증오와 두려움을 구분할 수 없다.

이 장면은 어색하게 압축되어 있지만, 기술이 뛰어난 작가들은 하나의 영역에서 다른 영역으로 쉽게 이동할 수 있다. 『전쟁과 평화』의 첫 장면에서 톨스토이는 안나 셰레르를 다음과 같이 묘사한다.

> 열정적인 사람이라는 건 그녀의 사회적 사명이 되어버렸고, 가끔씩 그다지 내키지 않을 때조차 그녀는 자신을 아는 사람들의 기대를 저버리지 않으려고 열정적이 되곤 했다. 그녀의 입가에 늘 걸려 있는 차분한 미소는 빛바랜 얼굴과는 어울리지 않았지만, 마치 버릇없는 아이가 자신의 매력적인 결점을 지속적으로 의식하듯, 그녀는 그것을 고치고 싶지 않았고, 고칠 수도 없었으며, 고칠 필요조차 느끼지 못했다.

이 두 문장에서 톨스토이는 안나의 마음속에 있는 것과 지인들이 그녀에게 기대하는 것, 그녀가 어떻게 보이는지, 무엇이 어울리는지, 그녀가 할 수 있는 것과 할 수 없는 것에 대해 말해주고, 버릇없는 아이들에 대한 일반적인 생각까지 제시한다.

전지적 작가 시점의 목소리는 고전 서사시('그리고 머나먼 곳에 있는 멜리아그로스는 이를 전혀 몰랐지만, 그의 심장이 뜨겁게 타오르는 것을 느꼈다')나 성경('그리하여 주님께서 이스라엘에 전염병을 내리시니, 백성 가운데서 죽은 사람이 7만 명이나 되었다')(『사무엘서』 하권 24장 15절—옮긴이) 그리고 대부분의 19세기 소설('티토는 그를 도우려 손을 내밀었고, 인간의 영혼이란 이상하리만큼 빠르게 움직여서, 자신의 속죄가 받아들여졌다고 느끼기 시작한 순간 그는 그것이 수반하는 짜증 나는 노력에 대해 잽싸게 생각했다')에서 볼 수 있는 목소리다. 하지만 이것은 현대 문학이 계급적으로는 영웅에서 평범한 인물로, 그리고 외부적 행동에서 심리적 행동으로 이동한 것을 보여주는 하나의 징후로, 리얼리즘 작가들은 대체로 전지적 작가의 신과 같은 입장을 피하고 자신들의 지식을 더 적은 영역으로 제한한다.

제한적 시점

제한적 시점은 작가가 전지적 작가 시점의 자유를 전부는 아니지만 일부 누릴 수 있는 시점이다. 가장 일반적으로 사용되는 제한적 시점은 작가가 사건을 객관적으로 보면서 한 인물의 내면으로만 들어갈 수 있는 형태다. 이때 작가는 다른 인물들의 내면에는 들어갈 수 없고, 어떤 명시적인 판단도 내릴 수 없다. 제한적 시점은 특

279

히 단편소설을 쓸 때 유용한데, 시점 인물이나 **지각 수단**(means of perception)을 매우 빨리 확립할 수 있기 때문이다. 단편소설은 아주 압축적인 형식이라서 하나 이상의 내면을 발전시킬 만한 시간이나 공간이 거의 없다. 외부적 관찰과 한 인물의 생각에만 머무르는 것은 초점을 유지하고 어색한 시점 변화를 피하는 데 도움이 된다. 제한적 시점의 또 다른 장점은 그것이 우리 개개인의 삶의 경험, 즉 타인의 마음과 의도를 꿰뚫지 못하는 한계를 닮고자 한다는 것이다. 이것은 많은 이야기를 불러일으키는 갈등이나 다툼으로 이어질 수 있다.

아래 게일 고드윈의 『이상한 여자(The Odd Woman)』처럼, 제한적 시점은 장편소설에도 빈번하게 사용된다.

같은 날 저녁 10시, 산 위에 사는 주민들은 일상과 음주로 복귀했다. 반면 제인은 부엌에 혼자 앉아 깨끗이 닦은 탁자에 스카치 한 잔을 올려놓고, 낯설기만 한 어떤 분위기 속으로 점점 더 빠져들었다. 뭐라 표현할 수는 없었다. 무섭기도 하고 만족스럽기도 했다. 놓아주는 것 같으면서 어디론가 끌려가는 것 같았다. 그녀는 되짚어보려 애썼다. 이게 정확히, 언제 시작됐지?

여기서 작가는 명백한 제한적 시점을 사용하고 있다. 작가는 제인의 마음에 대한 궁극적인 진실을 독자에게 말해주지 않을 것이며, 그녀가 정의하지 못하는 낯선 분위기의 정체를 규정해주지도 않을 것이다. 작가는 몇 가지 사실을 알고 있고, 제인의 생각을 알고 있다. 그게 전부다.

제한적 시점의 장점은 직접성이다. 위의 예시에서 독자는 제인이 자신의 생각과 감정에 대해 아는 것보다 더 많은 것을 알 수 없기 때문에, 그녀와 함께 이해를 향해 더듬더듬 나아간다. 그 과정에서 작가와 독자 사이에는 일종의 계약이 만들어지고, 이제부터 그 계약은 파기되어서는 안 된다. 이 시점에서 작가가 제인의 질문—"이게 정확히, 언제 시작됐지?"—에 끼어들어 대답한다고 해보자. '제인은 결코 기억하지 못했지만, 그것은 실은 그녀가 두 살이던 어느 날 오후에 시작되었다.' 그러면 우리는 이것을 갑작스럽고 불필요한 **작가의 개입**(authorial intrusion)으로 느낄 것이다. 그럼에도 불구하고 작가가 스스로 정한 한계 안에서는 유동성과 다양한 가능성이 존재한다.

객관적 시점

객관적 시점에서 작가는 자신의 지식을 시각, 청각, 후각, 미각, 촉각 같은 인간이 관찰할 수 있는 외부적 사실들로 제한한다. 단편 「흰 코끼리 같은 언덕(Hills Like White Elephants)」에서 어니스트 헤밍웨이는 인물의 생각이나 작가의 의견을 직접적으로 드러내지 않고, 갈등 중인 커플이 하는 말과 행동만을 기록한다.

"뭐 좀 마셔야 하지 않을까?" 여자가 물었다. 그녀는 모자를 벗어서 탁자 위에 올려놓았다.

"꽤 덥네." 남자가 말했다.

"맥주 마시자."

"도스 세르베사스(Dos cervezas, 맥주 두 잔—옮긴이)." 남자가 커튼에 대고 말했다.

(……)

종업원 여자는 맥주 두 잔과 펠트 받침 두 개를 가져왔다. 그녀는 탁자에 펠트 패드를 깔고 그 위에 맥주를 올린 다음 남자와 여자를 쳐다보았다. 여자는 줄지어 늘어선 언덕들을 내려다보고 있었다. 태양 아래서 언덕들은 하얗게 보였고 메마른 땅은 갈색이었다.

이 이야기를 읽어가는 동안, 독자는 전적으로 추론에 의해 여자가 임신했다는 것과 그녀가 남자로부터 낙태를 강요받는다고 느낀다는 사실을 알게 된다. 물론 임신이나 낙태는 결코 언급되지 않는다. 서술는 끊겨 있고, 간결하며, 표면적이다. 이렇게 객관적인 기록을 가장하여 헤밍웨이가 얻는 것은 무엇인가? 독자는 실제로 어떤 일이 일어나고 있는지를 발견할 수 있다. 인물들은 문제를 피하고 얼버무리며 온갖 척을 하지만, 몸짓이나 반복, 말실수를 통해 자신들의 진짜 의도와 감정을 내비친다. 작가의 연출에 따라, 독자는 마치 삶에서 그러하듯 추론을 통해 하나하나 알아가게 되고, 마침내 인물들이 자신에 대해 알고 있는 것보다 그들을 더 잘 아는 즐거움을 누리게 된다.

- 2인칭 시점

문학에서는 1인칭 시점과 3인칭 시점이 가장 흔하다. **2인칭 시점**은 특이하고 실험적인 형식이지만, 여러 동시대 작가들이 그 가능성에 끌렸으므로 언급할 가치가 있다.

한강의 장편소설 『소년이 온다』에는 2인칭 시점으로 된 부분들이 반복적으로 등장하여, 이 기법을 통해 독자가 어떻게 인물로 만들어지는지를 보여준다.

> 비가 올 것 같아.
>
> 너는 소리 내어 중얼거린다.
>
> **정말 비가 쏟아지면 어떡하지.**
>
> 너는 눈을 가늘게 뜨고 도청 앞 은행나무들을 지켜본다. 흔들리는 가지 사이로 불쑥 바람의 형상이 드러나기라도 할 것처럼. 공기 틈에 숨어 있던 빗방울들이 일제히 튕겨져 나와. 투명한 보석들같이 허공에 떠서 반짝이기라도 할 것처럼.
>
> 너는 눈을 크게 떠본다. 좀 전에 가늘게 떴을 때보다 나무들의 윤곽이 흐릿해 보인다. 언젠가 안경을 맞춰야 하려나. (⋯⋯) 더 이상 눈이 안 나빠져서 안경을 안 쓸 순 없을까.

여기서 작가는 독자에게 구체적인 특성과 반응을 부여함으로써 독자를 인물로 만들고, 독자가 인물과 함께 간다는 가정하에 독자를 이야기 속으로 더 깊고 내밀하게 끌어들인다.

어떤 작가들은 트라우마를 묘사하기 위해 2인칭 시점을 선택하는데, 그 이유는 2인칭 시점이 주는 약간의 분리감이 멜로드라마적 느낌을 지우고 충격의 감각을 잘 반영하기 때문이다. 다른 작가들은 매우 개인적인 경험을 더 보편적으로 느껴지게 하기 위해 2인칭 시점을 사용하기도 한다.

2인칭 시점은 **주인공을 '당신'이라고 부르는 이야기에서만** 성립하는 서술 방식이다. 어떤 인물이 편지나 독백에서 '당신'이라고 말할 때, 서술은 여전히 '나'라는 인물에 의해 말해진

> 내가 정말로 원하는 것은 독자가 실제로 읽고 있지 않다고 느끼는 친밀감이다. 읽는 것이 아니라 이야기에 함께 참여하고 있다는 느낌에서 오는 친밀감.
> ─토니 모리슨

다. 전지전능한 작가가 독자를 **당신**이라 부른다면(**당신은 존 도더링이 도버에서 절벽에 매달려 있었다는 걸 기억할 것이다**), 이것은 '직접 호칭(direct address)'이라 불리며 작품의 기본적인 3인칭 시점 상태를 바꾸지 않는다. 오직 '당신'이 극의 주인공이 될 때, 작가가 그렇게 지정한 경우에만, 그 소설은 2인칭 시점이 된다.

3인칭이나 1인칭 시점과 달리, 2인칭 시점은 시점 자체에 관심이 쏠린다. 또한 3인칭이나 1인칭으로 다시 미끄러지기 쉽기 때문에 유지하기 어렵기도 하다. 게다가 어떤 독자들은 이야기에서 자신이 되어야 할 인물과 스스로를 동일시하지 않는 탓에 2인칭 시점에 저항할 수도 있다(**언젠가 안경을 맞춰야 하려나**). 1인칭 시점이나 3인칭 시점

처럼 2인칭 시점이 주요한 서술 방식이 되기는 어렵겠지만, 바로 그이유 때문에 당신은 이 시점을 매력적인 실험으로 여길지도 모른다.

- 1인칭 시점

인물 중 하나가 이야기의 행동과 사건에 연관될 때 이야기는 1인칭 시점으로 전개된다. '화자(narrator)'라는 용어는 어떤 이야기든 말하는 사람을 느슨하게 지칭하기도 하지만, 엄밀히 말하자면 화자는이야기가 인물 중 한 사람에 의해 1인칭 시점으로 쓰일 때만 존재한다. 이 인물은 주인공일 수도 있고, 내 이야기를 들려주는 '나'일 수도 있는데, 이때의 화자를 **중심 화자(central narrator)**라고 부른다.다른 사람에 대한 이야기를 하고 있는 인물일 경우에는 **주변 화자(peripheral narrator)**('관찰자'로 불러도 무방하다—옮긴이)라고 한다.

어느 쪽이든 독자가 이야기의 주인공이 누구인지 알 수 있도록, 어떤 종류의 화자인지 빨리 알려주는 것이 중요하다. 폴 비티의 장편소설 『배반』의 첫 단락을 보자.

흑인 남자가 이렇게 말하면 믿기 어려울지도 모르지만, 나는 물건을 훔쳐본 적이 없다. 세금이나 카드값을 안 낸 적도 없다. 영화관에 몰래 들어간 적도 없고, 상업주의와 최저임금제도에 무관심한 편의점 직원이 실수로 거스름돈을 더 줬을 때 그냥 받아 간 적도 없다. 빈집을 털어본 적도 없다. 주류 가게에서 강도질한 적도 없다.

여기서 초점은 즉시 이야기의 '나'에게 집중되고, 독자는 이제 '내'가 욕망과 결정으로 행동을 이끌어내는 중심인물이 되리라 기대한다. 로런 그로프의 단편 「유령과 공허(Ghosts and Empties)」에서는 이야기의 문제를 떠안게 될 '나'를 더 눈에 띄게 보여준다.

어찌 된 일인지 나는 소리 지르는 여자가 되어버렸다. 어린아이들이 경직되고 조심스러운 얼굴로 지나쳐 가는 소리 지르는 여자가 되고 싶지 않았기 때문에, 나는 저녁 식사 후에 운동화 끈을 매고 어둑한 거리로 나가 산책을 하고, 옷을 벗고, 씻고, 읽고, 노래하고, 아이들을 내 남편, 소리 지르지 않는 남자에게 맡겼다.

이러한 자기주도적 서술과는 대조적으로, 에이미 블룸의 단편 「실버워터」에서는 바이올렛을 언니 로즈의 관찰자이자 보호자인 주변 화자로 설정하고, 로즈의 놀라운 노랫소리에 대해 생생히 묘사하게 한다.

언니의 목소리는 은빛 주전자 속 계곡물 같았고, 맑고 푸른 그 아름다움은 듣는 사람을 시원하게 하고 열기 너머로 끌어 올리곤 했다. 우리가 「라 트라비아타」를 보고 나왔을 때, 언니는 열네 살이고 나는 열두 살이었는데, 언니는 주차장에서 나를 팔꿈치로 찌르면서 말했다. "이것 좀 들어봐." 그리고 언니는 부자연스러울 정도로 입을 크게 벌리고 노래를 시작했는데, 그 목소리가 너무 투명하고 밝아서 주차장을 떠나려던 오페라 관람객들은 차 옆에 얼어붙은 채 서 있었다. 노래가 끝날 때까지 그 사람들은 차 키를 꺼내거나 문을 열지도 못하고 있다가 열렬하게 환호했다.

이게 내가 기억하는 장면이고 나는 이 이야기를 언니의 모든 치료사들에게 말했다. 나는 그들이 언니를 알아주길 바랐다. 당신들이 보는 언니가 다가 아니라는 것을.

용어 자체가 암시하듯, 중심 화자는 항상 행동의 중심에 있다. 주변 화자는 사실상 중심이 아닌 어느 곳에나 있을 수 있다. 바이올렛의 경우처럼 주변 화자는 이야기에서 두 번째로 중요한 인물일 수도 있고, 이야기 전반을 방관하는 것처럼 보일 수도 있다. 심지어 1인칭 화자를 복수로 만드는 것도 가능하다. 윌리엄 포크너의 단편 「에밀리에게 장미를(A Rose for Emily)」에서 이야기를 들려주는 것은 사건이 일어나는 마을 사람들을 뜻하는 '우리' 중 하나라고만 알려진 화자이다. 혹은 스콧 블랙우드의 장편 『우리는 여기서 만나기로 했다(We Agreed to Meet Just Here)』에서 반복되는 부분처럼 사용할 수도 있다.

오디가 사라진 날 밤에 우리는 상상했다. 그와 루스는 화학요법 때문에 싸웠다. 오디는 그가 중요한 걸 보지 못했다고 말했고 루스는 괴로울 때 그녀가 항상 하던 일을 했다. 수산 시장으로 차를 몰아 그린 망고 카레와 함께 봄을 대하를 사러 가는 일.

늘상 일어나던 종류의 일을 암시하기 위해, 간접 대화와 요약이 어떻게 사용되는지를 주목하라. 이로 인해 '우리'는 어떤 종류의 일이 일어났는지 추측할 수 있다.

화자는 중심에 있거나 주변에 있을 수 있고, 인물이 자신의 이야기나 다른 사람의 이야기를 말할 수 있다는 것은 둘 다 일반적으로 받아들여지고 또 명백하게 논리적이다. 그러나 작가 겸 편집자인 러스트 힐스는 자신의 책 『일반적 글쓰기와 단편소설 쓰기(Writing in General and the Short Story in Particular)』에서 이 개념에 관한 흥미롭고 설득력 있는 예외에 관해 말한다. 힐스의 주장에 따르면, 시점이 실패할 때 그 이유는 언제나 우리가 이야기 속에서 사용하고 있는 지각이 행동에 의해 움직이거나 변화된 인물의 지각과 다르기 때문이다. 심지어 화자가 주변에 있고 이야기는 '다른 누군가에 대한' 것이라 해도, 변화하는 인물은 사실 화자이며, 독자의 감정적 일치를 만족시키기 위해서는 반드시 화자가 변화해야만 한다는 것이다.

나는 이것이 성공적인 소설에서 항상 일어나는 일이라고 생각한다. 행동에 의해 움직이는 인물이 시점 인물이 되거나, 아니면 시점 인물이 행동에 의해 움직이는 인물이 **되는** 것. 이를 힐스의 법칙이라 부르자.

분명하게도, 이 견해는 우리가 '주변 화자'라는 유용한 소설적 장치를 버려야 한다는 것을 의미하지는 않는다. 힐스는 자신의 의도를 설명하기 위해 『위대한 개츠비』라는 익숙한 예를 가져온다. 닉 캐러웨이는 소설의 주변 화자로서 제이 개츠비의 이야기를 들려주지만, 책의 마지막에 이르러 닉의 삶은 그가 관찰한 것으로 말미암아 변화하고 만다. 마찬가지로, 기시 젠의 단편 「노 모어 메이비(No More Maybe)」는 화자의 시댁에 초점을 맞출 것이라는 점을 분명히 하면서 시작된다.

> 시어머니는 미국에 온 이후로 매우 바쁘다. 먼저 그녀는 블루베리를 많이 먹어야 한다. 왜냐하면 중국에서는 블루베리가 비싸니까! 여기서는 비교적 싸다. 그러고 나서 깨끗한 공기를 들이마셔야 한다. 남편 우지와 나는 여기서 5년 동안 살았기 때문에 이 공기에 익숙해져 있다. 하지만 내 시어머니는 빨리 걷는 산책을 많이 해야만 한다. 숨 쉬고, 또 숨 쉰다. 그녀는 자신의 폐를 깨끗이 청소하고 건강한 산소를 안에 잔뜩 집어넣을 거라고 말한다. 또 그녀는 하늘도 바라보아야 한다.

하지만 이 소설의 끝에서 눈물을 글썽이는 사람은 바로 화자다. 왜냐하면 그녀는 자신이 비꼬느라 바빴던 시어머니의 노화가 오직 한 가지 결과만을 가져온다는 걸 알게 되기 때문이다.

안톤 체호프(토바이어스 울프가 바꿔 말한 대로)는 이렇게 경고했다. "화자는 자신이 말하고 있는 이야기의 **결과**에서 벗어날 수 없다. 만약 그게 가능하다면, 그건 이야기가 아니다. 일화든 소문이든, 뭔가 다른 것이다."

중심 화자든 주변 화자든 1인칭의 화자는 등장인물이기 때문에,

그 혹은 그녀는 인간으로서의 모든 한계를 가지고 있고 전지전능할 수 없다는 것을 기억하는 일이 중요하다. 화자는 자신이 현실적으로 알 수 있는 것만을 말할 수 있다. 물론 그에 더해 화자가 행동을 해석하고, 격언을 전달하고, 미래를 예측할 수도 있지만, 이것들은 모두 인간의 틀리기 쉬운 의견으로 남을 뿐이다. 독자는 전지전능한 작가의 해석, 진실, 예측을 받아들이는 것처럼 화자의 의견을 받아들여야 할 의무가 없다. 작가인 당신은 독자가 화자의 말을 받아들여주기를 바랄지도 모른다. 그렇다면 작가의 임무 중 가장 어려운 부분이자 작품의 성공을 위한 시금석은, 독자로 하여금 화자를 신뢰하고 믿도록 설득하는 작업이 될 것이다. 한편, 독자가 화자의 의견을 거부하고 스스로의 의견을 만드는 것이 작가의 주된 목적일 수도 있다. **누가 말하는가?**에 대한 대답이 **아이, 고집불통, 질투심 많은 애인, 동물, 정신분열증 환자, 살인자, 거짓말쟁이**라면, 화자는 독자가 반드시 공유하지는 않는 한계를 가졌다는 의미일지도 모른다. 화자가 그런 한계를 드러내고 또 배반하는 한, 화자는 **믿을 수 없는 화자**가 되고, 이것은 이 챕터의 뒤쪽에서 '어느 정도의 거리에서?'라는 제목 아래 논할 현상이다.

누구에게?

시점을 선택할 때, 작가는 이야기의 화자뿐 아니라 의도하고 있는 청자가 누구인지도 고려해야 한다. 이야기는 누구에게 전해지고 있는가?

• 독자

대부분의 소설은 '독자'라는 문학적 관습에게 말을 건다. 책을 펴면 우리는 불특정한 청중의 일원으로서의 역할을 암묵적으로 받아들이고, 멈춰서 "이 이야기를 왜 나한테 하는 거죠?"라고 묻지 않는다. 전지적 작가든 인물 화자든 이야기하는 이가 가장 일반적으로 전제하고 있는 것은 독자가 개방적이고 순종적인 보통 사람이라는 점, 그리고 이야기를 하는 데는 다른 명분이 필요하지 않다는 점이다.

시점의 사용은 독자를 끌어들여 이야기의 핵심과 즉각적이고 지속적인 접촉을 하게 만들고 거기 계속 머물게 하는 데 그 목적이 있다. 시점은 독자가 이야기를 바라보는 투명한 창이자 무대의 맨 앞부분이다.

톰 젱크스

어머니는 내가 태어난 순간에 죽었고, 그래서 평생 동안 나와 영원 사이에는 아무것도 서 있지 않았다. 내 등 뒤에는 언제나 황량하고 검은 바람이 불었다. 삶이 시작될 때 나는 이렇게 되리란 걸 알 수 없었다. 나는 그저 내가 더 이상 젊지 않게 되었을 때, 내 삶의 한가운데에 이르러서야 그걸 알게 되었고, 내가 예전에 충분히 갖고 있던 것들 중 몇 가지는 덜 가지고 있고 거의 갖지 못했던 것들 중 몇 가지는 더 가지게 되었다는 걸 깨달았다.

자메이카 킨케이드, 『내 어머니의 자서전
(The Autobiography of My Mother)』

• 다른 인물

반면에 이야기는 다른 인물이나 복수의 인물들에게 전해질 수도 있다. 이때 우리는 독자로서 이를 '엿듣는다'. 이야기의 화자는 은연중에라도 독자인 우리의 존재를 인정하지 않는다.

서간체(epistolary) 소설에서, 서술은 전적으로 한 인물이 다른 인물에게 보낸, 혹은 인물 사이에 오간 편지만으로 구성된다. 편지를 받는 사람은 낯선 사람일 수도 있고, 가까운 친구나 친척일 수도 있다. 리 스미스의 장편 『크리스마스 편지(The Christmas Letters)』를 보자.

먼저, 작년에 크리스마스 편지를 쓰지 않은 것에 대해(전화 다시 안 한 것, 편지에 답장 안 한 것 등등) 사과할게. 사실 난 오랫동안 아무것도 할 수 없었어. 진짜로 아무것도. 정말로. 난 맥이 완전히 풀렸고, 움직일 수가 없었어. **너무 많은 일을 했던** 시기 다음에 그런 시간이 찾아왔지. 이미 그런 일을 겪은 메리베스는 나한테 편지를 보내서, "뭐든 큰 결정은 내리지 마'라고 말했어. 아주 좋은 충고였고, 그걸 따랐으면 더 좋았겠지. 하지만 그 대신 나는 별거에 동의했고, 그런 다음 빠른 합의이혼에도 동의했고, 그다음엔 최대한 빨리 집을 팔아치우겠다는 샌디의 계획에도 동의했지. 난 그냥 모든 게 다 끝나버리기만을 바랐던 거야. 가끔씩 문득 옷장을 싹 정리해야겠다는 충동이, 도저히 거부할 수 없을 정도로 들 때가 있잖아. 꼭 그런 기분이었어.

또는 이야기의 형식이 하나의 인물이 다른 인물에게 소리 내어 말하는 독백일 수도 있다.

저것들은 사무실이고 이것들은 칸막이 있는 자리야. 저기 내 자리가 있고, 여기 네 자리가 있지. 이건 네 전화야. 절대 전화를 받지 마. 음성 사서함이 대답하게 해. 여기 음성 사서함의 시스템 매뉴얼이 있어. 개인 통화는 허용되지 않아. 하지만 물론 비상 상황에는 예외가 있지. 만약 꼭 긴급 전화를 해야만 한다면, 상사에게 먼저 물어봐. 상사를 찾을 수 없다면, 저기 앉아 있는 필립 스피어스에게 물어봐. 그는 저기 앉아 있는 클래리사 닉스와 상의할 거야. 허락 없이 긴급 전화를 걸면 넌 아마 관둬야 할 거야.

— 대니얼 오로즈코, 「오리엔테이션(Orientation)」

다시 말하지만, 가능한 변형은 무한하다. 화자가 친구나 애인에게 내밀한 고백을 할 수도 있고, 배심원이나 군중에게 자신의 사건을 설명할 수도 있다. 주인공은 애써 감정을 감추면서 복지 상황에 대한 매우 기술적인 보고서를 쓰고 있을 수도 있고, 결코 부치지 않을 연애편지에 자신의 온 마음을 쏟아부을 수도 있다. 로빈 헴리의 「전체 답장(Reply All)」은 이메일 형식으로만 쓰였다.

종종 그렇듯, 나는 내 삶에서 전혀 근거를 찾을 수 없는 불안하고 사회적으로 의심스러운 행동과 정신 상태에 대해 글을 쓰는 나 자신을 발견한다. 그러나 유감스럽게도 사람들은 내가 쓴 글을 읽을 때 아주 자연스럽게 그걸 나라고 생각할 것이다.

— 마이클 셰이본

이 중 어느 경우든, 이러한 형식은 '독자에게 말하는 이야기의 형식과는 반대다. 여기서는 화자뿐 아니라 청자도 행동에 관여한다. 우리가 거기 없다는 것이 전제지만 실제로 우리는 거기 있다. 우리는 엿듣는 사람들이다. 그 위치가 암시하는 모든 모호한 친밀감을 갖고서.

• 자기 자신

인물의 이야기가 일기처럼 비밀스럽고 내면처럼 개인적인 방식으로, 누구에게도 들리지 않고 무엇으로도 드러나지 않게 **자기 자신**에게 전달된다면, 친밀감은 훨씬 더 커지게 된다.

일기나 저널에서, 글로 적힌 생각은 작가를 제외한 누구에게도 읽히지 않을 것으로 여기는 것이 관습이다. 내 장편소설 『버저드』에 등장하는 선거 사무장의 일기장을 살펴보자.

> 8월 11일
> 언젠가는 그 여자를 목 졸라 죽일 것이다. 닭의 목을 비틀어버리는 짜릿한 상상. 닭보다 그녀를 더 닮은 새는 없다. 하지만 이 비교는 오해의 소지가 있고 내 의지의 산물에 불과하다. 거기 속아 넘어가지 말아야 한다. 오늘 오후 슈리브포트에 있는 부커 T. 중학교 안뜰에서 두 개의 문을 통해 훤히 보이는 그녀를 봤다. 카페테리아에서 알렉스와 함께 있던 기자들은 두 발자국만 뒤로 가면 그녀를 볼 수 있었다.

여기서 인물은 분명 자신의 감정을 발산하기 위해 이 일기를 쓰고 있으며, 그것을 다른 사람에게 읽힐 생각은 없다. 그렇지만 그는 자신의 비밀스러운 생각을 의도적으로 외면화했다.

내적 독백

작가에게 인물의 내면에 들어갈 수 있는 능력이 있기 때문에, 독자 역시 인물의 생각을 엿볼 수 있는 능력을 갖고 있다. 엿듣는 생각은 크게 두 가지 종류인데, 좀 더 일반적인 쪽은 **내적 독백**이다. 내적 독백에서는 독자가 인물의 생각을 순서대로 따라가는 것이 관례다.

> 나는 나 자신을 정리해야 한다. 사람들이 말하듯, 나는 마음을 가다듬고, 무릎에서 이 고양이를 쫓아버리고, 각성하고, 그래, 결심하고, 움직여

야 한다. 하지만 뭘 한단 말인가? 내 의지는 이 방의 먼지 같은 장밋빛 조명 같다. 부드럽고, 퍼져 있고, 다정하게 위로를 준다. 그것은…… 내가 아무것이나 할 수 있게…… 아무것도 할 수 없게 만든다. 내 귀는 일어나는 일을 듣고, 나는 내 앞에 놓인 것을 먹는다. 내 눈은 우연히 들어온 것들을 본다. 내 생각은 생각이 아니라 꿈이다. 나는 텅 비었거나 꽉 차 있다. 도무지 선택할 수가 없다. 나는 틱의 털 속에 손을 파묻고, 녀석의 등이 교태를 부리며 솟아오를 때까지 등뼈를 긁어댄다. 미스터 틱, 나는 중얼거린다. 나는 나 자신을 정리해야만 해요. 나는 마음을 가다듬어야만 합니다. 그러자 미스터 틱은 배 쪽으로 몸을 뒤집고, 천천히 꿈틀거린다.

윌리엄 H. 개스, 「나라의 깊디깊은 심장부에서 (In the Heart of the Heart of the Country)」

이 내적 독백은, 인간의 생각이 그러하듯 감각에서 자기 훈육, 고양이에서 빛과 눈과 귀, 구체적인 것에서 일반적인 것에 이르기까지 다양하다. 그러나 이것들은 모두 논리적으로 연결되어 있다. 이 내면은 논리적으로 또 문법적으로 '생각'한다. 마치 인물이 자기 자신을 표현하려는 것처럼.

의식의 흐름

의식의 흐름(stream of consciousness)은 인간의 마음이 방금 인용한 내적 독백의 질서와 명료함으로 작동하지 않는다는 사실을 인정한다. 심지어 우리가 마음의 작동 방식에 대해 거의 알지 못한다는 사실조차 우리의 의식이 건너뛰고, 숨기고, 이미지를 만들었다 깨뜨리고, 어떤 문장보다도 더 빠르고 멀리 도약한다는 것을 분명히 한다. 어떤 순간의 어떤 마음이라도 동시에 전달할 수 없는 수십 가지 과제를 동시에 완수하고 있다. 당신이 이 문장을 읽을 때, 당신 내면의 일부는 그것의 의미를 파악한다. 다른 일부는 펴놓은 책을 붙들기 위해 손을 움직이거나 화면을 스크롤한다. 다른 일부는 더 편안한 자세를 위해 당신의 척추를 비튼다. 또 다른 일부는 아직도 위에 등장했던 흥미로운 이미지에 머물러 있다. '미스터 틱은 배 쪽으로 몸을 뒤집고, 천천히 꿈틀거린다'라는 문장은 언젠가 당신과 함께 살았던 고양이를 떠올리게 하고, 갑자기 우유가 떨어진 것이 생각나 가게가 문 닫기 전에 이 챕터를 빨리 다 읽어야겠다고 생각하게 만든다.

『율리시스』에서 제임스 조이스는 이후 의식의 흐름으로 알려지게 된 기법으로 내면의 속도와 다양성을 붙잡으려 했다. 이 장치는 어렵고 여러 면에서 생색이 나지 않는다. 생각의 속도는 글쓰기나 말하기보다 훨씬 빠르고, 의식의 흐름은 내면의 내용뿐 아니라 과정까지 보여주려 하기 때문에 일반적인 문법이 요구하는 것보다 **훨씬 더 많은 엄격한 선택과 배열을 필요로 한다.** 그러나 조이스와 극소수의 다른 작가들은 이 의식의 흐름을 내면을 포착하는 패기 넘치고 흥미로운 방법으로 다루었다.

그가 이런 집 녀석을 데리고 간다면 나는 틀림없이 그를 위해 길거리 하

숙인들을 거둬 가지 않을 것이다 나는 똑똑하고 교양 있는 사람과 긴 이
야기를 나누고 싶다 페즈 모자를 쓴 터키인들처럼 근사한 빨간 슬리퍼
한 켤레와 너무 원하는 반투명의 노란색 모닝 가운과 오래전 월폴스에
서 입었던 것 같은 분홍색 드레싱 재킷을 갖고 싶다.

— 제임스 조이스,『율리시스』

앞선 두 가지 예, 내적 독백과 의식의 흐름은 각각 1인칭 시점으로
쓰여 있기 때문에 독자는 화자의 내면을 엿들을 수 있다. 또한 존 에
드거 와이드먼의 걸작「탬버린 레이디(The Tambourine Lady)」에서처럼,
독자는 3인칭 전지적 작가 시점과 제한적 시점을 통해서도 인물의 내
면을 들여다볼 수 있다. 이 작품에서 와이드먼은 3인칭 시점 서술과
의식의 흐름을 접목하는 어려운 도전에 성공한다. 그리하여 '누가 말
하는가?'에 대한 답은 원칙적으로 '작가'임에도 불구하고, 독자는 시
점 인물이 속사포처럼 자기 자신에게 하는 생각을 알게 된다.

그녀는 기도가 끝날 때까지 걸리는 시간에 관해, 자신에게 그 말을 하는
동안 세상이 어떻게 끝나고 사라질지에 관해 생각한다. 엄마가 가르쳐준
말, 엄마의 엄마가 가르쳐줬다는 말, 그래서 누군가는 항상 기도하고 있
을 말, '영원히, 아멘'. 그래서 신은 그의 자녀들을 잊지 않을 것이다.

어떤 형식으로?

이야기의 형식도 전체적인 시점에 기여한다. 이 형식은 일반적인 **이야기**이거나, **문어체**나 **구어체**, **르포르타주**, **고백**, **내적 독백**, **의식의 흐름**일 수도 있다. 아니면 **독백**이나 **연설**, **일기** 혹은 **저널**처럼 명백하게 구분될 수도 있다. 이 목록은 완전하지 않다. 이야기의 형태로만들 수만 있다면 당신은 카탈로그나 텔레비전 광고의 형식으로 소설을 쓸 수도 있다.

시점에 있어 형식은 중요하다. 어떤 형식으로 말해지는가는 이야기하는 사람의 자의식 수준을 나타내기 때문이다. 이것은 언어의 선택, 관계의 친밀성, 그리고 이야기의 정직성에 차례로 영향을 준다. 글로쓴 것은 전반적으로 소리 내어 말하는 것보다 덜 즉흥적일 것이고, 이는 다시 생각하는 것보다는 덜 즉흥적이다. 할머니에게 편지를 쓰는 화자는 같은 사실을 친구에게 큰 소리로 말할 때보다 덜 정직할 것이다.

화자와 청자 사이의 서술에 의해 성립되는 관계들은 특정한 형식들을 다른 형식보다 더 빈번히 사용하지만, '누가 말하는가? 누구에게 말하는가? 어떤 형식으로?'라는 질문에 대해서는 거의 모든 조합의 답이 가능하다. 만약 작가가 전지적 작가 시점으로 전통적인 '독자'에게 말하고 있다면, 우리는 작가가 '글로 쓴 이야기'라는 관습적 형식을 따르고 있다고 가정할 수 있다. 하지만 당신은 이렇게 쓸 수도있다.

잠깐, 여기 와봐. 여기 구석에 뭐가 있지? 침대 기둥과 벽 사이에 쑤셔박힌 거? 그거 걸레야 아니면 속옷 한 벌이야?

이렇게 하면, 당신은 적어도 순간적으로 '구어체'라는 다른 관습적 형식에 빠져들게 된다. 이 형식의 효과는 독자를 더 즉각적으로 장면에 끌어온다는 것이고, 덕분에 전체적인 시점은 약간 변형된다. 중심 화자는 생각하는 중이라서, 화가 나서, 자신의 생각을 다른 인물에게 말하는 와중에 '스스로에게 말하는' 것일 수도 있다. 반대로, 어떤 인물은 다른 인물에게 편지를 쓰지만 이 글을 쓰는 의식적 행위가 자신의 비밀스러운 생각을 드러내도록 내버려두는 것일 수도 있다. 이와 같은 복잡성이 이야기의 전체 시점을 변화시키고 또 특징짓는다.

어느 정도의 거리에서?

현미경을 든 화학자나 탑 위의 파수꾼처럼, 소설의 시점은 작든 크든 언제나 지각된 물체와 지각 사이의 **거리**와 깊은 관계가 있다. 거리는 **시간적**이거나 **공간적**일 수 있으며, 서술되는 사건과의 문자적 거리를 포함한다.

그해 봄, 엄청난 잠재력을 지녔지만 돈이 한 푼도 없었을 때 나는 청소 관리인이라는 직업을 얻었다. 그때 나는 아주 어렸고 돈을 펑펑 썼으며,

거의 매일 밤 내 잠재력이 갑자기 실현되어 많은 책의 표지에 내 약력이 실리는 것을 상상하는 달콤한 기대 속에 잠이 들곤 했다.

— 제임스 앨런 맥퍼슨, 「황금 해안(Gold Coast)」

여기서의 거리는 수십 년으로, 자신의 젊은 시절에 관한 화자의 시점이다. 독자는 더 나이 많은, 글쓰는 '나'의 입장에 서 있도록 초대받았고, 잠재력에 대한 달콤한 기대가 실현되지 않았다는 사실을 비웃는 듯이 잘 알고 있다.

내 장편소설 『생사(Raw Silk)』에서처럼, 독자와 대상 사이의 문자적 거리를 좁힘으로써, 손에 잡히지 않는 거리 역시 좁힐 수 있다.

나는 나와 인종이 다른 인물을 쓰는 일에 극도로 긴장했다. 지금껏 한 번도 해본 적 없기도 했고, 아마 그럴지도 모르지만, 어떤 백인 남자가 흑인 여성이 된다는 건 어떤 것일지에 관해 자신의 생각을 쓰는 것처럼 보일까 봐 걱정했다. 그리고 나는 그 일을 하고야 말았다.

마이클 커닝햄

그녀의 얼굴은 내 얼굴에서 0.5인치 떨어져 있었다. 열린 창문으로 커튼이 펄럭이고 그녀의 동공은 빛이 오갈 때마다 요동쳤다. 나는 질의 눈을 알아. 이건 내가 그렸지. 이것들은 폭력적이고 말이 없어. 안경 아래의 폭발.

작가적 거리(authorial distance), 때로는 **정신적 거리(psychic**

distance)라 불리는 거리는 독자로서 우리가 느끼는 것인데, 한편으로는 친밀감과 동일시를 느끼는 정도, 다른 한편으로는 인물로부터 분리와 소외를 느끼는 정도를 말한다. 거리감은 추상명사, 요약, 전형성, 뚜렷한 객관성을 통해 높일 수 있다. 다른 맥락에서는 글쓰기의 결점으로 보일 수도 있는 이러한 기법은 아래와 같이 긴 시간의 범위를 다루는 일련의 디테일에서 독자를 인물로부터 분리하기 위해 의도적으로 사용된다.

> 그 일은 뒷마당에서 시작되었다. 처음에 남자들은 열과 연기, 그리고 긴 포크로 위험하게 찌르는 일에 집중했다. 아내들은 그들에게 줄무늬 앞치마를 내주었고, 앞면에는 그들을 자극하기 위한 문구 ─ '섹시한 보스(HOT STUFF, THE BOSS)' ─ 가 적혀 있었다. 그러다가 설거지를 누가 해야 하는가를 두고 일이 뒤죽박죽 꼬이기 시작했고, 언제까지 종이 접시에 의존할 수는 없는 노릇이었고, 그 무렵 아내들은 버터스카치 브라우니나 잘게 다진 당근과 작은 마시멜로를 넣은 젤로 샐러드를 만드는 데 싫증이 나서 대신 돈을 벌고 싶어 했고, 하나는 또 다른 하나로 이어졌다.
>
> ─ 마거릿 애트우드, 「시머링(Simmering)」

반대로 친밀감과 공감은 구체적인 디테일, 장면, 인물의 생각 등을 통해 이뤄진다.

> 그녀는 세 명의 아이가 이미 없는 상상을 한다. 손에 든 꽃들을 쥐어짜

면 세 살, 네 살, 다섯 살 아이들의 숨이 막힌다. 그녀는 즉시 자신의 미신을 부끄러워하고 겁을 먹는다. 그녀는 처음으로 설교자를 바라보며, 그가 사실 신의 사람이라는 것을 믿는 것처럼, 겸손을 그녀의 눈에 강요한다. 그녀는 신을 상상할 수 있다. 소심하게 목사의 옷자락을 잡아당기는 작은 흑인 소년을.

— 앨리스 워커, 「로즈릴리(Roselily)」

아니면 여러 기법을 조합해서 독자에게 공감과 분리감을 동시에 느끼도록—희극에서 흔히 사용되는 효과처럼—할 수도 있다. 아래의 예를 보자.

나는 식당의 식기세척기야. 나는 아무에게도 감동을 주려고 노력하지 않아. 자랑하는 게 아냐. 그냥 내가 하는 일인 거지. 이건 사람들이 생각하는 그런 매력적인 직업은 아니야. 물론, 당신은 많은 돈을 벌고 모든 사람이 당신을 우러러보고 존경하지만, 거기엔 큰 책임이 따르지. 부담이 되는 거야. 옷처럼 달라붙어서. 요즘은 다들 식기세척기가 되고 싶어 하지. 근데 내 생각엔, 모두 이 일을 너무 이상적인 관점으로 생각하는 것 같아.

— 로버트 맥브리어티, 「식기세척기(The Dishwasher)」

작가로서 당신은 독자에게 한 인물과는 완전히 동일시하고 다른 인물은 전적으로 비난하라고 요구할 수 있다. 한 인물이 다른 인물을 혹독하게 비판할 때, 작가인 당신은 우리에게 저 판단이 적합한지 확인해봐야 한다고 암시할 수도 있다. 화자가 있을 때도 화자는 자신이 도덕적으로 우월하다고 생각하는 반면, 등 뒤에서 작가인 당신은 독자가 그를 도덕적으로 부족하다고 생각하게 만들 수 있다. 이 경우, 당신은 서술 속에 **윤리적 거리**(moral distance)와 **믿을 수 없는 화자**(unreliable narrator)를 만들어낸 것이다.

여기 고압적이고 뚱한 여자가 자신의 시점에서 자신의 이야기를 하는 1인칭 시점 서술이 있다.

나는 언제나, 언제나, 옳은 일을 하고 사람들을 도우려고 노력해왔다. 그건 내 공동체에 대한 의무이자 신에 대한 의무의 일부다. 하지만 이제는 말할 수 있다. 당신은 거기에 대해 결코 아무런 감사도 받을 수 없을 거다.

길 건너편에 사는 늙고 뚱뚱하고 단정치 못한 여자가 내 교회에 갔다. 그 여자는 매달 다른 남자를 집에 들였다! 내가 그 남자들에 관해 목사님에게 말한 일로 그 여자는 나한테 화가 났다! 나는 내 의무를 다했을 뿐인데 여자는 뚜껑이 열렸어! 나는 그 여자에게 누군가는 공동체의 기둥(pillar)이어야 한다고 말했다. 그리고 그게 나여야 한다면, '그리 되게 하라!' 그 여자는 내가 공동체의 약(pill)(위에서 '내'가 말한 기둥을 다른 단어로 바꾼 언어유희—옮긴이)이고 그 밖의 많은 것들이라고 했지만, 나는 목사님에게 그 여자 역시 아주 금방 이사 갈 것 같다고 말했다. 좋아! 난 깨끗한 공동체가 좋아!

—J. 캘리포니아 쿠퍼, 「파수꾼(The Watcher)」

독자로서 우리는 이 여인이 내리는 모든 판단을 불신하지만, 또한 우리가 신뢰하는 작가가 그녀를 드러내기 위해 화자의 톤을 조작하고 있다는 것도 알고 있다. 그녀의 분출은 아이러니로 가득하지만, 화자는 알지 못하기 때문에 그것들은 그녀 자신에게로 향한다. 우리는 간섭이 의무로 포장되고 있다는 것을 알게 된다. 그녀가 진부한 방식으로 자랑을 늘어놓을 때, 우리는 그녀가 기둥보다는 약에 가깝다는 데 동의한다. 그녀가 성서적 언어를 사용했을 때—'그리 되게 하라!'—우리는 목사님조차도 거기 동의 못 할 거라고 의심한다. 구두점과 느낌표의 독선적인 남용은 그녀의 잘못된 열심을 보여준다. 우리는 아마도 '늙고 뚱뚱하고 단정치 못한' 이웃의 생김새를 좋아할 거라는 생각이 들고, 왜 그 이웃이 이사를 갔는지 확실하게 안다.

이 경우 화자는 전적으로 신뢰할 수 없으며, 우리는 화자가 내리는 어떤 판단도 쉽게 받아들이지 않을 것이다. 그러나 화자가 어떤 가치를 지닌 분야에서는 신뢰할 수 있고 다른 분야에서는 믿을 수 없게 만드는 것도 가능하다. 마크 트웨인의 『허클베리 핀』은 이 점에서 유명한 사례다. 여기서 헉은 그의 친구 짐을 풀어주기로 결심했고, 톰 소여가 이 계획에 동의한다는 것에 깜짝 놀란다.

여기 존경스럽고, 잘 자란 소년이 있다. 그는 개성이 있고, 가족들도 그렇다. 소년은 똑똑하고 바보가 아니다. 아는 게 많고 무식하지도 않다. 못되지 않고 친절하다. 하지만 자존심이나 공정함 없이, 감정도 없이, 여기서 그는 이 일에 끼어들어서, 자신과 가족에게 수치심을 주고 있다. 모든 이 단락에서 확장되는 아이러니는 이렇다. 노예제도는 존경스럽고, 똑똑하고, 아는 게 많고, 친절하고, 개성 있는 사람들에 의해 보호되어야 한다는 것. 우

> 대부분의 작가들에게 충분한 시간이 주어지면, 시점 선택은 직관적이 된다. 당신은 목소리를 듣고, 그걸 따른다.
>
> 엘리자베스 스트라우트

리는 톰에 대한 헉의 평가를 거부할 뿐 아니라, 그 스스로 가치가 없기 때문에 노예를 해방시켜도 잃을 것이 없다는 암묵적인 자기 평가 역시 거부한다. 헉의 윤리적 본능은 자기 자신이 이해할 수 있는 것보다 더 뛰어나다. (참고로 헉의 교육 결핍이 단어 선택과 문법으로 어떻게 전달되는지, 그 와중에 맞춤법 실수는 얼마나 희박한지에 주목하라.) 작가와 독자는 화자인 헉과 이성적으로는 반대편에 서지만, 윤리적으로는 같은 편에 선다. 이와 유사하게, 믿을 수 있으면서 '믿을 수 없는' 화자들은 자신들의 뒤틀린 시각을 통해 자신이 갇힌 사회제도의 정확한 초상화를 묘하게 그려낸다. 켄 키지의 『뻐꾸기 둥지 위로 날아간 새』의 화자 '추장' 브롬든과, 샬럿 퍼킨스 길먼의 1892년 단편 「누런 벽지」에 나오는 '히스테리컬한' 아내이자 환자가 그 예이다.

이 믿을 수 없는 화자는 현대 소설에서 가장 인기 있는 인물 중 하나가 되었지만, 문학에 있어 새롭게 등장한 인물은 아니며 실은 소설보다도 앞선다. 모든 극에는 자신의 사례를 보여주는 인물, 독자가 어느 한 분야나 다른 분야에서 부분 혹은 전체적으로 거리를 두는 인

물이 등장한다. 그래서 우리는 오이디푸스의 지성에 감탄하지만 그의 부족한 직관에 분개하고, 오셀로의 도덕성에 동일시하지만 그의 논리는 불신하며, 미스터 스폭의 두뇌를 믿지만 그의 마음은 믿지 않는다. 이러한 예에서 알 수 있듯, 믿을 수 없는 화자는 우리에게 '일관된 무일관성'의 예를 자주 제시하며 항상 극적인 아이러니를 보여준다. 왜냐하면 우리는 언제나 인물과 사건, 그리고 그 두 가지의 의미에 대해 화자보다 더 많이 '알고' 있기 때문이다.

• 거리와 작가-독자 관계

거리가 없어야만 하는 한 가지 관계는 바로 작가와 독자 사이에 있다.

많은 초보 작가들(그리고 기성 작가들)이 겪는 좌절스러운 경험은, 민감하게 보이기를 바랐던 주인공이 독자들 눈에는 자기 연민에 빠진 인물로 보이는 것이다. 또 재치 있어 보일 거라고 생각한 인물이 독자에겐 천박해 보이는 것이다. 이런 일이 일어날 때 작가적 거리 혹은 정신적 거리는 실패한다. 작가는 자신과 판단을 공유하도록 독자를 설득할 수 있는, 인물에 관한 충분한 관점을 마련하지 못

당신은 그 사건에 관해 쓸 것이다. 당신이 그 이야기의 주인공이다. 하지만…… 당신은 일을 크게 꾸며내게 될 것이다.

아이라 우드

한 것이다. 나는 수업에서 읽은 어떤 학생의 소설을 기억한다. 이미지와 장면이 훌륭하게 사용되었던, 유달리 아름다운 젊은 여성과 사랑에 빠졌던 한 청년의 이야기였다. 그러나 그녀가 유방절제술을 받았다는 사실을 알았을 때 그의 감정은 반감으로 변해버린다. 그 수업에서 가장 목소리 큰 페미니스트는 이 이야기를 좋아했는데, 그녀는 이를 '더러운 놈의 실체 폭로'라고 묘사했다. 그러나 작가의 시점에서 이것은 이야기를 성공적으로 읽은 것이 아니었다. 작가의 의도는 이 청년이 이야기 속에서 공감을 불러일으키는 인물로 보이게 하려는 것이었다.

작가는 또한 시간, 공간, 톤, 아이러니를 이용하여 거리나 친밀감을 만들어낼 수 있다. 옛날 옛적에 먼 나라에서 일어났던 이야기는 분리된 화자가 말하는 것으로, 인물 중 한 명이 지금 일어나는 일에 관해 현재 시제로 말하는 이야기와 똑같이 느껴지지 않을 것이다. 이야기의 톤과 아이러니 역시 독자가 인물과 상황을 어떻게 보아야 하는지를 알려주는 지표다. 예를 들어 293페이지에 인용된 대니얼 오로즈코의 「오리엔테이션」에서, 독자는 화자의 톤 때문에 사무실에서 일하는 사람들을 거리를 두고 바라볼 수밖에 없다. 이 톤은 거리가 늘어날수록 동일한 상태를 유지한다.

어맨다 피어스에게도 변호사인 남편이 있다. 그는 그녀를 점점 더 고통스럽고 굴욕적인 섹스 게임 속으로 밀어넣고, 어맨다 피어스는 마지못해 거기에 따른다. 그녀는 매일 아침 기진맥진한 상태로 새로 생긴 상처와 함께 출근한다. 가슴 부위의 찰과상이나 복부의 타박상, 허벅지 뒤쪽의 2도 화상으로 인해 찡그린 채.

주어진 이야기에 가장 잘 어울리는 정신적 거리를 선택하고 **조절하는** 것은 작가가 추구하는 가장 어려운 목표 중 하나다. 시점과 관련된 이 모든 고려 사항들에 압도당했다고 느낄 초보 작가들에게 좋은 소식은, 시점 선택은 플롯이나 주제처럼 미리 계산되거나 계획되는 경우가 거의 없다는 사실이다. 오히려 시점은 이야기가 전개되면서 유기적으로 진화하는 경향이 있으며, 대개는 몇 번의 초안을 작성하는 동안 당신을 인도하는 직관을 믿어도 좋다. 이야기가 잘 풀려갈 때 시점 선택 문제에 대한 분석이 가장 유용해지고, 다른 작가들의 피드백도 특별한 의미를 지닌다.

일관성 : 주의할 점

이야기의 시점을 정할 때는 작가가 나름의 규칙을 만들지만, 만든 이후에는 반드시 그것을 지켜야 한다. 소설가로서 당신의 입장은 자유시를 쓸지 정형시를 쓸지 고민하는 시인의 그것과 유사하다. 만약 시인이 정형시를 쓰기로 했다면, 그는 운율을 지켜야만 한다. 마찬가지로 일단 당신이 독자에게 어떤 시점을 제시했다면 그 시점을 유지해야만 한다. 소설을 처음 쓰는 작가들은 종종 시점을 바꾸고 싶은 유혹을 느끼는데, 이것은 독자들에게 불필요할 뿐 아니라 방해가 된다.

레오의 목이 제복의 꺼끌꺼끌한 깃 때문에 빨갛게 달아올랐다. 그는 단
추에 정신을 집중하며 밴드마스터의 얼굴을 바라보지 않으려고 애썼다.
하지만 밴드마스터는 화가 나기보다는 오히려 즐거웠다.

이것은 어색한 시점 변화로, 독자는 레오의 당혹감을 느낀 다음에
갑자기 밴드마스터의 감정 속으로 뛰어들게 된다. 이 잘못된 변화는
레오의 내면에서 대신 그가 할 수 있는 관찰로 이동함으로써 수정할
수 있다.

레오의 목이 제복의 꺼끌꺼끌한 깃 때문에 빨갛게 달아올랐다. 그는 단
추에 정신을 집중하며 밴드마스터의 얼굴을 바라보지 않으려고 애썼다.
놀랍게도 밴드마스터는 웃고 있었다.

다시 쓴 단락은 밴드마스터가 화를 내지 않는다는 것을 관찰하면
서 레오의 내면에 남아 있기 때문에 독자가 따라가기 더 쉽다. 이것
은 나아가 레오가 단추에 집중하지 못하고 있음을 암시하기 때문에,
레오의 혼란을 가중시킨다.

중요한 디테일의 활용을 제외하고, 소설을 쓰는 작가에게 시점의
통제보다 더 중요한 기술은 없다. 때로는 단순히 당신의 서술이 하나
의 시점에서 다른 시점으로 옮겨 갔다는 것을 인식하는 일이 어려울

수도 있다. 창작 워크숍에서 학생들을 보면, 다른 사람의 소설을 읽을 때는 시점의 변화로 인해 어려움을 겪으면서도 정작 자신의 소설에서는 발견하지 못하는 경우가 잦다. 다른 경우에는 하나의 장면에서 모든 가능성을 탐구하려는 건전한 욕구가 있고, 시점을 바꾸지 않고서는 이걸 해낼 수 없다는 잘못된 인식이 있다. 실제로 몇몇 숙련되고 노련한 작가들은 이 **시점의 일관성**이라는 규칙을 깨뜨려 창의적이고 색다른 효과를 내기도 한다. 하지만 일반적인 규칙은 여전히 유지되며, 의도하지 않았고 별 효과도 없는 시점 변화는 작가가 아마추어라는 사실만 드러낼 뿐이다. 시점이 한번 정해지면 작가와 독자 사이에는 계약이 성립되며, 그런 다음에 계약을 우아하게 파기하기란 어려운 일이다. 만약 당신이 다섯 페이지 동안 제임스 로들리의 내면에 들어가 있었고, 그가 지금 그럼스 부인과 그녀의 고양이들을 관찰하고 있는데, 갑자기 그럼스 부인의 내면으로 들어가 그녀가 제임스 로들리에 대해 어떻게 생각하는지를 독자에게 알려준다면 그건 계약을 위반하는 것이다. 그런 다음 당신이 고양이의 내면으로 들어가 그 생각까지 알려준다면, 독자는 뭔가 잘못되었다고 느낄 것이고 계약을 완전히 취소해버릴 것이다.

문화적 도용에 관하여

21세기 초반에 다른 인종이나 성별, 민족인 사람들에 관한 글쓰기,

특히 그들의 시점을 가져오는 문화적 도용(cultural appropriation, 주로 주류에 해당하는 하나의 문화권이 다른 문화권의 문화를 충분한 이해 없이 자신의 것처럼 가져다 쓰는 것을 의미한다. '문화적 전유' 혹은 '문화 유용'으로도 번역된다—옮긴이)에 대해 격렬한 항의가 있었다. 특별히 중산층이고, 특별히 백인이며, 특별히 남성인 작가들이 흑인, 무슬림, 희생된 여성, 이민자들처럼 전혀 다른 경험을 가지고 있는 사람들의 삶과 욕망, 공포와 희망에 대해 쓸 권리란 무엇인가? 식민지화되고, 정복당하며, 게토에 고립되고 차별받아온 이들의 삶에 대해?

질문들은 깊고 무수하다. 이러한 **문화적 절도**는 의심의 여지 없이 실재한다. 하나의 문화에서 인정받지 못하고 보상받지 못한 예술이 명성과 돈을 위해 착취된다[민스트럴(minstrel, 백인이 흑인으로 분장하고 흑인 노래를 부르는 쇼—옮긴이), 블랙스플로이테이션 영화들(1970년대를 전후로 등장한, 흑인 배우들이 출연하는 흑인 관객을 위한 영화 장르—옮긴이), 엘비스? 힙합?]. 또한 다른 문화로부터 무언가를 배워서 더 많은 대중에게 전달하려는 진지한 시도들이나 브리지 문화(레이디스미스 블랙 맘바조, 쿨 재즈, 블랙 팬서)들도 있다. 이 둘의 차이는 종종 설명하기 어렵고, 특히 소설에서 이야기의 구체적인 의도는 **다른 이의 내면에 들어가는 것**인데 이 내면은 작가의 것은 아니지만 그럼에도 불구하고 작가가 만들어낸 것이다. 이러한 의도는 의도적으로 또 감정이입이라는 특성상 왜곡될 수 있으며, 그 결과는 미숙하고 저급할 수 있다. 만약 그렇다면 그건 나쁜 예술이거나 예술이 아니다. 그런 작품들은 반드시 불려나와 비난받아야 한다.

하지만 공감을 위한 노력은 필요하고 또 시급하다. **우리에겐 서로를 상상하는 일이 필요하다.** 세계가 점점 더 다인종, 다민족화되어감에 따라, 더 많은 작가들이 이러한 복잡한 사회의 구성원으로 살아가는 사람들의 내면과 삶을 점점 더 깊게 상상해야 할 것이다. 극작가 린 노티지는 '백인 남성의 시선'을 해체하고 싶다는 포부를 말하며, 퓰리처상을 수상한 연극 「스웨트(Sweat)」의 무대를 펜실베이니아주 레딩의 강철 공장으로 삼았다. 거기서 그녀는 인종과 계급 차별의 문제를 드러내기 위해 백인뿐 아니라 흑인, 남성뿐 아니라 여성, 이민자뿐 아니라 원주인의 시점에서 글을 쓸 수밖에 없었다. 애니 프루는 장편 『바크스킨(Barkskins)』에서, 미국 숲의 황폐화에 대해 쓰기 위해 수십 명의 프랑스 사냥꾼, 미국 원주민, 강력한 도끼를 휘두르는 사람, 냉혹한 착취자, 그리고 시대의 변화를 나타내는 능숙한 여성 사업가가 '되어야만' 했다. 이러한 필요성은 상상력이 풍부한 예술의 본래적인 요건이다. 다른 이들의 내면을 '도용'하고 대변하는 것은 그들의 진실을 상상하려는 작가의 일이며, 앞으로 더 그렇게 될 것이다. 그러나 모든 사람들의 경험이 평등하고 공유되는 상상 속의 미래가 올 때까지, 질문은 계속될 것이고 문화적 도용의 혐의 역시 끊임없이 제기될 것이다.

한편 나에게는, 우리가 사는 이 결함 많은 행성이 앞으로 나아갈

물론 소설을 쓰는 데는 부수적인 이점이 있다. 예를 들어 작가는 자신의 몸을 떠날 수 있어서, 자신의 신체적 특성을 가진 사람이 실제로는 할 수 없는 경험을 할 수 있다.

— 데보라 아이젠버그

누가 말하는가?		
3인칭 시점 : 작가 전지적 제한적 객관적	2인칭 시점 : 작가	1인칭 시점 : 인물 중심인물 주변 인물

누구에게?		
3인칭 시점 : 독자	2인칭 시점 : '당신' 인물로서 인물이 된 독자로서	1인칭 시점 : 자기 자신 혹은 다른 인물

어떤 형식으로?	
	이야기, 독백, 편지, 일기, 내적 독백, 의식의 흐름 등

어느 정도의 거리에서?		
완전한 동일시	에서	완전한 반대편
화자와 독자 사이(시간, 공간, 지적 능력, 도덕, 말투, 정신 상태 등)		

수 있는 방법이란 오직 한 가지뿐인 것으로 보인다. 그것은 말하기의 자유라는 개념과 함께 오는 어떤 명제를 받아들이는 것이다. 즉, 상 상력은 본질적으로 자유롭고 결코 검열될 수 없다는 것. 말과 마찬

가지로, 작가의 상상력은 위협, 증오, 선동의 경우를 제외하고는 한계를 지닐 수 없다. 작가는 누구나, 어디나, 과거나 미래, 혹은 결코 존재할 수 없는 시대를 자유롭게 상상할 수 있다. 작가는 한 번도 본 적 없는 나라나 딱 한 번 지나친 마을을 배경으로 소설을 쓸 수도 있다. 그런 다음 자유로운 말과 마찬가지로, 상상력도 비판받을 수 있다. **이건 진짜 같아, 그건 틀렸어, 저건 제대로 잡아냈군, 뭘 모르고 하는 얘기야, 그걸 어떻게 알아, 상상력이 너무 빈약해.** 상상력에 관한 작가의 유일한 책무는 끊임없이 **더 나은 상상을 하는 것**뿐이다.

추천 작품

「레이프 판타지(Rape Fantasies)」(마거릿 애트우드 지음)

「그리핀(Gryphon)」(찰스 백스터 지음)

「질투 많은 남편이 앵무새로 돌아오다(Jealous Husband Returns in Form of Parrot)」(로버트 올렌 버틀러 지음)

「스토리(Story)」(리디아 데이비스 지음)

「흰 코끼리 같은 언덕(Hills Like White Elephants)」(어니스트 헤밍웨이 지음)

「아일랜드인은 누구인가?(Who's Irish?)」(기시 젠 지음)

「사랑과 망각(Love and Lethe)」(사뮈엘 베케트 지음)

「오리엔테이션(Orientation)」(대니얼 오로즈코 지음)

「승리의 질주(Victory Lap)」(조지 손더스 지음)

「익스커션(The Excursion)」(조이 윌리엄스 지음)

1. 자신에 관한 명백한 거짓 진술을 적는다. **나는 애완용 뱀을 키운다** 또는 **나는 밤에 발을 뗐다** 혹은 **지난주에 은행을 털어서 200만 달러를 훔쳤다.** 진실과는 거리가 멀수록 좋다. 계속해보라. 이 이야기가 진짜일 수 있는 인물의 성격을 발전시켜보라. 이 연습을 통해 멋진 이야기를 쓴다는 보장은 없지만, 적어도 당신이 시작하는 '나'가 당신 자신일 때보다는 훨씬 상상의 자유를 느낄 수 있을 것이다.

2. 어떤 것의 탄생이나 죽음(사람, 식물, 동물, 기계, 계획, 열정)에 대한 장면을 쓰라. **전지적 작가 시점**의 다섯 가지 지식의 영역을 모두 활용하라. 한 사람 이상의 인물 내면을 분명히 보여주고, 과거나 미래를 포함해 그가 깨닫지 못하는 뭔가에 관해 이야기해주고, 독자에게 보편적 진실을 전달하라.

3. 당신이 이전에 쓴 장면 하나를 가져와서 다른 시점으로 고쳐 쓰라. **인물**만 바꾸는 것이 아니라 지각 수단 자체를 바꾸어서, 독자가 그 사건에 관해 전혀 다른 관점을 갖게 하라.

4. **2인칭 시점**으로 장면을 쓰고, 독자를 바보, 고집불통, 범죄자, 혹은 다른 불쾌한 인물이 되게 하라. 독자가 그 인물을 따라갈 수 있도

록 설득하라.

5. 인간이 아닌 어떤 것—동물, 식물, 광물, 신화 속 괴물, 천사—의
   시점으로 하나의 장면을 쓰라. 이 존재가 사용할 법한 말투, 사고
   의 틀, 윤리, 언어를 상상해보라.

6. 독자가 완전히 거부하는 시각을 가진 어떤 인물의 시점으로 하나
   의 장면을 쓰라.

8장

비유

은유와 직유

모든 독서는 일종의 자기기만이다. 우리는 이야기를 '믿으면서' 동시에 그것이 거짓말이라는 사실을 안다. 이야기 속 현실에 대한 우리의 믿음은 너무나 강해서, 신체적인 반응을 일으키기도 한다―눈물, 떨림, 탄식, 숨 멎음, 두통. 동시에 허구가 작동하는 한, 우리는 우리의 이런 굴복이 자발적이라는 것도 안다. 새뮤얼 테일러 콜리지가 지적했듯, 우리는 다만 **불신을 유예하고 있을 뿐**이다. 화가 난 아버지가 비명을 지르는 여섯 살짜리 아이를 데리고 로비로 나가면서 말한다. "이건 그냥 영화일 뿐이야." 아버지에게는 허구가 작동하고 있지만, 아이에게는 그렇지 않다.

문학의 내용과 기술 양쪽에는 믿음과 환상에 대한 인식이 동시적으로 존재하며, 예술적 즐거움이라고 (적절하게) 불리는 것은 **진짜이면서 진짜가 아닌** 이 둘의 긴장감에서 비롯된다. 예를 들어 플롯의 내용은 실제로 일어나지 않은 어떤 일이 일어나고, 실제로 존재하지 않는 인물들이 어떤 식으로 행동하며, 실제로는 임의적이고 무관하며 미완성인 삶의 사건들이 필요하고 일정한 패턴을 지니며 끝을 맺는다는 것을 우리에게 말해준다. 예술적 즐거움은 환상이 환상이라는 사실을 파괴하지 않으면서도 진짜처럼 느껴질 때 찾아온다.

모든 예술의 기술은 우리에게 비슷한 것과 비슷하지 않은 것 사이의 긴장을 선사한다. 이것은 시에서 운율로 드러난다. 운율이 흥미로운 이유는 'tend'와 'mend'가 비슷하게 들리지만 완전히 똑같지는 않기 때문이다. 음악에서도 그렇다. 음악의 관심은 '주제'를 '변주'하는 데 있기 때문이다. 이것이 은유의 근본적 성질이며, 문학은 여기에서 나온다.

은유는 무엇이 무엇과 비슷하다거나, 무엇이 무엇과 분명하게 혹은 완전히는 비슷하지 않다고 말하는 문학적 장치다. 이것은 한 사물의 핵심적인 본질을 다른 사물과 비교함으로써 구체화하는 보여주기의 한 방식이다. 좋은 은유는 두 가지의 비슷한 부분을 납득시키는 동시에 다른 점을 보여줌으로써 우리를 놀라게 한다. 이 과정에서 은유는 또한 이야기의 의미와 주제를 비추기도 한다. 나쁜 은유는 설득시키지도 놀라게 하지도 못하여 결국 아무것도 비추지 못한다.

· 은유와 직유의 종류

비유의 종류를 나누는 가장 간단한 구분, 보통 문학을 공부하는 학생들이 가장 먼저 배우게 되는 것은 은유(metaphor)와 직유(simile)다. 직유는 '처럼'이나 '같이'를 사용해 비유하고, 은유는 사용하지 않는다. 이러한 구분은 기술적이지만, 사소하지는 않다. 은유는 훨씬 더 많은 문자적 수용을 요구하기 때문이다. 만약 당신이 "여자는 장미다"라고 말한다면, 이것은 극단적인 불신의 유예를 요구하는 것이다. 반면 "여자는 장미와 같다"라는 서술은 이미 그 속의 전략을 인정하고 있다.

은유와 직유 모두 비유의 울림은 두 대상이 공유하는 본질적 또는 추상적 성질에 달려 있다. 작가가 "집들의 눈"이나 "영혼의 창"이라고 말할 때, 눈을 창문에 비유하는 것은 '내부와 외부 사이를 오가는 시야'라는 개념을 담고 있다. "짐승의 왕"이라고 말할 때 우리는 사자가 왕관을 쓰거나 왕좌에 앉는 것을 의미하는 게 아니다(물론 어린이를 위한 책에서는 본래적인 물리적 유사성을 표현하기 위해 정확히 그렇게 할 때도 있다). 우리가 의미하는 바는 왕과 사자가 권력, 지위, 자부심, 그리고 태도라는 추상적인 속성을 공유한다는 것이다.

은유와 직유 모두 물리적인 유사성이 특징적인 추상성을 밝혀낼 수 있다. 따라서 만약 '여자'가 '장미'이거나 '장미 같다'면, 중요한 의미는 물리적 유사성이 아니라 이러한 유사성이 내포하는 본질적인 특성에 있다―날씬함, 유순함, 향기, 아름다움, 색깔, 그리고 어쩌면 가시의 위협.

지금까지 내가 사용한 은유와 직유는 모두 진부하거나 죽은 은유(너무 친숙해서 이미 새로운 의미를 획득해버린 은유)다. 한때는 그 적절함이 놀라웠으나, 놀라움은 사라진 지 오래다. 나는 **비유의 울림이 비교되는 대상들의 유사성을 통해 전달된 추상성에 달려 있다**는 점을 분명히 하기 위해 이런 친숙한 예들을 사용하고 싶었다. 좋은 은유는 본질적인 것에 반향을 일으킨다. 이것이 작가의 선택 원칙이다.

그래서 플래너리 오코너는 자신의 단편 「좋은 사람은 찾기 힘들다(A Good Man Is Hard to Find)」에서 어머니에 관해 '양배추처럼 넓고 순진한 얼굴'을 하고 있다고 묘사한다. 축구공은 양배추와 대략 크기와 모양이 같다. 교실의 지구본도 그렇다. 거리의 가로등도 마찬가지다. 그러나 어머니의 얼굴이 이런 것들 중 하나처럼 넓고 순진하다면 아마 그녀는 전혀 다른 여자일 것이다. 양배추는 무겁고, 잎이 무성하며, 저렴하고, 시골의 느낌을 주며 바로 이것이 이 여인의 계급과 사고방식에 관한 모

> 은유가 편안하게 느껴지지 않는다면, 은유에 관해 적절한 시적 교육을 받지 않았다면, 당신은 어디에서도 안전하지 않다.
>
> 로버트 프로스트

든 추상성을 전달한다. 반면 너새니얼 웨스트의 『미스 론리하트(Miss Lonelyhearts)』에 등장하는, '손도끼 같은 자신의 삼각형 얼굴을 그녀의 목에 묻는' 쉬라이크의 얼굴에는 이런 순진함이 없다.

때로 비유의 적절함은 비교 대상과 관련된 참고 영역에서 가져옴으로써 달성되기도 한다. 『돔비와 아들』에서 찰스 디킨스는 배의 악기 제작자 솔로몬 길스를 '안개 속에서 당신을 바라보는 태양처럼 붉은 눈을 지녔다'고 묘사한다. 이런 직유가 바다의 풍경을 암시한다면, 켄 키지의 『뻐꾸기 둥지 위로 날아간 새』에서 전기 충격 치료로 인해 움직이지 못하게 된 러클리는 '망가진 퓨즈 안쪽처럼 모든 것이 타버린 채 잿빛이고 버려진' 눈을 가졌다. 하지만 은유는, 물론 이 경우에도 전달되는 추상적 속성은 강력하고 본질적으로 적절해야 하지만, 원래의 것보다 더 넓은 범위를 지닐 수도 있다. 윌리엄 포크너의 「에밀리에게 장미를」에서 에밀리 그리어슨은 '등대지기의 얼굴처럼, 관자놀이와 눈구멍 사이의 살이 팽팽하게 당겨진 얼굴에 오만해 보이는 검은 눈을 하고' 있다. 에밀리 양은 바다와는 아무 연관이 없지만, 이 은유는 우리에게 그녀의 엄격함과 자급자족적 삶뿐 아니라 그녀가 잠긴 집에서 자신을 고립시켰다는 사실을 일깨워준다. 나이가 들었을 때, 에밀리의 눈은 '밀가루 반죽 속에 파묻힌 두 개의 조그마한 석탄 조각처럼' 보인다. 이 이미지는 그녀를 길들이고, 그녀가 가지고 있던 빛을 빼앗는다.

은유와 직유 모두 **확장**될 수 있는데, 이것은 작가가 비교 대상 사이의 유사한 측면들을 계속해서 보여준다는 것을 의미한다.

흰 안개가 자욱했어. 그건 마치 단단한 무언가처럼 주변에 서 있었지. 8시

인가 9시쯤, 아마도, 닫혀 있던 덧문이 열리듯 서서히 걷혔네. 높이 솟아

오른 수많은 나무들, 빽빽하게 얽힌 정글이 순간 우리 눈에 들어왔는데,

그 위에는 불타는 작은 공 모양의 태양이 걸려 있었어. 모든 것이 완벽하

게 고요했지. 그런 다음 하얀 덧문이 마치 기름칠 잘된 홈 속으로 미끄

러져 들어오듯, 부드럽게 다시 내려왔네.

— 조지프 콘래드, 『어둠의 심연』

콘래드가 '단단한 무언가'라는 일반화된 이미지에서 '덧문이 열리
듯'이라는 구체적인 직유로 이동하는 것을 주목하라. 그는 이 직유를
'(하얀) 덧문이 (……) 다시 내려왔네'에서 은유로 다시 언급하며, '마치
기름칠 잘된 홈 속으로 미끄러져 들어오듯'이라는 확장을 통해 더 구
체적으로 만든다.

또한 콘래드가 거대한 자연현상과 제조된 작은 물건을 비교함으로
써 안개의 말없는 단단함을 강조한다는 점도 유의하라. 이것은 현대
작가들이 희극적이고 심오한 효과를 주기 위해 사용했던 기술인데,
예컨대 프레더릭 바셀미는 『형제(The Brothers)』에서 젊은 여인을 가리
켜 '대여되지 않은 수많은 비디오들처럼 그녀 앞에 펼쳐진 삶을 지니
고 있다'거나 남자의 머리가 '작고 검은 하늘을 배경으로 거대한 Q-
팁(면봉의 상표명—옮긴이)처럼 까딱거린다'고 묘사한다.

보다 일반적인 은유법에서는, 작거나 더 평범한 이미지는 더 의미
심장하거나 강렬한 것과 비교된다. 예를 들어 루이스 어드리크의 「매

치매니토(Matchimanito)」에서 화자는 결핵으로 죽은 아니시나베 인디언들의 이름을 불러낸다.

> 그들의 이름은 우리 안에서 자라났고, 우리의 입술 가장자리로 부풀어 올라 한밤중에 우리를 눈뜨게 했다. 우리는 차갑고 검은 익사자들의 물로 가득 채워졌다. 봉인된 우리의 혀를 찰싹거리며 때리거나 우리의 눈가에서 조금씩 새어 나오는 공기 없는 물. 우리 안에서 그들의 이름은, 마치 얼음 조각처럼, 까딱거리며 움직였다.

기상(conceit/奇想, 곡유, 지나친 비유, 혹은 과장된 비유─옮긴이)은 은유일 수도 있고 직유일 수도 있는데, 이는 놀랄 만큼 철저히 다른 두 가지를 비교한 것이다. 이는 새뮤얼 존슨의 말을 빌리면 '폭력으로 함께 묶여 있는' 비유다. 기상은 '감자의 눈(감자에 난 싹을 일컫는 일반적인 은유─옮긴이)'과 같은 순수하게 감각적인 비유로부터 최대한 멀리 떨어져 있다. 기상은 유사성이 거의 없거나 즉각적으로 이해할 수 없는 두 대상을 비교하며, 따라서 이해하기 어렵다는 것은 기상의 본질이다. 작가는 이것들이 왜 비슷하다고 말할 수 있는지를 때로는 아주 상세하게 설명해야 한다. 존 던이 벼룩을 성 삼위일체에 비유할 때, 이 두 이미지는 공통되는 지점이 전혀 없으므로 우리는 이해할 수 없다. 그는 자신과 애인을 물어뜯은 벼룩이 이제 하나의 몸에 세 영혼의 피를 지니고 있다는 사실을 우리에게 설명해야만 한다.

기상은 이미지의 밀도 때문에 산문보다는 시에서 더 흔하지만, 소설에서 좋은 효과를 내는 데 사용되기도 한다. 너새니얼 웨스트는 『메뚜기의 날』에서 끊임없는 사랑의 평가절하에 관해 이 기상을 사용한다. 작중 인물인 시나리오 작가 클로드 에스티는 이렇게 말한다.

사랑은 자동판매기 같다, 이거지? 그거 괜찮군. 동전을 넣고 손잡이를 누르면 자판기 속에서 기계가 잠깐 움직이지. 그리면 우린 작은 사탕 하나를 얻고, 지저분한 거울에 비친 자기 모습을 보면서 찡그리고, 모자를 고쳐 쓰고, 우산을 힘껏 움켜쥔 채 떠나가는 거야. 마치 아무 일도 일어나지 않은 것처럼 보이려 노력하면서.

'사랑은 자동판매기 같다'는 기상이다. 만약 작가가 우리에게 사랑이 왜 자판기와 같은지 설명하지 않았다면, 우리는 그 이유를 알아내려고 노력하다 실패했을 것이다. 그래서 작가는 '사랑'이 아니라 초라한 섹스를 암시하는 이미지들을 가지고 자동판매기를 계속해서 발전시킨다. 마지막 이미지―'마치 아무 일도 일어나지 않은 것처럼 보이려 노력하면서'―는 자동판매기와는 아무 상관이 없다. 그러나 그럼에도 불구하고 우리는 이제껏 우리 내면에서 이 두 가지 개념을 융합시켰기 때문에 이것을 받아들인다.

　　• 죽은 은유들

이 기준의 반대쪽 끝에는 **죽은 은유**(dead metaphor)가 있다. 죽은 은유는 사실상 은유가 되지 않을 정도로 친숙한 은유이며, 원래의 힘을 잃고 새로운 의미를 획득한 은유이다. 파울러의『현대 영어 용법(Modern English Usage)』에서는 죽은 은유를 설명하기 위해 'sift'라는 단어를 사용한다. '너무나 자주 사용했기 때문에 화자와 청자 모두 사용된 단어가 문자 그대로의 뜻이 아니라는 사실을 깨닫지 못하는' 단어라는 것이다.

> 따라서 '사람들이 굵은 가루를 체로 치고(sift) 있었다'에서 우리는 'sift'라는 단어가 문자적으로 사용된 것을 알 수 있다. '사탄은 당신을 갖고 싶어 했고, 당신을 밀처럼 체로 걸러낼 수(sift) 있다'에서 'sift'는 살아 있는 비유다. '증거를 선별하다(the sifting of evidence)' 같은 표현에서 이 은유는 매우 친숙해서, 우리는 가려내다(sifting)와 조사하다(examination)를 거의 같은 확률로 사용한다. 그리고 이때 '체(sieve)'는 우리 머릿속에 떠오르지 않는다.

영어에는 죽은 은유들이 차고 넘친다. "차고 넘친다(abound)"라고 말할 때 우리 머릿속에는 물이 넘치고 있지 않다. 어떤 사람이 "공직에 출마한다(run for office)"라고 할 때, 우리 머릿속에 다리는 없다. 누군가의 목표(aim)를 생각할 때 우리 머릿속에 화살은 떠오르지 않고,

시련(ordeal)을 겪는다고 해서 뜨거운 돌을 생각하지도 않는다. 원래의 은유에서 남아 있는 울림이 있기는 하지만 그렇다고 그 긴장을 해결하기 위해 우리 내면에서 무의미한 노력을 기울이지는 않는다. 영어는 은유로서는 죽었지만 일종의 말투이자 말하기 방식(manner of speaking), 즉 숙어(idiom)로서 부활한 은유들로 풍부하다[여기서 쓴 **풍부하다(fertile)**라는 단어와 **감자의 싹(eyes of potatoes)**을 포함하여]. 죽은 은유들을 사용하지 않고 영어로 말하기란 거의 불가능하기 때문에, 이 사실은 성인이 영어를 제2외국어로 배우는 것을 특히 어렵게 만든다.

어쩌면 은유는 인간의 가장 풍성한 잠재력 중 하나일 것이다. 그 효능은 마술에 가깝고, 마치 신이 창조할 때 피조물 중 하나 안에 두고 잊어버린 창조의 도구 같다.

호세 오르테가 이 가세트

언어학자이자 철학자인 스티븐 핑커는 『언어본능』에서 우리가 언어를 어떻게 '생각은 물건처럼, 문장은 그릇처럼, 의사소통은 보내는 것처럼' 말하고 있는지를 보여줌으로써 죽은 은유의 보편성을 보여준다.

우리는 아이디어를 '모아(gather)' 언어 속에 '집어넣고(put into)', 만약 우리의 장황한 언어가 '텅 비어 있지 않다면(empty or hollow)' 우리는 이러한 아이디어들을 자신이 필요한 '내용(content)'을 '추출(extract)'해 '풀어낼(unpack)' 수 있는 청자에게 '전달(convey)'한다.

이와 유사하게, 일본에서 영어로 의사소통을 하려고 하는 내 소설

『생사』의 여주인공은 숙어로서 죽은 은유가 갖는 어려움을 발견한다.

> 너 해고당했니(put out), 네가 꺼냈니(put out), 나는 그 사람을 내쫓았어(put him out), 그는 나를 재워줬어(put me up), 그는 그걸 미뤘어(put it off), 그는 끼어들었어(put in), 그는 그걸 집어넣었어(put it in), 그는 그걸 나한테 줬어(put it to me), 그것들 올려놔(put 'em up), 나는 누가 영어(English)라는 걸 배울 수 있는지 궁금하다. 영국 사람(the English)을 포함해서.

• 은유를 쓸 때 피해야 할 잘못들

비유는 하찮은 것이 아니다. 오히려 우리 뇌의 가장 주요한 일이다. 18세기의 몇몇 철학자들은 인간의 내면을 **타뷸라 라사(tabula rasa)**, 즉 감각적 인상들이 기록되고 비교되며 분류되는 '빈 서판(blank slate)'이라고 말했다. 오늘날 우리는 우리의 내면을 가리켜 '데이터'를 '저장'하고 '처리'하는 컴퓨터라고 말할 가능성이 더 높다. 이런 두 가지 은유가 모두 인정하는 것은 비유가 모든 학습과 추론의 기반이라는 사실이다. 아이가 난로에 손을 덴 다음 어머니가 말하는 것을 듣는다. "그건 뜨거워." 그런 다음 다시 라디에이터 쪽으로 갔을 때 어머니에게 다시 "그건 뜨거워"라는 말을 듣는다면, 아이는 손가락을 데지 않는 법을 배운다. 실생활에서의 암묵적인 비유는 사실을 전달하기 위한 것이고, 그것은 행동 양식을 가르친다. 이와는 대조적으로, 문학적 비유의 목표는 사실이 아니라 인식을 전달하고 이를 통해 우리의 이해 범위를 넓히는 데 있다. 우리가 "고통의 불꽃"이라고 말할 때 우리에게 드는 감정은 이해와 연민이다.

은유는 위대한 물리학자들이 우주의 새로운 이론을 만들 때 사용한 점토였다. 아인슈타인은 처음에 기차와 시계에 대해 이야기한 다음, 시간과 공간을 엮어 하나의 천으로 만드는 데까지 이미지를 확장했다.

잭 하트

그럼에도 불구하고, 일부 비판적인 그룹에서 은유는 그것을 추구할 때 생기는 부담으로 인해 금기시된다. 서투르고 부적절하며 모호하거나 너무 우려먹은 클리셰, 혼유(두 가지 이상 은유의 조합—옮긴이), 직유는 좋은 문장을 망치고 가장 의욕적인 독자의 인내심을 갉아먹는다. 만약 은유가 너무 친숙하다면 그건 디테일을 만들어내는 게 아니라 추상적 개념으로 작용한다. 너무 억지스러우면 의미를 만들어내는 게 아니라 작가에게 주목하게 되고, 독자에게 딸꾹질을 일으키는 요인이 된다. 좋은 은유는 아주 깔끔하게 맞아떨어지기 때문에 의미를 하나로 융합시킬 뿐 아니라 잘 드러나게 한다. 일반적으로 은유에 관한 한 적은 것이 더 좋으며, 의심스럽다면 쓰지 않아야 한다.

자, 이제 위 단락을 살펴보자. 앞선 문단은 무형의 생각에 물건이나 행동의 무게를 부여하는 죽은 은유들로 가득하다. **부담, 추구, 우려먹다, 망치다, 갉아먹는다, 작용하다, 억지스럽다, 맞아떨어진다, 하나로 융합한다,** 그리고 **드러나게 한다.** 각각의 은유는 이미 새로운 의미를 얻었기 때문에 문맥 속에 최소한의 부담만을 주면서 자리 잡고 있다. 그러나 동시에 이러한 구체적인 단어들 속에 남아 있는 은유적 속성은 추상적인 동의어보다 이것들을 더 흥미롭게 한다. **지나치게 많이 사용된……(=우려먹다), 문장을 덜 흥미롭게 만드는……(=망치다)** 등등. 내가 사용한 살아 있는 은유는 단 하나뿐인데—'독자에게 딸꾹질을 일으키는 요인이 된다'—나는 그걸 지키기 위해 거기 그대로 남겨두겠다.

은유와 직유의 사용법에 관해서는 확실히 '하라'보다는 '하지 말라' 쪽이 더 많다. 왜냐하면 모든 좋은 비유는 적절하고 독창적인 가치를 지닐 때 정당화되기 때문이다.

좋은 은유에 관해 공부하려면 많이 읽어야 한다. 그 과정에서 다음 사항을 피하라.

클리셰로 쓰이는 은유는 너무 친숙해서 본래의 의미가 지닌 힘을 잃어버렸다. 이것들은 필연적으로 적절한 비유일 수밖에 없다. 그렇지 않다면 클리셰가 될 때까지 그토록 반복해서 사용되지 않았을 것이기 때문이다. 그러나 이런 이미지는 더 이상 놀랍지 않고, 독자는 이 대가 없는 에너지 소모에 대해 작가를 탓하게 된다.

슬픈 사실이지만, 현재의 문학사에 이르러서는 당신의 눈이 호수 또는 별 같다거나, 눈물이 흘러넘친다고 말하는 것을 매우 경계해야 한다. 이런 표현들은 너무나 자주 반복되어왔기 때문에 이제는 원래 감정의 힘이 담겨 있지 않은 감정의 약칭이 되어버리고 말았다. 당신이 작가로서 독자에게 그 감정을 느끼도록 설득하지 않고 감정을 기록할 때마다, 작가와 독자 사이의 거리는 치명적으로 멀어진다. 따라서 당신의 인물들은 도끼눈을 하거나, 앵두 같은 입술을 오물거리거나, 백옥 같은 피부나 자라목, 말 같은 허벅지를 가져서도 안 된다. 눈물을 폭포수처럼 흘리거나 독 안에 든 쥐가 되어서도 안 된다. 이런 클리셰를 당신이 잘 알고 있다는 것을 표시하기 위해 인용 부호 안에 넣는다고 해서 그게 변명이 될 수는 없다. 그건 당신이 새로운 것을 만들어내는 데 실패했다는 사실을 노골적으로 드러낼 뿐이다. 만약 당신에게 은유의 특별한 능력을 필요로 하는 순간이 찾아온다면, 먼저 머릿속으로 쉽게 떠오르는 클리셰들의 목록을 잘 훑어봐야 할 것이다. 아니면 이제 자유 글쓰기를 하면서 마음의 여유를 가져야 할 때인지도 모른다. 때때로 당신 내면의 비평가는, 다시 살펴보면 신선하고 적절한 비유를 처음에는 엉뚱하다는 이유로 거부할지도 모른다.

어쨌든 '호수'와 '별'은 눈의 본질에 관해 핵심적인 무언가를 포착하고 표현했기 때문에 눈에 관한 클리셰가 되었다. 눈에 물과 빛이 계속 들어 있는 한, 그것을 말하는 새로운 방법 역시 존재할 것이다. 그리고 새롭게 만들어진 은유는 친숙한 이미지를 공유하고 있는 작가와 독자의 내면을 이용할 수도 있다. 윌리엄 골딩은 장편『상속자들』에서 주인공 네안데르탈인이 인간으로 진화했음을 보여주는 첫 눈물을 이렇게 묘사한다.

이제 동굴마다 빛이 있었고, 화강암 절벽의 결정체에 반사된 별빛이 희미하게 빛났다. 그러다 빛이 늘어나고, 형체가 분명해지고, 밝아지다가,

동굴 아래쪽 가장자리에 모여 반짝였다. 갑자기 소리 없이, 빛이 초승달처럼 가늘어지고 밖으로 나가더니 양쪽 뺨에 줄무늬가 번들거렸다. 털이 곱슬거리는 은빛 턱수염 사이에 빛이 다시 나타났다. 빛은 매달리고, 길게 늘어나고, 털에서 털로 떨어지다가, 가장 낮은 끝에 모였다. 물방울들이 헤엄쳐 내려갈 때 뺨의 줄무늬는 고동쳤고, 턱수염 끝에 커다란 물방울이 부풀어 올라 떨리면서 빛났다. 물방울은 스스로 분리되더니 순식간에 떨어졌다.

눈을 동굴에 비유한 이 날카롭고 확장된 은유에서, 골딩은 우리에게 익숙한 빛의 이미지, 즉 별빛, 결정체, 초승달, 은빛을 폭넓게 그려낸다. 눈과 관련된 '빛'의 이미지는, 심지어 눈이나 눈물이라는 단어 없이, 눈물의 '물' 이미지와 연결된다. 여기에는 클리셰에 대한 암묵적인 인정은 있지만, 클리셰는 없다. 골딩은 친숙한 이미지들 위에 비슷한 점들과 감정적 힘을 새롭게 담아냈다.

진지한 글쓰기와 희극적 글쓰기 모두에서, 친숙한 것들에 관한 의식은 그것을 새롭게 이용하는 방법만 찾아낸다면 장점이 될 수 있다. 비록 당신이 그녀의 눈은 호수 같다고 말하지는 않더라도, **그녀의 눈은 뒤쪽에 있는 지저분한 오리 연못 같다**고는 말할지 모른다. 독자는 그 지저분한 것들 아래 클리셰가 숨어 있다는 사실을 알기 때문에, 이를 코믹하게 받아들이게 된다.

하지만 클리셰는 인물이나 화자로부터 작가적 거리를 설정하는 데 유용한 장치가 될 수 있다. 만약 어떤 작가가 우리에게 로마는 하루 아침에 이루어지지 않았다고 한다면 우리는 이 작가의 통찰력에 대해서는 포기할 확률이 높지만, 어떤 인물이 그렇게 말하거나 생각한다면 우리의 판단은 작가가 아니라 인물에게 향하게 된다.

필 클레이의 「무기 체계로서의 돈(Money as a Weapons System)」을 보면, 모든 상황이 '완료'되었다는 군사-정치 은어를 배우지 못한 한 젊은 외교관이 이라크에서 큰 실수를 저지른다. 어느 시점에 그는 야구 유니폼 박스들과 함께 '북부 캔사스의 매트리스 왕'이기도 한 '굿윈 대표'에게서 이메일을 받는데, 그 메일에서 상대는 아이들에게 야구를 가르침으로써 이라크의 평화를 이루자고 제안한다.

내가 말하는 건, 우리가 문화를 먼저 바꿔야 한다는 겁니다. 그리고 야구보다 더 미국적인 건, 한 사람이 세계를 상대로 서서, 손에는 배트를 들고, 역사를 만들 준비를 하고서, 매 순간 일대일 대결을 하는 겁니다. 타자 대 투수, 주자 대 1루수……. 그렇지만!!! 야구는 팀 스포츠입니다! 팀 없이는 아무것도 아니지요!!!!

……마치 우리 매트리스 업계에서 말하는 것처럼요. 성공=추진력+결단력+매트리스.

이야기의 기쁘고도 씁쓸한 결말에서, 이러한 클리셰들은 그의 행동들과 병치되며, 외교관은 야구장에 있는 아이들의 사진을 조작해서 자신이 원하는 것을 얻는 방법을 배운다.

억지 은유(far-fetched metaphors)는 클리셰와는 정반대다. 즉,

놀랍기는 하지만 적절하지 않다. 죽은 은유가 어떤 의미를 **억지로** 암시하듯이, 우리의 내면은 은유가 말하는 비슷한 점을 떠올리기 위해 너무 멀리 여행을 해야만 하고, 도중에 너무 많은 것을 잃어버린다. 비유가 제대로 작동할 때 우리는 '상상의 도약'을 칭찬한다. 그러나 그렇지 않을 때 우리가 마주하는 것은 사실상 실패한 자만이다. 이때 두 대상 사이에 무엇이 비슷한지에 대한 설명은 설득력이 없다. 독창성을 추구하는 매우 훌륭한 작가들은 때때로 너무 지나칠 때가 있다. 어니스트 헤밍웨이의 재능은 은유에 있지 않았고, 드물게 그가 은유를 사용한 경우에는 무리할 때가 많았다. 아래 『무기여 잘 있거라』의 한 장면에서, 주인공은 총살대를 탈출하여 전쟁터에서 도망치고 있다.

> 요즘은 내 내면이 도저히 따라갈 수 없는 이유로 은유적 도약을 할 때마다 항상 깜짝 놀란다. 왕유(王維, 중국 당나라의 시인―옮긴이)가 천 년도 더 전에 했던 말을 기억한다. "문이 열리고 닫히는 이유를 대체 누가 알겠는가?"
>
> 짐 해리슨

너는 차와 부하를 잃었어. 마치 백화점에 불이 나서 쌓여 있던 재고를 모두 잃은 매장 책임자처럼. 하지만 여기는 보험도 없지. 넌 이제 거기서 벗어났어. 더 이상은 의무도 없어. 늘 쓰던 외국어 억양을 쓴다는 이유로 백화점 화재 후에 매장 책임자를 총살하려 든다면, 백화점이 다시 문을 연다 해도 책임자는 결코 다시 돌아가지 않을 거야. 다른 직업을 찾겠지. 어딘가 다른 일자리가 있고, 경찰이 그를 체포하지 않는다면.

음, 이건 별로다. 물론 우리는 백화점 화재로 소실된 상품과 군부대의 퇴각에서 잃은 군인이나 차 사이의 유사점을 알 수 있다. 그러나 이탈리아 군대가 패배한 적의 전투 장교를 총살하듯 '누군가가' 백화점의 매장 책임자를 쏘지는 않는다. 또한 외국어 억양이 타국과의 전쟁에서 불리할 수는 있겠지만, 매장 책임자가 그 억양 때문에 죽음을 당할 수 있다는 것은 상상하기 어렵다. 일자리를 찾는 데 어려움을 겪는다면 몰라도. 독자의 내면은 군인과 매장 매니저 사이의 비유에서 어떤 핵심적인 논리나 의미를 찾으려 애쓰다가 실패하고, 결국 이 과정에서 중요했던 주인공의 상황은 시시해지고 만다.

혼유(mixed metaphors)는 원래의 이미지와 두 개 이상의 서로 다른 참고 영역을 비유하기 때문에 그렇게 불린다. **인생의 길을 걸을 때, 무지의 암초에 걸려 좌초하지 마라.** 인생은 길이거나 바다일 수 있지만, 동시에 둘 다가 될 수는 없다. 은유의 핵심은 두 개의 이미지를 하나의 팽팽한 힘으로 묶는 것이다. 우리의 내면은 셋을 하나로 묶는 것을 완강하게 꺼린다.

지나치게 가까이 붙어 있는 개별적인 은유나 직유는, 특히 그것들이 너무 다른 톤과 성질에서 비롯된다면, 혼유와 똑같은 방식으로 독자를 방해한다. 독자의 내면은 도약하는 게 아니라 비틀거린다.

그들은 브루클린 하수구에서 커다란 쥐들처럼 싸웠다. 그럼에도 불구하고 그녀의 존재는 그의 심장 기하학의 원리였고, 그녀가 없을 때 그는 한가한 소년의 막대기 같은 말뚝 울타리를 따라 지팡이를 끌며 거리를 왔다 갔다 하곤 했다.

이러한 은유나 직유 중 어떤 것은 그 자체로는 받아들일 수 있을지 모르지만, **쥐, 원리, 소년의 막대기**는 세 가지 다른 영역과 톤을 내포하고 있어 위의 두 문장은 이를 다 담아내지 못한다. 너무 많은 방향을 가리키면 독자의 관심은 어디로도 따라갈 수 없다. 작가들은 때로 일단 은유를 섞은 다음 '은유를 섞어보자면' 혹은 '만약 혼유를 사용해도 된다면' 같은 식으로 사과하고 싶은 충동을 느낀다. 하지만 소용없다. 사과하지 말고, 섞지도 마라.

이러한 장치들 중 어느 하나라도 지나치게 많아지면 그건 우스꽝스러운 글이 된다. 너무 나간 것과 그걸로 충분한 것 사이의 경계는 종이 한 장 차이다. 여기 좋은 기준을 하나 소개한다. 만약 독자가 결과보다 원인에 대해 더 많이 주목하기 시작한다면, 그건 지나친 것일 확률이 높다.

— 폴라 라로크

모호하거나 장황한 은유(obscure and overdone metaphors)는 작가가 비유의 난이도를 잘못 판단했기 때문에 흔들린다. 그 결과는 혼란이거나 독자의 지성에 대한 모욕이다. 모호함의 경우, 작가가 파악한 유사성이 페이지 위에 제대로 옮겨지지 못하고 있는 것이다. 전에 어느 학생이 선인장의 가시를 '뚱뚱한 사내의 손가락처럼 가늘다'라고 묘사한 적이 있는데, 나는 이것 때문에 몹시 혼란스러웠다. 가시가 실은 전혀 가늘지 않았다는, 일종의 아이러니였을까? 그게 아니었다. 그는 뚱뚱한 몸에 앙상한 손가락이나 발가락을 가진 누군가를 보았을 때 얼마나 놀라운지 아냐고 되물었다. 여기서 문제는 작가가 자신이 말하고자 하는 의미를 알고 있으면서도 정작 비유에서 핵심적인 추상적 개념을 빼버렸기 때문에 발생한다. 대조를 이루는 놀라운 부분 말이다. '다육질 선인장의 가시는 마치 뚱뚱한 사내의 가느다란 손가락 같다.'

이 경우, 직유는 설명이 덜 되어 있다. 아마도 더 흔한 충동은—작가들은 독자가 제대로 이해하지 못할까 봐 늘 전전긍긍하기 마련이니까—명백한 것을 설명하려는 시도다. 장편 『생사』에서, 나는 화자가 남편과의 싸움을 묘사하도록 했다. '나는 우리가 곧 공기를 맑게 할 거라는 확신을 가지고 싸우곤 했다. 하지만 지금은 공기가 맑아질 수 없다. 우리는 로스앤젤레스에서 부부로 산다. 이 공기는 오염되어 있고, 유해하다.' 비평가인 친구가 지적했다. LA의 스모그에 관해 모르는 사람이라면 어차피 이 문장을 알아듣지 못할 것이고, 마지막 두 단어는 이 비유를 독자의 목구멍까지 들이밀고 있다고. 그가 옳았다. '나는 우리가 곧 공기를 맑게 할 거라는 확신을 가지고 싸우곤 했다. 하지만 지금은 공기가 맑아질 수 없다. 우리는 로스앤젤레스에서 부부로 산다. 이게 그 공기다.' 다시 쓴 단락은 설명도 과장도 하지 않기 때문에 훨씬 더 강력하다. 그리고 독자는 은유적 연결 고리를 더 즐길 수 있다.

상표명이나 난해한 대상, 또는 유명인 이름 같은 **시사적인 언급**(topical references)을 사용하는 은유들은 잘 연결되어 있다는 느낌을 준다면 작동할 수 있다. 독자들이 모르는 지식에 의존해서는 안

된다. '그 그룹은 푸시 라이엇(러시아의 여성주의 펑크록 그룹. 러시아 월드
컵 결승전에서 경기장에 난입한 사건으로 수복을 쓸었다—옮긴이)과 많이 닮았
다'라고 쓴다면, 그건 러시아 젊은이들에게 당신이 할 일을 떠넘기는
것이다. 그리고 만약 독자가 베토벤의 열렬한 팬이라면, 혹은 20년 후
에 당신의 소설을 읽고 있다면, 그때는 이 은유가 무엇을 의미하는지
알 길이 없을지도 모른다. '그들은 강한 비트와 푸시 라이엇 같은 대
담한 정치적 용기를 지니고 있었다'라고 쓴다면 뉴스를 모르는 사람
에게도 의미를 전달할 수 있을 것이다. 마찬가지로 '그녀는 테다 바라
(20세기 초 무성영화에서 활약한 미국의 영화배우—옮긴이)만큼 아름다웠다'
라는 문장은 여러분 대부분에게 별 의미가 없겠지만, 만약 내가 '그
녀는 테다 바라의 쟁반같이 둥그런 눈과 곱고 부드러운 머리카락을
지녔다'라고 쓴다면 충분히 알아들을 수 있을 것이다.

알레고리

알레고리(allegory)는 비유가 문체적이기보다는 구조적으로 표현
되는 서술 형태다. 알레고리는 사건들의 연속된 허구적인 비유로, 이
야기 속에서 일어나는 행동들은 다른 행동이나 철학적 사상을 나타
낸다. 알레고리에 대한 가장 간단한 예시는 우화(fable)인데, 예를 들
어 토끼와 거북이의 경주는 '빠른 사람만이 늘 경주에서 이기는 것
은 아니다'라는 철학적 개념을 설명하기 위해 사용된다. 이러한 이야

기는 비유의 원형이 억눌린 상태에서 확장된 직유라고 볼 수 있는데, 토끼와 거북이는 각각 인간의 유형을 나타내지만 인간은 결코 언급되지 않고 비유는 독자의 마음속에서만 일어난다. 조지 오웰의 『동물농장』은 조금 더 세련된 동물 우화로, 민주주의 사회에서 일어나는 부패에 대한 모습을 다룬다. 뮤리얼 스파크의 『수도원(The Abbey)』은 역사적 알레고리로, 수녀원에서 일어나는 알레고리적 음모를 통해 리처드 닉슨에 대한 직접적 언급 없이 닉슨의 대통령 재임 기간에 일어났던 사건들을 보여준다. 이러한 이야기들의 플롯은 독립적이지만, 그 진정한 의미는 외부적인 사건이나 개념을 드러내는 데 있다.

알레고리는 까다로운 형식이다. 단테, 존 번연, 에드먼드 스펜서, 존 키츠, 프란츠 카프카, 헨리크 입센, 사뮈엘 베케트 같은 작가들의 손에서 최고의 철학적 통찰을 지닌 작품들이 탄생했다. 하지만 대부분의 알레고리는 억지웃음 같다. 순진한 철학적 우화는 한 문장으로 말할 수 있는 단순한 생각을 낳는다. 역사적 우화는 예를 들어 워터게이트 사건이나 지역 축구 팀의 고충 같은 것에 대한 우리의 친숙함에 의존하기 때문에, 제한적이고 고립된 독자들에게만 흥미롭게 읽힌다.

상징

상징(symbol)은 비유를 포함할 필요가 없다는 점에서 은유나 직유와 다르다. 상징은 연관성에 의해 그 이상의 것, 혹은 자신과 다른 어떤 것을 나타내는 사물이나 사건이다. 국기가 국가와 애국심을 나타내듯이 때로는 어떤 사물에 임의적인 의미가 주입되기도 하며, 그리스도의 십자가가 부활과 구원을 상징하는 것처럼 때로는 하나의 사건이 전체 사건의 복합성을 상징하기도 한다. 십자가처럼, 때로 어떤 사물은 사건과의 연관성을 통해 복합적인 성질을 부여받기도 한다. 이러한 상징들은 은유가 아니다. 십자가는 구원을 나타내지만 구원과 비슷하지는 않다. 구원이 나무이거나 T 자형일 수는 없다. 플래너리 오코너의 단편 「오르는 것은 모두 한데 모인다」에서 주인공의 어머니는 자신이 그토록 자랑스러워했던 것과 완전히 똑같은, 우스꽝스러운 모자를 쓰고 있는 흑인 여성과 마주친다. 이 모자는 결코 인종차별 폐지와 '닮았다'고 말할 수는 없지만, 이야기가 진행되는 과정에서 상류층에 대한 끈질긴 향수와 새롭게 등장한 흑인 중산층의 열망을 나타내게 되고, 따라서 평등에 관한 의식하지 못한 '통합'을 상징하게 된다. 그럼에도 불구하고, 이것을 포함한 대부분의 문학적 상징들은 이야기의 전개 과정에서 감정적 혹은 관념적 개념에 기반한 어떤 종류의 유사성을 통해 추가적인 의미를 만들어낸다. 모자는 인종차별 폐지와 '닮아' 있지 않지만, 이야기 속에서 작가는 두 여성 모두 그러한 모자를 선택하고 살 수 있다는 것을 보여준다. 이것은 평등의 구체적인 예시로서, 더 넓은 평등의 개념을 보여준다.

마거릿 드래블의 장편 『개릭 이어(The Garrick Year)』는 자신의 처지에서 벗어날 수 없는 젊은 아내이자 어머니의 환멸을 그린다. 소설은 영국의 초원에서 가족 소풍을 마치고 집으로 돌아오는 것으로 끝난다.

> 차로 돌아가는 길에 플로라는 길에 누워 있는 양 한 마리를 향해 달려
> 들었지만, 다른 양들과 달리 그 양은 일어나 움직이지 않았다. 대신 양
> 은 아프고 고통스러운 분노로 우리를 바라봤다. 플로라는 자존심을 지
> 키기 위해 양의 반항을 눈치채지 못한 척하며 재빨리 지나가버렸다. 그
> 러나 데이비드의 부축을 받으며 천천히 걸어가던 나는 양을 더 자세히
> 들여다보았고, 양의 배를 움켜쥐고 있는 진짜 뱀을 발견했다. 나는 데이
> 비드에게 아무 말도 하지 않았다. 내가 본 것을 인정하고 싶지 않았지만,
> 나는 그걸 봤고, 여전히 볼 수 있었다. 그건 내가 본 최초의 야생 뱀이었
> 다. 헤리퍼드셔(영국 잉글랜드 서부의 옛 주―옮긴이)에 관해 쓴 내 책에는
> 그 지역이 뱀들로 악명 높다는 구절이 나온다. 하지만 "아, 그래서 뭐 어
> 쩌라는 말이야"가 할 수 있는 말의 전부였다. 에덴동산에도 뱀들은 기어
> 다녔고, 데이비드와 나는 그들 가운데 누워 어느 즐거운 오후를 거우 보
> 냈을 뿐이었다. 누군가는 계속해서, 아이들을 위해서라도, 못 본 척해야
> 했다. 그게 아니라면 차라리 집에 있는 편이 낫다.

양은 이 젊은 여인의 감정적 상황을 상징한다. 이것은 그녀를 닮았
지만, 오직 추상적인 수준에서만 그렇다. 아픔, 분노, 존재 조건을 위
협하는 치명적인 위험에 대한 체념. 같은 상황을 이렇게 은유로 표현
할 수도 있겠지만(**그녀는 양처럼 아프고 체념했다**), 상징의 장점은 그런
식의 단순한 표현이 등장하지 않는다는 것이다. 우리가 더 큰 의미에

도달하는 동안, 우리는 젊은 여인의 자리에 양을 대신 서도록 했다.

또한 상징은 은유에서 시작되어 커질 수 있으며, 결국 원래의 비유보다 더 많은 특징을 담게 된다. 존 어빙의 장편『가아프가 본 세상』에서, 젊은 가아프는 '저류(undertow)'라는 단어를 '두꺼비 아래(under toad)'로 잘못 듣고, 바다의 위험을 자신의 유치한 상상 속에 숨어 있는 환상으로 비유한다. 소설 내내 이 '두꺼비 아래'는 지속되어, 평범한 삶에 잠복해 있는 모든 위험을 상징적으로 드러내며, 가아프가 자신의 힘으로 헤엄치고 있다고 생각하는 바로 그때 그를 끌어내릴 준비를 하게 된다. 마찬가지로『어둠의 심연』에서 아프리카 대륙은 영혼의 야만적인 끄트머리처럼 어둡다. 그러나 소설을 읽어나가면서 우리는 어둠은 빛에, 빛은 어둠에 쓰러진다는 것과, 야만성과 문명은 불가분의 관계라는 것, 그리고 어둠의 심연은 곧 심연의 어둠이라는 것을 이해하기에 이른다.

문학적 상징의 사용에서 한 가지 중요한 구분은 인물이 알고 있는 상징, 즉 인물 자신에 속한 상징과 작가와 독자들만 알고 있는 상징, 즉 작품에 속한 상징 사이에 있다. 이 구분은 인물의 형상화나 주제, 또는 거리에 중요하게 작용하는 경우가 많다. 앞서 언급한『개릭 이어』에서 화자는 양의 의미를 분명히 알고 있으며, 그녀의 인식은 그녀의 지적 능력과 자신의 상황에 대한 최종적인 받아들임을 암시한다. 결과적으로 우리는 그 상징을 인식하는 데 있어 그녀와 우리를 동일시한다. 반면에「오르는 것은 모두 한데 모인다」에서 어머니는 모자를 상징으로 인식하지 못하며, 이것은 우리로 하여금 그녀의 인식과 거리를 두게 만든다. 그녀는 단지 흑인 여성이 자신과 똑같은 스타일로 옷을 입을 수 있다는 사실에 당황하고 분노했을 뿐이지만, 작가와 독자에게 이 우연의 일치는 더 큰 '통합'을 상징한다.

인물들이 자신의 상징을 알고 있을 때, 이 인식은 관계를 발전시키고 정의할 수 있다. 리사 할리데이의 『비대칭(Asymmetry)』에서, 어느 20대 여성과 훨씬 더 나이 많고 유명한 그녀의 애인이 나누는 농담을 보면 애인의 폭넓은 경험과 구속되지 않으려는 의지, 그리고 그녀의 분노와 그럼에도 불구하고 상황을 받아들이는 체념이 드러난다.

"사랑해요." 앨리스가 애교 섞인 목소리로 말했다.

"당신이 사랑하는 건 비코딘(진통제의 상표명 옮긴이)이겠지. 영화 그만 찍어."

그는 옷장으로 갔다.

"거기 뭐가 있는데요?"

"알고 싶지 않을걸."

"알고 싶은데."

"더 많은 여자들. 꽁꽁 묶여 있지."

"몇 명이나?"

"셋."

"이름이 뭐예요? 내가 맞춰볼게요. 케이티, 그리고…… 에밀리? 그중에 에밀리가 있나요?"

"그럼."

"그리고 미란다?"

"맞아."

"그 여자들은 구제 불능이에요."

"구제 불능이라."

마치 그녀가 그 단어를 지어내기라도 한 것처럼, 그는 한 번 더 말했다.

때때로 이런 종류의 상징들—인물이 알고 있는 상징과 작가나 독자만 알고 있는 상징—사이의 상호작용이 이야기의 시야나 아이러니를 풍부하게 해주기도 한다. 골딩의 『상속자들』 속 네안데르탈 부족은 생명의 순환을 의미하는 그들만의 종교적 상징을 지니고 있다— 뿌리, 무덤, 만년설의 모양. 하지만 소설의 전개 과정에서 등장하는 홍수, 불, 폭포는 독자들이 추가적인 종교적 해석을 할 수 있는 성서적 상징들이며, 소설 속 인물들은 그렇게 할 수 없다. 마찬가지로 위의 대화는 소설의 제목인 **비대칭**(Asymmetry)을 상징하며, 인물들은 알지 못하거나, 적어도 아직까지는 모르고 있는 은유다. 다시, 「오르는 것은 모두 한데 모인다」에서 어머니는 자신의 모자를 처음에는 취향과 자존심의 상징으로 보지만, 나중에는 흑인의 터무니없는 주제넘음으로 본다. 독자에게 모자는 평등의 상징으로, 그녀의 생각과는 정반대의 아이러니한 의미를 지닌다.

상징은 은유와 똑같은 잘못들에 영향을 받는다. 클리셰, 과도한 부담, 모호함, 뻔함, 장황함. 이러한 이유로, 또한 '상징주의'라는 단어가 19세기 후반 프랑스 시에서 일어난 문학 운동을 가리키기도 하기 때문에, 기법으로서의 상징주의는 비정한 현대의 기준에서는 경멸을 받는 반면, 평이하고 절제되어 있으며 간결한 산문은 더 진실한 것으로 상찬받아왔다.

그러나 내게는 글쓰기의 과정이 본질적으로 또 자명하게 '상징적'이라는 사실에 이론의 여지는 없는 것으로 보인다. 사건을 구조화하고, 인물과 분위기를 창조하며, 대상, 디테일, 언어를 선택할 때, 작가는 이러한 요소들이 무언의 물질적 존재보다 더 많은 것을 의미해야 한다는 목표하에 그것들을 선택하고 배열한다. 만약 그렇지 않다면, 당신은 선택에 원칙이 없는 것이고 그럴 바에는 다른 사건이나 인물, 혹은 대상에 관해 쓰는 편이 나을 것이다. "양배추처럼 순진하다"라고 말할 때 이미지는 세밀하게 상징적이며, 단순한 사실의 진술이 아니라 그것 이상의, 그것 이외의 어떤 것을 의미하도록 선택된 것이다.

사람들은 끊임없이 상징적으로 기능한다. 우리는 우리가 무엇을 의미하고자 하는지 정확히 알지 못하기 때문에 그렇게 해야만 하며, 만약 우리가 정확히 안다면 표현하려 하지 않을 것이고, 표현하려 한다면 그렇게 못 할 것이며, 그렇게 할 수 있다면 들리지 않을 것이고, 들린다면 이해받지 못할 것이다. 언어는 다루기 힘들고 고집스러우며, 그래서 우리는 직관, 몸짓, 톤, 그리고 상징으로 이를 뛰어넘는다. "오븐이 켜져 있는 건가?" 그는 묻는다. 오븐이 켜져 있는지를 궁금해하는 것은 단지 부수적인 호기심일 뿐이다. 그가 실제로 하고 있는 것은 불평이다. **당신은 내가 나가서 버는 돈을 계획 없이 아무렇게나 쓰고 있지.** "미리 켜놓지 않으면 머핀이 부풀지 않아." 그녀의 말은 이런 의미다. **이번엔 건수 잡는 거 실패야. 당신은 늘 음식에 대해 불평하지. 내가 당신을 만족시키느라 얼마나 지쳤는지는 신만 아실걸.** "우리 여름에는 니스풍 샐러드를 먹곤 했잖아." 그의 회상은 이런 의미다. **너무 의기양양하게 굴지 마. 당신은 여전히 사치스럽고, 젊었을 때는 곧잘 듣던 요리 수업도 듣지 않고 있잖아.** "정원을 가꾸곤 했지." 그녀는 말한다. **당신은 주말이면 늘 집을 비우고 나랑 무언가를 함께 할 시간을 내지 않잖아. 더 이상 날 사랑하지 않으니까. 난 당신이 바람을 피우고 있다고 생각해.** "나한테 뭘 기대하는 거야!" 그는 폭발하고, 두 사람 중 누구도 오븐과 머핀, 샐러드와 정원이 이를 촉발했다는 사실에 놀라지 않는다. 사람들이 "우리는 아무것도 아닌 일로 싸워요"라고 말할 때 뜻하는 바가 바로 이것이다. 사람들은 상징을 두고 싸운다.

객관적 상관물

하지만 소설 속의 갈등은 '아무것도 아닌 일'이 될 수 없으며, 작가로서 당신은 표현하기 힘든 감정에 적합한 구체적인 외부적 표현을 찾아야만 한다. 『성스러운 숲(Sacred Wood)』에서 T. S. 엘리엇은 이러한 과정과 필요성을 설명하기 위해 '객관적 상관물(objective correlative)'이라는 용어를 사용했다.

예술의 형태로 감정을 표현하는 유일한 방법은 '객관적 상관물'을 찾는 것이다. 다시 말해, 일련의 사물, 어떤 상황, 사건의 연속이 특정한 감정의 공식이 되는 것이다. 감각적 경험에서 끝나야 하는 어떤 외부적 사실이 주어질 때, 즉각적으로 어떤 감정이 생겨나는 것.

일부 비평가들은 엘리엇의 **객관적 상관물**이 **상징**의 동의어에 지나지 않는다고 주장했지만, 이 용어와 그 정의는 다음과 같은 몇 가지 중요한 차이점을 지니고 있다.

1. '객관적 상관물'은 감정을 담고 있으며 이를 불러일으킨다. 다른 많은 종류의 상징들―과학의 공식, 음악의 음표, 알파벳의 글자―과는 달리, 예술적 상징의 목적은 감정을 끌어내는 것이다.

2. 어떤 종류의 상징들―예컨대 종교적이거나 정치적인 것들―도 감정을 불러일으키지만, 그것들은 상징이 사용되는 특정한 문맥이 아니라 일반적인 믿음의 공동체를 받아들임으로써 기능한다. 그리스도의 피를 나타내는 포도주는 베네치아든 부에노스아이레스든 뉴욕에서든 똑같은 감정을 이끌어낼 것이다. 그러나 예술적 상징은 특정한 작품에만 해당되는 감정을 불러일으키고 작품 외부의 공감이나 믿음에 기대지 않는다. 이야기에서 성찬식의 포도주를 언급하는 것은 독자의 종교적 감정을 불러일으키는 데 사용될 수 없다. 오히려 작가는 그것이 완전히 다른 감정을 이끌어내는 쪽을

선택할 수도 있다.

3. 이야기의 요소들은 특정한 사물, 상황, 사건이 특정한 감정을 만들어내는 방식으로 상호 연관된다. 『로미오와 줄리엣』이 불러일으킨 '로맨스'와 '연민'은 『안나 카레니나』나 『바람과 함께 사라지다』가 불러일으킨 로맨스나 연민과는 같지 않다. 각 작품에서의 외부적 표현들('감각적 경험에서 끝나는' 외부적 사실)이 감정의 본질을 규정하기 때문이다.

4. 특정한 작품의 사물, 상황, 그리고 사건에는 특정한 효과가 담겨 있다. 반대로 원하는 감정적 효과를 담고 있지 않으면 그 효과는 작품 속에서 생성될 수 없다. 추상적인 서술을 통해서든 외부적 상징을 통해서든 마찬가지다. '객관적인' 감각적 경험(사물, 상황, 사건)은 감정과 서로 연결되어 있어야 하며, 서로 각각 대응해야 한다. 그것이 감정을 예술의 형태로 표현하는 유일한 방법이기 때문이다.

문학적 상징이 실패하는 경우는 이 어렵고 필수적인 상호 관계 때문일 때가 가장 많다. 전형적인 예로, 우리는 향수병을 모아둔 채 홀로 죽어가는 여자의 방에서 이야기를 시작할 수 있다. 이야기는 그녀의 풍요롭고 감각적인 삶에 관한 사연으로 거슬러 올라가고, 마지막 장면에서는 텅 비어 있는 향수병을 보여준다. 원래 의도는 그녀의 죽음으로 독자의 마음을 움직이려는 것이지만, 이것은 그렇게 작동하지 않는다. 향수병에는 잘못이 없다. 모자가 인종 간의 평등을 상징할 수 있듯, 향수병도 유한한 삶과 피할 수 없는 죽음을 상징할 수 있다. 잘못은 이야기의 결과 온전히 하나로 녹아들지 못한 상징을 사용한 점에 있다. 『어둠을 지나서 쓰기(Writing Past Dark)』에서 보니 프리드먼은 이렇게 말한다. "어떤 것이 상징이 되기 전에, 그것은 '어떤 것'이어야 한다. 당신이 그 위에 당신이 원하는 의미를 부여하기 이전에도, 부여하는 동안에도, 부여한 이후에도, 그것은 '어떤 것'으로서의 자기 자신의 일을 해야만 한다." 향수병의 경우, 우리는 이 여인에게 본질로서의 '냄새'란 어떤 중요성을 지니는지 먼저 납득해야만 하고, 그녀가 인생의 굴곡을 살아오는 동안 향수들이 어떤 역할을 해왔는지 알아야 하며, 어쩌면 가장 좋아하는 향 앞에서 이제는 머뭇거리는 그녀의 모습을 보아야 할지도 모른다. 그래야만 우리는 향수의 쏟아짐이나 증발을 그녀 자신의 정신적 죽음과 감정적으로 동일시할 수 있을 것이다.

상징적인 사물이나 상황, 사건은 이야기에 충분히 녹아들지 못할때 잘못되기 쉽다. 이때 상징은 인물의 삶 속에서 자연스럽게 발산되기보다는 상징 그 자체를 위해 존재하는 것처럼 보인다. 불러일으키려는 감정에 적절하지 못한 객관적 상관물이 쓰일 때도 마찬가지이며, 너무 무겁거나 너무 지나쳐서 잘못되기도 한다. 즉 작가가 계속해서 독자에게 상징을 들이밀면서, 옆구리를 쿡쿡 찌르며 '알겠지?'라고 말할 때 상징은 실패한다. 이런 경우 우리는 상징이 **작위적**(artificial)이라고 말한다. '**틀에 박힌**(formulaic) 플롯'과 유사한 이 단어는 비평적 어휘 중에서도 흥미로운데, 왜냐하면 예술(art)은—형식(form)이 그렇듯이—칭찬하는 말이기 때문이다. 모든 글쓰기는 '작위적이며', 우리가 어떤 글이 작위적이라고 말할 때의 속뜻은 그것이 충분히 작위적이지 못하다는 것이다. 작품이 자연스럽다는 착각을 줄 만큼 충분히 자신을 감추지 못했고, 따라서 작가는 다시 작업실로 돌아가야만 한다는 뜻이다.

추천 작품

「유령의 집에서 길을 잃다(Lost in the Funhouse)」(존 바스 지음)

「샌(San)」(란 서맨사 창 지음)

「크레인 차일드(The Crane Child)」(데이비드 리빗 지음)

「오멜라스를 떠나는 사람들(The Ones Who Walked Away from Omelas)」(『바람의 열두 방향』에 수록, 어슐러 K. 르 귄 지음, 시공사, 2014)

「동물원(Menagerie)」(찰스 존슨 지음)

「변화가 일어나기 전에(Before the Change)」(『착한 여자의 사랑』에 수록, 앨리스 먼로 지음, 문학동네, 2018)

「지하의 여자들(Underground Women)」(제시 리 커치벌 지음)

「푸른 개의 눈(Eyes of a Blue Dog)」(가브리엘 가르시아 마르케스 지음)

「흰 숲의 늑대(Wolf of White Forest)」(앤서니 마라 지음)

「기호와 상징(Signs and Symbols)」(블라디미르 나보코프 지음)

글쓰기 프롬프트

1. 일기장을 뒤져 클리셰들을 찾아보라. 그리고 각각을 구체적인 디테일이나 보다 독창적인 직유나 은유로 바꿔보라.

2. 각각 확장된 은유를 포함하고 있는 한 페이지짜리 장면 두 개를 쓰라. 한 장면에서는 평범한 사물을 커다랗고 중요한 의미가 있는 것에 비유하고, 다른 한 장면에서는 중요한 사물이나 현상을 더 작고 평범한 것에 비유해보라.

3. 한 쌍의 눈을 묘사할 때 생각할 수 있는 클리셰를 모두 나열하라. 그런 다음 눈에 관한 새롭고 신선한 은유가 담긴 단락을 써보라.

4. 동화에 관한 자신의 해석을 쓰고, 배경을 현대로 바꾸어 그것으로 알레고리를 만들어보라. 현대의 기술과 정치, 관계, 다른 사회적 관심사들을 어떻게 하나로 묶을 수 있겠는가? 그렇게 하고도 여전히 이야기의 핵심을 지켜낼 수 있는가?

5. 빵을 포장하는 상자보다 작은 물건이 인물에게는 희망, 구원, 또는 사랑을 상징하게 하라. 같은 물건이 독자에게는 완전히 다른 것을 상징하게 하라.

6. 죽은 은유 하나를 골라 원래 있는 그대로의 뜻으로 사용되는 진지하거나 코믹한 장면을 쓰라. [증거 선별(sifting the evidence, 'sift'의 원래 뜻은 '체로 치다'—옮긴이) : 변호사는 체, 찻잎 거르개, 커피 필터 두 개, 갈릭 프레스를 사용하여 사건을 결정한다.] 다음 중 하나를 시도해보거나 직접 만들어보라.

- 버스 터미널
- 리얼리티 쇼
- 점심을 망치지 마라(Don't spoil your lunch, 아이가 점심 식사 전에 사탕 등을 먹을 때 하는 말—옮긴이)
- 그물 외에 아무것도(Nothing but net, 농구에서 공이 농구대의 림을 건드리지 않고 깨끗하게 들어갈 때 하는 말—옮긴이)
- 데드라인
- 부서진 가정

퇴고와
주제

안톤 체호프는 "재능이란 오래 참는 것"이라고 말했는데, 이는 창의적인 과정이 모두 창의적이지는 않으며 마음속에 찾아온 첫 영감을 훨씬 뛰어넘는 일이라는 것을 의미한다. 고치고, 비판하고, 보충하고, 발전시키는 모든 종류의 퇴고는 이야기가 가지고 있는 최선을 이끌어내는 일이다. 윌리엄 C. 노트는 『소설의 기술(The Craft of Fiction)』에서 설득력 있게 말한다. "누구나 글을 쓸 수 있지만, 작가만이 고쳐 쓸 수 있다. 바로 여기가 뭔가가 만들어지는 곳이고, 가장 중요한 전투가 벌어지는 곳이다. 그리고 누구도 이 일을 대신 해줄 수 없다."

퇴고

퇴고는 두렵다는 말보다 더 두려운 과정이다. 무엇이든 다시 쓰기에 대한 저항감은 애초에 처음 시작할 때의 저항감보다 더 크다. 하지만 일단 초고를 끝내고 나면, 미완성이거나 만족스럽지 못한 상태로 원고를 남겨두기란 어려울 가능성이 크다. 원고가 제대로 나올 때까지 당신은 **행복하지 못할** 것이다. 이를 제대로 고치기 위해서는, 그러니까 이야기를 새롭게 바라보고 퇴고를 통해 다시 창조하기 위해서는, 또 다른 결심과 몰입이 필요하다. 이 책 전체에 걸쳐 살펴본 소설의 기술들은 모두 이 퇴고와 암묵적으로 연관되어 있다.

> 말해야 하는 모든 것은 이미 말해졌다. 그러나 아무도 듣고 있지 않았으므로, 모든 것을 다시 말해야 한다.
>
> ─앙드레 지드

앨리스 먼로는 자신의 단편선 서문에서 위험(risk)과 준비(readiness)와 보상(reward)에 관해 이렇게 이야기한다.

> 당신이 이야기를 끝마쳤다고 생각하는 바로 그때, 이야기는 자신의 생명을 잃을 가장 큰 위험에 처해 있다. 내가 의도한 것을 썼지만, 내 의도는 모두 틀렸음이 드러났다. 문제를 해결할 수 있는 방법을 생각해내느라 나는 침울하고 정신이 팔려 있다. 대개는 그러는 과정에서 올바른 방법이 갑자기 떠오른다.
>
> 그러면 커다란 안도감이 찾아온다. 에너지가 회복된다. 부활이다.

아까 떠오른 그 방법이 올바른 방법이 아니라는 사실만 빼고. 어쩌면 올바른 길로 가는 길인지도 모른다. 이제 나는 버릴 수밖에 없는 페이지를 쓰고 또 쓴다. 그것들은 버려진다. 하지만 이쯤 되면 나는 궤도에 올라 있다. 그곳에 가는 최선의 방법을 찾을 때까지 계속 노력하기만 하면 된다.

그곳에 가는 최선의 방법을 찾기 위해, 당신은 한 번 이상 '다시 보아야'만 할지도 모른다. 퇴고의 과정은 외부적이고 내면적인 통찰을 필연적으로 포함한다. 당신은 내면의 비평가, 창조적 본능, 그리고 신뢰할 만한 독자를 필요로 할 것이다. 반드시 그 순서로 필요한 것은 아니지만, 각각 여러 번 필요할 수도 있다. 이야기는 광을 내고 새 단장을 함으로써, 즉 단순히 이 단어를 고치고 저 이미지를 바꿔서 좋아지는 것이 아니라, 구조를 바꾸는 위험을 감수하고, 마음속에 품었던 것을 다시 그리고, 새로운 의미에 열려 있을 때 나아진다. 애니 딜러드는 '내력벽(bearing wall, 건물의 무게와 수직하중을 지탱하도록 만든 벽—옮긴이)을 쓰러뜨린다'라는 은유를 사용하여 퇴고 과정에서 작가들이 이야기 자체에 영감을 준 바로 그 부분을 희생하는 방식을 설명한다. 극단적으로 들리겠지만, 뛰어난 많은 작가들에게 이것은 익숙한 경험이다.

당신이 반드시 삭제해야 하는 부분은 가장 잘 쓰인 부분일 뿐 아니라, 이상하게도, 이야기의 핵심이기도 한 부분이다. 핵심 구절이자, 나머지 구절들이 모두 매달려야 하는 구절이자, 당신 자신이 이야기를 시작할 용기를 얻게 된 구절.

— 애니 딜러드, 『작가살이』

• 염려하고, 치워버려라

초고를 쓰기 위해 당신은 내면의 비평가를 추방했다. 이제 비평가를 환영하라. 퇴고는 일이지만, 당신은 자유 글쓰기를 하며 즐겁게 놀 때보다 훨씬 더 오랫동안 이 일에 집중할 수 있다는 사실을 알게 될 것이다. 나는 초고를 쓰는 일이 테니스나 소프트볼 같다는 것을 알게 되었다. 하고 싶어야만 한다. 에너지 레벨이 올라가고, 경보가 울리고, 발끝에 떨어진다. 겨우 몇 시간이 내가 감당할 수 있는 전부이고, 그 끝에 나는 녹초가 되어버린다. 퇴고는 신중한 목공일 같아서, 만약 내가 마감을 지켜야

침착할 필요도 맑은 눈을 가질 필요도 없다. 그냥 포기하지 않으면 된다.

데이비드 마멧

하거나 이것을 다듬고 광내기로 작정한다면 열두 시간이라도 잘 해 낼 수 있다.

퇴고의 첫 번째 단계는 아마도 당신의 불안을 표면 위로 떠오르게 하는 문제일 것이다. 잠시 동안 어색하거나, 너무 길거나, 부족하거나, 단조롭거나, 화려해 보이는 것에 집중하라. 고치고, 줄이고, 날카롭게 다듬어라. 이 단계에서 주어진 페이지나 단락을 마치는 것보다 더 중

요한 것은 새로운 가능성으로 나아갈 수 있도록 당신의 이야기를 새롭게 알아가는 것이다. 물론 지긋지긋하기도 할 것이다. 꽉 막힌 것처럼 느낄지도 모른다.

그러면 치워두라. 며칠 또는 몇 주 동안 쳐다보지도 마라. 그 원고를 다시 신선하게 느끼기 전까지. 이것은 당신의 이야기와 일정한 거리를 두는 일이면서, 동시에 당신의 무의식을 향해 편지를 보내는 일이다. 의도적으로 결점을 고치는 것이 아니라 일시적으로 놓아줌으로써. 롤로 메이는 『창작을 위한 용기(The Courage to Create)』에서 그다음에 흔히 일어나는 일을 설명한다.

누구나 이따금씩 '생각이 떠오른다', 아이디어가 '갑자기 생각난다', '번뜩인다', '불현듯 떠올랐다' 같은 표현들을 사용한다. 이것은 공통된 경험을 기술하는 다양한 방법들이다. 의식 아래 깊은 곳에서 일어나는 생각의 돌파구.

내 경험으로 보건대, 단편이나 장편을 쓰는 과정에서 이러한 깨달음은 반복해서 일어난다. 종종 나는 인물들이 누구인지 그리고 그들에게 어떤 일이 일어나는지 알기 때문에 스스로 내 이야기를 잘 알고 있다고 생각하지만, 그 생각은 자주 틀린다. 내가 아는 것은 얕거나 완전치 않다.

예를 들어 내 장편 『커팅 스톤』의 초고에서, 나는 '젊은 공부벌레들이 애리조나로 떠나는 것을 보기 위해서는 샴페인 120병이 필요했다'라는 문장으로 소설을 시작했다. 한 페이지 뒤에서 한 인물은 다른 인물에게 젊은 모범생 중 하나가 '폐결핵(consumption)'을 앓고 있다고 속삭인다. 나는 이 책을 오랫동안 썼는데(그사이 등장인물들을 애리조나로 데려가 사막의 더위, 갈증, 알코올중독, 신앙의 상실, 광산업 이익과 건축업의 발전을 마주하게 했다), 'consumption('폐결핵'과 함께 '소비'라는 뜻도 가지고 있다―옮긴이)'과 '샴페인(champagne)' 사이의 관계를 깨닫게 되는 데는 1년이 걸렸다. 이 간단한 연관성을 이해하게 되자, 나는 비로소―분명 이 아이디어가 나를 사로잡은 순간부터 내 안에 잠재해 있었을―이 책을 지배하는 주제를 깨닫게 되었다. 결핵(tuberculosis), 영적인 갈증, 소비주의, 중독. 이 모든 것은 'consumption'과 연결된 문제들이었다.

절망적일 때는 하던 일을 멈춰라. 빈 종이 한 장을 꺼내서 그날 있었던 감사한 일 세 가지를 적어라. 당신이 얼마나 빛나는지를 기억하라. 당신을 믿는 모든 사람들을 되돌아보라. 그리고 다시 일을 시작하라.

프랜시스 야추 코워그

글을 다 쓴 후에야 자신의 이야기가 무엇인지 깨달을 수 있다는 사실이 당황스러울지도 모른다. 하지만 시도해보라. 좋아하게 될 것이다. 복잡한 패턴이 이미 당신의 내면에서 펼쳐질 준비가 되어 있다는 것을 발견하는 일만큼 신나는 건 없다.

퇴고의 초기 단계에서는 염려하는 것과 치워버리는 것 모두가 필요하다. 어쩌면 그 당혹스러움이, 해답이 놓여 있는 무의식의 공간으로 우리를 떨어뜨려줄 것이다.

일단 당신이 이야기를 끝까지 구상하고, 초고를 시작하고, 할 수 있는 최선까지 쓰고 나면, 다른 누군가의 눈이 당신의 시각을 새롭게 하는 데 도움을 줄 수 있다. 비평을 잘 이용하는 요령은 완전히 이기적이 되는 것이다. 욕심을 부려라. 모든 걸 다 받아라. 궁극적으로 당신은 당신 이야기에 관한 어떤 토론에서도 노동자이자 중재자이자 최종 결정권자이기 때문에, 어떤 문제 또는 어떤 해결책이든 고려할 여유가 있다. 우리들 대부분은 우리가 써놓은 것에 깊게 몰입해 있을 뿐 아니라 그것에 관해 방어적이다. 말하자면 정말로 천재의 작품이라는 말을 듣기 원하거나, 아니면 실은 그렇지 않다는 것을 듣키지 않기 바란다. 따라서 퇴고의 첫 번째 요건은 비평을 듣고, 흡수하고, 받아들이는 법을 배우는 것이다.

소설가 로버트 스톤은 "퇴고는 자신의 머리카락을 스스로 자르는 것과 같다"라고 말한다. 고쳐야 할 필요를 느낄 수는 있지만, 스스로 온전히 보지 못하는 것을 제대로 바로잡을 수는 없다. 이것이 바로 워크숍의 가장 큰 장점이다. 당신의 동료 작가들은 이야기와 가장 잘 어울리는 방식으로 소재를 활용하는 법을 말해줄 수는 없겠지만, 최소한 거울을 들고 더 멀리서 바라본 관점을 제시할 수는 있다. 현명한 프로 작가들은 이 단계에서 문학 에이전트나 편집자의 도움에 의존하며(아무리 현명한 작가라도 비판은 여전히 쓰라리다), 대부분은 정기적인 모임에서 받는 정기적인 피드백을 신뢰한다. 따라서 만약 참여 가능한 워크숍이 없다면, 직접 시작하라. 다른 작가들에게 의향을 물어볼 수도 있고, 지역신문이나 SNS에 공지를 게시할 수도 있다. 직접 만나는 것이 언제나 가장 좋지만, 온라인 모임도 잘될 수 있다.

그렇다면 도움이 되는 의견을 고르는 것은 둘째치고, 어떻게 그렇게 많은 의견을 내 것으로 만들 수 있을까? 먼저 평소 당신이 일반적으로 동의해온 워크숍 멤버 두세 사람의 의견을 특별하게 받아들여라. 그러나 최고의 비평—어쨌든 가장 유용한 비평—은 당신이 이미 알고 있었지만 애써 피하려 했던 것을 지적하는 의견이다. 플래너리 오코너가 특유의 퉁명스러움으로 소설에서 말했듯이, "당신은 피하기 위해 무엇이든 할 수 있지만, 누구도 그런 식으로 멀리 달아난 적은 없다".

과거에는 '건설적 비판'과 '파괴적 비판'이라는 말이 인기 있었으나, 이 용어들은 긍정적 발언은 유용하고 부정적 비판은 그렇지 못하다는 오해를 불러일으킨다. 당신은 곧 알게 될 것이다. 독자가 할 수 있는 가장 건설적인 일은 당신이 불안하게 느꼈던 단락을 정확하게 가리키면서 "여긴 이상해요", "이건 따라갈 수가 없어요", "이 부분은 이해 못 하겠어요"라고 말하는 것이라는 사실을. 이런 종류의 "여기 뭔가 문제가 있어요" 지적은 속으로는 쓰라리지만, 또한 만족스럽기도 하다. 어디를 고쳐야 할지 알게 되기 때문이다. 종종 독자가 할 수 있는 가장 파괴적인 일은 당신에게 긍정적인 제안을 하는 것이다. "여기서 주인공이 그 차를 들이받으면 어때요?" 이것은 당신이 가지고 있는 이야기의 그림과는 무관하다. 너무 지나친 칭찬이나 너무 일반적

인 비판에는 의심을 품어라. 이야기나 작가인 당신 자신을 변호하고
픈 충동이 일더라도 자제하라. 나쁜 충고에도 좋은 충고인 것처럼 반
응하고, 진지하게 경청하라. 어떤 충고든 어떻게 적용할 수 있을지 잘
생각해본 다음에 버려야 한다.

워크숍 멤버들은 작가를 혼란스럽게 하고 좌절시키는 원고에 관해
날카롭게 갈린 반응을 보일 때가 많다. 알곤킨 북스(Algonquin Books)
의 편집자 덩컨 머럴은 워크숍 작가들에게 독자들이 걸려 넘어지는
부분에는 세심한 주의를 기울여야 하지만, 그들이 제시하는 해결책
들은 무시하라고 충고한다. 훌륭한 독자들은 이야기 속에서 뭔가 잘
못되었다는 것을 직감적으로 알아채지만, 그게 무엇인지, 그리고 어떻
게 해야 하는지에 대해서는 정확히 알지 못하는 경우가 대부분이기
때문이다. 그러나 일단 약한 부분을 알게 되면, 작가들은 거의 언제
나 독자나 편집자가 내놓을 수 있는 것보다 더 좋은 해결책을 마련할
수 있다. 한 가지 요령은 독자들이 당신의 이야기를 어떻게 고쳐야 할
지에 대해 말할 때, 입술을 꾹 깨물고 고쳐야 할 부분에만 주목하는
것이다.

작가는 동료의 비평에서 도움을 얻을 수도 있고 그렇지 않을 수도
있지만, 실제로 워크숍에서 하는 일, 즉 이야기가 부딪힌 어려운 문제
들에 관해 함께 고민하고 각자의 반응을 표현하는 연습을 통해 결국
모든 참가자들은 자신의 작품에 관해 더 객관적인 비평가가 된다. 참
여해보면 당신이 주고받는 비평이 구체적이면 구체적일수록 더 도움
이 되고 동시에 덜 아프다는 사실을 알게 될 것이다. 비슷하게, '무엇

이 효과적인지'를 구체적으로 말해주는 칭찬일수록 좋은 습관을 강화할 수 있게 해준다. 몇 달 정도 워크숍을 경험하고 나면, 당신은 자신의 상상 속에서 이야기를 비평할 수 있게 된다. 누가 무엇을 말할지, 누구의 의견에 동의할 것인지, 당신이 이미 알고 있는 것이 실제로도 그런지, 혼자서도 알 수 있다.

> 예술은 어려워지기를 원하기 때문에 어려운 것이 아니라, 예술이 되기를 원하기 때문에 어려워진다.
>
> 도널드 바셀미

소설가이자 극작가인 미셸 카터는 워크숍의 첫날이나 두 번째 날 이내에 작가는 '비평 새겨듣기'를 시도해야 한다고 말한다. 즉 독자가 무엇에 반응하고 있는지를 중요하게 여겨야지, 그들이 제안하는 '수정 방안'을 따르는 게 능사가 아니라는 것이다. 예를 들어 다수의 독자들이 소설의 시점을 3인칭에서 1인칭으로 바꾸는 게 좋겠다고 말한다면, 그 말은 화자가 인물로부터 너무 멀리 떨어져 있는 것 같다는 뜻으로 '새겨들어야' 한다는 게 카터의 주장이다. 1인칭 시점이 문자 그대로 더 나은 선택이 아니라, 독자들이 주인공의 감정적 딜레마를 더 즉각적으로 경험하기 원한다는 게 핵심이라는 뜻이다.

마찬가지로 독자들이 "인물 X에 관해 더 많이 알고 싶다"라고 한다면, 반드시 더 많은 사실들과 전사를 이야기에 끼얹는 게 최선의 대응은 아니다. 독자들이 실제로 원하는 것은 인물의 동기를 더 잘 이해하거나 중요한 순간을 더 자세하게 그려내는 것일 수도 있다.

지금 듣고 있는 비평이 이야기를 잘못 읽고서 하는 비평이라는 것을 깨달았을 때조차도, 카터는 자신에게 엄격해지라고 말한다. 오독이 독자의 실수만으로 이뤄지는 경우는 드물다. 글의 어떤 어색함이나 잘못된 강조가 독자를 왜곡된 해석으로 이끌었는지 물어보라. 소설가 월리 램은 이 점을 강조한다.

나는 우리 독자들이 작가로 하여금 너무 많은 것을 피하도록 내버려둔다고 생각한다. 만약 글이 명확하지 않다면, 우리는 다시 한번 읽어서 스스로 의미를 분명하게 파악한다. 작가를 곤경에서 벗어나게 해주는 것이다. 실은 글 자체만으로도 이해가 되어야 하는데도 말이다. 당신이 작가라면, 작가가 방에 들어와 설명하고 해석해줄 필요가 없을 정도로 충분히 좋아질 때까지 글을 고쳐야 한다.

『작가의 시간(A Writer's Time)』에서 케네스 애치티는 퇴고의 중요한 시점마다 강제적인 '휴가'를 가지라고 충고한다. 당신이 준비가 되어 다시 일하지 않고는 견딜 수 없게 될 때까지 비평이 푹 익도록 기다리라는 것이다. 그러니 다시 한번 이야기를 훌쩍 떠나, 받았던 비평과 충분한 거리를 확보했다고 느낄 때, 그리고 이야기를 새롭게 보게되었을 때, 퇴고를 재개하라. 크고 작은 계획들을 적어두라. 일기에 당신이 성취하려고 하는 것과 실패했다고 생각하는 부분에 대해 쓰라. 새로운 이미지나 대화를 상상해보라. 퇴고가 끝날 때마다 인쇄된 원고나 디지털 사본을 늘 잘 보관하여 나중에라도 원하는 때면 언제든 돌아갈 수 있게 하라. 그리고 다음 원고를 위해 또다시 무자비한 퇴고를 시작하라. 유도라 웰티는 인쇄된 페이지를 잘라내어 쉽게 핀으로 순서를 재배치할 수 있도록 하는 방식을 추천했다. 나는 컴퓨터에서 자르고 붙이기 전에 먼저 부엌 식탁 전체에 원고를 늘어놓고 자르고 붙이는 걸 좋아한다. 어떤 사람들은 머릿속에 이야기를 넣은 채로 스크린에 곧바로 재배치할 수 있다. 어떤 경우든 자르고 붙이는 과정은 기계적인 문제일 뿐이다.

* 퇴고에 필요한 질문들

퇴고를 계획하고 실제로 글을 고치는 과정에서, 당신은 자신의 이야기에서 어떤 문제들이 도드라지는지 (읽어본 사람들도 말해주겠지만) 알게 된다. 다음의 질문들을 스스로에게 던진다면, 일반적이고 보편적인 함정을 피할 수 있을 것이다.

독자는 왜 첫 페이지에서 두 번째 페이지로 넘어가야 하는가? 첫 문장, 첫 문단, 첫 페이지가 진짜 긴장감을 주고 있는가? 그렇지 않다면, 아마도 당신은 엉뚱한 곳에서 시작했을 가능성이 높다. 첫 페이지를 긴장감 있게 만들 방법을 찾지 못한다면, 결과적으로 당신이 가진 '이야기'라는 것이 정말로 존재하는지에 대해 의문을 품어야 한다.

불필요한 요약이 있는가? 너무 많은 내용을 다루려고 하는 것은 흔한 충동이다. 요약과 불필요한 플래시백을 줄여라. 이것들은 에너지를 낭비하고 보여주기(showing)가 아닌 말해주기(telling)를 하게 만든다. 대화, 옷차림, 몸짓, 짧은 생각을 통해 '필요한' 정보를 얼마나 많이 전달할 수 있는가?

독창적인가? 대부분의 작가들은 어떤 식으로든 친숙하고 평범하고 이미 주어진 것들을 먼저 생각하게 마련이다. 이 인물은 스테레오타입이고, 그 감정은 너무 쉽고, 저 표현은 클리셰다. 초고에서 실수란 불가피하지만, 잘못된 선택들을 나중에까지 그대로 놔두는 것은 성실하지 못한 자세. 훌륭한 작가는 클리셰들을 샅샅이 뒤져 정확하고 쓸 만하고 신선한 것을 찾기 위해 노력한다.

명확한가? 물론 문학에서 모호함과 미스터리는 가장 심오한 즐거움을 선사하기도 하지만, 초보 작가들은 종종 미스터리와 혼란, 모호함과 엉성함을 잘 구분하지 못한다. 당신은 인물의 성격이 모순으로 인해 풍부해지기를 원할지도 모르나, 독자는 당신이 상상한 세계를 공유하기 이전에 가장 단순한 현실 인식부터 하기를 원한다. 어디인가? 언제인가? 누구인가? 어떻게 보이는가? 낮인가 밤인가? 날씨는 어떤가? 무슨 일이 일어나고 있나?

자의식 과잉은 아닌가? 아마도 퇴고에 관해 가장 유명한 조언은 윌리엄 포크너가 했던 말일 것이다. "마음에 드는 부분은 다 빼라(kill all your darlings)." 만약 당신이 당신 문장의 아름다움과 음악적인 리듬과 뛰어난 재치에 넋을 잃고 있다면, 독자가 느끼는 독서의 즐거움보다 당신이 느끼는 글쓰기의 즐거움이 더 클 확률이 높다. 독자는 당신을 용서하지 않을 것이고, 용서해서도 안 된다. 그냥 이야기를 하라. 그러면 스타일은 저절로 따라올 것이다.

너무 긴 부분은 어디인가? 작가들 대부분은, 심지어 가장 잘 쓰는 작가들도, 너무 길게 쓴다. 우리는 모든 뉘앙스를 설명하려 들고, 인물, 행동, 배경의 가능한 모든 측면을 다루고 싶어 안달 난 사람처럼 굴다가 정작 엄격한 선택의 필요성을 잊어버린다. 소설에서, 특히 단편에서, 필요한 것은 날카로움과 간결함, 그리고 생생한 디테일이다. 필요 이상의 것들은 모두 지나친 것이다. 나 역시 내 소설을 읽어주는 친구에게 이런 경향을 지적받아왔다. 그는 모든 세 번째 문단의 마지막 문장에 줄을 긋고, 여백에다 이렇게 반복해서 적어놓았다. '여기까지만 하고, 그다음으로.' 이건 누구에게나 좋은 충고다.

장면이 너무 많지는 않은가? 많은 초보 작가들이, 특히 어떤 이야기가 실제 경험을 바탕으로 할 때, 더 좋은 효과를 가져오기 위해서 몇 가지를 추가해 각각의 장면에 플롯의 전환이나 배경의 변화를 주려고 할 때가 있다. 어느 날 밤에는 사이가 좋다가 다음 날 싸우게 되는가? 포옹 직후에 승강이를 벌일 수 있을까? 이것이 희극적이거나 긴장감을 높일 수 있을까? 혹은 둘 다 가능할까? 이때는 어렵지만 도움이 되는 충고를 기억해야 한다. 가장 적은 수의 장면을 사용해서 이야기를 들려주라. 장면을 자르거나 합치는 것이 불가능해 보일 수도 있지만, 충분히 생각해보면 방법이 있는 경우가 많다.

언어가 신선한가? 이미지, 대화, 배경을 더 날카롭게 할 방법이 있는가? 인물은 살아 있는가? 조금 더 밝거나, 어둡거나, 강렬하거나, 더 현재적일 수는 없는가?

이야기 속에서 인물, 행동, 이미지, 주제가 덜 펼쳐진 곳은 어디인가? 아마도 원고의 초고, 2고, 혹은 3고에 필요한 내용이 담겨 있을 것이다. 스케치되었거나, 건너뛰었거나, 뼈대만 있는 형태로. 어떤 정보가 누락되었고, 어떤 행동이 불완전하고, 어떤 동기가 모호하며, 어떤 이미지가 부정확한가? 어디에서 행동으로 인해 갑자기 감정적 힘을 잃게 되는가? 위기는 장면으로 제시되는가?

더 좋은 것일수록 더 얻기 힘들다.
─ 크리스토퍼 코크

너무 일반적인 부분은 어디인가? 독창성, 경제성, 그리고 명확성은 모두 중요한 디테일을 현명하게 사용함으로써 달성된다. 일반적이고, 애매하고, 흐릿한 단어들을 찾아내는 법을 배워라. '누군가'나 '모든 것' 같은 명사, '거대한'이나 '잘생긴' 같은 형용사, '너무'나 '정말' 같은 부사를 사용할 때는 늘 자신을 의심하라. 그런 단어 말고 특정한 대상, 특정한 크기, 정확한 정도를 나타내는 말을 찾아라.

'처음부터 다시 시작하는 것'에 대한 두려움은 현실이고 이해할 수 있는 것이지만, 퇴고의 보상은 그 고통을 놀랄 만큼 뛰어넘을 확률이 높다. 때로는 어느 페이지에서 죽은 인물이 몇 줄의 대화가 더해지면서, 혹은 디테일을 자세히 들여다보면서 다시 살아날 때도 있다. 때로는 과장되거나 지루한 단락이 명민한 약간의 삭제를 통해 날카로워질 수 있다. 때로는 1페이지를 빼고 7페이지를 3페이지가 있던 곳에 넣으면 절뚝거리던 이야기에 뼈대를 마련할 수도 있다. 그리고 때로는, 종종, 어쩌면 언제나, 아마추어의 초고와 출판 가능한 원고의 차이는 바로 이 퇴고 과정에서의 노력에 달려 있다.

여기 시도해볼 만한 몇 가지 방법들이 있다. 컴퓨터에 소설을 써왔다면, 적어도 하나의 완전한 전체 초고를 처음부터 다시 타이핑하면서 계획된 수정과 그 과정에서 일어나는 자연스러운 수정 모두를 반영하라. 컴퓨터로 쓴다면 당연히 문제가 되는 부분만 찾아서 고칠 수도 있지만, 텍스트를 들락날락하면서 고치다 보면 나중에는 퇴고 원고가 이리저리 기운 누더기처럼 보이기 쉽다. 그보다는 오히려 작은 변화라 할지라도 그 결과가 이야기를 통해 물결처럼 퍼져나가야 하며, 이것은 작가가 처음부터 끝까지 문자 그대로 '다시 써서' 이야기 속으로 들어갈 때 일어날 가능성이 더 높다.

매번 다른 문제에 초점을 맞춰 초고를 두세 번 퇴고하는 것도 방법이다. 행동이나 대화가 아직 진짜처럼 느껴지지 않는 인물의 동기에 초점을 맞추어 퇴고할 수도 있고, 감정을 반영하기 위해 배경을 사용하거나 대화 장면을 통해 물리적 행동을 연결하는 것에 초점을 맞출 수도 있다. 한 가지 목표에 초점을 맞추면 노력을 집중하는 것이 가능하다. 그리고 이 변화에 따라 다른 발전들도 자연스럽게 나타날 것이다.

소설가이자 교사인 제인 스마일리는 『소설 쓰기에 관한 대화(Conversations on Writing Fiction)』 속 인터뷰에서 자신의 학생들에게 일련의 '회피'에 맞설 것을 주문한다고 말한다. 회피란, 주제 또는 인물과 연관되지 않거나 실제로 함께하지 않는 비생산적인 일종의 습관이나 의식을 뜻한다. 예를 들어, 실제 삶에서 많은 사람들은 갈등이 다루기 힘들기 때문에 온갖 이유를 둘러대면서 그것을 피한다. 그러나 우리 중 많은 이들이 소설에서조차 갈등을 피하려 한다. 인물을 결정적인 위기로 몰아넣을 필요가 있다는 것을 알면서도 말이다. 만약 이것이 당신이 경험했던 회피처럼 들린다면, 이야기 속에서 폭발적인 장면들이 '일어났어야만' 했던 장소들을 되짚어보라. 인물들이 맞서거나 막아내야만 했던 지점들. 이것들은 정말로 전력을 다한 장면들인가? 아니면 당신의 인물들은 갈등을 멀쩡하게 빠져나와 사념 속으로 후퇴해버리는가? 너무나 편리하게도 또 다른 인물이 문을 두드리는가?

그것이 무엇인지 명확하게 묘사하지 않고 대신 은유를 만들어 몸을 숨기는 것은, 비유가 아무리 생생하더라도 회피의 또 다른 형태다. 어쩌면 이는 자신의 이야기가 얼마나 흥미로운가에 대한 작가의 자신감 부족을 반영하는 것인지도 모른다.

이상한 쪽이나 마구잡이로 궤도를 이탈하는 현상은 비슷한 자신감 부족이나 우유부단함을 드러낸다. 재미를 주려는 의도로 쓰인 지나치게 재치 있고 가벼운 대화는 독자를 현혹시키려는 욕망을 반영하지만, 동시에 현실적이고 인물을 드러내는 대화나 목소리는 찾기 어렵게 만든다.

처음에는 다른 사람의 원고에서 회피를 발견하는 것이 더 쉽다. 따라서 워크숍에서 믿을 만한 동료에게 당신 이야기 속의 회피를 찾도록 도와달라고 부탁하는 편이 좋을 것이다. 퇴고를 하면서 저항의 지점들—더 나아가기를 주저하거나, 더 구체적으로 들어가지 못하는 부분들—을 마주칠 때마다, 스스로에게 물어보라. 이것은 이야기에 꼭 맞는가? 아니면 그저 내 편안한 습관에 불과한가?

주제

• 중요한 질문 던지기 : 내가 쓴 것은 무엇인가?

소설은 어떻게 의미를 지니는가?
상상력이 풍부한 글쓰기는 궁극적으로는 하이브리드 생명체다. 한쪽은 자유롭고 거친 비행을 원하고, 다른 한쪽은 몸을 옥죄는 마구(馬具)에 짜릿함을 느낀다. 문학비평에서 당신의 목표는 말하고자 하는 바를 가능한 한 명확하게 직접적으로 말하는 것이다. 소설에서 당신의 목표는 독자를 만들고 그들로 하여금 그 일을 하게 만드는 것이고, 이상적으로는 결코 '말하고자 하는 바를 말하지 않는' 것이다. 이론적으로 개요(outline)는 문학 수업의 리포트에 절대로 해를 끼치지 않는다. '나는 이러이러한 것을 말할 것이고, A와 B 그리고 C라는 핵심을 통해 말할 것이다.' 그러나

만약 작가가 어떤 생각을 설명하기 위해 이야기를 쓰기 시작한다면, 그 소설은 거의 필연적으로 실패할 것이다. 많은 작가들

> 좋은 소설은 작은 질문으로 시작해서 큰 질문으로 끝난다.
>
> 폴라 폭스

이 그렇듯 개요를 가지고 시작하더라도, 그것은 행동의 개요가 되는 것이지 당신이 말하려는 '핵심'이 되는 것은 아니다. 당신은 작가이지만, 인물들이 입을 열어 말해주기 전까지는 자기 이야기의 의미를 알지 못할지도 모른다. 당신은 어떤 사람의 이미지나 어떤 중요한 것을 모호하게 형상화하는 상황에서 시작할 것이고, 그것이 무엇인지는 앞으로 나아가면서 알게 될 것이다. 마찬가지로, 당신이 말하고 싶은 것은 독서 경험 속에서, 그러니까 독자의 마음속에서 나타나고 일어나게 될 것이다. 『어둠의 심연』에서 화자가 말로(Marlow)에 대해 말했던 것처럼, 의미란 "껍질 속의 열매처럼 내부에 있는 것이 아니라 외부에 있어서, 그것을 드러내주는 이야기를 바깥에서 감싸고 있다".

하지만 퇴고 과정의 초반이나 후반에, 당신은 주로 주제에만 관심이 있거나, 또는 그런 압박을 받는 자신을 발견하기 십상이다. 이 외

롭고 엄격하고 고달픈 일을 스스로 자처하는 이유는 뭔가 하고픈 말이 있기 때문인 것만 같다. 이 시점에서, 당신은 분류-비교-목록화를 수행하는 대뇌의 신피질이 당신 이야기를 가지고 일하도록 내버려두기 시작해야 한다. 이야기에 '주제를 집어넣는 것'이 아니라, 이미 당신이 무의식적으로 줄곧 무엇을 해왔는지 돌아보는 작업이 필요한 것이다. 존 가드너는 그 과정을 『장편소설가 되기』에서 이렇게 묘사한다.

주제란, 이야기에 부여되는 것이 아니라 그 속에서 유발되는 것이다. 작가 입장에서 처음에는 직관적이지만 최종적으로는 지적인 행위다. 작가는 그 안에 들어 있는 무엇이 자신을 매혹하는지, 그것이 왜 말할 가치가 있는지에 관해 곰곰이 생각한다. 무엇이 자신에게 흥미롭고 무엇이 주인공에게 중요한 영향을 끼치는지를 결정하고 나면, 작가는 그 이야기를 들려주는 다양한 방법을 가지고 놀 수 있다. 그 주제에 관해 이전에 어떤 이야기들이 있었는지 생각해보고, 떠오르는 모든 이미지들을 살펴보고, 반복해서 숙고하고, 연결점들을 찾고, 자신이 정말로 생각하는 것이 무엇인지를 파악하려고 — 글을 쓰기 전에, 글을 쓰면서, 그리고 반복되는 퇴고 과정에서도 — 노력한다. 작가가 이런 식으로 이야기를 생각할 때 비로소 그는 그저 대안적 현실이나 느슨한 자연의 모방이 아닌, 진실하고 확고한 예술, 즉 진지한 사고로서의 허구를 성취하게 된다.

따라서 주제는 당신의 이야기가 무엇인지에 관한 것이다. 그러나 그것만으로는 충분치 않다. 왜냐하면 이야기는 죽어가는 사무라이나 싸우는 부부나 트램펄린 위의 두 아이에 '관한' 것일 수 있기 때문이다. 이야기는 어떤 추상적인 것에 '관한' 것일 수도 있고, 만약 그 이야기가 중요하다면 이 추상적인 것은 매우 클지도 모른다. 하지만 사랑에 관한 수천 가지 이야기, 죽음에 관한 수천 가지 이야기, 또 사랑과 죽음 모두에 관한 수천 가지 이야기가 있지만, 이것을 말하기 위해 이들은 자신의 주제에 관해 거의 말하지 않는다.

만약 이런 질문을 던진다면, 우리는 주제를 더 잘 이해할 수 있을 것이다. 이 이야기는 이야기의 주제에 관해 무엇을 말하고 있는가? 그 속에 담겨 있는 것으로 보이는 생각이나 추상에 관해 우리에게 무엇을 말해주는가? 어떤 태도나 판단을 함축하고 있는가? 무엇보다, 소설의 요소들이 우리가 이야기 속에서 그러한 생각과 태도를 경험하는 일에 어떻게 기여하는가?

- 소설적 요소들은 어떻게 주제에 기여하는가

이야기의 주제를 이루는 생각과 태도가 무엇이든, 그 이야기는 구체적이고 독특한 패턴을 통해 그것들을 경험의 영역으로 데려올 것이다. 주제는 감정, 논리, 판단 이 세 가지를 모두 포함하지만, 주제의 구체적인 경험을 형성하는 패턴은 이 책에서 이제껏 논의한 소설의 모든 요소들로 이루어져 있다. 사건의 배열과 형태와 흐름, 인물이 행동하는 것, 디테일에서 발견된 것, 분위기에서 느껴지는 것, 독특한 시점을 통하거나, 언어의 리듬과 이미지를 통해 전달되는 것.

　이야기의 주제를 발견하는 과정—그러니까 주제가 스스로 드러나고, 연결 고리가 생기며, 이미지가 떠오르고, 패턴이 나타나기 전까지 걱정하는 것—은 독자들이 생각하는 것보다 더 의식적이다. 아마도 새내기 작가들은 받아들이고 싶어 하고, 기성 작가들은 기꺼이 인정하려 할 것이다. 작가들이 자신의 글이 의미하는 바에 관해 전혀 알지 못한다고 주장하는 것은 대중적인 태도—일종의 클리셰—가 되어버렸다. **나에게 묻지 말고, 책을 읽으세요. 내가 뭘 말하려는지 알았다면 나는 쓰지 않았을 겁니다. 쓰여 있는 그대로입니다.** 작가가 이러한 반응을 보일 때, 그것은 작품 속에 주제나 사상이나 의미가 없다는 뜻이 아니다. 주제나 사상이나 의미는 그것들이 구체화되는 허구적 경험의 패턴과 분리될 수 없다는 뜻이다.

> 어떤 사람들은 아는 것을 써야 한다고 말하지만, 나는 내가 알아가는 것을 써야 한다는 충동에 이끌린다.
>
> —애비 지니

　그러나 초보 비평가들 또한 이에 반기를 든다. 문학작품 분석에 짜증이 난 학생들은 종종 묻곤 한다. "어떻게 작가가 일부러 그렇게 했다는 걸 알죠? 그냥 우연히 그렇게 된 게 아니라는 걸 어떻게 아나요?" 대답은 모른다는 것이다. 하지만 페이지 위에 쓰인 것은 쓰인 것이다. 독자나 비평가 못지않게 작가도 나타나는 패턴을 볼 수 있고, 게다가 작가는 그것을 자기 마음대로 조작할 수 있는 가능성과 의무 모두를 지니고 있다. 무언가를 썼을 때 당신이 할 수 있는 일은 단 두 가지뿐이다. 삭제하거나, 밀고 나가거나.

• 실제 퇴고의 과정

다시 말하지만, 내가 설명할 수 있는 퇴고와 수정의 노력은 내 경험뿐이다. 이 글을 쓰면서 나는 여전히 『인디언 댄서(Indian Dancer)』라는 장편소설을 퇴고 중이다. 이 소설은 1930년 벨기에에서 태어난 한 소녀가 제2차 세계대전 중 영국으로 탈출했다가 나중에 미국으로 이민 가는 이야기를 다루고 있다. 소설의 대부분은 그녀의 청소년기와 성인기를 다루고 있지만, 이후 이어지는 장면들을 많이 쓴 다음에는 그녀가 어린 시절 탈출하는 장면—이후 그녀가 하는 모든 일에 영향을 미치는—으로 소설을 시작해야 할 것 같았다. 어느 날 아침, 잠에서 깼을 때 나는 어떤 '영감'이 떠올라 이렇게 적어 내려갔다.

> 스스로를 놀라게 하지 않았다면, 글을 쓰지 않은 것이다.
>
> —유도라 웰티

언제나,

그녀는 기억이라기엔 너무 덧없지만 꿈이라기엔 너무 진짜 같은, 키네토스코프(에디슨이 발명한 초기의 활동사진 영사기—옮긴이)에서 잘려 나온 몇 개의 장면 같은, 하나의 이미지를 간직했다. 그녀는 선미에 서 있었고,

뒤에서는 한 여자가 거친 담요로 그녀를 감싸 안고 있었다. 그녀의 신발과 무릎 위 코트 자락은 젖어 있었다. 그녀는 여자가 친절하다는 것을 알고 있었지만, 불안의 냄새와 너무 많은 식은땀이 그녀를 어두운 생각으로 채웠다. 달은 전혀 보이지 않았지만, 그래도 그녀는 그들 뒤로 배가 지나간 자국이 넓어지는 것을 볼 수 있었다. 그녀는 또한 해안에서 자신의 아버지가 차갑고 무감하게 피를 흘리고 있다는 사실을 알았지만, 괴물처럼 자신을 드러내고 있는 것은 배가 지나간 자국뿐이었다. 어둡고 끈적한, 육지를 향해 끊임없이 퍼져나가는, 마치 그녀 자신이 상처에서 씻겨 나온 얼룩이기라도 한 것 같은. **난 절대 돌아가지 않을 거야. 절대로.** 이것은 맹세가 아니라 슬픔처럼 느껴졌다.

하루쯤 지나자 나는 이것이 너무 멜로드라마처럼 느껴졌다. '어두운 생각'이라든지, 그녀의 아버지가 '해안에서 피를 흘리고 있다'든지, '괴물처럼' '끈적한' 바다 같은 것들. '키네토스코프' 같은 단어는 과시적인 자료 조사처럼 도드라져 보였다. 나는 그녀를 도우려는 여자와 배에 타고 있는 다른 사람들의 존재가 조금 더 드러나야 한다고 생각했다. 과거형 시제도 마음에 걸렸다. 만약 그녀가 이 장면을 '언제나 간직하고' 있었다면, 그 기억은 현재에 있지 않을까?

언제나.

그녀는 선미에 서 있고, 뒤에서는 한 여자가 거친 담요로 그녀를 꼭 안고 있다. 그녀의 신발과 무릎 위 코트 자락은 젖어 있다. 달은 전혀 보이지 않지만 그녀는 그들 뒤로 배가 지나간 자국이 넓어지는 것을 본다. 갑판 위 그녀 근처에는 정강이뼈가 부러진 한 소년이 있는데, 볼 아래 혀처럼 살 아래서 뼈 뭉텅이가 움직인다. 노를 거둬들이고 모터를 가동할 만큼 이미 해안에서 충분히 멀어졌음에도 불구하고, 남자—그의 아버지?—는 여전히 소년이 소리 지르지 못하도록 소년의 입을 두꺼운 코트 속 팔뚝 으로 막고 있다. 모터 소리가 심장처럼 요동친다. 그녀 뒤로는 영웅인지 난민인지 구분할 수 없는 사람들이 떼 지어 있다. 그들이 마시는 차와 칼바도스(프랑스 칼바도스 지방에서 나는 사과를 원료로 한 브랜디—옮긴이) 속 사과 냄새가 바다 냄새 위로 겹친다. 그녀는 이들 중 누구도 다시 볼 수 없을 것이다. 여자의 겨드랑이가 그녀의 턱과 낡고 축축한 양모 코트 와 두려움을 받치고 있다. 그녀는 자신의 아버지가 뒤에 남겨졌다는 것 을 분명히 안다. 괴물처럼 자신을 드러내는 것은 배가 지나간 자국뿐이 다. 어둡고, 끈적하게. 마치 이 배가 상처에서 씻겨 나온 핏덩이기라도 한 것처럼 육지로부터 그들을 몰아내는 것만 같다.

난 절대 돌아가지 않을 거야. 절대로. 이것은 맹세가 아니라 슬픔처럼 느껴진다.

나는 이 부분을 많이 고쳤지만, 여전히 톤에는 불만이 있었다. 내 가 의도한 것보다 뭔가 더 높은 쪽으로 이야기를 설정하는 것 같았 기 때문이다. 몇 달이 지나고 나서야, 나는 **여자가 이 장면을 말해주 어야만 한다**는 것을 깨달았다. 여자의 목소리에 첫 힌트를 준 것은 '볼 아래 혀처럼' 움직이는 소년의 부러진 뼈의 이미지였다. 그녀는 영

Mostly they all run together, and the ones that may
stick in mind are the youngsters. One I
recall, not a skinny little thing,
very proper in her coat and collar. This must
have been about 'forty, we were doing the
Ostend run from the coast
to Dover i- Sont Dunahy's trawler,
once a month maybe. We had a dozen
crannies of that coast and underground
runners all through Flanders
to set up the times. On I
remember we expected two
of them, the girl and her father, and
near as spit didn't wait for them.
there was a boy jumped
squee-jaw off the dock and broke a leg
One of the men gave him a mouthful of
loden coat to keep him quiet, but it scared
us, and Dunahy cuff off. Then I saw her
running down the like, when she
could have run straight if she chose
and I went to coax her into
running straight up to her

국 여자다. 나는 그녀를 노동자 계급이며, 현실적이고 단단한 성격을
지닌, 레지스탕스의 우연한 영웅 중 한 명이라고 상상했다. 이 생각은

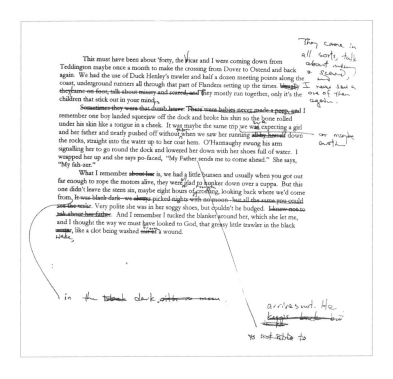

내가 비행기를 타고 있는 동안(비행기를 탈 때 느끼는 비현실적인 느낌은 늘 나로 하여금 뭔가를 쓰게 한다) 떠올라, 나는 380페이지에 실린 것처럼 노란 노트에 휘갈겨 썼다.

그러고 나서 이 장면을 다시 시간순으로 정리하고, 여자의 목소리를 좇기 시작했다. 그와 함께 배경에 해당하는 시기와 전쟁 중의 사건들에 대한 자료 조사를 하고, 런던에 사는 아들과 함께 영국식 표현들도 체크했다.

그 후 몇 달 동안 나는 계속 이 장면으로 돌아와 조금 더 완전하게 상상하려 노력했다. 작은 배가 유보트와 어뢰를 피해 도망가는 상황을 통해 위험을 고조시키면서도, 이를 여자의 현실적인 목소리로 들려주고 싶었다. 문득 스스로에게 왜? 언제? 누구에게? 라는 질문이 생겨났다. 몇 주 동안 이 작지만 중요한 장면에 온 힘을 쏟아부은 후에, 어느 순간 갑자기 여자가 텔레비전에서 인터뷰를 하고 있을 거라는 데 생각이 미쳤다. 그녀는 전쟁을 기념하는 다큐멘터리에 출연 중인 것이다! 인터뷰 장면을 묘사하지는 않았지만, 나는 단번에 그녀의 목소리를 더 명확하게 듣고 볼 수 있었다.

소설은 이제 이렇게 시작한다.

이동 : 오스탕드-도버

그 봄과 여름 내내 우리는 배 가득 피난민을 싣고 돌아왔어요. 목사님이 우리를 조직했죠. 나는 몸이 튼튼했기 때문에, 다른 사람들은 내가 여자인 걸 개의치 않았어요. 우리는 한 달에 한 번 테딩턴에서 아래쪽으로 내려와 바다를 건넜고, 딕 헨리의 트롤선과 플랑드르해안에 있는 여섯 군데의 접선 지점들을 이용했어요. 벨기에 전역에 있는 비밀 요원들이 이 만남을 주선했죠.

기억이라는 건 참 놀라워요. 대부분은 멍하니 가만히 있다가, 떠내려온 물건처럼 생각도 못 한 게 갑자기 나타나죠. 예를 들어 나는 바지를 절대 입지 않는데, 그건 옷감이 허벅지 사이에서 스치는 소리를 도저히 견딜 수 없기 때문이에요. 저 카메라가 돌아가고 있나요? 내가 **허벅지**라고 말한 건 빼주면 좋겠군요. 그래줄 거죠? 어쨌든, 그것과 냄새예요. 타르, 젖은 판자 속의 오래된 생선. 물론 뱃밀미도 있죠. 피부에서는 야간의 금속 냄새와 불꽃놀이에서 나는 것 같은 시큼한 냄새가 나요. 사람들이 "몹시 염려한다(원문에서는 'sweat bullets'라는 표현을 썼는데, 직역하면 땀을 총알처럼 흘린다는 말이다—옮긴이)"라고 말할 때 나는 그게 무슨 뜻인지 알죠.

우리가 배에 태운 사람들은 다양해요. 부자, 가난한 사람, 땜장이, 재단사. 그중 누구도 다시 보지는 못했어요. 이따금씩 뉴헤이븐을 거쳐 노르망디로 쇼핑하러 건너가곤 하는데, 그때마다 주위를 둘러보면서 그런 생각을 해요. 저 사람들도 우리와 별로 다르지 않은데. 작은 문고본 책들과 햇볕에 그을린 자국을 빼면. 테딩턴에서는 모든 사람이 추위 때문에 빨갛게 코가 쓸려 있고 불 때문에 거미 혈관(모세혈관이 확장되어 소동맥에서 수 밀리미터의 작은 혈관들이 방사선으로 뻗어나간 혈관. 거미와 모양이 비슷해서 이런 이름이 붙었다—옮긴이)을 갖고 있었는데, 여기 사람들은 문밖으로 나가본 적 없는 것처럼 항상 진이 빠진 듯이 보였다는 게 나를 놀라게 한 점이죠. 대부분은 거칠게 살아왔거나 밤새 걸어왔는데도 말이에요. 아마 당신은 내가 잘못 기억하고 있다고 생각하겠죠. 뉴스나 영화를 보고 말하는 거라고. 하지만 난 그 당시에 그렇게 말했어요. 모든 사람들이 다 잿빛이고, 색깔이 다 씻겨 내려가버린 배수구 같은 눈을 하고 있다고.

마음에 남아 있는 건 아이들이죠. 눈은 크게 뜨고 입은 꼭 다물고 있던 조그마한 생명체들. 어떤 남자아이가 기억나요. 부두에서 잘못 떨어져서 정강이뼈가 부러졌던 아이. 볼 아래 혀처럼 살 아래서 뼈 뭉텅이가 움직였죠. 누군가 조용히 시키려고 코트 소매로 아이의 입을 막았었어요.

그때 우리는 어느 부녀를 기다리고 있었는데, 그들은 나타나지 않았어요. 그리고 그들을 태우지 못한 채 막 떠나려던 참이었죠. 개 짖는 소리가 들렸는데, 우리는 그 의미를 알 수 없었어요. 경비대일 수도 있고, 아니면 그저 누군가 난동을 부린 것일 수도 있었죠. 내가 결코 이해 못 했던 한 가지는, 달빛도 없는 밤에 빛이라곤 하나도 없는 해안을 골랐다는 거였어요. 폐기된 등대만 어둠 속에서 어두운 덩어리처럼 커다랗게 서 있었죠. 정말 조금도 보이지가 않았어요. **볼 수가 없었다고요.** 그때 눈 뒤에서 마치 뭐가 딸깍하는 것 같은 소리가 나고, 뭔가 보게 되는 거죠. 샌디퍼드는 막대를 뽑고 있었어요. 목사님은 말했죠. 아니야, 계속해. 덕은 머뭇거리다가―언제 소년이 소리를 지를지 모르니까요―똑같은 걸 느끼고 노를 제자리로 올리게 했어요. 파도는 검은 커스터드처럼 두꺼웠고, 해안은 시커멨고. 그리고 그때 다시 딸깍! 저쪽에서 열 살이나 열두 살쯤 되었을까, 작고 흐느적거리는 어떤 여자아이가 외투가 다 젖도록 물속으로 곧장 뛰어드는 거예요. 샌디퍼드는 아이에게 손을 흔들어 뱃도랑을 돌아오게 한 다음 소녀를 끌어 내렸어요. 신발에 물이 가득 차 있었죠. 소녀는 한쪽 손을 쇄골에 대고 주먹을 쥐었어요. 내가 그녀를 감싸자 소녀는 말했죠. "아버지는 못 와요. 나만 왔어요." 나는 아무 말도 하지 않는 게 낫겠다는 걸 알았죠.

건너오는 동안, 아마 이해하시겠죠, 아무도 유보트에 대해 말하지 않았어요. 어뢰라는 말도요. 그래야만 하는 덕과 샌디퍼드 말고는, 대부분 주위를 유심히 둘러보거나 살펴보지도 않았어요. 그렇게 하면 정말로 그 것들을 불러낼지 모른다는 두려움이 있었으니까요. 모든 사람들의 마음에 똑같은 생각이 있었던 것 같아요. 그저 아이들이 그 가능성을 모르길 바랐을 뿐이죠.

내가 기억하는 건, 우리에게 작은 파라핀 난로가 있었고 대개 모터를 가동할 수 있을 정도로 해안에서 충분히 멀어진 다음에는 사람들이 차 한 잔씩을 하며 기뻐했다는 거예요. 하지만 이 아이는 여덟 시간의 거친 도항 내내 선미를 떠나지 않았어요. 어둠 속에서 우리가 떠나온 곳을 계속 바라보기만 했죠. 소녀는 한쪽 손을 자물쇠처럼 꼭 쥐고 있어서, 나는 아이가 그 안에 약간의 돈이나 보석을 갖고 있을 거라고 생각했어요. 소중히 지켜야 한다고 이야기를 들어왔던 물건 말이죠. 그런 상황에서 호기심이라는 게 생길까 싶겠지만, 여덟 시간은 서 있기에 꽤 긴 시간이고, 우리의 마음은 언제나 뭔가를 하고 있어야만 하니까요. 내가 담요로 아이를 꼭 감싸고 안아주었던 게 기억나요. 그리고 지평선 언저리가 약간 밝아질 때까지 우리는 그렇게 그냥 서 있었죠. 난 아이가 선잠을 잤다고 생각해요. 아이는 나한테 기대서 담요 위에 있던 주먹 쥔 손을 조금씩 풀었어요. 손안에는 아무것도 없었죠. 아무것도요. 나는 그 손을 내 손으로 감싸고 비벼서 온기가 조금 돌게 했어요. 그리고 생각했죠. 하느님에게 우리의 모습은 어떻게 비칠까. 검은 물결 속의 이 작은 기름투성이 트롤선은, 꼭 상처에서 씻겨 나온 핏덩이 같네.

이 장면의 초고를 담아놓은 파일은 이제 40페이지에 이르렀는데,

어쩌면 과도하고 강박적인 건지도 모른다. 하지만 결국 이 부분은 책의 시작이 되어야 하고 그렇다면 그건 제대로 되어야만 한다. 오랜 시간에 걸쳐 나는 장면을 깊게 파고 만지고 긁어내는 일이 종종 새로운 이미지나 생생한 동사보다 훨씬 더 근본적인 무언가를 생겨나게 한다는 걸 깨달았다. 위의 경우, 나는 퇴고 과정에서 이 장면이 다른 사람의 목소리로 서술되어야 하는 이유를 차츰 깨닫게 되었다. 바로 **주인공이 그것을 기억하지 못하기 때문**이었다. 도피 때 생겨난 트라우마로 인해 그녀는 거의 50세가 될 때까지 아버지의 죽음을 목격한 일을 기억하지 못한다. 이걸 깨닫고 나니 내가 어떤 이야기를 하고 있는지, 그리고 그 플롯이 어떻게 만들어지고 해결될 수 있는지를 훨씬 더 잘 이해하게 되었다. 덕분에 나는 내 주인공으로 하여금 1980년대에 만들어진 텔레비전 다큐멘터리를 20년 후 재방송으로 보게 할 수 있었고, 이 인터뷰는 독자에게 그녀를 소개할 뿐 아니라 마침내 그녀의 기억을 되살린다.

마지막 호흡으로 새로운 출발을 할 수 있다.

— 베르톨트 브레히트

• 마지막 말

한 아이가 원 위에 또 다른 원을 그리고, 꼭대기에 작은 삼각형 두 개와 아래쪽에 구부러진 선을 더하는 법을 배우면, 이 특별한 모양들의 조합은 전혀 다른 성질의 생명체를 탄생시킨다. 고양이다! 아이가 하나의 사각형을 또 다른 사각형과 모서리마다 연결하면, 그건 3차원이 된다. 거기엔 사각형 두 개뿐인데도! 이것들은 가르치고 배울 수 있는 단순한 요령에 불과하지만, 여기에는 창의성의 본질이 일부 담겨 있다. 여러 요소들이 결합되면 그 부분들의 합보다 더 큰 전체를 만들어낼 뿐만 아니라, 완전히 다른 어떤 것을 만들어낸다는 것이다. 요소들이 하나의 통일된 패턴으로 융합되는 것은 모두—양파의 싹이 트는 것에서부터 피카소의 「게르니카」에 이르기까지—창의성의 본질이다. 인간의 태아나 단편소설이 만들어질 때는, 이전에 결합된 적 없는 서로 다른 두 가지—세포 혹은 이미지—의 결합이 일어난다. 이 결합 주위에 다른 세포나 이미지, 혹은 생각들이 의도를 지닌 패턴으로 축적된다. 이 패턴은 그 생명체의 고유한 본질로, 만약 패턴이 잘 결합되지 않으면 유산되거나 사산된다.

문학작품의 유기적인 통일성에서 구체적인 이미지는 대화와 시점으로 드러나는 인물과 분리되어 있지 않으며, 직유에 의해 드러날 수도 있고, 사과 속에 물이 들어 있는 것처럼 플롯 속에 담겨 있는 주제를 드러낼 수도 있다. 누구도 이것을 어떻게 해냈는지 가르쳐줄 수 없고, 당신이 이를 해낸다 하더라도 다른 누군가에게 명확하게 설명할 수 없을 것이다. 훌륭한 비평가는 은유가 인물을 드러내거나 드러내지 못하는 부분을 짚어줄 수 있고, 인물이 하는 행동이 핍진한지 그렇지 않은지를 말해줄 수 있다. 그러나 비평가는 어떻게 해야 인물을 살아 숨 쉬게 할 수 있는지는 말해줄 수 없다. 당신은 오직 빼야 할 것과 밀고 나가야 할 것을 끊임없이 구분하는 작업을 통해서만 이를 달성할 수 있다. 유기적인 이야기, 즉 주제로 축약되는 것이 아니라 주제를 구체화하는 이야기를 만들 수 있다는 희망을 잃지 않으면서.

소설의 이 통일된 패턴에는 또한 '마술'이라고 이름 붙일 수 있는 무엇이 존재한다. 하나의 텅 빈 단어가 다른 단어 위에 얹히고, 다시 세 번째 단어가 추가되면, 검고 커다란 어둠 속에서 불붙은 스카프나 토끼처럼 기다란 귀를 가진 희망이 튀어나온다. 이 마술에서 가장 마술적인 점은 한번 그 트릭이 설명되면 더 이상 설명되지 않는다는 점이고, 당신이 그 작동 방식을 잘 이해할수록 다음번에는 더 잘 작동할 거라는 점이다.

생각이란 새로운 게 아니지만, 그것이 표현되는 형식은 계속해서 새로워진다. 새로운 형식은 이전에 영원한 진리라고 불리던 것들에 새로운 생명을 준다. 혁신적인 작가는 형식 자체가 표현하는 의미와 융합되는 형식을 새롭게 만들려고 노력하며, 뒤따르는 작가들은 이를 숙달하려고 노력한다.

추천 작품

「무한히(Ad Infinitum)」(존 바스 지음)

「바벨의 도서관」(『픽션들』에 수록, 호르헤 루이스 보르헤스 지음, 민음사, 2011)

「망델브로 집합(The Mandelbrot Set)」(재닛 버로웨이 지음)

「랠프 더 덕(Ralph the Duck)」(프레더릭 부슈 지음)

「대성당」(『대성당』에 수록, 레이먼드 카버 지음, 문학동네, 2014)

「베이비시터」(『요술 부지깽이』에 수록, 로버트 쿠버 지음, 민음사, 2009)

「타운 앤드 컨트리(Town and Country)」(네이딘 고디머 지음)

「스트리퍼 뫼비우스(Mobius the Stripper)」(가브리엘 요시포비치 지음)

「런어웨이」(『런어웨이』에 수록, 앨리스 먼로 지음, 웅진지식하우스, 2020)

「자신의 인생 이야기를 들려준 남자(A Man Told Me the Story of His Life)」(그레이스 페일리 지음)

글쓰기 프롬프트

1. 당신은 소설의 분량을 25퍼센트 줄이는 조건으로 출판 계약을 맺었다. 단어 수를 계산해보고, 목표에 맞게 편집하라. 공격적이면서도 까다로워져야 한다. 소모적인 단어를 빼고, 두 개의 장면을 하나로 합치고, 어떤 단락 전체를 삭제하라. 그렇게 할 수 있는가? 이야기는 더 나아졌는가?

2. 273페이지에 나왔던 '엽서에 짧은 소설 쓰기'를 했다면, 이제 돌아가서 그것을 8~10페이지 분량의 완결된 소설로 다시 써보라. 인물을 발전시키고, 대화를 삽입하고, 갈등을 고조시키고, 위기를 심화하라.

아래 네 가지 프롬프트는 난이도 순서로 배열되어 있다. 첫 번째가 가장 쉽고, 나쁜 이야기를 만들어낼 가능성이 높다. 만약 그렇게 만든 이야기가 훌륭하다면, 당신은 내가 요구한 것보다 훨씬 더 어려운 일을 해낸 것이다(별 다섯 개). 두 번째에서는 더 나은 이야기가 만들어져야 한다. 마지막 두 개 중 하나를 선택한다면, 당신은 어쩌면 이미 글쓰기에 자신의 운명을 걸었을지 모른다. 글쓰기가 당신의 삶에 안착할 장소를 찾을 때까지, 몇 년 동안 당신은 매우 가난하게 지내야 할 것이다.

3. 단순하지만 구체적인 정치, 종교, 과학, 혹은 윤리적 사상을 선택하라. 이 사상은 한 문장으로 서술될 수 있어야 한다. 그리고 이 사상을 설명하는 짧은 이야기를 쓰라. 사상 자체를 쓰지 말고, 그것이 무엇인지를 이해하고 경험해야 한다.

4. '권력은 부패한다'나 '부드럽게 걷지만 큰 막대기를 가지고 다녀라', '급할수록 돌아가라' 같은 일반적인 속담이나 격언을 제목으로 정하라. 이 제목이 역설적으로 느껴지는 이야기를 쓰라.

5. 당신이 마음 깊은 곳에서 뜨겁게 갖고 있는 신념을 잘 살펴보라. 그 신념이 진실이 아닌 상황을 탐구하는 이야기를 쓰라.

6. 늘 쓰고 싶었지만, 감당하기엔 너무 큰 이야기이고 실패할 것을 알기에 쓰지 않았던 이야기를 쓰라. 어쩌면 당신은 실패할지도 모른다. 그래도 쓰라.

감사의 말

　지난 열 번의 개정판이 만들어지는 동안 『라이팅 픽션』에 기여한 이들, 리뷰어, 독자, 그리고 친구들은 너무 많아서 그들의 이름을 모두 호명하는 것은 바람직하지도, 가능하지도 않을 것이다. 엘리자베스와 네드 스터키프렌치 부부는 이번에도 변함없이 그들의 시간과 전문성, 그리고 우정을 넉넉히 내어주었다. 플로리다 주립대학교, 노스웨스턴 대학교, 아이오와 작가 워크숍의 동료와 학생들은 여러 제안과 아이디어, 프롬프트, 그리고 지혜로운 말들을 빌려주었다. 또한 이 책은 AWP(Association of Writers and Writing Programs)의 회원들과 활동으로부터 많은 혜택을 받았으며, AWP의 출판물 『라이터스 크로니클(The Writer's Chronicle)』과 『교육학 논문(Pedagogy Papers)』, 『파리 리뷰』의 「아트 오브 픽션(Art of Fiction)」 인터뷰들, 『글리머 트레인』의 「작가가 묻는다(Writers Ask)」, 『포에츠 앤드 라이터스』와 시카고 극작가들에게도 도움을 받았다. 로젤린 브라운과 샌디 와이젠버그는 넓은 마음씨로 나와 내 글쓰기 그룹 '퍼시스터스(PerSisters)'를 시카고의 문인들에게 소개해주었다.

이 열 번째 개정판에 관해서는, 특별히 내 편집자 메리 로어에게 감사를 전한다. 그녀의 선견지명이 이 책을 새로운 출판사인 시카고 대학교 출판부(University of Chicago Press)로 인도했다. 그곳의 지적재산권 책임자인 로라 레이첨, 원고 편집자 조엘 스코어, 홍보 담당자 로런 살라스의 현명한 조언에 감사한다. 또한 책을 먼저 살펴보고 사려 깊은 의견을 들려준 마일스 하비와 스콧 블랙우드, 안팎으로 훌륭한 디자인 작업을 해준 리치 헨델과 조 노벨에게도 감사를 전한다. 내 매일의 삶과 생각을 지탱해주는 남편 피터 루퍼트에게 감사한다.

일곱 번째 대답

"소설을 쓰려면 어떤 책을 읽어야 하나요?"

대학과 기관에서 글쓰기와 소설 창작을 가르치는 나에게 이 질문은 일종의 (영원히 벗어날 수 없는) 통과의례와도 같다. 아래 보기 중 어떤 대답이 정답일까?

1. 일단 많이 읽고 많이 써야지요. 구양수가 말했던 '삼다(三多, 다독, 다작, 다상량)'는 아시지요?
2. 소설책을 많이 읽으셔야 합니다.
3. 소설 아닌 책을 많이 읽으셔야 합니다.
4. 책을 읽는 게 중요한 게 아니고, 쓰는 근육과 습관을 만드셔야 해요.

5. 그런 책은 없습니다.

6. 저기…… 혹시 제가 뭘 잘못했나요?

위의 대답 들은 모두 내가 실제로 했던 말들이다. 기분 따라 상황
따라 세월 따라, 내 대답도 계속 변해왔다. 앞으로도 계속 변해갈지
모르는 이 대답 들은 모순되기도 하고 상충하기도 하지만, 모두 '소설
쓰기'에 관한 얼마간의 진실을 담고 있다. 아니, 어쩌면 모순과 상충만
이 이 복잡하고 골치 아픈 작업을 온전히 설명할 수 있는지도 모른다.

소설을 쓴다는 건 무엇일까?

생뚱맞지만 나는 그것이 밤하늘에서 별자리를 만들어내는 일과
같다고 생각한다. 그렇다, 나는 분명히 '발견하다'가 아니라 '만들다'
라는 동사를 사용했다. 밤하늘의 별들을 바라본 적이 있는 사람은
안다. 우리가 아는 별자리가 얼마나 허무맹랑한지. 사자자리, 전갈자
리, 양자리, 궁수자리, 물병자리, 게자리…… 거기에 사자나 전갈, 양
이나 궁수, 물병 혹은 게는 없다. 아무리 좋게 봐도 그건 억지다.

하지만 그 투박한 선에서 고대인들이 (지금보다 훨씬 더 어두웠을) 밤
하늘을 바라보며 품었던 간절함을 발견한다면 이야기가 조금 달라진
다. 그들은 별자리를 발견한 것이 아니라 만들어냈다. 무의미한 점(별)
을 이어 의미심장한 이야기(별자리)를 창조해낸 것이다. 그들이 만들어
낸 것은 억지스러운 그림이 아니라 하나의 허구, 하나의 의미, 곧 하나

의 이야기였다.

인간은 의미를 갈구하는 존재다. 소설을 쓴다는 것은 의미 없는 우리의 점(일상과 경험)을 선으로 이어 그럴듯한 의미를 지닌 별자리(서사와 이야기)를 만드는 일이다. 다만 선을 잇기 위해서는 특정한 기술과 근육이 필요한데, 이 책이 안내하고 있는 것은 바로 그러한 부분이다.

『라이팅 픽션』은 소설을 착상하고 책상에 앉는 지점에서부터 시작해서, 소설을 쓰는 데 필요한 서사적 장치와 기술을 하나씩 두루 살핀 다음, 마침내 완성된 초고를 고치고 다듬는 과정에 이르기까지 말 그대로 소설 창작의 모든 과정을 다룬다.

나 역시 지난 10여 년간 학교와 기관에서 소설 쓰기를 배우고 가르쳐왔지만, 이 책을 번역하면서 또다시 새롭게 알고 깨닫게 된 점들이 적지 않았다. 무엇보다 저자는 예술과 소설을 다루는 방법과 기술뿐 아니라, '소설 쓰기'를 대하는 자세를 말하고 있다. 퇴고를 다루는 마지막 챕터에 이르러 저자는 자신의 육필 원고와 그 수정 과정을 자세히 공개하는데, 이는 작가로서 결코 쉽지 않은 일이며 동시에 저자의 자신감과 진실함이 함께 드러나는 인상적인 예다.

마거릿 애트우드는 말했다. "결국, 우리는 모두 이야기가 된다(In the end, we'll all become stories)." 그녀의 말처럼 원하든 원치 않든 우리는 하나의 이야기로 기억될 것이다. 죽음은 우리 삶의 작가이며 동시에 우리라는 책의 마지막 페이지이지만, 그사이 누군가는 이야기가 되려는 욕망과 이야기를 만들려는 충동 속에서 살아간다. 바로 그 누군가일 당신에게, 이 책은 가늘지만 결코 끊어지지 않는 아리아드네의 실타래가 되어줄 것이다.

다시 처음의 질문으로 돌아가 보자: 소설을 쓰려면 어떤 책을 읽어야 하나요?

이제 나에게는 새로운 대답이 하나 생겼다.

7. 이 책을 읽으세요.

2020년 겨울

문지혁

라이팅 픽션

당신이 사랑한 작가들은 모두
이 책으로 소설 쓰기를 배웠다

초판 1쇄 인쇄 2020년 11월 20일 **초판 1쇄 발행** 2020년 11월 30일

지은이 재닛 버로웨이
옮긴이 문지혁
펴낸이 연준혁

출판부문장 이승현
편집 2본부 본부장 유민우
편집 7부서 부서장 최유연
편집 김소연
디자인 김형균

펴낸곳 ㈜위즈덤하우스 **출판등록** 2000년 5월 23일 제13-1071호
주소 경기도 고양시 일산동구 정발산로 43-20 센트럴프라자 6층
전화 031)936-4000 **팩스** 031)903-3893 **홈페이지** www.wisdomhouse.co.kr

ISBN 979-11-91119-79-4 03800